다리를 건너다

橋を渡る

요시다 슈이치 吉田修一

1968년 나가사키 현에서 태어나 호세이대학교 경영학부를 졸업했다. 1997년 《최후의 아들》로 제84회 문학계 신인상을 수상하며 화려하게 데뷔, 2002년 《퍼레이드》가 제15회 야마모토슈고로상을, 《파크 라이프》가 제127회 아쿠타가와상을 수상하며 대중성과 작품성을 모두 갖춘 작가로 급부상했다. 2007년 《악인》으로 제34회 오사라기지로상과 제61회 마이니치 출판문화상을, 2010년 《요노스케 이야기》로 제23회 시바타렌자부로상을 받았다. 현대인의 감성을 섬세하게 포착해내는 동시에 세련된 문장과 탁월한 영상미를 발휘하는 그는 현재 일본 문학계를 대표하는 작가 중 한 명으로 꼽힌다.

그의 작품 중 《동경만경》은 드라마로 제작되었고, 《퍼레이드》《악인》《요노스케 이야기》《분노》 등이 영화화될 정도로 대중적인 인기를 얻고 있다. 그 외 작품으로 《태양은 움직이지 않는다》《원숭이와 게의 전쟁》《지금 당신은 어디에 있나요》《하늘 모험》《사랑을 말해줘》《랜드마크》《캐러멜 팝콘》《사랑에 난폭》 등이 있다.

옮긴이 이영미

아주대 국문과를 졸업하고 일본 와세다대 대학원 문학연구과 석사 과정을 수료했다. 2009년 요시다 슈이치의 《악인》과 《캐러멜 팝콘》 번역으로 일본국제교류기금에서 주관하는 보라나비 저작·번역상의 첫 번역상을 수상했다. 옮긴 책으로 《분노》《원숭이와 게의 전쟁》《요노스케 이야기》《하늘 모험》《사랑을 말해줘》《동경만경》《공중그네》《단테 신곡 강의》《라오스에 대체 뭐가 있는데요?》《무라카미 하루키 잡문집》 등이 있다.

다리를
건너다

요시다 슈이치 장편소설
이영미 옮김

은행나무

차례

일러두기

* 본문의 주는 모두 옮긴이의 것으로, 괄호 안에 글씨 크기를 줄여 표기했습니다.

봄
—
아키라

다리를
건너다

눈 아래 펼쳐진 광경을 이해하려고 신구 아키라는 얼굴을 살짝 뒤로 뺐다. 시야가 미치는 틀이 넓어지면서 주목하고 있던 중심이 뒤쪽으로 쓱 멀어졌다.

"어, 잠깐만, 저건……."

아내에게 알려주려 했지만, 청소기 소리 때문에 자기 목소리가 잘 들리지 않았다. 아키라는 뒤를 돌아보며 침대 밑으로 청소기 끝을 밀어 넣고 있는 아내 아유미를 불렀다.

"저것 좀 봐."

아유미가 스위치를 끄고 다가왔다.

"저것 봐"라고 아키라가 다시 말했다.

집이 나지막한 언덕 위에 있어서 2층 침실에서는 야타니초 1초메 일대가 훤히 내려다보이는 조망이었다.

아유미도 금방 알아차릴 줄 알았는데, 그 시선은 열 평쯤 되는 자기 집 정원에 맞춰져 있었다. 살짝 마른 잔디가 봄볕을 받아 눈부셨다.

"아니, 저쪽"이라며 아키라가 조바심을 냈다.

"······봐, 저쪽이야."

"어? 응?"

그제야 알아차린 아유미도 놀라서 순간적으로 스위치를 눌러버렸는지 청소기가 윙 하고 짧게 울렸다.

야타니초 1초메 중심가, 그래봤자 오가는 자동차가 겨우 스쳐 지날 만한 폭밖에 안 되는 길이지만, 예전에는 그 주변이 작은 상점가였다. 지금은 가게들 대부분이 셔터를 내린 상태인데, '다이산'이라는 슈퍼마켓만 덩그러니 남아 있다.

그 다이산이 작년 연말에 일시적으로 폐업했다. 지은 지 50년이 넘는 6층짜리 건물 1층에 매장이 있었는데, 건물을 통째로 허물고 새롭게 들어서는 분양 맨션 1층에서 영업을 재개한다고 했다.

건물을 허물기로 결정했을 때, 아유미는 기뻐했다.

여하튼 몹시 노후화된 건물이었고, 1층에서 가까스로 슈퍼마켓을 운영하긴 했지만 2층부터는 이미 빈집이라 유령 맨션 같다며 섬뜩해했기 때문이다. 실제로 깨진 창문에 베니어판을 붙여둔 창도 있었고, 좁은 베란다에는 잡초가 멋대로 우거져 있었다.

그 공사가 시작된 게 한 달 전쯤이고, 현재는 6층짜리 건물의 왼쪽 절반 부분이 이미 허물어졌다. 건물의 절반이 사라지자 내부가 유리 케이스 속의 벌집처럼 훤히 들여다보였고, 흙먼지가 날리지 않도록 지상 트럭에서 힘차게 물을 뿌리고 있었다.

아키라가 굳이 아유미를 불러서 보여준 것은 절반만 남은 옥상 꼭대기에 올라가 있는 소형 트랙터셔블이었다.

"저걸 어떻게 올렸지?"

"글쎄, 아마 대형 크레인으로 들어 올렸겠지. 설마 계단으로 올라갈 수는 없을 테니까."

절반만 남은 건물 옥상 위에 있는 것만으로도 위험해 보이는데, 소형 트랙터셔블은 흡사 자기 기반을 스스로 좁혀가듯 그 팔뚝으로 주변의 콘크리트를 으드득으드득 허물어갔다. 그보다 더 무서운 것은 허물어진 콘크리트 덩어리가 다 절단되지 않은 철근에 매달려서 허공에서 대롱대롱 흔들리는 광경이었다.

"보기만 하는데도 왠지 오싹하다. 내가 마치 저 운전석에 앉아 있는 것 같아서 여기 있는데도 다리가 후들거리네."

아유미의 말이 맞았다.

운전석에서 조종하는 인부의 얼굴까지는 안 보이지만, 레버를 작동하는 손은 어렴풋이 보였다. 자기가 서 있는 장소가 서서히 사라져간다. 게다가 스스로 자기 공간을 허물어뜨리는 심정은 과연 어떨까.

놀란 것치고는 아유미는 벌써 싫증이 난 듯했다. 청소기 끝이 발밑으로 쿵 떨어졌고, 또다시 스위치가 켜지자 윙윙 소리가 났다. 그 흡입구에 내쫓기듯 아키라도 침실에서 나왔다.

1층으로 내려가자, 이번에는 로봇 청소기 룸바가 맞아주었다. 룸바를 따라 거실로 들어가서 정원 쪽으로 난 창을 열었다.

호사스럽게도 부지의 남쪽 3분의 1가량이 정원으로 조성되어 있었다. 높다란 흰 벽으로 둘러싸인 잔디 정원은 빛의 각도에 따라 아침, 점심, 저녁마다 인상이 달라진다.

15년 전에 지은 이 중고(中古) 단독주택으로 이사 온 지 그럭저럭 2년이 된다.

갓 이사 온 무렵이었을까, 아유미와 슈퍼마켓 다이산에서 장을 보다가 점장에게 불만을 토로하는 노파를 발견했다. 말씨는 품위가 있었지만, 어딘지 모르게 옷매무새가 깔끔하지 않았다. 더러워진 장바구니가 옆에 있었던 탓인지도 모르고, 제멋대로 해본 추측이긴 하지만, 양갓집 사모님이 건강이 나빠진 바람에 일상생활에까지 무관심해진 인상이었다.

"설령 거절을 하더라도 말이란 게 '아' 다르고 '어' 다르잖아요?"라며 노파가 분개하고 있었다.

"그런데 마치 거지를 내쫓듯이……."

아키라 부부는 계산대에서 줄을 서 있었다.

며칠 전, 노파가 버리는 종이 상자가 있으면 큰 걸로 두세 개 얻을 수 있겠냐며 찾아온 모양이다. 그때 대응했던 젊은 중국인 여직원의 태도를 참을 수가 없다고 했다.

"엄연히 손님을 상대하는 장사인데, 너무 붙임성 없는 아가씨들이라 나도 여기로 장 보러 올 때마다 신경이 쓰이긴 했어요. 그래도 먼 나라에서 와서 열심히 일하는구나 싶어서 지금껏 꾹 참아왔어요. 하지만 말씨가 그렇게 난폭해서야 화가 안 나는 사람이 누가 있겠어."

아쉽게도 노파는 종업원이 어떤 식으로 거절했는지에 관한 얘기는 되풀이하지 않았다. 점장이 손이 발이 되도록 빌었지만, 그 표정은 이미 사죄하는 데 지칠 대로 지쳐 있었다.

당시 슈퍼마켓 다이산에서는 젊은 중국인 여성 서너 명이 일하고 있었다. 노파의 말대로 결코 붙임성이 좋은 아가씨들은 아니었지만, 바코드를 찍고 물건값을 지불하고 거스름돈을 받는 동안 불쾌해질 정도는 아니었다.

이어지는 노파의 클레임에서 이런 말이 귀로 날아들었다.

"일본에서 일하게 해줬으니 보통은 일단 '아, 고맙다'라고 감사해야지. 그런데 그런 감사하는 마음도 잊고, 소중한 고객에게 그런 태도를 취하다니."

그 노파의 트집에 아키라의 마음이 무거워졌다. 본인 스스로 그것이 옳은 생각임을 믿어 의심치 않는 듯한 확신에 찬 목소리가 한심하기 그지없었다. 아유미도 똑같은 마음인지 평소에는 잔돈까지 헤아려서 계산하는데, 한시라도 빨리 그 자리를 떠나고 싶다는 듯이 "이걸로 해주세요"라며 만 엔짜리 지폐를 내밀었다.

노파의 클레임은 계속 이어졌지만, 아키라 부부는 서둘러 가게를 나왔다. 하늘을 올려다보니 구름 한 점 없이 맑게 갠 화창한 날씨였다. 감사하는 마음으로 봉사해야 마땅하다는 뉘앙스를 풍기는 노파의 불만에 깃든 씁쓸한 불쾌감이 봄 하늘과는 너무나 동떨어졌다.

"정말 깐깐하더라. 그런 시어머니가 있는 집으로 시집갔다간 난 반년이면 도망칠걸"이라고 아유미가 새삼 생각이 떠오른 듯이 웃었다.

"반년은 가나?"라며 아키라도 웃었다.

"길어봐야 사흘?"

"그 할머니도 큰 병에 걸려서 온전한 정신이 아닐 거야. 평소에는 좀 더 다정한 사람이겠지."

"아는 사람이야?"

"아니"라며 아키라가 웃었다.

그건 그렇고, 그 점원 아가씨들은 중국으로 돌아갔을까. 작년 연말에는 한 사람도 안 남았던 것 같은데, 건물 철거 결정이 나서 해고된 것인지, 아니면 원래 연수 기간이 종료됐을 뿐이고 가게 철거와는 관계가 없는 것인지.

맨발에 슬리퍼를 꿰어 신은 아키라가 잔디 정원으로 나갔다.

2층에서는 여전히 아유미가 청소기 돌리는 소리가 들렸다. 햇빛은 있지만 기온은 낮아서 차가운 잔디가 발가락을 간질였다.

바로 그때 집 안에서 우당탕탕 발소리가 들려서 돌아보니 조카 고타로가 현관에서 튀어나왔다. 교복 웃옷은 간신히 한쪽 팔만 끼운 상태였다.

"아침 연습?"이라고 아키라가 말을 건넸다.

"네. 아, 또 지각이다, 지각."

"아침은?"

"그럴 시간 없어요."

한쪽 다리로 깡충거리며 가죽 구두를 신는 그 도약이 유난히 높았다.

"이모부, 아유미 누나한테 오늘 저녁은 집에서 안 먹는다고 전해주세요."

"왜?"

"유카랑 볼링."

고타로의 오른손에 흰 파카가 들려 있었다. 분명 엊그제 놀러왔던 여자 친구 유카가 얇은 외투 속에 입고 있던 옷이니 그때 잊어버렸다면 고타로의 방에서 벗었다는 뜻이다.

문을 박차고 나간 고타로는 역으로 향하는 언덕길을 뛰어올라갔고, 상쾌한 가죽 구두 소리가 눈 깜짝할 새에 멀어졌다.

문득 시선을 느낀 아키라가 2층을 올려다봤다. 아유미가 창으로 얼굴을 내밀고 있었다.

"들었어? 오늘 저녁 필요 없대"라고 아키라가 전했다.

"최근에 볼링이 다시 유행이래. ……그보다 거기서 옆집 벚꽃 보여?"

아유미에게는 보이는 모양이다.

"슬슬 만개할 때 됐나?"라고 아키라가 물었다.

"오늘 밤에 역으로 벚꽃 구경 가자."

아키라가 "어어"라며 고개를 끄덕이고 냉랭해진 발끝으로 시선을 돌렸다.

조카 고타로는 현재 싱가포르에 살고 있는 아유미의 언니의 큰아들이다. 아키라에게는 '이모부'라고 부르지만, 아유미는 어릴 때부터 '아유미 누나'라고 불러왔다. 아유미 본인이 이모라는 호칭에 저항했다기보다는 언니 마코토의 배려였던 것 같다.

반년 전에 대기업 상사에 근무하는 고타로의 아빠 다카노부가 싱가포르 전근이 결정 났다. 애당초 다카노부는 자기 혼자만 부임할 생각이 없어서 아내와 고타로, 그리고 아직 초등학생인 히나코와 넷이 현지로 향할 계획이었는데, 고타로가 친구들과 헤어지기 싫다며 싱가포르에 가는 걸 거부했다. 예상 밖의 거부를 당하자, 아빠는 아들의 저항에서 듬직함을 느낀 모양이지만, 엄마는 타국에서 할 걱정거리만 늘었다는 마음뿐이었다.

"저기, 혹시 고등학교 졸업할 때까지 고타로를 우리 집에서 맡아주고 싶다면, 당신은 어떤 표정을 지을까?"

아유미가 난데없이 그런 말을 꺼냈을 때, 아키라는 한동안 무표정을 유지했다.

"그건 무슨 표정이야?"

"흐—음."

스스로도 설명할 수 없었다.

둘이 늦은 저녁을 먹고 있을 때였다. 아키라는 고타로를 맡은 상황을 상상해보았다. 거실 바닥에 땀 냄새 풍기는 운동 가방이 덩그러니 놓여 있는 모습이 떠올랐다. 물론 절대 싫은 건 아니었다. 다만, 그렇게 쉽게 남의 자식을 맡아도 될지 알 수 없었다.

"흐—음" 하고 아키라가 다시 한 번 신음하는 소리를 흘렸다.

아키라 부부에게는 아이가 없었다. 안 가지려고 했던 것도 아니다. 언니의 아들을 맡고 싶다는 아유미의 말투에서 왠지 모를 묘한 감촉이 느껴지는 것도 신경이 쓰였다.

"형님 부부한테는 이미 말했어?"라며 아키라가 상황을 떠봤다.

"언니한테는 슬쩍."

"그래, 처형은 뭐래?"

"네 남편한테 폐를 끼쳐서 미안하대."

자매끼리는 거의 결론이 난 듯했다.

"가마쿠라는?"이라며 아키라가 물고 늘어졌다.

"너무 멀잖아. 학교까지 두 시간 넘게 걸리는데."

"그래도 장인 장모님이 기뻐하지 않을까? 고타로랑 같이 살면."

"그야 그럴 테지만, 너무 멀어."

아키라가 아유미와 사귀기 시작했을 무렵, 고타로는 아직 유치원에 다니고 있었다. 아유미네는 자매끼리 사이가 좋아서 교제할 때는 물론이고, 결혼한 후에도 한 달에 한 번은 아키라 부부가 언니 집을 방문해서 식사를 함께 하는 게 항례였다. 조카라 편해서 아키라는 고타로를 귀여워했다. 고타로는 천성적으로 순진한지 아키라가 간단한 마술만 보여줘도 마치 기적이라도 본 것처럼 놀라워했다. 아키라는 무방비한 그 표정이 좋았다.

"고등학생은 더 이상 어린애가 아니고 남자야"라며 아키라가 마지막으로 저항했다. 그 의미를 어디까지 이해하는지, "그야 그렇겠지. 고등학생이잖아"라며 아유미는 그저 웃었을 뿐이다.

그날 밤, 12시가 지난 후 아키라가 아유미를 데리고 집을 나섰다. 기온이 내려가서 둘 다 두툼한 다운재킷을 껴입었다.

집에서 Y역까지는 천천히 걸으면 10분이 걸린다. 도심의 조용한 주택가지만 비탈길이 많다. 언덕 위에 있는 아키라의 집에서도 현관을 벗어나 조금만 걸으면 내리막길이 나오고, 그 비탈이 다시 오르막길과 부딪치는 식으로 기복이 많다. 왼쪽으로 올라가면 Y역 방향, 오른쪽으로 내려가면 슈퍼마켓 다이산이 있는 야타니초 1초메가 나온다.

과장스럽게 무릎에 손을 얹으며 역으로 가는 비탈길을 올라가던 아유미가 "최근에 정말 운동 부족이야"라며 한숨을 내쉬었다.

"저쪽 세 채, 아직 안 팔렸나 봐."

언덕 중턱에 신축 매매 주택 세 채가 늘어서 있었다. 전에는 정원이 드넓은 저택이었는데, 건물을 허물고 세 구획으로 나눴을 때, 정원에 있던 커다란 벚나무도 잘려 나갔다.

"비교적 구경은 많이 오는 것 같던데. 오늘도 거기 현관 앞에 유모차가 놓여 있었어."

좀 더 걸어가다 큰길로 나서기 직전에는 작은 코인 주차장이 있다. 그곳을 본거지로 삼은 흰 고양이 가족 세 마리가 있었다. 차 밑을 들여다보는 아유미에게 "있어?"라고 묻자, "응 있어, 있어, 그새 또 컸네"라며 신바람 난 목소리로 말했다.

수로 밑에 있는 Y역에는 플랫폼 위로 걸쳐 있듯이 다리가 놓여 있다. 바로 옆에 있는 영빈관에 맞추어 만든 네오바로크 양식의 다리인데, 아름다운 램프가 달린 가로등 아홉 개가 늘어서 있다.

이 가로등 중 하나를 감싸 안듯이 커다란 벚나무가 서 있다.

아키라 부부는 지금 집으로 이사 오기 전까지 8년가량을 역 맞은편에 있는 맨션에서 살았다. 그 무렵부터 봄이 되면 이 벚나무를 구경하러 왔다.

깊은 밤, 사람과 자동차가 줄어들고, 도심의 적막함이 깃든 다리를 아키라 부부가 건너갔다. 올해도 안쪽에 조명이 밝혀진, 만개한 벚꽃이 거기에 있었다.

여느 때처럼 올려다보던 아키라가 갑자기 시선을 떨어뜨렸다. 근래 10년, 해마다 느껴왔던 감동이 웬일인지 올해에는 없었다. 살짝 초조한 마음으로 옆으로 시선을 돌렸다. 기분 탓인지, 아유미의 옆얼굴에도 그것은 없었다. 아니, 작년에는 있었나 하는 것마저 애매해졌다.

"아름답지"라고 아키라가 말했다.

"응"이라는 짧은 대답뿐이었다.

아키라는 방금 건너온 다리를 돌아다보았다. 어린애 같은 발상이지만, 다시 한 번 다리를 건너면 예년의 감동을 맛볼 수 있을 것 같은 기분도 들었다. 바로 그때 꽃잎이 밤바람에 나부끼며 춤을 추었다. 팔랑팔랑 하얀 꽃잎들이 떨어져 내렸다.

"2014년, 봄"이라고 중얼거리며 아유미가 벚나무를 사진에 담았다.

아키라는 왜 그런지 하얀 파카를 떠올렸다. 오늘 아침에 고타로가 움켜쥐고 있던 유카의 파카였다.

전통 과자 가게에는 벌써부터 가시와모치(柏餅, 떡갈나무 잎에 싼 팥소를 넣은 찰떡)가 진열되어 있었다. 시기적으로 좀 이르다 싶은 생각이 들었지만, 마침 살짝 출출하던 참이라 다섯 개들이 작은 상자를 샀다.

아키라는 일찌감치 회사 일을 마쳤다. 마지막 영업 거래처가 아유미의 갤러리 근처라 오랜만에 얼굴을 내밀었다. 접수 카운터에 있던 직원 가요에게 가시와모치를 건네주었다.

"케이크예요?"

"아니, 가시와모치. 차 좀 끓여줘. 같이 먹자"라고 아키라가 부탁했다.

그때 안쪽 응접실에서 아유미의 웃음소리가 들려왔다.

"손님?"이라고 아키라가 물었다.

"센다이의 미야시타 씨. 아세요?"

"어, 응, 남편 쪽?"이라고 물은 순간, 부인의 웃음소리가 울려 퍼졌다.

"다섯 개짜리 상자를 사 오길 잘했네. 세 개면 충분할까 했는데."

가요가 탕비실로 사라지자, 아키라는 거기에 있던 발송 전표를 별생각 없이 뒤적거렸다. 응접실에서 아유미가 얘기하는 소리가 들렸다.

"정말로 보고 있으면 홀딱 반해버릴 정도로 잘 먹는다니까요. 게다가 먹는 대로 오롯이 살이 되잖아요. 먹인 보람이 있다고 할까, 진짜 제 속까지 후련해져요."

고타로 얘기를 하고 있는 듯했다.

"조카분이 운동 같은 걸 뭘 하나?"

"농구요. 근데 그냥 후보인 것 같아요. 집에서도 근육 트레이닝 같은 걸 부지런히 해서 팔이랑 허벅지도 아주 탄탄해요."

"우리 애도 그랬어. 목욕하고 나서 알몸으로 걸어 다니기라도 하면, 그야말로 운케이(가마쿠라시대의 스님이자 불상 제작자)의 작품이 걸어 다니는 것 같더라니까."

"운케이! 정말 그러네. ……하지만 요즘 애들은 그렇게 거친 느낌도 아니잖아요. 으음, 뭐랄까 좀 더 애니메이션 같달까."

"운케이가 본래 애니메이션 같지 않나?"라고 말하는 미야시타 부인에게 아유미가 "그럴지도 모르죠.《드래곤볼》같이"라며 웃음을 터뜨렸다.

"그치,《드래곤볼》 같은 걸 보고 자라면 그렇게 되고, 우리처럼 아니 아유미 씨는 훨씬 젊지만, 우리처럼 《거인의 별》 같은 걸 보고 자란 사람은 이렇게 되는 거겠지, 보나 마나."

두 사람의 웃음소리가 하나로 겹쳐졌다. 아키라는 그 타이밍에 응접실 문을 열었다. "안녕하세요?"라고 인사를 건네자, "어머 죄송해요, 큰 소리로 떠들어서"라며 미야시타 부인이 부끄러워했다.

"조금 전에 오셨어."

아유미는 여전히 웃고 있었다.

"응, 가요쨩한테 들었어. 아 참. 지금 오는 길에 가시와모치 사 왔는데, 드시겠어요?"

"어머나, 벌써 가시와모치가 나왔어요?"

미야시타 부인도 놀라워했다.

"오랜만이라 사버렸습니다."

때마침 가요가 차와 함께 작은 상자에 든 가시와모치를 내왔다. 아키라가 개인 접시를 나눠 주며 아유미 옆에 앉았다.

"남편이 일 마치고 마중까지 와주고, 아유미 씨네는 여전히 신혼부부 같네."

미야시타 부인이 놀리자, "어쩌다 있는 일이에요. 이 근처에 영업상 볼일이라도 있었겠죠, 뭐"라며 아유미도 싫지만은 않은 내색이었고, "미야시타 씨, 큰어머님 병문안하러 도쿄에 오셨나 봐"라며 평소보다 살짝 응석 어린 목소리로 알려주었다.

"남편분은?"이라고 아키라가 물었다.

"이번에는 나 홀로 여행이에요. 마침 동창회 안내문도 와서 큰어머님 병문안은 겸사겸사예요."

미야시타 부인의 남편은 이른바 현대미술 개인 수집가였다. 출자금은 분명치 않지만, 본인은 센다이의 전기업체에 근무하는 회사원이라 자금이 남아돌지도 않을 텐데, 마음에 드는 작품이 있으면 한 해에 몇 점씩 사들이는 모양이다. 굳이 나누자면, 그림이든 사진이든 그 필치나 피사체에서 대범함이 풍기는 작품을 좋아하는 것 같고, 아마 자신의 반려자도 그런 시점으로 골랐을 걸로 짐작된다.

"그나저나 이사하셨죠?"

미야시타 부인이 물어서 "네에, 야타니초로. 전에 살았던 맨션과는 역을 사이에 긴 반대편이죠"라고 아키라가 대답했다.

"어머나, 야타니초……."

그쯤에서 한 박자, 묘한 뜸을 들였다.

"……그 주변에 고양이들이 많죠."

"아, 네"라며 고개를 끄덕인 아키라가 아유미를 쳐다보았다.

아유미는 일부러 시선을 마주치지 않았다.

야타니초에 집을 샀다고 하면, 상대방의 반응은 두 가지로 나뉜다. 대부분의 사람들은 "와아, 거긴 1등지잖아요" "어디를 가든 교통이 편리하겠네요"라며 부러워하지만, 그 뒤에 "……그렇지만 그 주변에는 길 고양이가 많죠"라는 말을 꺼내는 사람이 반드시 있다.

실제로 외곽 지역에 길 고양이가 많아서 슈퍼마켓 다이산이 있는 1초메 주변에는 낡은 다세대주택 처마 끝자락이나 뒷골목에서 느긋하게 낮잠을 즐겼고, 언덕 위 2초메 부근에도 맨션의 정원이나 코인 주차장에 어미와 새끼 고양이들이 진을 치고 있었다. 그러나 최근 2년 사이만 해도 큰 집들을 잇달아 헐고 그 후 여러 구획으로 나눠서 팔았고, 그때마다 길 고양이들의 숫자도 줄어갔다. 터전을 옮긴 것일까, 아니면 먼 곳으로 끌려간 것일까.

야타니초라는 지명을 듣고 맨 먼저 길 고양이를 연상하는 사람들의 대부분은 도쿄에서 나고 자란 토박이임을 먼저 알아챈 것은 아유미였다. 그 발견이 어지간히 기뻤는지, 일부러 출장지에서 이메일로 알려 올 정도였다.

에도시대, 야타니초에는 무가(武家) 저택들이 늘어서 있었다. 고지도를 보면 알 수 있는데, 기이(紀伊) 가문, 마쓰다이라(松平) 가문 등등 쟁쟁한 다이묘(에도시대 봉록이 만 석 이상인 무가)들의 저택이 있었고, 또한 사원도 많았다. 다만, 땅에는 양지가 있으면 음지도 있듯이, 그 외곽에는 에도부터 메이지시대에 걸쳐서 이른바 빈민굴이 자리 잡고 있었고, 그곳이 현재 야타니초의 일부분에 해당한다.

물론 현재는 노후화된 가옥이 얼마간 남아 있긴 해도 구획정리가 되어 고급 맨션이 늘어서 있지만, 예를 들면 나가이 가후(永井荷風, 일본의 소설가)의 수필에서는 그 당시 상황이 다음과 같이 묘사되어 있다.

"초여름 아름답게 갠 하늘 밑 낭떠러지에 푸릇푸릇 새싹이 돋고 주변 나무들에 초록빛 어린잎들이 싱그럽게 우거질 무렵에는 눈 아래 내려다보이는 이 빈민굴의 함석지붕이 한층 더 지저분해 보여서 저 아래 인간의 삶은 풀과 나무가 천연적으로 받는 은혜조차 누릴 수가 없나 하는 심정에 절로 비참한 빛이 더해가는구나."

야타니초라는 지명을 듣고, 미야시타 부인 같은 도쿄 사람은 일단 그 생각을 먼저 떠올리는 듯했다. 물론 지금과 옛날을 혼동하는 건 아니다. 다만, "그곳은 옛날에……"라고 자연스레 떠올리게 되지만, 아무래도 입 밖에 내기는 꺼려지는 것이다. 그런 조심스러움이 묘한 뜸을 들이게 만들었다. 그리고 그 틈을 매우듯이 "그러고 보니······"라며 길 고양이가 많다는 말을 입에 담게 되는 것이다.

신기하게도 길 고양이가 많은 장소라는 말은 일종의 은유로도 쓸 수 있는지, 그녀들은 그렇게 말해버리고 나면 왠지 목에 걸린 게 넘어간 듯한 표정을 짓는다. 야타니초가 어떤 장소였다고는 말하지 않았지만, 말한 거나 다름없는 셈인 듯했다.

오후부터 속이 안 좋아서 저녁 식사는 즉석 포타주 두 봉지만 먹고 끝냈는데, 결국 밤이 되니 배가 고파져서 성가신 몸이라고 투덜대며 침실에서 나왔다. 그런데 때마침 고타로가 계단으로 올라왔다.

고타로는 계란을 두 개 넣은 소금 라면 그릇을 들고 있었다.

"너, 또 먹니?"

아키라는 아무래도 어이가 없었다. 고타로는 조금 전에 카레를 세 그릇이나 먹었다. 아유미가 만든 그린카레가 조금 매웠는지 밥과 랏쿄(염교로 담근 장아찌)가 쑥쑥 줄어들었다.

"살짝 출출해서······."

젓가락을 입에 문 고타로가 자기 방의 문을 열었다. 전에는 물건을 넣어뒀던 작은 방이다. 방이 좁아서 그런지 고타로의 덩치가 커서 그런지, 침대나 책상이 극단적으로 작아 보였다.

"에스컬레이터식(동일 계열 법인의 상위 학교로 별도의 시험 없이 진학할 수 있는 제도를 일컫는 말) 학교라고 느긋하구나"라고 아키라가 말을 건넸다.

"난 성적이 나쁘진 않으니까. 여유."

여유에도 두 종류가 있다. 고타로의 그것은 건강하고, 아키라의 그것은 건강하지 못하다. 건강하다고 하니 고타로가 소금 라면을 좋아하는 게 아니라, 소금 라면 쪽에서 고타로를 좋아하는 것처럼 보인다.

최근에 고타로의 동작에 깃들어 있던 난폭함이 사라졌다. 걷는 방식, 문을 여닫는 방식 같은 동작 하나하나에서 자질구레한 조바심이 사라졌다. 분명 첫 경험을 이미 끝냈을 거라고 아키라는 생각했다.

반대로 최근에는 여자 친구인 유카 쪽에서 그런 자질구레한 조바심을 내는 걸 아키라는 느낄 수 있었다. 예를 들면 같이 외출하려고 준비할 때 고타로가 꾸물거리자 "아 좀 빨리해!"라고 부르는 유카의 목소리에 그것이 깃들어 있었다. 꾸물거리는 고타로를 마치 자유롭지 못한 자기 몸의 일부처럼 다루는 것이다.

고타로와 유카는 1년쯤 사귀었다.

당연히 고타로의 부모에게도 허락을 받았고, 고타로가 이곳으로 이사 올 때는 유카도 거들어주러 왔다. 유카의 부모는 그녀가 초등학교 5학년 무렵에 이혼한 모양이다. 지금은 의류회사에서 일하는 엄마랑 살지만, 아빠도 자주 만난다고 한다.

고타로가 유카를 처음 이 집에 데려온 다음 날 아침, 그 엄마가 정중하게 인사하는 전화를 걸었고, 아유미가 받았다. 느낌이 좋은 여성이었던 모양이다. 아유미는 그 후 인터넷에서 그녀의 이름을 검색했다. 의류 홍보 쪽의 수완가인지 잡지에 소개된 인터뷰 기사 몇 개를 아키라한테까지 보여주러 왔다.

아름다운 여성이었다. 매사에 소홀하지 않은 청결함이 감돌았고, 딸 유카와도 많이 닮았다. 그 사진을 봤을 때, 아키라는 왜 그런지 고등학교 시절에 사귀었던 여자애가 떠올랐다. 얼굴이 닮은 건 아니다. 고등학교 2학년 무렵에 아장거리듯 서툴게 사귀기 시작했고, 졸업 후에는 장거리 연애가 되는 바람에 자연스럽게 끝났다.

당시 엄마와 둘이 아파트에 살았기 때문에 멀리까지 가서 러브호텔에 다니곤 했다. 변두리 러브호텔이라 주위는 논이었다. 그래서 여름에는 푸릇푸릇한 논을, 가을에는 알이 영근 벼 이삭을 바라보며 역에서부터 걸어갔다. 그러나 그 아름다움을 마음에 담았던 적은 단 한 번도 없었다.

냄비에 소금 라면을 끓이고 있는데, "결국 먹는 거야?"라며 목욕을 하고 나온 아유미가 웃었다.

"고타로가 끓이는 냄새에 배가 고파져서"라고 아키라가 거짓말을 했다.

"속은 이제 괜찮아?"

"으—음, 미묘해."

"약은?"

"계속 먹으면 약효가 없어질 테니, 자연 치유력에 기대해볼까 하고."

"속 아프다, 속 아프다 하면서 라면이나 먹으면 어쩔 수가 없지."

그때 현관 차임벨이 울렸다.

아키라가 가스 불을 끄고, 냉장고에서 요구르트를 꺼내는 아유미와 시선을 마주쳤다.

"누구지?"

아유미가 벽시계로 눈길을 돌렸다. 9시 반이었다. 아키라는 거실로 돌아가서 인터폰 화면을 확인했다. 자그마한 모니터에 남자 얼굴이 보였다. 얼굴을 극단적으로 가까이 대서 그 코가 이쪽으로 튀어나올 것처럼 보였다.

"어머나, 뭐야!"

곧바로 등 뒤에서 아유미가 비명을 질렀다.

"누군데?"라고 아키라가 물었다.

"그 왜, 얼마 전에 얘기했잖아. 아사히나 다쓰지라고, 우리 갤러리에 작품 들고 왔던……."

"아아."

"근데 왜 집에까지……."

"어떡할 거야?"

"받을 거 없어!"

"받을 거 없다니……."

그때 다시 차임벨이 울렸다. 이번에는 두 번 연달아 울렸다.

"나가서 얘기하고 올까?"라고 아키라가 물었다.

"뭐라고?"

"작품은 안 받을 거잖아. 그럼, 그렇게 말하면 되지."

"아 글쎄, 이미 확실하게 얘기했다니까."

"그렇다면 집까지 찾아오는 건 규칙 위반이라고 말해줘야지."

또다시 차임벨이 울렸다. 모니터 속에서 아사히나 다쓰지가 얼굴을 더욱 가까이 들이댔다. 들여다본다기보다 인터폰의 냄새라도 맡는 것처럼 보였다.

아키라가 응답 버튼을 눌렀다.

"네?"라고 거칠게 대꾸했다.

"실례합니다, 아사히나 다쓰지라는 사람인데, 부인 집에 계신가요?"

모니터에서 숨결 냄새까지 풍겨올 것 같았다.

"무슨 일입니까?"라고 아키라가 차갑게 물었다.

"잠깐 드릴 말씀이 있어서."

"글쎄, 무슨 얘기요?"

잠시 침묵이 흐른 후, 아사히나가 "드릴 말씀이 있어서"라고 되풀이했다.

"그러니까 무슨 얘기?"라며 아키라가 더욱 거칠게 물었다.

그러나 대답은 없고, 그 대신 또다시 차임벨이 울렸다. 아유미가 그 소리에 겁을 먹고 뒷걸음질을 쳤다. 상황을 알아챈 고타로도 계단 중간쯤에서 이쪽을 살피고 있었다.

이 아사히나 다쓰지라는 남자는 화가 지망생 청년인 듯했다. 낮에는 다른 일을 하는 모양인데, 화가의 꿈을 접지 못해서 자기 작품을 봐달라고 도쿄 도내의 주요 갤러리를 돌아다니며 가는 곳마다 문제를 일으킨다고 했다. 물론 갤러리 측에서는 신인 화가를 발굴하고 싶으니 그의 그림을 본다. 그리고 재능이 없다고 판단하면, 가달라고 한다. 그런데 이 아사히나 다쓰지는 포기하지 않았다. 역사가 깊은 후루사와 갤러리에서는 경찰이 출동하는 사태까지 벌어졌다고 지난번에 아유미가 말했었다.

그런 아사히나가 최근에는 아유미의 갤러리를 표적으로 삼은 모양이다. 처음 갤러리에 왔을 때, 아유미는 그가 들고 온 그림을 일단은 훑어봤다고 한다. '책임 방기'라는 제목을 붙인 연작으로 콘셉트는 행복해 보이는 가족의 초상화지만, 행복해 보이는 가족들을 독신 남녀가 에워싸고 있다. 그리고 독신 남녀들만 악의에 가득한 필치로 그려 있었던 모양이다.

"최근에 평생 독신이라도 좋으니 어쩌니 함부로 떠들어대는 녀석들이 많잖습니까. 그런 주제에 타인의 아이들에게는 일일이 참견한다고 할까, 그 왜 기발한 이름을 싫어하거나 하잖아요. 그런데 그런 놈들은 훗날 그런 아이들이 땀 흘려 일해서 낸 세금으로 연금을 받잖습니까? 최소한 타인의 자녀에게 부담이라도 안 되게 빨리 가달라는 거죠."

아사히나 다쓰지가 그렇게 말했던 모양이다. 그때 마지막에
'빨리 가달라'는 말이 최근에 자주 쓰이는 '죽어달라'는 뜻의
표현이란 걸 알아챈 아유미는 등줄기가 서늘해졌다고 한다.

그런데도 애써 냉정을 가장하며, "당신은 이미 결혼하셨나
요?"라고 아유미가 물었다.

"네, 물론이죠. 벌써 서른이니까. 아이도 있어요. 남자로서
당연한 일이에요."

아유미는 그때 분명하게 의사를 전했다. "우리 갤러리에서는
당신 작품을 취급하지 않겠다"라고.

젊은 소믈리에가 샴페인을 따랐다. 아직 새내기인지 가늘고
긴 손가락이 미세하게 떨려서 평소보다 거품이 많이 일었다.
아유미는 더는 참을 수 없다는 듯이 아사히나 얘기를 하기 시
작했다. 장소는 에비스에 있는 작은 비스트로로, 테이블에는
아키라 외에 후루사와 갤러리의 오너 부부가 함께 있었다.

"아무튼 너무 무서웠어요. 그치? 우리가 무시하니까 차임벨
을 몇 번씩 누르는 거예요. 그치? 벌써 한밤중인데."

아유미가 "그치?"라며 동의를 구할 때마다 아키라도 일단은
맞장구를 쳐주었다.

전에 똑같은 피해를 당한 후루사와 부부도 남의 일처럼 느
껴지지 않는지, 기대 이상으로 흥미를 보여서 아유미의 기세

도 점점 더 높아졌다.

"그게 몇 시쯤이었지? 이미 11시가 넘었었나?"

아유미가 물어서 "어?"라며 아키라가 고개를 갸웃거렸다. 실제로는 아직 10시 전이었다.

"이 사람이 '분명하게 한 번 거절했고, 할 얘기가 있으면 낮에 갤러리로 방문해달라'고 강하게 말했는데도 현관문을 열어달라며 막무가내로 고집을 피우는 거예요. 그래도 무시하니까 '딩동, 딩동' 연달아 울려대는 거 있죠. 너무 무서웠어요. 15분 정도는 계속 그랬지?"

"어? 으응."

실제로는 네 번째 차임벨에 아키라가 현관으로 나갔다.

"결국 이 사람이 현관까지 나가서 아무튼 오늘은 그만 가달라고 고함을 쳤는데, 그랬더니 상대도 흥분했는지 현관 앞에서 난동을 부리는 거예요. 그래서 내가 '경찰을 부르겠어요!'라고 소리쳤어요."

"그러니까 순순히 돌아갔어?"

후루사와 부인이 몸을 내밀며 물었다.

"안 가죠."

"그치? 우리 갤러리에 왔을 때도 내쫓았는데, 일 마치고 돌아가려는데 길 반대편에 서 있어서 얼마나 섬뜩했는데."

"우리는 한밤중이었다니까요. 그것도 집 현관 앞에 계속 버티고 서서. 기분이 너무 나빴어요. 그 사람, 분명히 새벽까지 있었지?"

느닷없이 얼굴을 돌리며 쳐다봐서 샴페인을 마시려던 아키라가 "어? 으응"이라며 당황했다. 실제로는 그렇게까지 소란을 피우지는 않았다.

아키라가 현관 앞으로 나가자, "부인에게 지난번과는 다른 작품을 보여드리고 싶다는 말을 전해주십시오"라고 아사히나가 말했다. 아키라가 "우리 갤러리에서는 당신 작품을 취급할 생각이 없다는 말을 확실하게 들었을 텐데? 어쨌거나 집까지 찾아오면 곤란해요"라고 말했다.

그 후, 아키라가 안으로 들어온 후에도 아사히나는 분명 현관 앞에 서 있었지만, 30분 후에 상황을 살피러 나가보니 이미 가고 없었다.

아유미는 "분명히 어딘가에 숨어 있었을 거야"라며 자기주장을 굽히지 않았다.

"······아 글쎄, 난 갤러리 밖으로 나갔더니 잠복하고 있었다니까. 정말 너무너무 무서웠어. 뛰듯이 역으로 달려가면서 이 사람한테 전화를 걸었는데, 도무지 안 받는 거야. 다행히 긴자라 사람들 왕래는 많았지만, 그 왜 하필 우리 집 근처에서 '묻지마 강도 사건'이 일어났을 때잖아. 다리가 후들거려서 택시를 잡아타고 집에 왔다니까."

아유미의 얘기를 받아서 이번에는 후루사와 부인이 말을 늘어놓았다.

전에 아유미한테 들었던 얘기다. 아키라는 아사히나를 피해 긴자 거리에서 낯빛이 바뀌어 도망치는 그녀의 모습이 떠오르긴 했지만, 꽤 부풀린 아유미의 얘기가 끝난 직후라 실제로는 아사히나에게 쫓긴 게 아니고, 좀 더 말하면 갤러리 앞에 서 있었던 남자는 아사히나랑 닮은 다른 사람이었을 가능성도 있지 않을까 의심스럽기까지 했다.

이 후루사와 부부는 내년에 나란히 고희를 맞는다. 오랜 세월 같이 살면 서로 닮는다는 말은 진짜인지, 남편은 풍성한 백발에 포마드를 빈틈없이 발랐고, 부인은 풍성한 백발을 아름답게 틀어 올렸다. 두 사람 다 대식가라 이렇게 같이 식사를 하면, 왕성한 그 식욕에도 늘 놀라곤 한다. 전에 읽었던 여배우 다카미네 히데코의 수필에 자기가 엎지른 주발 국물을 '아이고, 아까워라'라며 입을 대고 마셨다는 다니자키 준이치로의 모습이 묘사되어 있었는데, 그때 가장 먼저 떠오른 사람이 바로 이 후루사와 부부였다.

아유미는 원래 후루사와 갤러리에서 일했었다. 10년쯤 전부터 조금씩 사업을 축소시켜서 롯폰기와 가루이자와에 있었던 갤러리를 닫고, 현재는 긴자에 스무 평가량의 작은 갤러리만 남겨뒀을 뿐이다. 아유미는 이 후루사와 갤러리에서 아티스트 여러 명을 데리고 나와 독립했다. 분점을 내주는 모양새인 셈이다.

아유미와 후루사와 부인의 대화가 갤러리의 방범 대책으로 옮겨 갔을 즈음, "그건 그렇고, 아사히나라는 그 남자는 평소에 무슨 일을 합니까?"라고 아키라가 후루사와에게 물었다.

"음식점에서 일한다고 들었는데. 요리사는 아닌 것 같고."

흰 아스파라거스를 입으로 옮기며 후루사와가 대답했다.

"직접 경영하는 걸까요?"

"설마. 고용됐겠지. 물론 자세한 건 잘 모르지만 말이야. 직원이라 빡빡한 교대 근무가 이어져서 그림 그릴 시간을 좀처럼 내기 힘들다는 식으로 말한 것 같은 기분이 드네."

"아내랑 아이도 있다면서요?"

"그런 모양이더군."

아키라는 아사히나의 얼굴을 떠올렸다. 아키라는 아유미와 후루사와 부인이 걱정하는 만큼 그가 정신적으로 병들었다는 인상은 받지 않았다. 굳이 나누자면, 가엾을 정도로 순수해서 자기 작품이 왜 계속 받아들여지지 않는가에 관해 순박한 의문을 품고 있는 것 같았다. 그러나 아유미와 후루사와 부인의 말로는 그런 에고이즘이야말로 병적이라는 것이다.

"그 사람 그림은 가망이 없는 거죠?"라고 아키라가 불쑥 물었다.

대형 보안회사의 한 달 비용을 비교하고 있던 아유미와 후루사와 부인이 별 희한한 사람을 다 본다는 듯한 표정을 지었다.

"아니, 물론 없겠지만……"이라며 당황한 아키라가 후루사와에게 도움을 요청했다.

접시에 남아 있던 누에콩 소스를 빵에 듬뿍 바른 후루사와가 천천히 그리고 단호하게 "없어, 없고말고"라며 고개를 가로저었다.

아유미와 부인은 당연하다는 듯이 고개를 크게 끄덕이고 원래 화제로 돌아갔다. 후루사와처럼 자신의 심미안만 믿고 살아온 남자가 하는 말에는 무게감이 있었다.

주말에 유카가 집에 왔다. 아침 일찍부터 고타로와 외출했던 모양이다. 정원에 의자를 내놓고 일광욕을 즐기고 있던 아키라가 "어서 와"라며 인사를 건넸다. 스웨터가 얇아서 가슴이 두드러져 보였다. 햇빛 아래에서는 코와 뺨에 희미하게 흩어진 주근깨가 사라져서 안 보이는 모양이다.

"저녁 먹고 가지."

아키라가 말을 건네자, "그러려고 왔어요—"라며 거리낌이 없다.

"엄마는 오늘도 일하시나?"

"지금 다음 프로모션 준비로 바쁜가 봐요. 휴일인 오늘도 출근했어요."

실제로 아유미한테 저녁거리를 사다 달라는 부탁을 받았는지, 고타로의 양손에 이세탄 종이봉투가 들려 있었다.

두 사람은 부엌으로 음식 재료를 옮긴 후, 고타로의 방으로 올라간 듯했다. 2층 창을 열고 뭐가 그리 재미있는지 깔깔거리며 웃는 소리가 밑에까지 들렸다.

두 사람을 쫓듯이 아키라도 현관으로 돌아갔다. 유카와 고
타로의 신발이 한쪽 구석에 가지런하게 늘어서 있었다. 고타
로가 정리했을 리는 없다.

"애들한테 장 봐달라고 부탁했어?"

거실로 들어가 부엌에 있는 아유미에게 말을 건넸다.

"혹사시키는 건 아니야. 고타로가 이번 달 용돈이 얼마 안
남았다고 하잖아."

"그래서 장보기 아르바이트?"

"'저거 먹고 싶다, 이거 맛있겠다'라면서 둘이 백화점 지하를
돌아다니는 게 재밌나 봐. 신혼 기분이라도 맛보는 거 아닐까?"

"싸게 먹히겠네."

"젊은 애들은 뭘 해도 즐겁잖아."

왜 그런지 둘이 같이 천장을 올려다봤다.

"아이참, 스키야키 해 먹을 거라니까. ……좀 더 비싼 고기
를 사 왔어야지."

아유미가 종이봉투에서 고기를 꺼냈다.

"준비는 나중에 내가 할게. ……그보다 유카짱이 거의 매주
우리 집에 놀러오는 걸 처형 부부가 아나?"

"알겠지. 언니가 스카이프로 유카짱이랑 자주 대화하는 것
같던데."

"위에서?"

"그런가 봐."

아키라가 또다시 천장을 올려다봤다.

"부모가 알고 있으면 다행이지만"이라며 아키라가 투덜투덜 얘기를 계속했다.

"……아니 뭐, 아직 고등학생이니 건전한 교제까지 이러쿵저 러쿵 참견할 생각은 없어. 하지만 뭐랄까, 이렇게 쉬는 날마다 딱 달라붙어서 어영부영 시간을 보내는 건 좀 아니다 싶은데."

음식 재료를 냉장고에 넣던 아유미가 "대체 무슨 말을 하고 싶은 거야?"라며 조숙한 중학생 같은 표정을 지었다.

"아니, 딱히 하고 싶은 말이 있는 건 아니고."

"걱정 안 해도 고타로랑 유카는 우리가 생각하는 이상으로 야무져."

"그럴까?"

"당신이 무슨 걱정을 하는지 대충 상상은 가, 그거 말이지?"

"어? 응, 아마. 일단 그 뭐냐, 우리가 고타로를 맡고 있는 상 황이고, 유카짱 엄마도 일단은 우리를 믿고 여기로 보내는 거 잖아. 뭐 하긴, 우리가 무슨 말을 하든 젊은 친구들이니까 그 렇게 될 때는 그렇게 되겠지만……."

아유미는 아키라의 걱정보다 파 가격이 더 신경 쓰이는 모 양이다.

"고기는 싼데, 파는 비싼 걸 샀네. 보통 얼마쯤 하는지 몰라 서 그랬겠지."

얘기를 딴 데로 돌려서 아키라가 자리를 떠나려고 하자, "괜찮아. 지난달에 언니가 왔을 때, 고타로한테도 확실하게 얘기했어. 그 부분에 관해서는"이라고 말을 이었다.

"그 부분에 관해서라니?"

"아니 그러니까 반드시 콘돔을 쓰라거나 아가씨 몸은 이러저런 식으로 델리커트하다거나…… 비교적 상세하게."

"뭐라고? ……엄마랑 아들 사이에 그런 얘기도 하나?"

"안 돼?"

"아니, 안 되는 건 아니지만……."

"그런 면에서는 상당히 오픈마인드거든, 우리 집은."

아유미가 종이봉투에서 마쓰자카 소고기의 시구레니(조갯살에 생강 등을 넣고 조린 식품)라고 적힌 병을 꺼내 들더니, "요즘 애들은 이런 수수한 걸 좋아하는구나"라며 웃었다.

아키라는 저도 모르게 자기가 어머니와 섹스에 관한 얘기를 나누는 장면을 상상해버렸고, 그와 동시에 온몸이 근질거렸다.

"그런 건 과연 어떨까?"라며 아키라가 물고 늘어졌다.

"어떨까라니, 뭐가?"

"아니, 엄마랑 아들이 그런 대화를 나누는 거, 흐음 왠지 오히려 더 이상한 방향으로 영향을 끼칠 것 같지 않아?"

"이상한 방향이라니?"

"아니, 그러니까……."

젊은 남자에게는 건전하지 않다고 말하고 싶었지만, 그러면

이 대화의 첫머리와 모순된다.

"흐―음" 하고 신음을 흘린 아키라가 부엌에서 나왔다.

2층으로 올라가자, 고타로의 방문은 활짝 열려 있고, 침대에 드러누운 고타로는 휴대전화를 만지작거리고, 유카는 책상 앞에 앉아 열심히 뭔가를 쓰고 있었다. 아키라는 그 앞을 그냥 지나쳐서 부부 침실로 들어갔다. 창을 열고 경치를 바라보았다. 슈퍼마켓 다이산은 해체 작업이 더 많이 진행되어서 전에 소형 트랙터셔블이 올라가 있던 옥상 부분은 이미 사라지고 없었다. 일요일은 공사를 쉬는지, 반쯤 허물어진 건물만 푸른 하늘 아래 남겨져 있었다.

아키라는 침대에 벌렁 드러누웠다. 눕자마자 최근 며칠 동안 뭔가를 알아봐야겠다고 생각하면서도 그것이 뭔지 떠올리지 못하고 있다는 생각이 났다. 떠오르지 않는 걸 떠올리려고 애써봐야 아무 소용 없다며 한숨을 내쉬려는 순간, 웬일로 오늘은 그 뿌리를 생각해냈다.

아 그래, 운케이다.

지난번에 아유미의 갤러리에서 만난 센다이의 미야시타 부인이 고등학생 사내아이는 운케이의 작품 같다며 웃었다. 분명 그때, 다음에 운케이의 작품을 다시 한 번 봐야겠다고 마음먹었으면서도 그것을 떠올리지 못했던 것이다.

아키라는 몸을 일으키고, 책장에서 운케이의 작품집을 끄집어냈다. 운케이의 작품에 금강역사상(金剛力士像)만 있는 건 아니겠지 하며 페이지를 들척였다. 펼쳐진 페이지에서 운케이 좌상이 나왔다. 이것은 운케이 본인의 자각상(自刻像)이라고도 일컬어지고, 아들 단케이의 작품이라고도 일컬어진다. 앉아 있는 노구(老軀)의 가슴팍에서 스산해 보이는 늑골이 두드러졌다.

스산해 보이는 노인의 가슴팍을 바라보면서 아키라의 머릿속에 떠오른 것은 조금 전에 봤던 유카의 모습이었다. 옅은 복숭아 빛깔 스웨터는 브이넥이고, 속에는 하얀 셔츠를 받쳐 입었다. 눈이 부실 정도로 새하얀 셔츠는 단추 두 개가 풀려 있었고 훤히 드러난 가슴팍에 가느다란 목걸이가 잘 어울렸다. 열일곱 살 생일에 긴자 티파니에서 엄마한테 선물받았다고 했던 목걸이인 모양이다.

Y역에서 걸어오다 보면 도중에 공원을 지난다. 한가운데에 높이 30미터가 넘는 플라타너스 거목이 있다. 정확한 수령은 모르지만, 이곳이 다이쇼시대에 아카사카 별궁에서 분리되어 일반에게 공원으로 공개된 때부터 이미 있었던 모양이다.

이 플라타너스가 아니라, 조금 앞쪽에 있는 칠엽수를 올려다보는 남자가 있었다. 그 옆얼굴이 낯이 익었다. 아키라는 확인하듯 가까이 다가갔고, 확신을 얻은 동시에 "안녕하세요?"라며 인사를 건넸다. 목소리를 알아챈 남자가 뒤를 돌아보고, "어, 오랜만이네요"라며 웃는 표정을 지었다.

전에 살았던 역 반대편의 맨션에서 같은 층에 살던 남자다.

"이쪽으로 이사했거든요."

남자가 신기해하는 표정을 지어서 아키라가 먼저 알려주었다.

"……죄송합니다, 인사도 제대로 못 드리고 이사 와서."

남자의 현관문에 걸려 있던 목각 문패는 떠오르는데, 거기에 쓰어 있던 이름은 생각나지 않았다.

"아뇨, 저도 늘 집을 비워서."

남자의 오른손에 작은 쌍안경이 들려 있었다. 아키라의 시선을 알아챈 남자가 "아아, 저기에 곤줄박이가 있어서 잠깐 살펴보는 중이었어요"라며 또다시 칠엽수를 올려다봤다. 아키라도 그 말에 이끌려서 얼굴을 들었다. 굵은 가지에서 살짝 뻗친 가느다란 잔가지에 참새처럼 보이는 새가 있었다.

"진귀한 새인가요?"

아키라가 목을 길게 뺐다. 그 바람에 하루 종일 고개를 푹 숙이고 있었다는 걸 알아챘다.

"한동안 멸종됐다고 하기도 했는데, 최근 들어 다시 도쿄 도 내에서도 볼 수 있게 됐죠. 메이지 신궁이나 고쿄(皇居)에 가면 얼마든지 볼 수 있지만, 이 주변에서는 드문 일인 것 같아서."

남자도 목을 뺀 채로 얘기하다 보니 도중에 몇 번인가 콜록거렸다.

"그럼, 역시 진귀한 새로군요."

가지 위에 앉은 곤줄박이는 바쁘게 움직이고 있었다. 작은 날개를 펼쳐서 날아가려나 하면 다시 접었다. 아키라는 목이

아파서 시선을 되돌렸다. 그 순간, 목각 문패에 있었던 '하세가
와'라는 글자가 떠올랐다.

서로 왕래가 있었던 건 아니지만, 같은 엘리베이터를 써서
빈번하게 얼굴을 마주했었다. 인사만 나눌 때도 있고, 가끔 날
씨 얘기 정도는 나눴는지도 모른다. 당시에는 열 살쯤 연상일
거라 생각했는데 새삼 다시 보니, 빨간 뉴발란스 운동화에 청
바지 차림 탓인지, 옛날 인상보다 젊어 보였다.

하세가와는 독신인 것 같았다. 어떤 직종에 종사하는지는
모르지만, 아침 6시가 지나면 집을 나서서 저녁 늦게까지 돌
아오지 않는 것 같았다. 다만, 주말이 되면 출입이 잦아졌고,
예외가 없다고 해도 좋을 만큼 젊은 여자를 자주 데리고 왔
다. 맨 처음 그 장면을 마주쳤을 때는 같이 있는 사람이 하세
가와의 딸일 거라고 아키라는 생각했다. 이혼해서 떨어져 사
는 딸이 방문했을 거라고 순간적으로 생각하고, "안녕하세요?"
라며 밝게 인사를 건넸다. 그러나 하세가와는 어색해하는 분
위기였고, 여자 쪽은 눈도 마주치지 않았다.

얼마쯤 지나 또다시 그런 장면을 맞닥뜨렸다. 젊은 여자의
얼굴을 또렷하게 기억했던 건 아니지만, 지난번과는 다른 여자
가 분명했다.

하세가와가 어지간히 인기가 좋거나 이른바 자택 출장 타입
의 호스티스를 부르는 것 같았다.

여자들의 복장이 화려한 것도 아니었다. 굳이 나누면 수수

한 편이라 평소에는 예를 들자면 은행이나 관공서 같은 건실한 직장에서 일하는 모습이 더 쉽게 떠올랐다.

"잠깐 보실래요?"

갑자기 건네는 말에 아키라가 하세가와를 쳐다보았다. 곤줄박이를 열심히 올려다보고 있다고 착각한 모양이다.

"아 네, 그럼"이라며 아키라가 그가 건네는 쌍안경을 받아 들었다.

작은 것치고는 중량감이 있었다.

적당히 눈에 대고 들여다보았다. 한 번에는 가지 위의 곤줄박이를 잡지 못하겠지 했는데, 웬일로 들여다본 순간 곤줄박이가 눈앞으로 휙 다가왔다.

"오옷."

자기도 모르게 몸을 젖히는 바람에 곤줄박이를 놓치고 말았다.

다시 가지 끝에서부터 조금씩 더듬어갔다. 성능이 좋은 쌍안경인지 눈앞에 바로 곤줄박이가 나타났다.

"보입니까?"

"네, 또렷하게."

육안으로는 참새랑 다를 바가 없었는데, 이렇게 크게 보니 상당히 많이 달랐다.

검은 머리에 검고 작은 부리. 부리 주변이 노랗고, 부드럽게 부풀어 오른 배는 갈색으로도 녹색으로도 보였다. 그리고 다

른 무엇보다 자그마한 검은 눈에 애교가 있었다. 동글동글 귀
염성 있다는 표현은 분명 이런 걸 두고 하는 말이겠지.

"귀엽네요"라고 아키라가 순순히 감상을 말했다.

"곤줄박이는 머리가 좋아서 재주를 배울 수 있어요. 그래서
옛날에는 많이 키웠죠"라고 하세가와가 알려주었다.

"호오, 재주를?"이라며 아키라가 그 말을 되풀이했다.

왜 그런지 곤줄박이가 아니라, 하세가와의 집에 왔었던 여
자들 얼굴이 떠올랐다.

"그 왜, 작은 새를 이용한 점괘가 있잖아요?"

"아하, 새 둥지에서 나와서 점괘 제비를 뽑는 녀석 말이죠?"

"그렇죠, 그렇죠. 그 점괘에 사용하는 새가 바로 이 곤줄박
이였어요."

"그렇군요. 전에 타이완에 갔을 때 해봤는데."

"지금은 이제 거의가 문조(文鳥)겠지만."

그때 갑자기 곤줄박이가 울었다. 작은 부리를 한껏 벌리며
치―치― 소리를 냈다.

"아, 우네요. 울어요"라며 아키라가 기뻐했다.

"그야 당연히 울죠."

하세가와가 옆에서 쓸쓸하게 웃었다.

다시 쌍안경을 들여다보려는 순간, 등 뒤에서 "이모부?"라고
부르는 소리가 들렸다. 돌아보니 학교에서 돌아오는 고타로가
서 있었다.

"뭐해요?"

"곤줄박이래"라며 아키라가 나무를 올려다봤다.

"곤줄박이?"

고타로도 올려다봤지만, 바로 찾지는 못하는 듯했다.

"조카예요"라고 하세가와에게 소개하자, "고등학생?"이라고 하세가와가 본인에게 직접 물었고, 고타로도 "네"라며 고개를 끄덕였다.

"앗."

그때 하세가와가 소리를 높였다. 곤줄박이가 날아올랐다.

하세가와와 헤어져서 고타로와 함께 집으로 돌아왔다. 오는 길에 하세가와는 전에 살았던 맨션의 이웃이었다는 얘기는 했지만, 매주 여자를 데려왔다는 말은 하지 않았다.

집 앞에 무슨 물건이 놓여 있는 것을 먼저 알아챈 것은 고타로였다.

"뭐지, 이건?"이라며 발밑에 놓여 있는 상자를 들어 올렸다. 빈틈없이 꼼꼼하게 포장된 상자였다.

"설마 택배 배달원이 이런 데 두고 가진 않겠지"라며 아키라가 상자를 받아 들었다.

크기에 비해 묵직한 무게감이 느껴졌다. 그 크기와 감촉으로 보아 너 홉들이 술병이라도 들어 있는 선물용 상자 같았다. 택배 배송 전표는 없었다.

고타로는 벌써 흥미를 잃었는지 먼저 집으로 들어가버렸다.

아키라는 어떻게 된 일인가 하며 주위를 둘러봤지만, 역시나 떨어진 택배 배송 전표 같은 건 없었다. 일단은 우편함을 열었다. 거기에 뭔가가 들어 있을지도 모른다고 생각했지만, 석간신문과 광고 우편물 두 통뿐이었다.

집 대문은 바깥 길에서 짧은 계단으로 올라선 데에 있다. 상자는 그 계단의 맨 위쪽, 대문 바로 앞에 놓여 있었다. 떨어뜨리고 간 물건이라고 보기는 어려웠다.

아키라가 상자를 살며시 흔들어보았다. 역시나 술 비슷한 물건인지 안에서 출렁거리는 소리가 났다.

원래 자리에 내려놔도 이번에는 아유미가 들고 올 게 틀림없다. 아키라는 일단 집으로 들고 들어갔다.

그날 밤, 결국은 고타로가 그 포장을 풀었다.

아유미가 돌아올 때까지 기다렸는데, 짚이는 게 없는 듯했다. 하는 수 없이 아키라가 택배업체 서너 곳에 전화를 걸었다. 업체들은 모두 정중하게 조사해줬지만, 오늘 집으로 배송된 물건은 없었다.

상자는 다이닝룸 식탁 위에 덩그러니 놓여 있었다.

"으음, 밖에 다시 내놓지 않아도 될까? 왠지 기분이 나빠졌어."

집으로 돌아온 직후, 딱 한 번 들어보긴 했지만, 그 후로 아유미는 그저 멀찍이서 바라볼 뿐이었다. 마치 거기에 폭발물이라도 들어 있는 듯한 태도였다.

"설마 그 아사히나라는 사람이 두고 간 건 아니겠지?"

아유미가 그 말을 할 때까지는 상상조차 못 했다.

"무슨 이유로?"

"일종의 심술궂은 괴롭힘이랄까?"

"그렇지만 내용물은 아마 술 같은 걸 텐데."

"알게 뭐야. 어쩌면 황산일지도 몰라, 여는 순간 폭발한다거나……."

"설마."

아유미의 반응을 재미있어하던 고타로가 자기가 열어보겠다며 나섰다. 아키라가 허둥거리며 "됐어. 내가 할게. 자, 물러나"라며 그 몸을 밀어냈다.

"이모부도 폭탄이라고 생각하잖아요"라며 고타로가 웃음을 터뜨렸다.

고타로가 상자 앞에 앉았다. 능숙한 손놀림으로 포장지에서 셀로판테이프를 신중하게 벗겨냈다. 위아래와 옆면을 벗겨낸 후, 갓난아기라도 눕히듯 상자를 내려놓더니 이번에는 기저귀라도 갈아주듯 포장지를 벗겨갔다.

어느새 아유미도 조금 떨어진 곳에서 까치발을 떼며 들여다보고 있었다.

"거 봐, 역시 술이지."

안에서 나온 물건은 일본주가 들어 있는 선물용 상자였다.

"히비키?"

고타로가 술 이름을 읽었다.

아키라가 좋아하는 술이었다. '히비키'는 쌀의 도정 정도에 따라 몇 가지 종류가 있는데, 상자에 든 것은 2할 3푼까지 도정한 술로 너 홉들이 한 병에 8000엔쯤 할 터였다.

고타로가 선물용 상자에서 병을 꺼내 들고 내용물을 확인했다. 딱히 이상한 게 들어 있지는 않았다.

수상쩍은 물건의 정체가 밝혀지고 나니, 고타로는 놀이에 싫증인 난 듯이 2층으로 올라갔다.

"어떡할래?"라고 아키라가 물었다.

이번에는 아유미가 기저귀를 갈듯이 포장지를 다시 쌌다.

"버릴 수도 없고……, 마실 수도 없고……."

결과적으로 다시 포장한 술을 아유미가 현관 신발장 위로 옮겼다.

다음 주, 퇴근길에 훌쩍 들어간 즉석요리점에서 은어 소금 구이가 나왔다. 시기적으로 보아 자연산일 리는 없지만 향이 좋았다.

오후에 마사에게 이메일을 보냈는데, 여전히 답장이 없었다. 반년이나 연락을 안 하다 갑자기 오늘 밤에 식사라도 하지 않겠냐고 했으니 올 리가 없다.

일본주 메뉴에 히비키가 있었다. 아직 젊은 주인에게 주문하자, 냉장고에서 꺼낸 한 되짜리 병을 한 손으로 가볍게 들고 카운터 너머 술잔에 따라주었다. 꽤 무거워 보였지만, 굵직한 팔뚝은 조금도 흔들리지 않았다.

낮 동안 기온이 올라간 탓인지, 가게 안은 냉방이 잘되어 있었다. 주인이 입고 있는 자잘한 에도 무늬가 그려진 작업복이 시원해 보였다.

"올해도 꽤 덥겠죠."

다른 손님이 없어서 아키라가 말을 건넸다.

"오사카 쪽은 오늘 30도 가까이까지 올라갔나 봐요. 벌써부터 이러면 앞날이 훤하죠"라고 주인이 알려주었다.

오늘 아침, 아유미는 그런 오사카로 떠났다. 갤러리에 소속된 나나이 가오루라는 사진작가가 그룹 전시회에 참가해서 돕기 위해 사흘쯤 체재하게 된 것이다.

"뭐 하긴, 장사 성격상, 여름이 안 더우면 곤란하긴 해요"라고 아키라가 중얼거리자, "그렇게 말씀하시는 걸 보면 손님이 하시는 일은……"이라며 주인이 고개를 갸웃거리다 "……맥주랑 연관이?"라고 물었다.

"아, 정답!"이라며 아키라가 기뻐했다.

생맥주 서버에 자기 회사 포스터가 붙어 있었다.

일본주를 홀짝홀짝 마시며 입구에 있는 신위를 모셔둔 감실을 바라보았다. 갓 새로 마련한 흰 무명 종이가 에어컨 바람에 하늘거렸다. 푸릇푸릇한 비쭈기나무를 바라보고 있으니 웬일인지 작년 여름밤에 마사와 함께 걸었던 진구가이엔의 정경이 떠올랐다.

바람 한 점 없는 찌는 듯이 무더운 밤이었고, 회화관에서 국립경기장으로 향하는 산책길에는 풀숲에서 피어오르는 훗 훗한 열기로 숨이 턱턱 막혔다.

"저쪽 벤치에 앉을까?"라고 아키라가 청했지만, "모기 있어 요"라며 마사가 얼굴을 찡그렸다.

그러나 그 발걸음은 가벼워 보였다.

가이엔니시도리에 있는 바에서 막 나왔을 때라 그리 늦은 시간도 아니었다. 도심에 자리 잡은 밤 숲은 고요했고, 이따금 매미가 생각이 난 듯이 맴맴 하고 울었다. 심장이 아플 정도로 높이 뛰었다. 무슨 말이든 하려고 했지만, 머릿속에서 먼저 그 말을 가로채버려서 결국은 아무 말도 나오지 않았다. 목이 타 고, 몸이 달아올랐다.

지금이라면 뭘 해도 잘 풀릴 것 같은, 그 반대일 것도 같은, 가볍고도 무거운 너무나 그리운 감각이었다.

카운터에 올려둔 휴대전화가 흔들리고 있었다. 퍼뜩 제정신 을 차린 아키라가 감실에서 시선을 거둬들였다. 마사일 줄 알 고 전화기를 집어 들었는데, 고타로에게 온 전화였다.

"이모부? 오늘도 우리 집 문 앞에 뭐가 놓여 있던데요."

딱히 놀란 것 같지도 않은 고타로의 목소리가 들렸다.

"놓여 있다니, 뭐가?"

"글쎄요……, 아마 쌀."

"쌀? 왜?"

"저도 모르죠. 5킬로그램짜리라고 쓰여 있어요. 어떡해요? 안에 들여놔요?"

아키라는 자기도 모르게 주인을 바라보았다. 주인은 젖은 손으로 잔에 따른 얼음물을 마시고 있었다.

변두리에 내리는
소나기

자명종 소리가 멀게 느껴졌다.

어젯밤, 침대에 눕기 전에 초승달 밤이라는 걸 알았던 탓인지 몸도 무겁다. 아직 꿈속에 있었던 아키라는 그런데도 손을 뻗어 자명종을 껐다. 계속 꾸고 싶은 꿈도 아니었다. 침대에 걸터앉아 아유미가 없는 옆자리를 바라보았다. 오사카 출장이 내일까지인가 내일모레까지인가 생각하다 보니, 그때까지 선명했던 꿈 내용이 순식간에 흐릿해졌다.

가끔 아유미의 웃음소리에 잠을 깰 때가 있다. 어지간히 즐거운 꿈인지, 아유미는 소리를 내며 깔깔 웃는다. 다음 날 아침에 지적하면, 본인도 어렴풋이 기억은 하는지, "아, 너무 웃어서 턱이 아팠구나"라느니 어쩌느니 엉뚱한 소리를 한다. 다만, 뭐가 그렇게 재미있었는지는 늘 기억하지 못한다.

아키라는 창을 열고 심호흡을 했다. 금방이라도 비가 쏟아질 것 같은 하늘이었다.

부엌에서 무를 넣고 된장국을 끓이고 있는데, 고타로가 일어나서 나왔다.

"이모부, 엄마가 다음 주 목요일에 일본에 온대요."

냉장고에서 꺼낸 우유를 잔에 따르면서 고타로가 말했다.

"아빠도?"라고 아키라가 물었다.

"아뇨, 엄마랑 히나코만. 저도 주말에 가마쿠라에 가서 자고 올게요."

고타로가 목젖을 울리며 우유를 마셨다. 그 모습을 별생각 없이 바라보고 있는데, 웬일인지 잠에서 깨기 직전에 꾼 꿈이 선명하게 떠올랐다.

"왜요?"

너무 물끄러미 쳐다본 탓인지 고타로가 고개를 갸웃거렸다.

"아니. 아무것도 아냐. ······오늘 아침에 꾼 꿈이 생각나서"라며 아키라가 가스레인지의 불을 껐다.

"남의 꿈 얘기, 흥미 없음."

고타로가 세면실로 향했다.

꿈을 떠올리고 보니 꿈속에서 맛본 절망감까지 되살아났다. 어디 바다인지 별로 깨끗하지 않았다. 날씨는 나쁘고 바다는 잿빛에 모래사장에도 곳곳에 바위가 있었다. 그래도 해수욕을 온 손님은 많아서 가족 동반, 연인, 젊은이들로 북적거렸다.

거기까지 떠올리고, '아아, 바다가 잿빛이었던 게 아니라 꿈이 흑백이었구나'라고 알아차렸다. 해수욕 손님들의 수영복에도 색깔이 없었다.

아키라는 모래사장에서 바비큐를 준비하고 있었다. 주위에는 동료들이 열 명쯤 있었다. 그런데 그 동료들의 얼굴은 낯설었다. 아니, 본 기억만 날 뿐, 어디의 누구인지 알 수 없었다.

지금 돌이켜보면, 아무래도 그들 중에 하세가와가 있었던 것 같다. 하세가와는 전에 살았던 역 맞은편 맨션에서 같은 층에 살았던 남자인데, 주말이 되면 젊은 여자를 집으로 불러들이곤 했다.

그렇다면 다들 그 정도 사이의 지인들이었는지도 모른다. 아키라는 뜨거운 철판에 볶은 국수를 모두에게 나눠 주고 있었다. 누군가가 아이스박스에서 꺼낸 시원한 캔 맥주를 건네주었다.

즐거운 시간임에 틀림없었다. 그렇지만 아키라는 뭔가가 떠오르지 않아서 내내 기분이 안 좋은 상태였다.

아키라는 시원한 캔 맥주를 손에 들고 바위 터 쪽으로 혼자 걸어갔다. 발뒤꿈치에 밟히는 젖은 모래 감촉을 지금도 선명하게 떠올릴 수 있다. 바위 터에 다다랐을 때, 소스라치게 놀랐다. 자기가 전에 사람을 죽여서 줄곧 도망 다니고 있다는 생각이 떠올랐기 때문이다. 돌이켜보면 그런 중대한 일을 떠올리지 못했던 스스로에게 우선 놀랐고, 만약 잡히면 빼앗길 자유를 생각하니 핏기가 싹 가셨다.

자유가 사라지면 뭘 할 수 없게 될까 아키라는 생각해봤다. 감옥에 있는 자기를 상상한다기보다 감옥으로 향하는 차에 실린 자기를 떠올렸고, 안절부절 어쩔 줄 모르는 기분에 사로잡혔다.

아키라는 그런 꿈을 자주 꿨다. 언제부터 그런 꿈을 꾸게 됐는지는 확실치 않지만, 20대 중반 무렵에는 자주 꾸는 꿈이라고 인식했던 것 같은 기분이 들었다. 유형은 여러 가지였다. 오늘 아침처럼 예전에 자기가 살인을 저질렀다는 건 정석이고, 강도, 강간, 방화 등등 스토리는 다양했지만, 어쨌거나 돌이킬 수 없는 짓을 저질러버린 것은 변함이 없다.

꿈속에서는 매번 그것을 잊고 있었다. 잊고 평소처럼 생활하던 중에 어떤 계기로 문득 떠올리게 되는 것이다.

"이모부, 시간."

갑자기 건네는 말에 아키라가 제정신을 차렸다. 고타로가 자기가 먹은 밥그릇을 개수대로 옮기면서 벽시계로 턱짓을 했다.

이미 교복으로 갈아입은 고타로는 곧바로 현관으로 향했다. 아키라는 별생각 없이 그 뒤를 따라갔다.

가죽 구두를 신는 고타로를 바라보고 있으니, "왜요?"라며 이상하다는 표정을 지었다.

"아냐, 잘 다녀와."

"다녀오겠습니다."

현관문을 연 고타로에게 "우산은?"이라고 물었다.

"으—음……, 아마 괜찮을걸요."

하늘을 힐끗 올려다본 고타로가 그렇게 말하며 달려갔다.

젊을 때는 언젠가 장래에 자기가 그런 처지가 되지는 않을까 걱정했었다. 설마하니 자기가 사람을 죽이는 상상은 꿈에도 한 적이 없지만, 어떤 이유로 휘말려서 실제로 이런 절망감을 맛보는 건 아닐까 하고. 그러나 이 나이가 되고 보니, 꿈은 그저 꿈일 뿐이라는 생각이다. 방금 "아마 괜찮을걸요"라며 이 하늘 아래로 튀어 나간 고타로는 아니지만, 아마 괜찮을 게 틀림없는 자기 인생에 어떤 자극을 원하는 마음이 있어서 그런 꿈을 꾸게 만드는 건 아닐까 하고.

거실로 돌아오려다 문득 신발장 위로 시선이 갔다.

어젯밤에 대문 앞에 놓여 있었다는 5킬로그램짜리 쌀 봉지가 일본주 선물 포장 상자 옆에 놓여 있었다. 쌀은 아키타의 '린(凜)'이라는 유명한 쌀로 전용 종이 상자에 들어 있었지만, 역시나 배송 전표는 붙어 있지 않았다.

어젯밤에 집에 돌아온 아키라는 곧장 이 상자를 열었다. 무슨 다른 물건이 들어 있지는 않을까 조금은 조심했는데, 안에는 선물용 봉지에 담긴 쌀뿐이었다. 당장 오사카로 출장 가 있는 아유미에게 문자를 보내자, 금세 전화가 왔고 역시나 짐작 가는 곳이 없다고 했다. "어떡할까?"라고 아키라가 물었는데, 아유미는 "진짜 기분 나빠"라는 대답뿐이었다. 뒤풀이로 술을 마셨는지 살짝 취한 것 같았다.

퍼뜩 생각이 떠올라서 "내일, 파출소에 가서 상의 좀 해볼까"라고 아키라가 말하자, "아, 그래. 그렇게 해줘"라며 아유미가 덥석 달려들었다.

"그런데 뭐라고 하지?"

그쯤에서 대화가 끊겼다.

"……그러게, 그냥 있는 그대로 얘기하면 되지 않을까. 대문 앞에 술이랑 쌀을 두고 가서 곤란하다고."

분명 그것 말고는 달리 설명할 방법이 없을 것 같았다.

지하에 있는 직원 식당에서 B런치를 그러넣고 7층 사무실로 돌아오자, 지난겨울에 갓 결혼한 부하 직원 나카무라가 책상에서 사랑하는 아내가 싸준 도시락을 느긋하게 먹고 있었다.

"맛있어 보이네."

등 뒤에서 들여다본 아키라가 자기도 모르게 그런 말을 흘렸다.

"아무래도 이젠 좀 질리긴 해요"라고 나카무라가 건방진 소리를 했다.

입사 3년째, 담당한 일이 잘 풀리면 본인도 놀라서 어리둥절해하는 면도 있지만, 요즘 세상에는 보기 드문 열혈한이라 동기들 회식 자리에서는 토론이 뜨거워져서 눈물을 흘린 적도 있다고 한다.

"뭐야, 그건?"

나카무라가 도시락을 먹으며 보고 있던 뉴스사이트 영상을 아키라가 가리켰다.

"아, 한국에서 침몰한 페리의 선장이에요. 살인죄로 기소됐대요."

화면에 몹시 초췌한 중년 남자가 나왔다.

"……뭐 하긴, 무리도 아니죠, 살인죄."

나카무라가 갑자기 입이 무거워졌다. 뉴스 영상에는 침몰해 가는 페리에서 구명보트를 향해 필사적으로 헤엄치는 아이들의 모습도 나왔다.

지난달에 이 세월호의 침몰 뉴스가 나왔을 때, 아키라는 희생된 아이들 중에 고타로나 유카가 있는 듯한 기분이 들어서 스스로도 놀라울 정도로 동요하고 말았다. 희생된 아이들이 전날 밤에 자기 집에서 어떤 얼굴로 웃었을지 쉽게 상상이 가서 잇달아 전해지는 잔혹한 뉴스에 가슴이 먹먹해질 정도였다.

옆 부서에 작년에 입사한 성이 '곽(郭)'씨인 한국인 직원이 있는데, 그녀의 집이 이번 사고로 희생된 아이들이 다니는 학교에서 가까워서 학생들과도 길에서 자주 마주쳤다고 한다. 평소에는 밝고 활기찬 곽이지만, 아무래도 이 사건 직후에는 표정이 어두웠다.

아키라를 포함해서 같은 층에서 일하는 모든 직원들은 희생된 아이들과 전에 마주친 적이 있는 듯한 기분이 들었다.

결국 아키라는 뉴스가 끝날 때까지 나카무라의 등 뒤에서 영상을 바라보았다.

자리를 뜨려고 하는데, 이어서 이번 달에 시작하는 월드컵 뉴스가 흘러나왔다.

"과장님, 축구 보세요?"

틀에 찍어낸 자그마한 주먹밥을 입에 넣은 나카무라가 물어서 "나? 별로 흥미는 없는데……. 뭐, 그래도 월드컵은 봐"라고 아키라가 대답했다.

"과장님은 야구부였죠?"

"고등학교 때까지. 대학 때는 동네 야구 팀 4번."

"왠지 그럴 것 같단 말이야."

"그래?"

"저는 이번 일본 대표 팀이 높은 순위까지 올라갈 것 같은 예감이 들어요."

"그런데 조 편성을 보니 꽤 어려울 것 같던데."

"뭐, 그래도 16강…… 아니, 혹시 알아요, 8강까지 갈지? 그 왜, 주장인 하세베 선수 아시죠?"

"《마음을 가다듬다》라는 책 말이지?"

"어? 과장님도 읽으셨어요?"

"아니, 읽진 않았고."

"아무튼 왠지 그런 선수가 주장이면 틀림없이 소통이 원활할 거란 생각이 들어요. 그런 분위기면 젊은 녀석들도 맘껏 힘을 발휘할 수 있다고 할까."

"어어, 혹시 나 들으라고 비아냥거리는 소린가?"라며 아키라가 웃었다.

"아니죠. 그렇잖아요, 과장님은…… 이미 가다듬어져 있으니까."

"내가 가다듬어졌다고?"

"가다듬어졌죠."

왠지 둘이 같이 웃었다.

"그나저나 이번에는 브라질이라 시간대가 안 좋잖아, 경기 시간."

"한밤중이에요. 아니, 새벽이겠죠."

아키라는 흐음 하고 고개를 끄덕이고, 기지개를 폈다. 배가 꽉 차서 그런지 갑자기 졸음이 쏟아졌다.

자기 책상으로 돌아가서 오전 중에 올라온 서류들을 훑어보았다. 이 강렬한 졸음에는 어딘지 모르게 그리운 느낌이 있었다. 나카무라를 상대로 '야구'라는 말을 주고받은 탓일지도 모르지만, 당시 자주 다녔던 고향에 있는 현립미술관의 부드러운 소파 감촉이 되살아났다.

연습은 혹독했지만, 강호 학교는 아니었다. 현 대회에서 1승을 거두면, 그 대회에서 잘했다고 일컬어질 정도였다. 주말에 연습이 끝나면, 아키라는 집으로 돌아오는 길에 자주 미술관에 들르곤 했다. 제일 넓은 홀에 착석감이 엄청나게 좋은 소파가 있어서 전시된 그림들에 둘러싸여 낮잠을 즐기는 게 좋았다.

원래는 지역 상점가의 복권 추첨에서 그 미술관의 연간 무료 이용권이 당첨된 게 계기였다. 그림에는 전혀 흥미가 없었지만 모처럼 당첨됐으니 한번 가보기로 했는데, 그때 우연히 렘브란트 작품의 특별 전시가 있었다. 전문적인 지식은 하나도 없었지만, 그림 속으로 파고드는 그 빛이 단순히 아름답게 느껴졌다. 신기하게도 아무리 오래 바라봐도 질리지 않았다.

그 후로는 시간이 나면, 통학 길에 있는 그 미술관에 다니게 되었다. 주말이 되면 운동복이 든 큼지막한 가방을 메고 찾아오는 땀과 먼지 범벅인 고등학생을 미술관 직원도 처음에는 이상해하는 표정으로 바라봤다. 그러나 어느새 신경조차 안 쓰게 되었다.

그러고 보니 당시 야구부원들 모두에게 '네로'라고 불렸었다. 《플랜더스의 개》의 네로에서 따온 별명이었다.

고등학교를 졸업하고 도쿄의 대학에 진학하고, 그 후 사회인이 된 후로도 왜 그런지 미술관은 계속 다녔다. 그리고 그런 취미 덕분에 아유미와 알게 된 것이다.

그날 밤 야근을 마치고 퇴근하자, 아유미가 오사카에서 돌아와 있었다. 오프닝이 끝나버리면 딱히 할 일도 없어서 하루 일찍 돌아왔다고 했다. 귀가한 아키라의 얼굴을 보자마자, "파출소 다녀왔어?"라고 물었다.

"파출소?"라고 되묻다 바로 생각이 나서, "……아, 미안, 깜박했네"라고 말을 이었다.

"저기, 신발장 위에 있는 거 쌀이지? 내일, 내가 가볼까. 오전 중에 시간 있는데."

"됐어. 내가 간다니까."

"언제?"

"아 글쎄, 내일 퇴근길에."

"보나 마나 늦을 거잖아?"

"파출소는 24시간이잖아?"

"아 참, 그렇지."

지금까지는 고타로와 둘뿐이라 태평하게 여겼는데, 아유미가 받아들이는 방식은 예상 외로 심각한 듯했다.

"오사카는 어땠어?"라며 아키라가 화제를 돌렸다.

"어? 아, 으응. 괜찮아."

'괜찮아'의 뉘앙스가 잘 이해되지 않았지만, 아키라는 "오호"라며 받아넘겼다. 문득 그러고 보니 오늘 아침에 고타로도 '괜찮아'를 입에 담았다는 생각이 났다. "우산은?"이라고 묻는 아키라에게 "으—음……, 아마 괜찮을걸요"라고 대답했던 것이다.

실제로 괜찮았다. 줄곧 구름이 끼어 있었지만, 결국 비는 내리지 않았다.

일기예보에서는 해 질 때까지는 괜찮을 거라고 했는데, 오후 4시를 지난 무렵에 갑자기 천둥소리와 함께 비가 쏟아졌다. 하긴, 한 시간 전쯤 우에노 역에서 공원 출구로 나왔을 때부터 하늘은 어두웠고, 멀리서 우르릉거리는 소리가 들렸지만, 아직은 햇빛도 있었던 탓인지 아키라는 비닐우산도 안 사고 이곳 도쿄국립박물관에 들어와 있었다.

1938년에 개관한 서양과 일본 양식이 절충된 이 장대한 건물 안에 있으면, 번갯불에 커다란 창밖이 밝아질 때마다 실내의 어둠은 더욱 두드러진다. 천장이 높아서 소리도 잘 울리는지 천둥소리가 날 때마다 돌바닥이 흔들렸다. 전시실과 전시실을 연결하는 넓은 공간에 정원이 내려다보이는 커다란 창이 늘어서 있었다.

그 안쪽으로 들어가면, 다카무라 고운의 〈늙은 원숭이〉가 전시되어 있다.

아키라는 굵은 빗방울이 내리치기 시작한 창으로 다가갔다. 창은 모두 닫혀 있었지만, 정원을 적시는 비 냄새가 실내까지 흘러들었다. 오래된 가죽 소파에서 낮잠을 자고 있었던 듯한 나이 지긋한 백인 남성도 갑작스러운 빗소리에 눈을 뜨고 젖은 유리창으로 시선을 돌렸다. 번개가 칠 때마다 정원이 자줏빛으로 변했다. 새카만 하늘은 나지막하게 깔리고, 천둥소리는 그치지 않았다.

문자 수신음이 들려서 아키라가 휴대전화를 꺼냈다.

'미안, 오늘 밤은 어려울 것 같아.'

아유미에게 온 문자였다. 7시쯤에 어디서 만나 저녁을 먹기로 약속했었다. '알았어. 비 오네'라고 쳐서 보내기 버튼을 누르려는 순간, 이번에는 아유미에게서 전화가 왔다.

"여보세요"라고 아키라가 작은 목소리로 전화를 받았다.

"미안, 지금 문자 보냈는데."

"응, 막 답장하려던 참이야."

"지금 어딘데?"

"우에노. 도쿄국립박물관."

"도쿄국립박물관? 지금 뭐하더라?"

"특별전은 아니야. 일반 전시."

"아, 오늘은 미안해. 반입이 늦어질 것 같아서."

"괜찮아, 괜찮아. 비도 오니까 나도 들어갈게."

"저녁은 어떡할 거야?"

"도시락이든 뭐든 사 갈까. 고타로는 유카짱 집에서 맛있는 거 먹고 오겠지."

"그래? 아 참, 도시락은 백화점에서 사 갈 거야?"

"왜?"

"갑자기 벤마쓰 나무 도시락이 먹고 싶어서."

"벤마쓰?"

"그 왜, 양념이 조금 진한 거, 전에 사다 준 적 있잖아. 계란말이, 달달한 토란찜, 생선 양념 구이, 그리고 으깬 강낭콩."

거기까지 듣자, 아키라도 생각이 났다. 오래된 도시락 가게에서 파는 얇은 나무 도시락에 들어 있는 것인데, 왠지 나무 향기가 정겨웠다.

"그럼, 사 가지고 갈게. 어딨지?"라고 아키라가 물었다.

"우에노면 마쓰자카야에 있을까? 미안, 전에는 이세탄에서 샀거든."

"알았어. 그럼 알아봐서 사 갈게."

또다시 번개가 치고, 곧이어 발밑에서 콰광 하는 소리가 울려 퍼졌다. 가까운 데 떨어진 모양이다.

비 때문에 박물관 안이 휑하니 비어 있었다. 사람이 없는 넓은 공간에는 독특한 분위기가 있다. 휑하다기보다는 시간 비슷한 것만이 그곳에 있는 느낌이다. 다양한 시간들이 허둥지둥 비를 피해 뛰어든 듯한, 조용한데도 부산스러운 분위기라고 표현하면 좋을까.

벤마쓰 도시락을 파는 가게를 알아보려고 하는데, 또다시 문자가 왔다. 아유미인 줄 알았는데, 놀랍게도 마사에게 온 문자였다.

'지난번에는 답장을 못 드려서 죄송했어요. 실은 최근에 전직했어요. 다음 기회에 꼭 식사라도 함께 해요!'

두 번 읽고 휴대전화를 소파에 내려놓았다.

"침착하자, 일단."

무심코 그런 말을 중얼거렸고, 그런 자기 자신이 우스꽝스러왔다.

지난달에 아유미가 오사카 출장으로 집을 비웠을 때, 반년 만에 마사에게 문자를 보냈다. 답장이 없어서 역시 이미 끝난 거라고, 훌쩍 들어간 즉석요리집에서 은어 소금구이를 먹으며 스스로를 타일렀던 것이다.

'문자 고마워'라고 일단 쳤다.

'전직했어?'라고 뒷말을 이었다.

그런데 그다음이 떠오르지 않았다. 지난번에 느닷없이 식사 하자고 청했던 걸 사과해야 하는지 아니면…… 생각하는 것 은 답장 내용인데, 왜 그런지 머릿속에 떠오르는 광경은 억수 로 쏟아지는 빗속을 뚫고 여기서부터 역을 향해 달려가는 자 기 모습이었고, 이미 오늘 밤 안에 마사를 만나는 상상을 하 고 있었다.

아키라는 두 줄만 입력한 문장을 지웠다. 휴우 하고 심호흡 을 크게 한 번 하고, 마사의 번호로 전화를 걸었다. 신호음이 울리자, 다시 한 번 심호흡을 했다. 세 번째 신호음에서 마사가 전화를 받았다.

"여보세요?"라며 살짝 놀란 기색이었다.

"문자 고마워"라고 아키라가 말했다. 목소리가 조금 지나치 게 커서 휑한 드넓은 공간에 울려 퍼졌다.

"……지금 통화 괜찮아?"라고 아키라가 말을 잇자, "네, 괜찮 아요"라는 대답이 돌아왔다.

"전직했다고?"라고 아키라가 물었다.

"그래요. 그래서 한동안 정신이 없었어요."

"아, 참. 지난번에는 미안했어."

"네?"

"아니, 갑자기 문자 보내서 오늘 밤에 식사하자는 말을 해서."

"아아."

그쯤에서 마사가 웃음을 터뜨리더니, "신구 씨는 늘 느닷없잖아요. 지금도 문자 보냈는데 갑자기 전화를 하질 않나"라고 말을 이었다.

"아아, 미안."

"아니, 상관없어요."

"으음, 그럼 이왕 느닷없는 김에 오늘 밤에 시간 있어?"

스스로도 놀라울 정도로 그런 말이 막힘없이 술술 나왔다. 말한 후에야 심장이 갑자기 높이 뛰었다.

"네에!? 오늘 밤에요?"

"무리겠지?"

그쯤에서 마사가 다시 웃음을 터뜨렸다. 어이없어한다기보다 재미있어하는 것 같았다.

"좋아요, 오늘 밤. 한가하니까."

"정말?"이라며 아키라가 자기도 모르게 자리에서 일어섰다.

때마침 걸어오던 스태프가 째려보는 듯한 눈빛으로 아키라를 쳐다보았다. 아키라는 인사를 건네고 바로 시선을 피하며 억수같이 비가 쏟아지는 창밖으로 눈을 돌렸다.

결국 폐관 시간인 5시까지 비는 그치지 않았다. 하는 수 없이 박물관 매점에서 접이 우산을 산 아키라는 우에노 역으로 돌아갔다. 분수 광장에 사람들 모습은 보이지 않았고, 우산을 썼는데도 온몸이 젖었다. 우에노 역의 히로코지 출구를 돌아서 약속 시간까지 시간을 때우려고 오래된 찻집으로 들어갔다. 작은 가게 안은 혼잡했고, 안내받은 곳은 공간이 아주 좁은 카운터 자리였다.

커피를 주문하고 손수건으로 비에 젖은 얼굴과 팔을 닦고 있는데, 옆에 앉은 여성이 백중 선물 팸플릿을 들척이고 있었다. 펼쳐진 곳이 우연히 일본주 페이지라 지난번에 상담하러 갔던 파출소에서 나눈 대화가 떠올랐다.

아키라는 일을 마치고 돌아오는 길에 파출소에 들렀다. 그곳을 지키고 있던 사람은 아직 젊은 경찰관이었는데, 길이라도 물어볼 줄 알았는지 "네, 무슨 일이십니까?"라며 밝은 목소리로 맞아주었다.

"저어, 실은"이라며 아키라가 좁은 파출소 안을 둘러보았다. 그 사람 말고는 다른 경찰이 없는 것 같았다.

"……이 근처에 살고 있는 사람인데, 으음, 잠깐 상담이랄까……."

분명 오는 길에 말을 준비해뒀는데 좀처럼 나오지 않았다. 젊은 경찰도 길 안내는 아니라는 걸 알았는지, 표정이 살짝 굳었다.

"저어, 집 앞에 물건을 놓고 가서요"라고 아키라가 말했다.

"물건요?"라고 경찰이 심각하게 되풀이했다.

"아, 네. 아니 뭐, 위험한 물건은 아니고, 처음에는 너 홉들이 일본주였고, 다음에는 쌀이 있는 겁니다."

그쯤에서 경찰의 표정이 누그러졌다.

"……대문 앞에 물건만 놓여 있어서, 물론 가족들이랑 택배 회사에도 확인해봤는데, 짚이는 데가 없는 겁니다. 그리고 또 집을 중개해준 부동산에 부탁해서 전에 살았던 분에게도 물어봤지만, 역시나 짚이는 데가 없는 것 같고……."

"일본주랑 쌀요?"

젊은 경찰이 매우 진지하게 되물었다. 햇빛에 그은 얼굴은 날쎄고 용감해 보였고, 눈에도 그늘 한 점 없었다. 그런 눈이 경찰에 맞는지 어떤지는 잘 모르겠지만, 그런 눈으로 바라보니 왠지 안절부절 어쩔 줄을 모르고 말았다.

대학 시절에 아키라는 업무용 에어컨을 청소하는 아르바이트를 오랫동안 했다. 나카메구로에 있는 작은 청소 하청회사였는데, 주로 도쿄 각지에 있는 경찰 관련 시설로 일하러 갔었다. 2년의 아르바이트 기간 동안 분명 도쿄 도내의 거의 모든 경찰서 에어컨을 청소했을 것이다. 1층 접수처부터 교통과, 회계과, 생활안전과, 경비과, 형사과로 한 층씩 올라가며 천장에 설치된 에어컨을 열고, 내부를 청소하고, 필터를 교체해갔다.

경찰서 중에는 유치장에도 에어컨이 설치된 곳이 있었는데, 물론 철장 안이 아니라 밖이었지만, 구류당한 사람들 코앞에서 사다리를 세우고 천장에 달린 에어컨을 청소할 때도 있었다. 아울러 구류된 사람들 중에는 입이 험한 사람도 있어서 작업 중에 "어이! 형씨! 먼지 떨어지잖아!"라며 고함을 칠 때도 있었다. 당연히 옆에는 지켜보는 경찰관이 붙어 있고, 상대가 철창 밖으로 못 나온다는 건 안다. 그런데도 손을 뻗으면 다른 세계인 곳은 결코 오래 머물고 싶은 장소는 아니었다.

또한 경찰서의 위층에 경찰관들의 독신 기숙사가 마련된 곳도 많았다. 그런 방들을 하나하나 돌아다니는데, 개중에는 누군가 야간 근무를 마치고 곤히 잠들어 있는 곳도 있었다.

"실례합니다, 에어컨 청소입니다."

왜 그런지 방문이 활짝 열려 있는 경우가 많아서 일단은 그렇게 말을 건넨다. 그들은 제아무리 코를 심하게 골며 잠들어 있다가도 우리의 작은 목소리에 곧바로 눈을 뜨고 벌떡 일어나서 "아, 에어컨? 수고하십니다"라는 등 잠이 덜 깬 눈으로 반드시 대답을 해주었다.

현관 천장에 달린 에어컨을 청소하는데 또다시 바로 코를 골기 시작하는 그들을 바라보며 '힘든 일인가 보구나' 하고 늘 생각하곤 했다.

어느 방이나 하나같이 정리 정돈이 잘되어 있었던 것 같다. 휑뎅그렁한 방의 벽에 가끔 포스터가 붙어 있었다. 몸매 좋은 연예인들의 수영복 사진 종류는 없고, 시원한 계곡이나 눈부신 아침 햇살 같은 풍경 사진, 또는 군함이나 전투기 같은 사진이 많았다.

결국 파출소에서 응대해준 젊은 경찰은 "앞으로 순찰할 때 좀 더 주의 깊게 살펴보겠습니다"라고 말해주었다.

피해 신고를 할 만한 일이 아니라는 건 알고 있었기에 스스로 생각하기에도 가장 믿음직한 말을 근처 파출소에서 이끌어낸 것 같은 기분이 들었다.

찻집에서 나올 무렵에는 비가 그쳐 있었다. 바람도 잦아들고, 비에 젖은 아스팔트에서는 후끈한 열기가 솟구쳐 올랐다. 마사와 만나기로 한 곳은 야나카긴자라는 상점가에서 가까운 선술집인데, 우에노 역에서는 택시로 5분 정도 되는 거리였다.

택시 안에서 아유미에게 문자를 보냈다.

'갑자기 마음이 변해서 영화 보고 들어갈게. 도시락 못 사가. 미안.'

택시에서 내려 비가 그친 서민 동네 냄새가 풍기는 골목길로 들어서자, 오늘 도쿄국립박물관에 온 이유가 애초부터 마사를 만나기 위해서였던 것 같은 기분이 들었다. 그녀가 야나카에서 산다는 건 물론 알고 있었다.

가게 입구에는 낡은 포렴이 걸려 있었다. 건물 자체는 아직 신축이라 왠지 조화가 안 맞는 느낌이 들었다.

알루미늄 미닫이문을 열자, 바로 벽이고 오른쪽으로 카운터가 뻗어 있었다. 요란한 웃음소리가 나는 쪽을 들여다보니 안쪽 테이블 자리에 손님 여섯 명이 있었고, 그 안에 마사도 끼어 있었다.

"앗, 신구 씨!"라며 마사가 일어섰다.

아키라는 "안녕하세요?"라며 일단은 주위 사람들에게 인사를 건넸다.

이들 역시 조화가 너무나 안 맞는 뒤죽박죽인 그룹이었다. 마사랑 같은 또래 아가씨가 있는가 하면, 엇비슷해 보이는 남자도 있다. 그런가 하면 60대 정도 되는 여성과 남성, 그리고 그보다 조금 젊은 중년 남성도.

예를 들어 세대별로 나눈다면 부부, 연인으로 구분할 수 있을지도 모르지만, 테이블에 꽉꽉 들어찬 안주나 술병처럼 아무튼 매우 제각각이었다.

"이쪽이에요, 이쪽. 위치, 바로 찾았어요?"

마사가 손짓을 해서 테이블로 향했다.

"으음, 아키라 군, 저쪽에 앉아."

마사가 갑자기 '아키라 군'이라고 불러서 한순간 놀랐는데, 가만 보니 마사 옆에 앉아 있는 젊은 남자의 이름도 '아키라'인 듯했다.

일요일인데도 일을 하고 온 건지 하얀 셔츠의 단추를 열고 넥타이를 풀어 헤친 모습이 꽤 많이 취해 있었다.

아키라는 일단 자리를 비워준 마사 옆에 앉았다. 새삼 다시 "안녕하세요, 실례하겠습니다"라고 테이블을 에워싼 사람들에게 인사했다.

"주인 아줌마, 이 사람이 신구 씨예요"라며 마사가 60대가량의 여성에게 소개해주었다.

"어머나 희귀한 성이네. 생맥주 괜찮아요?"

여성이 그렇게 말하며 자리에서 일어섰다. 그 여성이 이곳의 여주인이라면, 엉켜 있던 실타래가 차츰 풀려간다. 60대 남자와 그보다 조금 젊어 보이는 남자는 이미 다른 얘기를 시작했다. 그 근처에 사는지 최근에 망해서 문을 닫은 장어집 얘기를 하는 것 같았다.

"으음, 이쪽은 요시코 씨, 오늘은 여기서 4시부터 마시고 있어요"라며 마사가 반대편 옆자리에 앉은 여성을 소개해주었다. 같은 또래로 보였는데, 조금은 연상인 듯했다.

모두 이 가게의 단골손님인 것 같았다. 찬찬히 살펴보니 테이블에는 각자의 소주병이 놓여 있었다.

"아, 참. 신구 씨도 '아키라 씨'죠?"

마사가 물어서 아키라가 "응, 그렇지"라며 하얀 셔츠를 입은 젊은 남자에게 시선을 돌렸다.

"한자를 뭘 쓰세요? 저는 날 일에 빛 광을 쓰는 밝을 황(晃)."

얼굴빛은 붉지만, 혀는 꼬이지 않아서 발음이 정확했다.

"난 밝을 명 자에 양호할 때 양 자인 아키라(明良)."

"와아, 드문 이름이네요."

풍성한 은발을 틀어 올린 여주인이 큰 생맥주잔을 들고 왔다. 몸집이 작아서 맥주잔이 놀라울 정도로 커 보였다.

"자, 건배할까요?"

마사의 제안에 "어? 또?"라며 모두가 웃으면서 잔을 들었다.

제일 많이 취한 사람은 요시코라는 여성인지 흔들흔들 들어 올린 술잔에서 금방이라도 술이 쏟아질 것 같았다.

10시가 지났을 무렵, 술자리는 정리되었다. 밖에서 내리던 비는 완전히 그쳤고, 낡은 포렴을 걷고 가게 밖으로 나온 아키라의 얼굴을 축축한 밤공기가 어루만졌다.

물웅덩이에 가로등 불빛이 반사되었다. 줄곧 시끌벅적한 장소에 있었던 탓인지, 비가 갠 서민 동네의 밤 풍정이 기분 좋았다. 혼자서는 걸을 수 없을 정도로 잔뜩 취한 요시코를 부축하며 마사도 밖으로 나왔다.

"괜찮아?"라고 말을 걸자, "늘 이래요"라며 얼굴을 찡그리더니, "……집에 가는 길이니까 내가 바래다줄게요"라고 선뜻 말했다.

마사를 제외하고는 첫 대면인 사람들과의 갑작스러운 술자리가 꼭 무료하기만 했던 건 아니다. 건배를 하고 마시기 시작하자, 모두 다 이 변두리에 사는 가게 단골손님들이었고, 가게를 드나드는 사이 친해졌다는 걸 알 수 있었다. 그러나 가게

밖에서는 딱히 교제가 없는지, "요시코 씨 댁의 무덤은 유치원 바로 뒤쪽이죠"라느니 어쩌느니 사적인 부분은 알고 있으면서도 "……아, 그러고 보니 요시코 씨 성이 뭐였더라?"라는 대화도 주고받았다.

어쨌거나 하나같이 잘 마시고 잘 웃었다. 외부인인 아키라가 자리가 불편한 느낌을 받을 일도 전혀 없었다. 다만, 그런 시끌벅적한 술자리에 계속 있으면서도 아키라의 머릿속에는 적당한 때를 봐서 마사를 데리고 나가야 할까, 아니면 일단 술자리가 끝날 때까지 기다리는 게 좋을까 하는 생각뿐이었다. 도중에 몇 번인가 마사에게 그런 눈빛을 보냈지만, 못 알아챈 건지 못 알아채는 척하는 건지 전혀 눈을 마주치지 않았다.

요시코를 바래다주고 가겠다는 마사에게 뭐라고 대답하면 좋을지 몰라 망설이고 있는데, 뒤이어 다른 손님들도 하나둘 가게 밖으로 나왔다.

"그럼, 편히 쉬세요."

"야아─, 꽤 마셨네! 잘 자!"

고요한 거리에 쩌렁쩌렁 울려 퍼질 것 같은 목소리로 인사를 주고받으며 오카다 씨, 나가오 씨라고 불렸던 중년 남성 두 명이 갈지자걸음으로 밤길을 걸어갔다.

"편히 쉬십시오"라고 아키라도 그 등에 대고 인사를 건네자, "신구 씨 집은 어디예요?"라고 아키라라는 젊은 남자가 물었다.

"나? 나는……"

남자답게 깨끗이 단념하지 못하고 있다는 걸 알면서도 얼떨결에 마사에게 시선을 돌렸다.

"여기서 가면 닛포리 역이 가깝지만, 센다기에서 지하철을 타는 게 빨라요"라고 마사가 알려주었다.

아키라는 "어, 응"이라며 고개를 끄덕인 후, "요시코 씨, 정말 괜찮겠어? 나도 같이 바래다줄까?"라고 제안했다.

"아뇨, 정말 괜찮아요. 바로 근처고, 늘 있는 일이니까."

마사의 말투는 오늘 밤이라는 시간은 이미 끝났다고 선언하는 것처럼 단호했다.

"알았어. 그럼, 난 지하철로 가지."

"죄송해요. 괜찮으셨어요?"

그제야 마사가 미안해하는 표정을 지었다.

"괜찮았냐니?"

마사는 축 늘어진 요시코를 부축하고 있었고, 아키라 옆에서는 젊은 아키라가 거리낌 없는 시선으로 그들을 바라보고 있었다.

"으음, 그러니까 갑자기 이런 지역 팀 술자리에 끌어들여서."

"전혀 문제 없어. 즐거웠어"라고 아키라가 대답했다.

그런 아키라 일행 옆으로 순찰 중인 경찰관이 자전거를 타고 달려갔다. 그것을 신호로 "자, 그럼 이만" "네. 또 연락할게요"라고 인사를 주고받고 좌우로 갈라졌다.

"우리 집도 센다기 쪽이에요"라며 젊은 아키라가 따라왔다.

"어, 그래?"라고 대답했을 때, 아키라가 더 비좁은 골목길로 접어들었다. 그를 따라 모퉁이를 돌아서기 직전에 아키라는 뒤를 돌아다봤다.

마사가 요시코의 등을 밀면서 걸어갔다.

젊은 아키라와 단둘만 남자, 갑자기 취기가 돌았다. 고구마 소주를 온더록스로 계속 마셨다.

"역까지는 얼마나 걸리나?"

"7, 8분요"라며 젊은 아키라가 돌아보았다.

골목길 하나를 더 접어든 순간, 갑자기 어둑해졌다. 왼편으로 묘지가 펼쳐져 있고, 젖은 묘석이 어둠 속에 늘어서 있었다.

"마사짱 목소리는 에로틱하죠."

뜬금없이 젊은 아키라가 그런 말을 꺼냈다. 한순간 은근히 떠보려는 속셈인가 싶었는데, 취한 옆얼굴이 배시시 풀어지는 걸 보니 딱히 깊은 의미가 있는 것 같지도 않았다.

"어? 그런가?"라며 아키라가 능청을 떨었다.

"아 정말, 더는 못 참겠어요"라며 젊은 아키라가 웃었다.

예전에 마사가 근무했던 회사의 거래처 사람인데, 그 당시에 신세를 많이 졌다. 오늘 오후, 우에노 역에서 1년 만에 우연히 만났고, 모처럼 대화에 활기를 띠어서 이 가게로 불렀다. 이것이 오늘 밤에 아키라에게 주어진 명분이었다.

젊은 아키라를 포함해 가게에 있던 모두가 그 말을 믿는 듯했고, 실제로 그곳에서 아키라와 마사가 주고받은 짧은 대화도 관계를 의심할 만한 내용이 없었다. 게다가 오히려 친하게 대하면 대할수록 1년 만에 우연히 재회는 했지만, 다음 만남은 없을 것처럼 보였을지도 모른다.

"저는 뭐랄까, 스스로 생각하기에도 시원시원한 성격이라 가망 없으면 바로 다음으로 가는 인간이라고 줄곧 여겨왔는데, 꽤나 질질 끄는 성격이었나 봐요. 정말 알 수가 없어요. 그 가게에서 오늘처럼 우연히 마주쳐서 술을 마실 뿐인데, 왠지 이런 행복감을 느끼기도 하고. 진전이 없을 거라는 건 진즉에 분명히 알고 있는데 말이죠."

실제로 얘기를 이어가는 젊은 아키라의 얼굴은 왠지 행복해 보이기도 하고, 그런가 하면 진전이 없을 것처럼 보이기도 했다.

"마사 씨를 좋아하나?"라고 아키라가 다시 능청을 떨며 물었다.

"좋아하고 말 것도 없어요."

그렇게 즉답을 들은 순간, 이런 대화를 하고 있는 자신이 비겁하게 느껴졌다.

"저, 딱 한 번, 마사짱이랑…… 있었거든요."

젊은 아키라의 말투는 가벼웠지만, 말을 마친 후의 침묵에는 감출 수 없는 무게감이 남았다. 아키라는 더는 아무런 대답도 하지 않았다.

"……이미 3년도 더 됐어요. 제가 막 취직했을 무렵에. 그 가게에서 알게 돼서. ……딱 한 번. 근데, 왠지 잊히질 않는단 말이죠. 정말로. 그런 기분이 든 건 처음이었는데."

그쯤에서 젊은 아키라가 입을 다물었다. 옆에 동행이 있었다는 걸 문득 알아차린 것 같은 표정이었다.

"저어……, 신구 씨, 그만 집에 가실 건가요?"

뭔가를 얼버무리듯이 젊은 아키라가 물었다.

"응, 가야지. 왜?"라고 아키라가 대답했다.

"아, 아뇨, 역 앞에 와인을 마실 수 있는 가게가 있는데, 혹시 괜찮으시면 한잔 더 할까 싶어서."

"아─. 난 오늘은 됐어. 미안, 다음에 하지."

"그러시겠죠. 내일부터 또다시 새로운 한 주가 시작되니까."

젊은 아키라도 시원스럽게 받아들였다.

골목길에서 큰길로 나서기 직전에 "저희 집, 저기예요"라며 젊은 아키라가 아직 신축인 아파트를 가리켰다.

"……그리고 여기가 내 방."

길 쪽으로 난 비좁은 베란다가 있었고, 팬티와 티셔츠가 그대로 널려 있었다. 손을 뻗으면 창이라도 닿을 것 같았다.

"저기서 돌아가면 역이에요."

젊은 아키라가 큰길로 눈을 돌렸다.

"응, 고마워. 다른 분들께도 안부 전해줘."

걸음을 내디디려던 아키라가 또다시 베란다로 시선을 돌렸다. 아까 내린 비로 팬티와 티셔츠가 흠뻑 젖어 있었다.

구름 낀 하늘에 온도가 별로 오르지 않아서 전철 냉방이 강하게 느껴졌다. 나란히 서서 손잡이를 잡고 있는 부하 직원 나카무라가 아까부터 연신 입이 찢어져라 하품을 해댔다.

"죄송합니다. 오늘 아침에 흥분해서 4시부터 일어나서……."

오늘 아침에 브라질월드컵의 일본 대 그리스 시합이 있었다. 오전 7시 킥오프라 아키라도 출근 준비를 하며 중간까지 텔레비전을 보고 왔다. 지난번 1차전 때 코트디부아르에게 2 대 1로 패해서 이번 그리스전에서 승리하지 못하면 급기야 결승 토너먼트 진출도 위험해진다.

아키라는 전반이 끝날 때까지 보고 집을 나섰다. 평소보다 10분 정도 늦었다. 늦어진 이유는 평소 출근 시간에 때마침 그리스 선수 하나가 파울로 퇴장돼서 문외한이지만 11 대 10이라면 바로 점수를 딸 수 있을지도 모른다는 기대감이 들어서였다. 안타깝게도 전반에는 골이 들어가지 않았지만, 회사로 가는 동안 이미 일본이 이긴 듯한 기분에 젖어 있었다.

그러나 아침 조회가 끝나고, 각자 업무를 시작했을 때쯤 그 층 전체에 '무승부' 소식이 전해져서 여기저기서 일제히 한숨이 흘러나왔다.

아키라는 냉방이 너무 센 전철 안을 별생각 없이 둘러보았다. 그리스전 결과 탓도 있는지, 오늘 야마노테선의 승객들은 왠지 모르게 가라앉아 보였다.

"나카무라, 네 구두, 이제 좀 어떻게 할 수 없냐?"

문득 시선을 떨어뜨린 앞쪽으로 나카무라의 낡아빠진 가죽 구두가 보여서 자기도 모르게 그런 말을 흘렸다.

"아, 죄송합니다. 영업 사원의 훈장 같은 거라서"라며 씁쓸하게 웃더니 발을 뒤로 빼며 감추려 했지만, 감춰질 리 없다.

"훈장이면 좀 닦든가"라며 아키라도 웃었다.

두 사람의 대화를 들었는지 나카무라 앞에 앉아 있던 젊은 여성이 구두로 힐끗 시선을 던졌다. 눈길을 끄는 미인이었다. 너무 힐끗힐끗 쳐다보면 실례라 되도록 시선을 피하려고 애썼는데, 시선을 피한 쪽에는 예외 없이 그녀를 바라보는 다른 남자가 있었다.

"아사가랑 어디서 만나기로 했어?"라고 아키라가 물었다.

"긴시초 역 앞에서"라고 대답한 나카무라도 눈앞의 여자를 보고 있었다.

긴시초 역에서 내리자, 아사가가 운전하는 영업용 차량이 서 있었다. 아키라가 조수석으로 올라타며 "수고 많아"라고 인사를 건넸다.

"오전 중에 신코이와부터 '아케보노' 점포 세 곳을 돌고 주문을 받아 왔어요."

땀 냄새 이미지뿐인 영업용 차량도 아사가 같은 여직원이 한나절쯤 타면, 왠지 좋은 향기로 변하는 모양이다.

"어땠어?"라고 아키라가 물었다.

"어느 가게나 축구가 결승전까지 올라가면, 세 배로 주문할 거라던데요"라며 아사가가 웃었다.

곧바로 달리기 시작한 차 안에 라디오 뉴스가 흘러나왔다.

내용은 지난번 도의회에서 여성 의원이 임신과 출산 때문에 고민하는 여성에 대한 지원책과 관련해서 한창 질문하는 와중에 "당신부터 빨리 결혼하면 좋잖아" "아이를 못 낳나"라는 야유가 날아온 소동에 관해서였다.

"이것도 큰일이더군"이라고 아키라가 무난한 감상을 풀어놓자, 뒷좌석에서 나카무라가 "아직 범인이 안 나타났어?"라고 아사가에게 물었다.

"아직요. 어차피 금세 들통날 테니 얼른 나오는 게 좋을 텐데."

기분 탓인지 아사가의 운전이 평소보다 거칠었다.

"나 같으면 바로 손 들고, '죄송합니다! 지금 그 말, 접니다!' 라고 사과해버릴 텐데—."

"아—, 나카무라 씨는 왠지 그런 말을 할 것 같네요."

"그런 말이라니, 어느 쪽? 성희롱? 사죄?"

"양쪽 다."

"왠지 내 이미지가 나쁜 것 같은데."

"하지만 과장님, 정말 그런 생각 안 드세요?"

갑자기 자기한테 말을 돌리며 물어서 아키라는 "뭐가?"라며 당황했다.

"미혼에 아직 자녀가 없는 여성에게 아이를 못 낳느냐고 묻는 것도 문제지만, 자기가 말해놓고도 여전히 계속 시치미를 떼는 것도 으음, 뭐랄까 기분 나쁘잖아요. 안 그래요? 본인이 아니라도 옆에 있었던 사람은 알 거 아니에요. 그런데 한통속이 돼서 못 들었습니다라니……. 정말이지 그 상황을 상상하는 것만으로도 끔찍해요."

"분명 그렇긴 하지"라며 아키라가 맞장구를 쳤다. 맞장구를 치면서도 부서 회식 자리 같은 데서 독신인 아사가에게 자기가 그런 질문을 하지는 않았을까 걱정스럽기도 했다.

"……물론 인간이니까 가끔은 잘못된 행동을 하겠죠. 그렇지만 잘못된 행동을 했다고 알아채면 보통은 '미안하다'고 사과하잖아요. 그건 유치원에서 가르치는 수준이라고요."

아사가의 운전이 점점 더 거칠어졌다.

"그렇지만 그런 말을 들은 쪽도 텔레비전에서 탤런트 같은 걸 했잖아?"

그쯤에서 덮어두면 좋았을 텐데, 동기라 편해서 그런지 나카무라가 그런 말을 꺼냈다.

"아니, 잠깐……. 그런 야유를 받아도 되는 여자랑 받으면 안 되는 여자가 따로 있다는 뜻이야, 지금?"이라는 아사가의 말이 채 끝나기도 전에 나카무라가 정말로 손을 번쩍 들고, "미안합니다!"라고 사과했다.

첫 번째 슈퍼마켓에 도착하자, 곧바로 매장 담당자가 나타나서 "어머나, 신구 씨, 오랜만이에요! 신구 씨 얼굴을 보니까 왠지 '아, 올해도 여름이 오는구나' 싶네"라며 환하게 맞아주었다.

"야마데라 씨, 작년에 찾아뵀을 때는 안 계셨으니 2년 만이 에요"라고 아키라도 받아주었다.

"나랑 신구 씨랑 동기거든"이라고 야마데라가 옆에 서 있는 아사가에게 알려주었다.

"동기요?"

"그래. 내가 여기서 일하기 시작했을 때, 신구 씨가 마침 갓 입사한 영업 사원이었거든. ……창고 정리 같은 것도 자주 같이 했었지. 운동부 연습인가 싶을 정도였잖아요."

야마데라의 말에 한순간 그 당시가 떠올랐다.

"아—, 그랬죠. 그도 그럴 게 그때는 아직 선대(先代)가 건강 하셨으니까."

"일흔이 훌쩍 넘었는데도 우리랑 함께 맥주를 날랐고, 작업이 끝나면 나 같은 사람은 완전 녹초가 되는데도 쌩쌩했어. 여하튼 선대가 신구 씨를 엄청 마음에 들어 해서 매번 같이 한잔하러 데려갔고."

"저쪽에 있는 '소바쇼'."

"맞아, 맞아. 나도 거기서 술을 배웠어요. 지금도 친척 중에서 내가 제일 잘 마신다니까."

"난 선대가 술 마시는 방식이 맘에 들었는데."

"쭉쭉 들이켰으니까."

"그걸 섣불리 따라 하다간 금방 취해버려요."

"한번은 술이 떡이 돼서 선대 집에서 잤잖아?"

"그랬죠. 재워주셨죠."

그쯤에서 안쪽 사무실에 갔던 나카무라가 돌아와서 야마데라에게 납품 예정표를 보여주었다.

"올해는 입구 옆 공간, 전부 써도 돼요. 지금까지 했던 실연(實演) 판매는 그만두기로 했어요."

야마데라의 말에 "정말요!"라며 나카무라와 아사가가 소리를 높였다.

"이것 봐, 가끔은 과장도 도움이 되지?"라며 아키라가 웃었다.

"과장 도움은 무슨. 나카무라 군이랑 아사가짱 공이지"라며 야마데라가 아키라의 등을 탁 소리 나게 쳤다.

마지막 영업 거래처였던 도요초의 슈퍼마켓에서 나카무라 일행과 헤어진 아키라는 혼자 역 반대편으로 걸음을 내디뎠다. 오랜만에 야마데라와 옛 이야기를 나눠서인지 아직 신입 사원이었던 무렵의 추억들이 떠올랐다.

영업용 자동차로 이동하는 중에 "미나미스나의 아사히 상점은 아직 목록에 들어 있나?"라고 아키라가 물었다.

"미나미스나의 아사히 상점요?"라며 나카무라가 고개를 갸웃거렸다.

이 지역의 담당을 맡은 지 아직 얼마 안 된 아사가는 그 이름조차 모르는 듯했다.

"그 왜, 상점가에서 골목 하나 더 들어간 곳에 작은 술집이 있었잖아?"

거기까지 말하자, 나카무라도 드디어 생각이 났는지, "아아. 이젠 목록에 없어요. 그렇다기보다 이미 몇 년 전에 뺐어요"라고 말했다.

상점가 끄트머리에 있는 자그마한 개인 가게니 어쩔 수 없겠지만, 아키라가 담당하기 시작한 당시에는 외곽에서도 그런대로 큰 가게라 바쁠 때는 학생 아르바이트를 두세 명이나 고용해서 배달도 시켰다. 그런데 주위에 편의점이 생기고, 대형 슈퍼마켓이 들어서면서 손님들 발길이 차츰 뜸해지더니 아키라가 직접 담당했던 마지막 무렵에는 어스름한 가게 안에 상품이 별로 없는 진열대만 남은, 하는지 안 하는지도 알 수 없는 가게가 되었다.

오후 시간 장보기로 북적이는 상점가를 빠져나가 골목길 하나를 더 들어서니, 더욱 낡고 초라해진 아사히 상점이 있었다.

가게 앞에 늘어선 맥주와 담배 자동판매기만 새것이라 가게가 더더욱 빈상으로 보였다. 들여다보니 안쪽에 반가운 주인이 앉아 있었다. 손님을 받는 장사를 하면서도 입구를 등지고 앉아 소형 텔레비전을 보고 있었다.

"안녕하세요?"라고 아키라가 인사를 건넸다.

"네네, 어서 오세요"라며 돌아본 주인이, "응?" 하며 실눈을 뜨더니 "오오"라며 신음 소리를 흘렸다.

"오랜만에 뵙겠습니다."

"으랏차차."

무릎에 손을 얹은 주인이 의자에서 일어서서 "이게 웬일이야?"라며 미소를 지었다.

"오랜만에 근처에 볼일이 있어서 잠깐 들렀습니다."

아마도 주인은 이미 여든 살이 넘었을 것이다. 그런데도 체격이 좋아서 그런지 나이에 비해서는 건강해 보였다.

"아직도 자네가 도나?"

"아뇨, 오늘은 부하 직원이랑 같이 도느라고요. 갑자기 뵙고 싶어서 인사하러 들렀습니다."

"아, 그렇군. 우리는 이미 보는 대로 이 모양이야"라며 주인이 어두운 가게 안을 빙 둘러보았다.

"주문 표에서 가끔 가게 이름은 봤어요."

"이젠 밖에 있는 저것뿐이야. 자동판매기."

"사모님은 건강하세요?"

"허 참, 나이가 들면 여자들은 건강이 차고 넘쳐. 오늘도 연극인가 뭔가 보러 나갔어."

당시에는 부인이 자주 갓 한 고구마 튀김이나 시원한 국수를 대접해주곤 했다.

"자네도 출세한 거 아닌가?"

"아뇨, 아뇨. 나이만 먹어갑니다."

서 있기가 피곤한지, 주인이 다시 의자에 앉았다. 1인용 소파는 엉덩이가 닿는 부분만 푹 꺼져 있고, 등받이에는 부인이 뜬 듯한 털실 커버가 씌워져 있었다.

"아이는?"

주인이 물어서 "안 생기네요—"라며 아키라가 웃었다.

이 가게가 아직 경기가 좋고 아키라 자신도 20대 중반이었을 무렵, 주인이 가게를 이어받을 마음이 없느냐고 제안한 적이 있었다. 아키라는 너무나 갑작스러운 얘기라 당황했는데, 얘기를 들어보니 부인과도 깊이 상의한 후에 하는 말이라고 했다.

자식이 없어서 뒤를 이를 후손이 없었다. 1대뿐이라고 포기하긴 했지만, 누군가 이어받아 줄 사람이 있으면 맡기고 싶어 했다. 물론 양자로 들어오라거나 하는 부담스러운 말을 할 생각은 없었다.

주인 부부의 마음은 기쁘게 받았지만, 아키라는 며칠 후 정중하게 거절했다. 그 후, 두 사람과의 관계에 무슨 변화가 생긴 건 아니었다.

"그러고 보니 옛날에 자네를 우리 양자로 삼으려고 한 적도 있었지."

마치 아키라의 속마음을 읽은 듯이 주인이 갑작스럽게 그런 말을 꺼냈다.

"아, 네. 그랬죠"라며 아키라도 고개를 끄덕였다.

당시에는 양자로 들일 생각은 없다고 했지만, 역시나 마음 한구석으로는 그걸 바라고 있었을지도 모른다.

"그런데 자네가 정답이었어. 만약 이런 가게를 이어받았으면 지금 이 모양이 됐겠지. 자네는 정말 구사일생한 거야."

주인이 태평하게 웃음을 터뜨렸다.

"저는 그 무렵에 마침 제 일이 재미있어졌었을 겁니다."

"그랬겠지. 그러게, 역시 재밌게 일하는 녀석이 매력적으로 보이는 법이야. 우리가 아들로 삼고 싶은 마음이 들었을 정도니까."

그 당시에 회사를 그만두고 이 가게를 이어받을 생각은 추호도 없었다. 다만, 오로지 어떤 식으로 거절해야 두 사람에게 상처가 안 될까 하는 생각뿐이었던 것 같다. 그러나 인간이란 존재는 불가사의해서 전혀 흥미도 없었고 나중에 후회한 적조차 없는데도 문득문득 그때 일을 떠올릴 때가 있다.

아키라는 공상 속에서 이 가게를 이어받는다. 아유미가 아닌 다른 여자랑 결혼해서 지역 상점가의 임원 같은 것을 맡고 있다. 속 썩이는 아들이 있을 때도 있다. 입은 험하지만, 주변에서 미인이라고 평판이 자자한 딸이 있을 때도 있다.

이런 바보 같은 공상을, 예를 들면, 출퇴근 시간 중에 전철 같은 데서 한다. 딱히 현실 생활에서 안 좋은 일이 있어서는 아니다. 그렇다고 해서 딱히 좋은 일도 없는, 정말로 평상시와 똑같은 날에 왜 그런지 또 하나의 자기를 공상한다.

"그나저나 이거 처분하기로 했어."

"네?"

갑자기 주인의 목소리가 되살아나서 아키라가 허둥거렸다.

"이걸 팔아서 역 앞에 지은 맨션에서 집사람이랑 둘이 살기로."

"아, 그러시군요."

"순서대로 죽으면 내가 먼저 세상을 뜰 테지. 할머니 혼자 이렇게 넓기만 한 낡은 가겟집에서 살 순 없잖나."

"그렇군요."

그 말밖에 나오지 않았다. 또 하나의 자기 인생까지 덩달아 팔려버리는 기분이 들었다.

비가 계속 추적거리고 조금 쌀쌀했던 주말이 지나자, 도의회에서 "당신부터 빨리 결혼하면 좋잖아!"라는 야유를 퍼부은 남성 의원이 판명되었다. 소동이 발각된 뒤 며칠 동안, 줄곧 자기는 아니라고 시치미를 뗐던 의원이다.

언론사의 카메라에 에워싸인 그 의원이 여성 의원에게 사죄하는 영상을 아키라도 텔레비전과 인터넷으로 몇 번씩이나 봤다. 틀림없이 책임지고 사직할 줄 알았는데, 본인에게 그런 의사는 없는지, 깊은 반성과 함께 소속 당을 떠나서 앞으로 새로운 당을 만들어 활동하겠다고 했다.

물론 매스컴은 제2의 범인, "아이를 못 낳나!"라는 더욱 심한 발언을 한 사람을 계속 찾고 있었다.

그날은 시간외근무가 없는 날이라 일찌감치 업무를 마치고 귀가하려는데, 엘리베이터에서 아사가와 마주쳤다.

"야유 범인, 밝혀졌던데"라고 말을 건네자, "아직 한 사람뿐이지만요"라며 거친 콧김을 내뿜었다.

아키라는 가벼운 기분으로 그런 화제를 꺼낸 게 잘못이라고 후회하면서 "그렇지"라며 고개를 끄덕였다.

"아 정말, 한번 상상해보세요. 야유를 퍼부은 사람 근처에 있었던 사람들은 틀림없이 알 거라고요. 그런데 다들 입을 꽉 다물고 있잖아요. 불쾌하지 않으세요? 만약에, 이건 만약에 말인데요. 과장님의 사모님이 도의원이었다고 쳐요. 그리고 그런 야유를 옆에서 들었으면서 입을 다물고 있는 의원의 한 사람이라고 치자고요. 과장님이 집에 돌아가면, 그런 사람이 집에 있는 거예요. 무섭지 않나요? 텔레비전을 보면서 같이 웃고, 침대 옆자리에서 함께 자기도 하는데. 문득 잠든 그 얼굴을 봤을 때, 과장님도 보나 마나 오싹하며 불쾌해질 거예요. 아아, 이 사람은 그런 말을 숨기고 있는 인간이구나 싶어서."

마침 그쯤에서 엘리베이터가 1층에 도착했다.

"그렇겠지."

아사가의 시퍼런 서슬에 눌려서 고개를 끄덕일 수밖에 없었다.

지하철을 갈아타며 집으로 돌아갔을 즈음, 아유미에게 문자가 왔다.

'지금 집. 이제 옷 갈아입고 30분 내로 갈게'라고 답장을 보내고 옷장을 열었다. 아유미가 꺼내 두고 갔는지 턱시도가 걸려 있었다.

오랜만에 커프스단추를 채우느라 애를 먹으면서 1층으로 내려갔고, 거실에서 텔레비전을 보고 있는 고타로에게 "저녁은?"이라고 물었다.

"카레 있으니까 데워 먹을게요."

돌아보지도 않는 고타로에게 "그럼, 다녀올게"라고 인사를 건네고, 역시나 아유미가 꺼내 놓은 에나멜 구두를 신었다.

찾아간 곳은 프랑스대사관이었다. 몇 년 전에 오스카상을 수상한 미국 여배우가 일본을 방문했는데, 그 여배우가 모델인 주얼리 브랜드가 주최하는 파티인 듯했다.

대사관에 도착해서 차에서 내리자, 이런 유형의 파티를 도맡아 관리하는 PR 회사에 근무하는 나오코가 마중을 나와주었다. 나오코는 아유미의 소꿉친구인데, 집에도 몇 번인가 놀러온 적이 있었다.

"아유미, 벌써 와서 안에 있어요"라고 말을 건네서, "응. 오늘 초대해줘서 고마워요"라며 인사를 건네자, "사실은 억지로 끌려왔으면서"라며 웃었다.

"아 참, 아키라 씨, 미안해요. 오늘은 아유미랑 다른 테이블이에요. 도저히 맞출 수가 없었어요."

"어ㅡ, 그래요?"

그렇지 않아도 마음이 편치 않은데, 아는 사람이 아무도 없는 테이블이면 시간은 더욱 길게 느껴지게 마련이다. 다행히 나오코가 곧바로 "그렇지만 요시오 씨가 같은 테이블이에요"라고 덧붙였다.

"요시오가 왔어요? 웬일이지."

"저의 동반자로. 그쪽도 반강제로."

샴페인을 받아 든 아키라가 안으로 들어갔다. 멋진 잔디 정원으로 난 테라스로 시선을 돌리자, 요시오가 혼자 담배를 피우고 있었다.

요시오 겐이치와는 고향에서 고등학교 때부터 친구였다. 각자의 대학에 진학하기 위해 같은 비행기로 상경한 사이였지만, 어느새 연락이 끊겨서 10여 년이란 세월이 흘렀고, 둘 다 30대에 들어선 무렵에야 우연히 재회했다.

20대를 어떻게 보냈는지는 알 수 없지만, 재회했을 때 요시오는 소설가가 되어 있었다. 큰 문학상을 탔고, 지금까지 낸 몇몇 작품들은 영화로 만들어졌다.

요시오에게 가려는데, 갑자기 "잠깐"이라며 팔을 붙들었다. 쳐다보니 웬일인지 아유미가 잔뜩 굳은 표정으로 "……그 사람 왔어"라며 미간에 주름을 잡았다.

"누구?"라고 아키라가 물었다.

아유미가 테라스 쪽으로 눈을 돌렸다. 요시오가 서 있는 쪽과는 반대 방향이었다.

아키라가 "아" 하고 소리를 흘렸다.

눈앞에 보이는 사람은 아사히나 다쓰지였다. 머리를 말끔하게 매만지고, 게다가 턱시도 차림이라 한순간 못 알아볼 뻔했지만, 어딘지 모르게 어수룩하게 서 있는 그 모습은 분명 '작품을 봐달라'며 무작정 집으로 쳐들어왔던 때와 똑같았다.

"정말 믿을 수가 없어."

옆에서 아유미가 몸을 비틀며 "……고마키 씨가 데려왔대"라고 말을 이었다.

"고마키 씨라니?"라고 아키라가 물었다.

"고마키 에리코. 그 왜 보스턴미술관에 줄곧 있다가 이번에 아리아케에 생기는 신국립현대미술관의 수석 큐레이터로 온다는 사람."

전에도 들은 얘기일 테지만, 아키라는 생각이 나지 않았다.

"그런 고마키 씨가 데려왔다니, 그게 무슨 뜻일까? 설마 고마키 씨 마음에 들었단 뜻인가? 그런데 만약 그렇다면, 대박 날지도 모르잖아? 아냐, 절대 그럴 리가 없어. 안 그래? 그 사람 작품이 안 좋잖아. 그렇다면 고마키 씨가 보는 눈이 없다는 건가?"

아유미도 혼란스러운지 옆에서 투덜투덜 중얼거렸다.

아키라는 아사히나 옆에 서 있는 고마키 에리코를 바라보았다. 그녀를 둘러싸고 있는 사람은 거의 다 외국인이었고, 그들에게 아사히나를 소개하는 것처럼 보이기도 했다.

"지금이라도 아사히나 씨에게 인사해두는 게 좋지 않을까?"라고 아키라가 농담을 던졌다.

그러나 혼란스러운 아유미에게는 통하지 않는지, 말도 안 되는 소리라는 듯이 눈을 휘둥그렇게 떴다.

"농담이야"라며 아키라가 허둥거렸다.

때마침 담배를 다 피운 요시오가 이쪽을 알아채고, 아유미가 지인에게 불려간 것이 거의 동시였다.

"어이"라며 아키라가 손을 들자, 요시오가 테라스에서 안으로 들어왔다.

"자리, 같은 테이블이래"라고 아키라가 말을 건넸다.

"응, 좀 전에 들었어."

"아유미도 저기 있어"라며 아키라가 조금 떨어진 곳에서 누군가와 얘기를 나누는 아유미에게 시선을 돌렸다.

"응, 아까 이미 만났어. 너희 집에 무슨 이상한 물건이 온다면서?"라며 요시오가 웃었다.

"어어. 술이랑 쌀"이라며 아키라도 고개를 끄덕였다.

"그래, 짚이는 데는?"

요시오가 진지하게 물어서 "어? 아, 글쎄 없다니까, 그게"라고 대답했다.

"흐—음."

"흐—음이라니, 왜?"

"아유미짱은 정말로 짚이는 데가 없는 것 같고, 그렇다면 너

밖에 없잖아."

"아, 글쎄, 정말 없다니까."

그때 주빈인 여배우가 남편에게 에스코트를 받으며 모습을 드러냈다. 슬슬 디너파티가 시작될 모양이다.

"아버님은 건강하시니?"

테이블로 향하는 요시오에게 묻자, "응. 아 참, 너, 지난번에 우리 집에 들렀다며?"라고 되물었다.

"그쪽에서 히데오를 만나서 닭새우를 받았어. 그래서 그걸 좀 나눠 드리려고."

"응, 많이 기뻐하시더라. '아키라 군이 다듬어주고 갔지 뭐니' 라면서 어머니가."

자기 이름이 적힌 이름표를 찾아가서 양옆 손님들에게 인사를 건네고 자리에 앉았다. 메뉴를 펼치자, 전채 요리로 닭새우 비스크(주로 가재나 새우, 게 등 갑각류를 사용해 만든 진한 크림 수프) 가 나온다고 적혀 있었다.

여름을
밟다

"······세상사에는 흐름이란 게 있다는 건 물론 알지만, 이렇게 한눈에 보이게 극단으로 변할 수 있을까."

아유미의 목소리가 귓전에 닿아서, "어? 뭐라고?"라며 아키라가 허둥지둥 물었다. 의심 없이 자기한테 한 말인 줄 알았는데, "어? 왜?"라며 아유미도 되물었다.

"어, 아닌가?"

"뭐가?"

"아니, 나한테 한 말이 아닌가? ······혹시 혼잣말이었어?"

"나?"

같은 테이블에 마주 앉아 있는데도 각자 아이패드를 보고 있는 탓에 대화가 기묘해졌다.

장소는 가이엔에 있는 카페였다. 우연히 기분 좋게 느껴지는 테라스 자리가 비어 있었다. 이미 7월에 접어들었지만, 여름의 기척은 아직 없었다. 낮에도 기온은 올라가지 않았고, 밤에는 쌀쌀했다. 다만, 이 테라스 자리에서 바라보는 온통 푸르른 은행나무 잎만 바로 코앞까지 와 있는 여름을 느끼게 해주었다.

"지금 이메일을 받았는데, 좀 믿기질 않아서……."

메일을 다 읽은 아유미가 분개한 표정으로 아이패드를 내려놓았다.

"무슨 일인데?"라며 아키라도 아이패드를 내려놓았다.

"올해 '도쿄아트위크'부터 우리 갤러리가 제외됐어."

"왜?"

"왜는…… 짐작해볼 수 있는 건 올해 수석 감독이 고마키 에리코 씨라는 거지. 그것 말고는 이유가 없잖아."

아유미는 당장이라도 홍차와 케이크가 놓인 테이블을 주먹으로 내려칠 것 같았다. 가까스로 억누른 성난 목소리에 주위 테이블의 시선이 집중되었다.

"나한테 화내봐야 소용없잖아"라며 아키라가 달랬다.

"내가 무슨 화를 내!"

"아 글쎄, 그 목소리……."

'도쿄아트위크'란 매년 여름에 도쿄 도내 공원에서 개최하는 현대미술 전시회로 전국에서 뽑힌 10여 개의 갤러리가 각자 부스를 차리고, 주로 젊은 아티스트의 작품을 중심으로 소개하는 행사였다. 최근 5, 6년 아유미의 갤러리에서도 매년 부스를 차렸고, 2년 전부터는 아유미가 이사회 임원도 맡고 있었다.

그런데 난데없이 올해 참가는 보류해주길 바란다고 이사회 회장이 직접 이메일을 보낸 모양이다.

"지난번에 프랑스대사관에서 고마키 씨를 만났잖아. 그때부터 분위기가 좀 이상하다 싶었어. 그 사람이 올해 수석 감독이란 걸 알고, '올해 아트위크, 잘 부탁드립니다'라고 내가 인사를 했더니, '저야말로 잘 부탁드려요. 그런데 올해 참가할 갤러리는 아직 정식 결정은 안 났죠?'라면서 엄청 기분 나쁘게 웃더라니까."

"당신 갤러리만 제외됐어?"라고 아키라가 물었다.

"우리랑 후루사와 씨 갤러리. 요컨대 그 아트위크에 참가하는 갤러리 중에서 '아사히나 다쓰지'가 들러붙었는데 결국 쫓아내버린 두 곳뿐이란 거지."

"그런 건가?"

"즉, 고마키 씨가 발굴해낸 신성(新星) '아사히나 다쓰지'의 재능을 간파하지 못한 사람은 아트에 관여할 자격이 없단 뜻이겠지. ……하지만 그렇게 독선적으로 처리해도 되나? 그것보다 이런 일이 버젓이 통용돼도 되는 거냐고?"

아키라는 하늘을 올려다봤다. 높은 은행나무들에 도려내진 하늘에 구름이 펼쳐져 있었다. 바로 옆 아오야마 거리에서 회화관으로 뻗어 있는 이 가로수 길의 은행나무는 수령이 이미 100년은 넘은 듯했다. 여름에는 짙푸르고, 가을에는 황금빛 낙엽을 떨어뜨리고, 앙상하게 가지만 남은 겨울에는 흰 눈을 들쓴다. 그리고 새순이 돋아날 무렵, 이 언저리에는 멋들어진 벚꽃이 피기 시작한다.

그러고 보니, 라며 아키라는 작년 여름을 떠올렸다. 여름밤에 이 주위를 혼자 걷고 있었다. 바로 옆에 진구 야구장이 있어서 땅울림 같은 환호성이 이따금 캄캄한 가로수 길에도 울려 퍼졌다. 찌는 듯이 무더운 밤이라 잠깐 걸었을 뿐인데도 땀이 흘러내렸다. 그런데도 밤길을 걸었던 것은 뭔가 생각할 게 있어서였을 게 틀림없다.

마사와 그 근처 바에서 한잔한 직후였다. 아마도 그녀 생각을 했을 것이다. 아오야마 거리에서 가로수 길을 지나 바로 앞에 회화관이 나타났을 때였다. 갑자기 눈앞에서 불꽃이 솟구쳐 올랐다. 불과 10여 미터 앞의 어둠 속에서 난데없이 펑펑 불꽃을 쏘아 올려서 아키라의 머리 위에서 거대하고 멋진 불꽃이 펼쳐졌다. 진구 야구장의 야쿠르트 대 자이언트 경기, 항례적인 불꽃놀이였다.

아키라는 기겁을 할 정도로 놀랐다. 그렇게 가까이서 불꽃을 쏘아 올리는 순간을 본 적이 없었고, 그렇게 바로 밑에서 불꽃을 올려다본 적도 없었다.

불꽃 수십 발이 치솟았다. 아키라는 그동안 줄곧 불꽃을 올려다보며 배시시 풀어진 표정을 짓고 있었다.

분명히 좋은 일이 생길 것이다.

그런 기분이 들었다.

그것이 어떤 좋은 일일지는 알 수 없지만, 분명 앞으로 여러 가지 좋은 일들이 나를 기다리고 있다. 물론 너무 단순하다는 건 안다. 그러나 그렇게 단순하게 생각할 수 있는 자기가 아주 건강한 것 같아서 기분이 좋았다.

"회장님에게 메일이 왔으니 이사회에서는 이미 승인이 끝난 거겠지."

갑자기 아유미의 목소리가 되돌아왔다.

"……하지만 아사히나라는 그 녀석, 재능이 없다며?"라고 아키라가 말했다.

스스로도 당돌하다는 느낌은 들었지만, 그것이 모든 답인 것 같은 기분도 들었다.

"없지. 있을 리가 없잖아."

"그럼, 언젠가는 모두 알아채겠지. 고마키 에리코라는 사람은 잘못 판단했다, 그녀가 시키는 대로 한 우리도 잘못 판단한 거라고."

정당한 의견이라고 생각했다. 자신도 있었다. 그러나 아유미의 표정은 굳어 있었다.

"응, 왜 그래? 내 말이 맞잖아? 그렇게 될 거야"라고 아키라가 되풀이했다.

"그렇겠지. 그게 자연적인 흐름이겠지. ……그런데 말이야, 오히려 그게 더 무섭지 않아?"

"무서워? 뭐가?"

"그러니까 그 잘못을 알아차리는 게."

"왜?"

"인간이란 존재는 자기가 잘못됐다고 알아챈 순간, 그걸 바로 인정하고 사과하기보다는 어떻게 하면 자기가 잘못되지 않은 게 될까, 어떻게 하면 자기가 옳은 게 될까를 먼저 생각하는 경향이 있지 않나?"

아유미의 말을 듣고, 자기도 모르게 납득하고 말았다. 고마키 에리코는 틀림없이 자기 실수를 인정하지 않는다. 설령 나중에 알아챈다 해도 아사히나 다쓰지에게는 재능이 있다고 계속 주장할 것이다. 고마키 에리코에게 구슬려진 이사회 사람들도 보나 마나 그럴 것이다. 고마키 에리코를 믿었던 자기들이 잘못됐다고 인정하지 않는다.

"아마 이젠 아무도 멈출 수 없을 거야. 그 아사히나 다쓰지는 아티스트로서 재능이 있다, 그렇게 결정 난 거야. 실제로는 없다는 걸 다 아는데도."

왠지 휴일에 카페 테라스에서 듣기에는 은근히 기분 나쁜 말이었다. 그러나 그 말에 반론을 할 수도 없었다.

아키라는 작년 여름에 불꽃이 솟구쳐 올랐던 방향으로 눈을 돌렸다. '다시 솟구쳐라, 솟구쳐'라고 구름 낀 하늘에 기원해봤다.

파출소에서 나오자, 갑자기 매미 울음소리가 높아졌다. 아키라는 밤하늘을 올려다보았다. 커다란 칠엽수 가로수가 늘어선 거리에 나무 윤곽을 따라 자줏빛 도심의 밤하늘이 도려내져 있었다. 먼저 걸음을 내디딘 고타로에게 "올 때도 이렇게 울어댔나?"라고 아키라가 물었다.

"뭐라고요?"라며 고타로가 뒤를 돌아보았다.

"매미."

"아아."

가장 가까이 있는 칠엽수를 올려다보는 고타로의 얼굴을 가로등이 하얗게 비췄다.

파출소 방문은 오늘로 세 번째다. 누가 뭣 때문에 두고 갔는지 모르는 술과 쌀을 더 이상 집에 그대로 놔둘 순 없다는 말을 아유미가 꺼냈다. 아키라는 파출소에 가서 상의했다. 그리고 반강제이긴 했지만, 분실물을 받아주는 조건으로 오늘 밤에 고타로와 함께 들고 갔던 것이다.

앞서서 언덕길을 올라가는 고타로의 장딴지가 유난히 하얬다. 그리고 시원해 보였다. 굳이 옷 갈아입을 것 없이 자기도 반바지 차림으로 그냥 올 걸 그랬다고 아키라는 생각했다.

"이모부, 아유미 누나, 괜찮아요?"

고타로가 갑자기 멈춰 섰다.

"괜찮냐니?"

"꽤 힘들어 보이던데."

"그래?"

"어, 이모부는 눈치 못 챘어요?"

"아니, 눈치는 챘는데……."

실제로 최근 며칠 아유미가 침울한 기미는 눈치 챘다. 그러나 지금 고타로가 표현한 심각성은 조금 과장스러운 것 같은 기분이 들었다.

"그렇게 많이 힘들어하는 것처럼 보이니?"라고 아키라가 새삼 다시 물었다.

어이가 없다는 듯이 고개를 갸웃거린 고타로가 "지금 그렇게 안 보이면, 이모부한테는 어느 정도 힘들어야 힘들게 보이죠?"라며 웃음을 터뜨렸다.

물론 아유미가 침울한 원인은 예의 그 아사히나 다쓰지다. 도쿄아트워크 참가를 제외당한 후, 이번에는 이사회에 출석할 필요도 없다는 연락이 온 모양이다. 그것만으로도 충격적인데, 이번 주 들어서 오랫동안 친하게 지내온 어느 출판사에서 다음 시즌에 '아사히나 다쓰지' 화집을 출판하게 됐다는 소식을 들었다고 한다. 작은 미술 전문 출판사지만, 보는 눈은 정확했다. 어떤 의미에서는 이 출판사에서 화집이 간행되면, 그 아티스트의 재능이 진짜라고 업계 내에서도 인정받는 것이나 다름없다.

아유미의 표현을 빌리면, '아사히나 다쓰지에게는 재능이 있다. 그렇게 결정 났다. 실제로는 재능이 없다는 걸 다 아는데도'라는 상황이 가속도를 붙이며 진행되고 있는 것 같았다.

"그러고 보니 지난번에 역 스타벅스에서 그 아저씨……, 이름이 뭐였더라, 그 왜 저쪽 공원에서 같이 참새 봤던 사람……, 이모부가 전에 살았던 역 반대편 맨션에서 같은 층에 살았다는……."

고타로가 갑자기 물었다.

"하세가와 씨?"라며 아키라가 끼어들었다.

"아, 맞다, 맞다. 쌍안경으로 같이 참새 봤던 사람."

"참새가 아니라 곤줄박이야."

"그 곤줄박이 아저씨를 지난번에 역 빌딩 스타벅스에서 우연히 만났어요."

"어, 그래. 기억나든?"

"난 기억나서 인사했는데, 그쪽은 기억을 못 하는 것 같던데……. '신구 씨의 조카예요'라고 해도 여전히 어리둥절해했어요."

"딱히 교제가 있었던 건 아니라 내 이름은 몰라."

"인사할 맘은 별로 없었는데, 그쪽이 바로 옆 테이블로 오잖아요. 아무래도 무시하긴 좀 미안해서."

아키라는 모퉁이를 돌기 직전에 파출소를 돌아보았다.

지금 막 맡기고 온 술과 쌀은 앞으로 어디로 옮겨지게 될까. 물론 있을 수 없는 일이겠지만, 대응해준 젊은 경찰관이 몰래 먹어버리면 좋을 텐데 하는 생각이 문득 들었다.

"그 아저씨, 독신이에요?"

시선을 되돌리자, 고타로가 언덕을 지그재그로 걷고 있었다.

"글쎄다, 왜?"라며 아키라가 시치미를 뗐다.

"젊은 여자랑 같이 있어서."

"아아, 그건 따님 아닐까."

아키라는 왜 그런지 순간적으로 거짓말을 지어냈다.

"어, 그래요? 내가 인사했더니 가게에서 바로 나갔어요. 그래서 왠지 느낌이 안 좋던데, 혹시 젊은 애인이라 도망쳤나 싶어서."

"설마, 분명히 따님일 거야. 이혼해서 따로 산다나 뭐라나 했으니까."

스스로도 왜 그런 거짓말을 하는지 이해할 수 없었다. 그러나 입에서 말이 술술 흘러나왔다.

"이모부는 바람피운 적 있어요?"

"어? 나? 없어. ……왜 이래, 갑자기. 없어."

"흐―음."

"흐―음은 또 뭐야?"

"아니 그게, 지금까지는 바람피워도 딱히 상관 없다고 생각했는데, 왜 그런지 그 곤줄박이 아저씨가 젊은 여자랑 같이 있는 장면을 봤을 때는 한순간 우왝 하는 느낌이 들어서."

"아 글쎄, 그런 거 아니라니까. 분명히 따님이었을 거야."

아키라가 웃었다. 약간 과장스러운 웃음이었다. 뭐가 그리

웃긴가 하며 고타로가 고개를 갸웃거렸다. 아키라는 못 알아챈 척하며 시선을 피했다.

집 앞에 도착했을 때, "아 참, 방범 카메라 단다고 했는데, 아유미 누나가"라며 고타로가 문을 올려다봤다.

"……달게 되면, 저쯤 될까?"

"아유미 이모가 그랬어?"

"네, 그랬어요. 경비회사에 문의해서 이미 견적까지 받았다던데요."

아키라는 문 위에 카메라가 설치된 상황을 상상했다. 빨간 램프가 깜박거리고, 렌즈는 이쪽을 향하고 있다. 이어서 카메라에 찍힌 영상이 눈앞에 떠올랐다. 파출소에서 돌아오는 자기와 고타로가 멍하니 렌즈를 올려다보며 서 있다.

그리고 그 등 뒤에 누군가…….

무심코 그런 상상을 하던 아키라는 자기도 모르게 뒤를 돌아봤다. 지금 걸어온 길이 보였다. 그러나 거기에는 물론 아무도 없었다.

도쿄는 지글지글 소리를 내며 뜨거워졌다. 태양도 공기도 아니고, 일단 지면부터 여름이 된다.

오전부터 걸어 다녀서 셔츠는 이미 한 번 갈아입었다. 손수건으로는 감당이 안 돼서 손에는 수건이 들려 있었다.

"밥 먼저 먹을까?"라며 아키라가 멈춰 섰다.

비좁은 골목에 런치 메뉴를 내놓은 선술집들이 몇 개나 늘어서 있었다.

"그래야겠죠, 다음 약속이 1시니까."

역시나 수건으로 이마의 땀을 훔쳐내며 나카무라가 고개를 끄덕였다.

"아, 참. 자네는 도시락이지."

아키라는 불현듯 생각이 났다. 신혼인 나카무라는 외근을 하는 날에도 도시락을 싸 왔다.

"죄송합니다. 전 그렇죠."

"그럼, 어떡할까?"

"이 앞에 작은 공원이 있으니까 거기서 얼른 먹어치우고 여기로 돌아오겠습니다."

결국 나카무라와는 그 자리에서 헤어졌다.

로바타야키(손님이 보는 앞에서 어패류, 육류, 야채 등을 화로에다 구워 제공하는 요리나 가게)의 점심 메뉴가 맛있을 것 같았다. 붉은돔 조림 정식이 780엔이었다. 지하로 내려가려는데, 계단에서 택배 배달원이 뛰어 올라왔다. 아키라가 몇 계단을 물러섰다.

"죄송합니다."

"아닙니다."

스쳐 지나는 순간, 심한 땀 냄새가 풍겼다. 아키라는 자기도 모르게 숨을 멈췄다. 왜 그런지 이미 몇 년도 더 지난 결혼식 때 기억이 불현듯 떠올랐다.

결혼식장은 아유미의 언니도 식을 올린 호텔이었다. 아키라에게는 분에 넘치는 곳이었지만, 자매 간에 차이를 두고 싶지 않다는 장인 장모의 희망에서였다. 아키라 쪽 친척이 적어서 하객 대기실은 나눠 쓰지 않았다. 아유미 쪽 친척들 사이에서 아키라의 어머니가 외따로 앉아 있었다. "난 구석이라도 상관없어"라고 조심스러워하며 입구 근처에 앉은 어머니에게 "어머니가 조심스러워하면 다른 사람들이 안에 못 들어와요"라며 아키라가 타일렀다.

결혼식 예복인 구로토메소데(검은 바탕에 무늬를 넣은 일본 전통 의상)를 차려입은 어머니의 등을 떠밀며 안으로 향했다. 그때 문득 강렬한 땀 냄새가 났다. 아키라는 "아" 하고 소리를 흘릴 뻔했다. 올 리가 없는 돌아가신 아버지가 왔나 하는 생각이 들었다. 아키라는 주위를 한번 둘러보았다.

땀 냄새를 알아차린 사람은 없는 것 같았다.

아유미의 친척들에게 에워싸인 어머니는 상당히 많이 긴장했을 것이다. 홀어머니인데다 친척도 오지 않아서 얼굴도 제대로 못 드는 것 같았다. 물론 부르면 와주실 숙부님들은 있었다. 그러나 술이 나오는 자리에서, 그것도 도쿄라는 화려한 장소에서, 게다가 격식을 차리는 고급 호텔 연회장에서 실수 없이 무사히 넘어갈 수 있는 숙부는 한 사람도 없었다.

와서 부끄러운 상황을 만들 바에는 오지 않아서 부끄러운 쪽이 그나마 낫다고 어머니는 생각했다. 그렇지만 아키라로서는 당연히 숙부님들에게 초대 의사를 전했다. 어머니는 부끄러워하지만, 아키라에게는 아버지 대신이라고 할 수도 있었다.

고향에 갔을 때, 숙부님 두 분을 찾아갔다. 장소는 다르지만, 양쪽 다 엇비슷한 아파트 생활에다 한쪽에는 최근에 같이 살기 시작했다는 화려하고 시끌벅적한 여자가 있었다. 다른 한쪽은 일도 안 하고 집에서 만화만 읽는다는 서른 넘은 딸과 살고 있었다.

"아버지 대신 결혼식에 참석해주세요"라고 부탁했지만, "너희 어머니가 '아키라가 아무리 부탁해도 반드시 거절해달라'고 하더라. 너희 어머니가 허락할 리가 없어"라며 고개를 끄덕여주지 않았다.

아유미의 부모와 친척들은 세심하게 마음을 쓰며 어머니에게 말을 건네주었다. 그러나 그게 어머니를 더더욱 긴장시키는 것 같았다. 그러던 중에 누군가 한 어떤 질문에 대한 대답이었는지, 어머니가 이런 말을 했다.

"아키라에게는 몸이 아니라 머리를 써서 일하는 사람이 되라고 어릴 적부터 얘기하며 키웠어요."

실제로 그런 말을 들으며 컸다. 어머니는 교육열이 높았고, 자기들이 있는 곳, 그것이 그녀에게는 어떻게 비쳤는지 모르겠지만, 아무튼 거기에서 자기 아들만은 밖으로 내보내겠다, 오로지 그것만을 바랐던 것 같다.

어머니의 말에 순간적으로 그 자리의 공기가 바뀌었다. 묘한 침묵 속에서 모두 다 누군가의 다음 말을 기다리고 있었다. 그러나 그 침묵을 가장 못 견딘 사람 역시 어머니였다.

"……여름에는 에어컨이 켜진 실내에서, 겨울에는 따뜻한 곳에서 일할 수 있는 인간이 되라고. ……그게 최고잖아요."

물론 그 자리에 있었던 모든 이들이 어머니의 교육 방침에 고개를 끄덕여주었다. 다만, 너무나 지나치게 당연해서 오히려 상상도 못했던 발상이었을 것이다. 그들은 고개를 끄덕이면서도 그 자리에 선을 한 줄 쓱 그었다. 아키라에게는 그 선이 또렷하게 보였다.

아들이 보기에도 어머니는 아름다운 여인이었다. 다만, 그 아름다움이 그런 상황에서는 더더욱 잔혹하게 느껴졌다.

냉방이 잘된 지하 가게에서 밖으로 나가자, 강렬한 햇빛이 기분 좋게 느껴졌다. 그러나 기분이 좋은 건 고작 한순간일 뿐, 아스팔트 위에서 꼼짝도 않는 열기가 마치 형태가 있는 물체처럼 아키라의 피부에 와 닿았다.

나카무라는 아직 돌아오지 않은 것 같았다. 손님이 적었던 덕분에 아키라가 주문한 조림 정식은 금방 나왔다. 배가 고팠던 터라 10분 안에 먹어치웠다.

그런 더위 속에서 가만히 기다리는 것도 고통이라 아키라는 걸음을 내디뎠다. 나카무라는 이 앞에 있는 공원에 있을 거라고 했다.

12시가 넘었는지, 점심 손님들이 꼬리를 물며 골목 가게들로 들어갔다.

골목길을 빠져나오자 높은 울타리로 둘러싸인 공원이 보였다. 나카무라는 작은 공원이라고 했는데, 그럭저럭 넓었고 거목 아래에는 시원해 보이는 그늘도 드리워져 있었다. 한쪽 구석은 끽연 장소로 만들어놔서 달랑 하나뿐인 재떨이 주위에는 남자들이 20, 30명이나 둘러서 있었다. 나카무라가 있나 찾아봤지만, 눈에 띄지 않았다. 설마하니 이 정도 거리에서 엇갈릴 리는 없다.

공원 안으로 들어서자 곧바로 나카무라의 목소리가 들렸다. 안내판 뒤에서 전화 통화를 하고 있어서 얼굴은 보이지 않았지만, 지저분한 가죽 구두가 눈에 익었다. 훔쳐 듣는 것도 실례다 싶어서 바로 떠나려고 했지만, 하필이면 그때 그의 목소리가 들리고 말았다. 일단 귀에 들어와버리자 조금 떨어져 있어도 그 목소리는 여전히 귀에 와 닿았다.

아키라는 동요하면서 재떨이를 에워싼 남자들 곁으로 다가갔다. 끽연가들은 그저 눈요기나 하는 비흡연자인 줄 훤히 꿰뚫어 볼 수 있는지, 남자들의 시선이 매서웠다. 결국 가까이 가지는 못했다.

조금 전 장소로 돌아가려고 걸음을 내디뎠을 때, "과장님!"이라고 부르는 나카무라의 목소리가 들렸다.

"응? ……아아, 거기 있었어?"

아키라가 능청을 떨었다.

"엄청 빨리 오셨네요."

"그런가?"

"하긴, 과장님은 원래 빨리 드시니까."

나란히 서서 걸음을 내딛자, 마음이 조금은 안정되었다. 나카무라의 얼굴을 보지 않아도 되기 때문이다. 물론 또렷하게 들린 건 아니다. 나카무라는 안내판 뒤에서 무슨 예약을 확인하고 있었다. 아니, 역시 또렷하게 들렸다. 나카무라는 그 통화 중에 분명히 이렇게 말했다.

"……지난번 조교(調敎) 때 말인데요."

예약 확인 메일을 못 받았다느니 어쩌느니 하는 흐름의 대화였다. 그 후에 나카무라는 그렇게 말했던 것이다. 잘못 들은 것 같지는 않았다. 그 말에 다른 의미가 있을까 생각해보려 했지만, 딱히 떠오르지 않았다.

"10분쯤 빨리 도착하는데, 괜찮겠죠?"

나카무라가 물어서 "괜찮겠지만, 일단 그쪽에 미리 전화는 해두지"라고 아키라가 대답했다.

그때 옆얼굴을 힐끗 쳐다보았다. 나카무라에게 SM 취미가 있다는 게 놀라운 건 아니다. 물론 나카무라가 S든 M이든 상관없다. 아마도 지금, 자기가 이렇게 동요하는 이유는 이 청년이 근무 중인 점심시간에 그런 전화를 걸었다는 것——, 그것도 사랑하는 아내가 싸준 도시락을 막 비운 직후였기 때문이다. '점심시간' '사랑하는 아내의 도시락' '공원' 다음에 '조교'라는 말이 부딪쳤기 때문이다.

나카무라는 회사 안에서도 인기가 많은 것 같았다. 소위 말하는 꽃미남 스포츠맨이고, 아마 어릴 때부터 주목을 받아온 사람들이 흔히 그렇듯이, 열혈남인 반면 집착도 없다. 원하는 게 없는 것인지, 원하는 걸 이미 손에 넣은 것인지. 젊은데도 나카무라에게는 그런 여유가 있었다.

아키라는 옆에서 걸어가는 나카무라에게 다시 눈길을 돌렸다.

어느새 조금 전 충격은 사라지고 없었다. 반대로 성벽(性癖)이 어떤지는 모르지만, 어쨌거나 이 녀석도 겉보기와는 다르게 엄연히 원하는 게 있고, 아직 손에 넣지 못했다고 생각하자 왠지 기분이 개운해졌다.

그날 밤, 올해 들어 첫 열대야가 찾아왔다. 저녁 식사를 준비하느라 가스 불을 쓴 탓인지, 평소 '약' 수준으로는 에어컨이 제 구실을 전혀 못했다.

"에어컨 끄고 창문 열지 그래?"라고 아키라가 아유미에게 말을 건넸다.

거실에서 집에 들고 온 일을 하고 있던 아유미는 "응"이라고 고개를 끄덕인 채 움직일 줄을 몰랐다. 그때 마침 계단을 내려온 고타로가 리모컨으로 에어컨을 끄고, 거실을 돌며 창문을 열었다.

"바람이 전혀 없어요."

방충망에 코를 대보며 고타로가 말했다.

"현관문도 열면 바람이 통할 거야."

시키는 대로 고타로가 현관으로 향했다.

"고타로, 문 그냥 활짝 열어두지 마! 체인 걸고 사이에 뭘 끼우면 되니까!"

아유미가 키보드를 두드리며 말했다.

아키라는 쏸라탕(시큼하고 매운 맛이 나는 탕) 3인분을 식탁으로 옮겼다. 현관문이 열렸는지, 수증기가 현관 방향으로 스르륵 흘러갔다.

"이런 매운 음식은 땀을 흘려가며 먹어야 제맛이지."

"우아! 맛있겠다. 뭐예요, 이건?"

고타로가 득달같이 식탁 의자에 앉았다.

"쏸라탕. 얼마 전에 텔레비전 〈주방이에요!〉(일본의 심야 요리·예능 프로그램)에 나와서 언제 한번 만들어봐야지 했거든."

"이모부는 그 프로그램 영향을 너무 많이 받아요."

고타로가 곧바로 면발을 빨아들였다.

"어때?"라고 묻자, 매운맛과 신맛에 콜록거리며 "마, 맛있는데……, 매워요"라며 혀를 내밀었다.

아키라도 자리에 앉았다. 물론 미리 맛은 봤지만, 새삼 면을 빨아들이자 국물 맛이 조금 연한 것 같았다.

"산초 기름 조금만 넣어볼래?"

"전 이대로 좋아요. 이보다 더 매우면 내일 화장실에서 비명 지를 것 같아서."

맛은 마음에 들었는지 고타로가 그렇게 말하며 왕성하게 면 발을 빨아들였다.

컴퓨터를 거실 책상으로 옮긴 아유미가 돌아와서 고타로 옆자리에 앉았다.

"요즘 당신 미각이 이상해진 거 아냐? 예전에는 너무 심하게 매운 음식은 안 좋아 했잖아?"

아유미가 어이없다는 듯이 말했다.

"그랬나?"

"그랬지. 시치미(일곱 가지 재료를 넣은 일본 양념)도 별로 안 좋 아했고."

아유미는 그렇게 말하면서도 쏸라탕 국물을 마셨다. "어때?" 라고 묻자, "응, 맛있어"라며 고개를 끄덕였다.

아키라 자리에서 보면, 아유미와 고타로 사이로 불과 며칠 전에 설치한 방범 카메라 영상이 보인다. 지금은 아무도 없는 문 앞을 계속 비추고 있다.

경비회사와 상의한 끝에 낮은 가격대의 카메라를 설치했기 때문에 화면 각도에는 바깥 길이 조금밖에 안 잡힌다. 갓 새 로 단 밤에는 신기하기도 해서 셋이 한동안 그 영상을 바라보 았다. 아쉽게도 택배기사는 물론이고 찾아오는 사람은 아무

118

도 없었지만, 이따금 집 앞을 지나가는 사람이 보이면, "아, 보인다"라며 딱히 누구랄 것도 없이 소리를 높였다. 빈도로 치면 생각했던 것보다 많았다. 주택가 안쪽에 자리 잡은 집이라 사람들 왕래는 많지 않다. 그러나 수십 초에 한 번은 반드시 누군가가 집 앞을 지나갔다. 당연하다면 당연하겠지만, 신기한 느낌이었다.

얼마나 그렇게 바라본 후였을까, 통행인 중 한 사람이 갑자기 카메라를 알아챘다. 양복 차림의 젊은 남자였다. 이쪽을 물끄러미 바라보며 걸어갔다. 셋 다 얼결에 숨을 삼켰다. 상대에게 우리가 보이는 것도 아닌데 소리를 낼 수 없었다.

이미 그릇을 절반 이상 비운 고타로가 자리에서 일어나 부엌으로 향했고, 냉장고를 열면서 "아 참, 아빠 싱가포르 근무, 더 길어질 것 같대"라고 뜬금없는 말을 꺼냈다.

"뭐 찾니?"라고 아키라가 물었다.

"울외 장아찌."

"거기 파란 반찬 통."

반찬 통을 들고 온 고타로에게 이번에는 아유미가 "길어진다니, 얼마나?"라고 물었다.

"글쎄……."

"그럼, 넌 어떡할 거야?"

"졸업하면 혼자 독립하고 싶은데……. 앗, 여기가 싫다는 의미는 아니야."

고타로가 반응을 살피듯 아키라 부부를 쳐다보았다.

"부모님은 뭐래?"라고 아유미가 물었다.

"아직 말 안 했어."

"청소니 빨래니, 혼자 할 수 있겠어?"

"그거야 다들 하는 거잖아."

"뭐, 그렇긴 하지."

아키라로서는 반대할 이유가 없었다. 오히려 대학생이 되어서도 여기 살고 싶다고 하면 더 곤란하다. 고타로는 언젠가 이 집을 나간다. 이미 결정되어 있던 일이 가까워졌을 뿐이다.

아키라는 별생각 없이 방범 카메라로 시선을 돌렸다. 방범 카메라를 달았다는 것은 언젠가 누군가가 그곳에 나타나기를 자기들이 기다리는 거라는 생각이 퍼뜩 들었다. 어떤 이유이든 누군가가 오기를 기다리는 거라고 생각하다, ──그건 아니라며 생각을 고쳤다. 분명 아무도 오지 않길 바라기 때문에 카메라를 단 것이다.

아키라는 혼란스러웠다. 앞으로 저기에 누군가가 비치는 게 무서운 것인지, 아니면 앞으로도 계속 누구도 비치지 않는 게 무서운 것인지.

스기타 유지의 장례식에 요시오 겐이치도 올 것 같다는 말을 들은 아키라는 먼저 접수를 마치고 장례식장 입구에서 한동안 기다렸지만, 독경이 시작됐는데도 요시오는 여전히 모습을 드러내지 않았다.

세상을 떠난 스기타는 고향 고등학교 동창이었다. 당시에 딱히 사이가 좋았던 건 아니지만, 같이 도쿄에 있는 대학에 진학한 영향도 있어서 상경한 후에는 친해졌다. 규칙도 잘 모르는데, "자, 게임을 시작해"라고 시키는 듯한 도쿄라는 도시에서, 당초 아키라는 스기타와 지금은 소설가가 된 요시오 겐이치와 셋이 실수를 하면서도 그 규칙을 배워가며 머뭇머뭇 새로운 세계로 발걸음을 내디뎠다.

스피커를 통해 들리는 장례식장의 독경 소리에 아키라는 더는 기다리지 못하고 안으로 들어갔다. 100석쯤 되는 의자는 빈자리가 눈에 띄었다. 다른 동창도 왔을 줄 알았는데, 한 사람도 없는 것 같았다. 내일 있을 정식 장례식에는 올지도 모른다.

거의 활용하지 않는 페이스북에서 스기타가 죽었다는 소식을 들은 것은 오늘 오후였다. 뇌출혈이라는 돌연사다 보니 아내도 패닉에 빠져서 친구들에게 연락할 정신이 없었다고 한다.

회사를 일찍 마치고 전철로 이곳 장례식장에 오는 길에 스기타와는 양쪽 다 자녀가 없는 점도 있어서 결혼 후에도 자주 만났던 것 같은 기분이 들었지만, 마지막에 이케부쿠로에 있는 닭꼬치집에서 만난 게 이미 5년 전임을 알고 깜짝 놀랐다.

유족 자리에서 아내가 영정 사진을 올려다보고 있었다. 곧게 뻗은 그 흰 목이 슬퍼 보이지만, 정작 본인은 울다 지쳤다기보다는 여전히 어리둥절한 것 같았다. 그 자리에 매우 큰 소리가 울려 퍼지는 데도 자기 혼자만 못 듣는 것 같았다.

그리고 그것은 아키라도 마찬가지였다. 슬프냐고 묻는다면, 아직은 알 수가 없었다. 그저 스기타가 죽어서 놀랐다고밖에 말할 수 없었다.

저 아내는 스기타가 재미있는 남자라는 걸 알고 있을까 하는 생각이 문득 들었다. 흔하디흔한 재미있는 남자가 아니라, 다른 친구들에게 "재미있는 녀석이 있다"고 자랑할 수 있을 정도였던 남자라는 것을. 스기타가 자기 아내는 별로 나서길 좋아하는 성격이 아니라고 했었다. 모르는 사람들에게 둘러싸이면 두통이 나는 정도라는 말까지 했었다. 아름다운 아내의 옆얼굴을 보고 있으니, 어쩌면 스기타는 아내를 늘 데리고 다니고 싶어 했을지 모른다는 생각이 들었다.

이번이 동년배 지인이나 친구의 첫 죽음은 아니다. 기운이 별로 없는 스님의 독경을 들으면서 무료함을 달랠 겸 손가락으로 헤아려보니, 대학생 무렵에 마키모토라는 친구가 자살했고, 고조가 교통사고로 죽었고, 2년 전에는 도쿠쿠라가 췌장암으로 세상을 떠났다. 이번 장례로 스기타가 네 번째다.

뇌출혈이라고는 하지만, 나이로 보아 아직은 불의(不意)의 죽음이다. '뜻밖의 일'이다. 실제로 이렇게 스기타를 위한 독경을 듣고 있는데도 죽음에 관한 감개가 전혀 없다. 자기도 언젠가는 죽는다는 건 알지만, 현실감이 없었다. 눈앞에서 스기타의 장례가 치러지고 있는데도 여전히 그 의미를 파악할 수 없었다.

아키라는 문득 언제쯤이면 친구들의 죽음을 불의의 죽음이라고 여기지 않게 될까 생각했다. 앞으로 10년이 흘러도 여전히 이른 죽음이겠지. 그렇다면 앞으로 20년이 지나면 어떨까? 30년, 40년이 지나면 결코 불의의 죽음은 아니게 된다. 거기까지 생각하다 결국은, 이라고 아키라는 생각했다. ──결국은 숫자라고.

해를 거듭해가면 주위에 죽음이 늘어간다. 죽음이 적은 동안은 불의의 죽음이고, 그것이 점점 많아지면 '뜻밖의 일'이 아니게 되는 것이다.

'불의(不意)'의 반대말은 무엇일까. 한 사람의 죽음은 불의지만, 만 명의 불의의 죽음은 없다고 친다면, 불의의 반대말은 '계획적'이나 '당연한'이라는 말이 되는 걸까.

퍼뜩 정신을 차리자, 독경 속에서 유족들의 분향이 시작되었다. 앞줄의 조문객들이 담당 직원의 안내를 받으며 자리에서 일어나 줄을 서기 시작했다. 그때 등 뒤에서 어깨를 두드렸다. 돌아보니 요시오가 앉아 있었다.

"왔어"라며 아키라가 인사를 건넸다. 서로 미소를 주고받을 수도 없는 노릇이라 요시오도 눈짓으로만 인사를 받았다.

"늦었네."

"오는 길에 역시 오지 말아야 한다는 생각이 들어서."

"왜?"

한동안 기다렸지만, 요시오는 아무 대답도 하지 않았다. 그러다 분향 순서가 되어서 아키라 일행도 줄을 섰다.

"그러고 보니 조금 전에 했던 얘기. 왜 도중에 안 오려고 했지?"

조문을 마치고 돌아가는 길에 역으로 가면서 아키라가 문득 생각이 나서 물었다.

"어어. ……옛날에 스기타가 '난 스님이 제일 싫어'라고 말한 적이 있었어. 그 생각이 불현듯 떠오르더라고. 그런 스님이 읊어주는 독경을 들으면서 저세상으로 떠나는 것도 괴롭겠다 생각하니 왠지 갑자기 발걸음이 무거워지더군."

"스기타는 스님을 왜 싫어했지?"

"스기타의 어머니가 돌아가셨을 때, 스님이 이름을 잘못 말했나 봐. ……그 왜 독경 중에 이름을 말하잖아. 그때 어머님 이름이 '하루에'인데 '에쓰코'라고 잘못 읽었대."

"넌 용케 스기타 어머님의 이름까지 기억하는구나"라며 아키라가 웃었다.

"그 스님 흉내 내는 걸 숱하게 봤으니까 그렇지"라며 요시오도 웃었다.

스님 흉내를 내는 스기타의 모습이 바로 떠올랐다. 보지도 않았는데 웃음이 나왔다.

"……그 당시에 스기타는 아직 초등학생이었는데, 독경을 읊으면서 망자의 이름도 못 외우는 스님이 어이가 없었다고 하더군. 그런 스님이 뭘 할 수 있겠냐고."

요시오의 말투는 완전히 스기타 편이었다.

"뭐 그렇긴 하지만, 이 세상 스님들이 다 나쁜 건 아니잖아"라고 아키라가 말했다.

요시오는 갑자기 흥이 식은 듯이 얘기를 접었다. 그러다 갑자기 숨을 내쉬며, "그거 말인데, 네 입버릇이야"라고 중얼거렸다.

"그거라니?"라고 아키라가 물었다.

"다 나쁜 건 아니라는 말."

실제로 그렇지 않은가 하고 아키라는 생각했다. 물론 어머니가 갓 돌아가신 소년 앞에서 그 어머니의 이름을 틀린 스님은 잔혹한 인간이라고 생각한다. 용서받을 수 없는 실수다. 그러나 그런 스님만 있는 건 아니다.

불현듯 기묘한 광경이 떠올랐다.

스기타를 슬프게 만든 나쁜 스님을 다른 좋은 스님들이 감싸주려고 하는 모습이었다. 좋은 스님 열 명, 스무 명이 나쁜 스님 한 명을 에워싸며 숨겨주려 했다.

'거 봐, 역시 좋은 스님도 있어'라는 생각이 드는 반면, 문득 깨달았다. 나쁜 스님을 숨겨주려 하는 스님은 결국 나쁜 스님이지 않을까, 라고.

횡뎅그렁한 교외의 사철(私鐵) 역 앞에는 소고기 덮밥 체인점과 편의점 말고는 밧줄 포렴을 내건 선술집이 있을 뿐이었다.

"여기면 되겠지"라며 요시오와 둘이 포렴을 걷고 들어갔다.

둥그런 카운터 의자에 앉자마자 검은 넥타이를 풀어 헤쳤다. 밤길을 걸어오는 동안 등 뒤에는 땀줄기가 흘러내렸다. 생맥주를 주문하고, 얼음처럼 시원한 맥주를 단숨에 반쯤 들이켰다.

한잔하고 가자고 먼저 청한 사람은 아키라였다. 스기타의 추억 얘기라도 나누며 둘이서만 애도하고픈 생각이 들었다. 그러나 생맥주를 마신 순간, 갑자기 자기 얘기를 해보고 싶었다. 꼭 하고 싶은 얘기가 있었던 건 아니다. 다만 이 자리에서 뭐든 터놓고 허심탄회한 얘기를 나누고 싶은 마음이 간절했다.

이쪽에서 먼저 얘기하면, 요시오도 무슨 얘기를 꺼내놓을지도 모른다. 함께 얘기를 나누면 뭔가가 나올 터였다. 뭔가가 나오면 그걸로 만족이다. 설령 서로 아무런 도움이 되지 못한다 해도 가게를 나가 역에서 헤어지면 그만이다.

"최근에 집 앞에 방범 카메라를 달았어"라고 아키라가 말했다.

"아아, 지난번에 말했던 술이랑 쌀 얘기군"이라며 요시오가 고개를 끄덕였다.

"그 카메라에 집 앞 상황이 하루 종일 비쳐. 근데 그게 좀 묘한 느낌이란 말이지. 거기에 누군가가 나타나길 바라는 건지, 나타나지 않길 바라는 건지 알 수 없게 됐어."

얘기를 하는 중에 이 대화에 이어질 내용이 없다는 건 이미 알고 있었다.

"언제 한번 불러."

"응?"

"아, 그러니까 방범 카메라를 단 호화 저택으로 초대하라고."

"그게 호화 저택인가?"

"도심의 일등지. 정원 딸린 호화 저택이잖아."

"토지도 건물도 아내 명의야. 난 리폼 비용으로 1000만 엔만 냈을 뿐이고."

지금까지 누구에게도 하지 않았던 말이 입에서 불쑥 튀어 나왔다.

"너, 그런 걸 신경 쓰니?"

"아니⋯⋯, 신경 안 써."

거짓말은 아니었다. 강한 척하려는 것도 아니었다.

"누구 명의든 호화 저택은 호화 저택이잖아."

그렇게 말한 요시오가 맥주잔을 비우더니, "생맥주 두 잔"이라며 아키라 몫까지 주문했다. 생맥주 두 잔. 고구마 소주 한 잔. 닭 모래집, 대파 닭꼬치, 닭 껍질. 파와 다진 닭고기 히야얏코(찬 날두부에 간장과 채소를 곁들인 음식). 된장 마요 오이. 곤약과 미역을 넣은 우엉 볶음. 특제 감자 샐러드. 그 정도만 먹고 마시고 가게를 나왔다. 결국 스기타의 추억 얘기는 나누지 않았다.

시나가와 역에서 고텐야마로 향하는 언덕길에서 순식간에

땀이 솟구쳤다. 제1게이힌 국도의 소음과 배기가스는 등 뒤로 멀어졌지만, 이번에는 숨이 턱턱 막히는 유지매미 울음소리가 육박해왔다. 전철에서도 역 구내에서도 가장 먼저 맥주 간판이 눈에 들어왔다. 자사 상품이든 타사 상품이든 어쨌든 뜨거운 목으로 시원한 맥주를 흘려 넣고 싶은 마음이 간절했다.

큰길에서 주택가로 접어들자마자 순식간에 공기가 바뀌었다. 목적지는 이 오래된 고급 주택가에 있는 하라 미술관이었다. 수요일에만 밤 8시까지 개관한다.

아키라는 미술관으로 이어지는 조용한 길을 서둘러 걸었다. 약속 시간인 7시는 이미 지나 있었다. 그 시간에 들어가도 느긋하게 감상할 수는 없지만, 아마 마사도 그걸 이미 알고 오늘 밤 만나자는 요청을 허락했을 게 틀림없다.

'7시 안에는 갈 수 있으니 미술관 안 카페에서 시원한 맥주라도 마실래요.'

문자에는 그렇게 쓰여 있었다.

미술관 부지로 들어서자, 또다시 거리의 소음이 등 뒤로 더욱 멀어졌다. 아키라는 손수건을 펼쳐서 땀을 닦았다. 단추를 풀고 가슴팍까지 닦아냈다. 기분 나쁜 땀이었다. 역부터 서둘러 걸었기 때문만은 아닌 듯했다.

낮에 회사에서 신문을 팔랑팔랑 넘기고 있었다. 깜박하고 못 읽은 어제 조간신문인데, 아까우니 버리기 전에 한번 훑어보자는 기분 정도였다. 도중에 어느 작은 기사에 시선이 멎었다.

"거짓말이겠지······"라는 말이 무심코 흘러나왔다.

스스로도 놀라울 정도로 섬뜩했다. 뭔가 봐서는 안 될 것을 본 것 같았다. 그것은 여름이 시작될 무렵 세간을 시끄럽게 했던 도쿄 도의회의 성희롱 야유 문제의 속보였다.

다 읽고 나서 왜 그런지 눈으로 부하 직원 아사가를 찾고 있었다. 나카무라와 셋이 긴시초 외곽의 도매상을 돌 때, 야유를 한 사람은 누구일까 하고 그녀와 이 야유에 관한 얘기를 나눈 적이 있었다.

"미혼에 아직 자녀가 없는 여성에게 아이를 못 낳느냐고 묻는 것도 문제지만, 자기가 말해놓고도 여전히 계속 시치미를 떼는 것도 으음, 뭐랄까 기분 나쁘잖아요. 안 그래요? 본인이 아니라도 옆에 있었던 사람은 알 거 아니에요. 그런데 한통속이 돼서 못 들었습니다라니······. 정말이지 그 상황을 상상하는 것만으로도 끔찍해요."

아사가의 목소리가 생생하게 되살아났다.

그때 아키라는 단순히 이렇게 생각했었다. 늦든 빠르든 범인은 밝혀질 거라고. 어쨌거나 누구나 다 또렷하게 들은 목소리인 것이다. 누군가가 말했다. 그것은 사실이다. 없었던 일이 될 리 없다.

그런데.

'새로운 야유는 확인된 바 없음/자기라고 밝힌 의원도 없음' 기사의 제목에는 그렇게 쓰여 있었다. 모두 다 들은 그 목소리가 확인되지 않았다고 한다. 왜냐하면 모두가 들은 그 목소리를 들은 사람이 없기 때문인 듯했다.

그때 아사가는 이런 말도 했다.

"……물론 인간이니까 가끔은 잘못된 행동을 하겠죠. 그렇지만 잘못된 행동을 했다고 알아채면 보통은 '미안하다'고 사과하잖아요. 그건 유치원에서 가르치는 수준이라고요."

기분 나쁜 땀은 멈추지 않았지만, 아키라는 심호흡을 한 번 깊게 하고 미술관으로 들어갔다. 입장료를 내고 곧장 카페로 향했다. 안뜰에 조명이 켜져 있었다.

마사는 바로 찾았다. 상대도 이쪽을 물끄러미 바라보았다. 테이블의 촛불이 그 얼굴을 흐릿하게 비추고 있었다.

아키라는 마사 앞자리에 앉았다.

"요즘에는 마사짱 생각만 해."

자리에 앉자마자 그렇게 말했다. 너무 성급한 고백에 마사는 살짝 표정을 바꿨을 뿐, 아무런 말도 하지 않았다.

"지금 내가 가고 싶은 곳에 같이 가줄 수 있을까?"

아키라의 말에 시선을 천천히 내리깐 마사가 "좋아요"라고 중얼거렸다.

"……그런데 그 전에 부탁 한 가지만."

"뭔데?"라고 아키라가 물었다.

"먼저 사과해주세요. 내가 잘못했다고."

"응?"

"맞잖아요, 보나 마나 그렇게 될 거잖아요. 먼저 사과해주세요."

아키라는 마사를 똑바로 응시했다. 눈동자가 흔들리고 있었다.

아키라는 평소보다 조금 먼 곳에서 택시를 내렸다. 바람도 없고, 밤길은 찌는 듯이 무더웠다. 집 앞에서 걸음이 멈춰졌다. 취한 건 아니었지만, 대문 앞 계단에 주저앉았다. 거실에는 아직 불이 켜져 있었다. 이미 2시 반이 지나 있었다.

오는 길에 편의점에서 산 녹차를 한 모금 마셨다. 같이 산 담배와 라이터를 꺼내 한동안 바라보았다. 내일까지 참으면 딱 1년 동안 금연하는 셈이다. 갑자기 마음을 다잡고 끊은 게 작년 8월 1일이었다. 포장을 뜯고 담배를 입에 물었다. 라이터를 어루만져 보았다. 이런 작은 불길이라도 열대야에는 성가시고 부담스럽다.

호텔 방에 들어간 후로 마사는 줄곧 창가에서 휴대전화만 만지작거렸다. 4층 창에서는 바다까지는 내다보이지 않았지만, 컨테이너가 쌓인 시나가와 부두가 펼쳐져 있었다.

마사는 기분이 언짢아 보였다. 방에 둘만 있게 되자마자, 왠지 갑자기 흥이 깨져버린 것 같았다.

"나 먼저 샤워할게."

"하세요."

휴대전화에서 눈을 떼지 않았다. 그런 태도가 어딘지 모르게 유치했다. 자기 뜻이 이뤄지지 않아서 토라진 어린애 같았다. 그런 태도에는 아키라도 아무래도 화가 나서 감정을 억누르며 찬물로 샤워를 했다.

문득 기척을 알아챈 것은 바로 그때였다. 유리 너머에 마사가 서 있었다.

풍만한 하얀 유방이 땀으로 젖어 있었다.

아키라는 허겁지겁 샤워를 멈추고, 문을 열었다. 아무 말 없이 마사를 안으로 들이고, 그 몸을 끌어안았다. 찬물로 시원해진 자기 몸에 닿은 마사의 몸은 놀라울 정도로 뜨거웠다.

"보나 마나 금방 싫증 나겠죠."

마사가 그렇게 중얼거렸다. 그녀의 입술이 닿은 목덜미로 뜨거운 숨결이 느껴졌다.

아키라는 놀랐다. 무슨 말이든 응해주려 했지만, 적당한 말이 떠오르지 않았다. 줄곧 자기가 마사를 좋아한다고 생각했다. 마사에게 조금이라도 사랑받고 싶었다. 그리고 자기에게 싫증 내지 않길 바랐다.

머릿속이 새하얘졌다.

마사는 더 이상 말을 하지 않았다. 그저 소리로만 말을 건넸다.

일단은 서로를 안았다. 거기에는 이미 말이 없고, 몸도 없고, 다만 소리만 있을 뿐이다. 흐트러진 시트 위에서 소리가 발기

하고, 소리가 젖고, 소리가 서로의 성기를 핥는 것 같았다. 지금껏 경험한 적 없는 대담한 행위를 하는 것은 아키라가 아니라 아키라의 소리였다. 거기에 망설임 없이 응하는 대상 역시 마사가 아니라 마사의 소리였다. 서로의 소리에 수치심은 없었다. 수치심이 없는 소리는 어떤 말이든 할 수 있었다.

손가락에 열기를 느낀 아키라가 퍼뜩 제정신을 차렸다. 어느새 불이 붙은 담배가 이미 꽁초가 되어 있었다. 머리가 멍한 것이 1년 만에 경험하는 니코틴 탓인지, 마사와의 여운 탓인지 알 수가 없었다.

계단에서 일어서서 담배를 비벼 껐다. 금연의 각오를 깬 죄의식도, 오랜만에 피운 감개도 없었다. 문을 열고 안으로 들어갔다. 거실 불은 여전히 켜져 있었다.

현관에서 신발을 벗고 있는데, "어서 와"라는 살짝 어두운 아유미의 목소리가 들렸다.

"다녀왔어. 늦어서 택시 타고 왔어."

묻지도 않은 말을 하면서 거실로 들어가자, 아유미가 의미심장한 표정으로 이쪽을 물끄러미 쳐다보았다.

"왜 그래?"라며 아키라가 멈춰 섰다.

"밖에서 뭐했어?"

아유미가 벽을 쳐다보았다. 거기에는 방범 카메라 모니터가 있고, 조금 전까지 자기가 앉아 있던 장소가 비치고 있었다.

"어, 아니……, 좀 취해서."

아키라가 허둥거렸다.

"하마터면 비명 지를 뻔했거든. 뭐, 금방 당신인 걸 알았으니 다행이지만……."

"미안해."

"저기, 그보다 할 얘기가 있어."

의미심장한 표정에는 아직 다른 이유가 있는 모양이다.

"지금? 좀 피곤한데."

"일단 거기 좀 앉아."

"무슨 일인데?"

아키라는 순순히 앉지 않고 부엌으로 피했다. 냉장고를 열고 보리차를 꺼냈다. 잔에 물을 따라서 돌아오자, 아유미가 기다리고 있었다.

"뭔데?"라고 아키라가 기분이 언짢은 듯이 물었다.

"앉으라니까."

아유미가 목소리를 낮췄다. 안 좋은 예감만 들었다. 식은땀이 온몸에 솟구쳤다.

"시간외근무 마치고 오랜만에 부서 사람들이랑 다 같이 마셨는데, 요즘에는 방에 오래 앉아 있으면 허리가 아프단 말이야."

아키라가 허리를 펴 보였다.

"유카짱이 임신했대……."

한순간 무슨 말을 들었는지 이해할 수 없었다. 도중에 멈출

134

수도 없는 노릇이라 허리를 더 폈다.

"아이, 정말."

아유미가 반응이 없는 아키라를 째려보았다.

"어?"

아키라가 매우 어정쩡한 템포로 되물었다. 되묻는 도중에
지금 막 아유미가 말한 의미가 지독하게 불쾌한 감촉으로 몸
으로 밀려들었다.

"아 글쎄, 유카짱이 임신했다니까. 아까 싱가포르에서 언니
한테 전화왔어……."

"유카짱 엄마는? 알아?"

"안대. 형부가 연락했대. ……뭐, 순서로 치면, 유카짱이 먼
저 고타로한테 얘기하고, 고타로가 형부랑 언니한테 상의해서
형부가 유카짱 엄마한테 보고했겠지만, 유카짱 쪽에서도 이미
얘기한 모양이야."

"이미 얘기했다, 이미 보고했다니, 그게 언제야?"라고 아키라
가 거친 목소리로 받아쳤다.

"조용히 좀 해, 위에 고타로 있잖아"라며 아유미가 당황했다.

"……알게 된 게 지난주 초였나 봐. 일단 내일모레 언니만
일본에 들어와서 유카짱 엄마랑 같이 상의하기로 한 모양인
데……."

"아니, 잠깐……, 지난주 초에 알았다고?"

아키라는 진정이 되지 않아서 아까부터 앉으려고 의자를

뺐다가 되돌려놓기를 몇 번이나 되풀이하고 있었다. 자기가 뭘 어떻게 느껴야 맞는 건지 알 수 없었다. 그저 화가 날 뿐이었다.

아키라가 고타로가 있는 2층을 올려다봤다.

되짚어 생각해봐도 이번 일주일 동안 고타로에게 별다른 변화는 없었다. 자기 모르는 데서 이런 엄청난 일이 벌어졌는데, 같이 사는 아키라의 눈에는 평상시의 고타로로 보였을 뿐이다. 그게 화가 났다. 아니, 너무 무서워서, 유령의 집에서 너무 무서운 나머지 화가 나는 사람이 있듯이, 그런 고타로에게 화가 났다.

아키라는 그제야 간신히 의자에 앉았다. 목이 몹시 말랐다.

교대하듯 일어선 아유미가 거실 불을 껐다. 실내에는 간접조명 불빛만 남았다.

"……이 얘기, 우리는 모르는 걸로 돼 있어."

한순간 무슨 뜻인지 알 수 없었다. "응?"이라며 되묻자, "아, 그러니까 고타로한테는 우리가 아는 걸 비밀로 하라는 거야"라고 말했다.

"무슨 뜻이야?"

"고타로가 그렇게 해달라고 부탁했대. 결론이 날 때까지 우리에게는 아무것도 알리지 않았으면 좋겠다고."

"글쎄, 왜?"

한밤중에 인스턴트 라면을 끓이거나 아침에 늦잠을 자서

계단을 뛰어 내려오는 고타로의 모습이 떠올랐다.

"우리한테까지 걱정 끼치고 싶진 않으니까 그럴 테지."

"어차피 알 일인데."

"그야 그렇지만……."

"숨겨도 소용없어."

"고타로 나름대로는 신경 쓰는 거야. 우리가 감독을 소홀히 해서 이런 일이 벌어졌다고 생각하게 하고 싶진 않겠지."

"실제로 그렇잖아!"라며 아키라가 자기도 모르게 고함을 쳤다.

"아, 좀……"이라며 아유미가 당황했다.

"형님 부부도 그렇게 생각하겠지. 소중한 아들을 우리한테 맡긴 게 잘못이라고. 유카짱 엄마도 마찬가지야. 우리를 믿고 놀러 보냈는데 딸을 이런 상황에 빠지게 했으니 우리를 미워할 거라고."

"그건 지나친 생각이야."

그 순간, 아키라는 버럭 화가 났다. 아유미의 무사태평함 때문이 아니라, '지나친 생각'이라는 말에 깃든 무사태평함에 분노를 느꼈다.

"뭐가 지나친 생각이야!"라고 아키라가 소리를 질렀다.

"……내가 전부터 얘기했잖아. 그런데 당신이 괜찮다고……. 부모 자식 간에 확실하게 대화를 나눴으니 괜찮다고. ……어디가 괜찮아? 뭐가 괜찮냐고?"

"아 글쎄, 좀⋯⋯."

"방금 지나친 생각이랬지? 어떤 점이 지나치다는 거지? 내가 보기에는 이놈 저놈 할 것 없이 하나같이 지나치게 생각이 없어!"

난생처음 질러보는 고함 같았다. 이미 누구에게 화를 내는지, 무엇에 화를 내는지조차 확실치 않았다.

"자, 잠깐만, 너무 흥분하지 마."

눈앞에 보이는 아유미의 얼굴이 새파랗게 질려 있었다.

아키라는 너무 화가 난 나머지 난폭하게 의자를 끌며 일어섰다. 의자 다리가 바닥에 끌리면서 귀를 틀어막고 싶을 정도로 거슬리는 소리가 났다. 그 불쾌한 소리에서 도망치듯 세면실로 향했다. 물을 틀고, 얼굴을 몇 번이나 씻어냈다.

그런 상황에서도 조금 전까지 끌어안았던 마사의 감촉이 손끝에서 되살아났다. 머리칼, 살결, 혀, 손톱, 그 모든 것들이 또렷하게 떠올랐다. 모든 것들이 떠오르는데도 가장 흥분되었던 그녀의 소리만은 떠오르지 않았다.

소리.

분명 줄곧 들었을 그 소리.

기억해내려고 눈을 감았다. 눈을 감은 순간, 드디어 소리가 되살아났다. 그러나 이미 거기에는 열기가 없었다. 아키라는 귀를 기울였다. 열기 없는 소리가 뭔가를 담담하게 읽어내려 갔다. 신문에 난 그 기사였다.

'도쿄 도의회에서 있었던 성희롱 야유 문제와 관련해서 도의회가 시오무라 아야카 도의원(36)이 본회의에서 만혼 현상 등과 관련해 질문하는 도중에 부적절한 발언을 한 의원을 재조사한 결과, 새로운 야유는 확인되지 않았고, 자신이 발언했다고 나서는 의원도 없었음이 밝혀졌다.

재조사는 모든 당을 대상으로 실시, 각 당이 소속 의원에게 ①성희롱 야유 발언을 하지 않았는가 ②성희롱 야유를 듣지 못했는가──등을 조사했다. 보고에서는 시오무라 의원을 격려하는 내용의 문언은 확인됐지만, '당신부터 빨리 결혼하면 좋잖아'라는 야유 이외의 새로운 말도 발언자도 특정할 수 없었다고 한다.'

문을 노크하는 소리가 들렸다. 아키라는 거울에 비친 젖은 자기 얼굴을 바라보고 있었다.

"뭐해, 괜찮아?"

노크 후에 문 너머에서 아유미의 목소리가 들렸다. 아키라는 대답하지 않았다.

"끈덕지게 들릴지 모르지만, 조금 전 얘기. 어쨌든 아무것도 모르는 걸로 해."

아키라는 여전히 대답하지 않았다.

"……응? 내 말 들리지? 생각해봐, 우리가 아빠나 엄마처럼 굴어봐야 얘기만 꼬일 뿐, 아무 도움도 안 돼."

아키라는 거울을 뚫어져라 바라보았다. 거울 속의 자기에게

"알았어. 그게 좋다면 그렇게 하지. 난 못 들었어. 아무것도 못 들었어"라고 중얼거렸다.

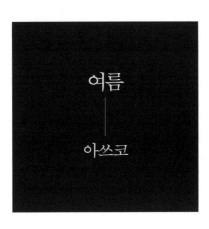

여름
—
아쓰코

소원이
이루어지리

자동차에 치인 죽은 참새가 있었다. 이미 꽤 오래전에 치였는지, 뜨거운 아스팔트 위에 바짝 말라붙어 있었다.

——납작하게 찰싹.

아카이와 아쓰코는 사체를 내려다봤다. 머리칼 사이로 땀이 뚝뚝 흘러내렸다. 최근 표현을 쓰자면, 3차원이 2차원이 됐다고 해야 할까.

발밑으로 짙은 가로수 그림자가 드리워져 있었다.

아쓰코는 가방에서 휴대용 휴지를 꺼냈다. 휴지를 몇 겹으로 겹쳐서 사체를 주우려고 몸을 구부렸지만, 닿을락 말락 하는 순간 머뭇거리고 말았다. 바짝 말라붙어 있는데도 뭔가가 스며들 것 같았다. 결국 휴지를 몽땅 빼내고 겉 봉지인 비닐을 사용했다.

사체는 말린 오징어를 잡는 감촉이었다.

뜨거운 아스팔트에서 가로수 밑동으로 옮겨서 흙 위에 떨어뜨렸다. 흙으로 돌려보냈다. 그와 동시에 턱 끝에서 땀방울 몇 개가 뚝뚝 떨어졌다.

아쓰코는 가던 길을 재촉했다. 완만한 언덕길을 올라가면 공원이 있다. 공원 안에 인기척은 없었다. 기온이 36도인 지금, 공원 안에서는 아지랑이가 피어오르고, 어딘가에 있을 노숙자의 후려치는 듯한 악취만 풍겼다. 아쓰코는 개의치 않고 안으로 들어가 나무 그늘 벤치를 찾아 앉았다. 나무 그늘인데도 바람 한 점 없고, 뜨거운 공기는 꿈쩍도 하지 않았다. 자리에 앉은 후 지갑에서 부적을 꺼냈다. 그 속에는 올 설에 뽑은 '대길(大吉)' 제비와 조그맣게 접어둔 신문기사가 들어 있었다.

아쓰코가 신문기사를 펼쳤다. 일주일 전쯤 사회 면에서 오려낸 기사였다.

머리칼 사이로 땀이 흘러내렸다. 흘러내린 땀은 강렬한 햇볕을 받아 두피에서 바지직거리며 타오르는 것처럼 뜨거웠다. 목에서 흐른 땀이 가슴팍을 지나 배로 흘러내렸다. 아쓰코가 그곳을 긁적였다.

"도쿄 도의회에서 있었던 성희롱 야유 문제와 관련해서 도의회가 시오무라 아야카 도의원(36)이 본회의에서 만혼 현상 등과 관련해 질문하는 도중에 부적절한 발언을 한 의원을 재조사한 결과, 새로운 야유는 확인되지 않았고, 자신이 발언했다고 나서는 의원도 없었음이 밝혀졌다.

　재조사는——."

　다 읽고 나자, 메마른 입속에 침이 고여 있었다. 뱉을까 말까 망설이다 결국은 삼켜버렸다. 시원한 차를 챙겨오지 않은 걸 그제야 후회했다.

　——새로운 말도 발언자도 특정할 수 없었다.

　목이 몹시 말랐다. 부적에 함께 들어 있던 제비를 펼쳐 보았다.

　소원이 이뤄지리, 라고 쓰여 있었다.

　"다행이야. 결정 났어. 그 야유는 없었던 걸로 결정 났어……."

　정신을 차려보니 자기도 모르게 목소리가 흘러나왔다. 그러나 찌는 듯이 무덥고 아무도 없는 공원에서 아쓰코의 목소리는 매미 소리도 당해낼 수 없었다.

　그런 야유는 없었다. 텔레비전 뉴스에 방송된 영상에서는 "아이를 못 낳나"라는 어떤 남성의 목소리가 녹음되어 있었다.

　——나도 또렷하게 들었다. 그런데 그런 목소리는 없었던 것이다. 없었던 걸로 결정 난 것이다.

　신문기사는 조사했지만 특정할 수 없었다는 내용으로 이어졌다. 어엿한 성인들이 면밀하게 조사했는데도 없었다고 하니 역시 처음부터 없었을지도 모른다. "당신부터 빨리 결혼하면 좋잖아"라는 야유를 퍼부은 범인은 이미 찾아냈다. 그것으로 일단락되었으면 좋겠다. 세간에서 빨리 잊히면 좋겠다.

아쓰코는 손을 모아 쥐었다. 손안에는 대길 제비와 신문기사가 있었다.

기온은 더욱 높아졌다. 다들 시원한 집에서 나오지 않는지 한여름 오후의 주택가는 고요히 잠들어 있었다. 아쓰코는 그 고요함이 견디기 힘들었다. 너나없이 뒤에서 몰래 남편에 관한 소문을 수군대는 기분이 들었기 때문이다.

여름이니 다들 좀 더 시끌벅적해도 좋을 텐데 하고 아쓰코는 생각했다. 예를 들면 이 조용한 주택가에 폭주족이라도 오면 기분이 조금 풀릴 것 같았다. 최소한 소음 피해를 당하는 동안은 도의회 야유 문제 따위를 화제로 삼을 사람은 없을 게 분명했다.

이번 야유 문제와 관련된 첫 소식이 나왔을 때, 아쓰코는 딱히 신경도 쓰지 않았다.

독신인 여성 도의원에게 "당신부터 빨리 결혼해" "아이를 못 낳나"라는 성희롱 같은 야유가 날아들었다. 여성 의원이 그 말에 화가 난 것 같다는 소식을 언론에서 처음 다뤘을 때, 아쓰코도 물론 왜 그런 소리를 할까 생각했다.

그와 동시에 남자란 정말 어쩔 수가 없구나 하는 생각도 들었다. 그러다 하긴 뭐, 그런 말을 들은 여자도 서른여섯이나 됐는데 아직 결혼을 안 했으니 어떤 의미에서는 어쩔 수 없는 일이겠다 하는 생각도 들었다.

좀 더 심술궂게 말한다면, 원래 텔레비전 탤런트였는지 뭐였는지 잘은 모르겠지만, 지금껏 숱하게 놀았으면서 이제 와서 "결혼 얘기에 상처받았다"는 말을 어떻게 할 수 있을까, 라는 느낌도 아쓰코는 받았다.

요컨대 일이 이렇게 크게 번질 줄은 꿈에도 몰랐던 것이다. 그런데 일단 붙어버린 불은 갈팡질팡하는 사이 순식간에 번져갔다. 신문과 텔레비전에서 다루고, 발언자 특정과 처분을 요구하는 서명이 모이고, 해외 언론에서는 발언자를 성차별주의자로 보도했고, 나아가서는 케네디 주일 미대사가 피해를 당한 여성 의원에게 격려 편지를 보냈다는 사실도 밝혀졌다.

이 건과 관련해서는 남편 히로키와 딱 한 번 대화를 나눴다.

그것은 문제가 커지기 시작한 첫 번째 주말이었다. 평소보다 조금 늦잠을 자고 나온 히로키에게 "빵 괜찮아? 아니면 된장국 끓일까?"라고 아쓰코가 물었다.

"뉴스에 나왔어?"

히로키가 물어서 "뉴스에 뭐가?"라고 아쓰코가 되물었다.

그러나 히로키는 대답하지 않고, 직접 리모컨을 찾아서 텔레비전을 켰다. 한동안 채널을 이리저리 돌리다 뉴스 프로그램을 찾아내더니 소파에 앉았다. 머리에 희끗희끗 흰머리가 두드러져 보이기 시작했지만, 대학 시절까지 미식축구를 했다는 그 뒤태에서는 여전히 젊음이 넘쳤다.

텔레비전에서 야유 문제 뉴스가 흘러나왔다. 지금까지의 경위만 설명해주는 간단한 내용이었다. 그 뉴스가 끝나자, 히로키가 텔레비전을 껐다.

아쓰코는 식빵을 오븐에 넣었다. 타이머를 돌리려고 하는데, "된장국 끓여줘. 밥은 전자레인지에 돌려줘도 돼"라고 히로키가 말했다. 아쓰코는 "아이, 정말"이라며 나지막이 혀를 찼다.

두부와 유부 된장국. 양배추 절임. 바지락 조림. 삶은 달걀. 준비는 금방 됐지만, 약간 부족한가 싶어서 "고등어 구울까?"라고 아쓰코가 물었다.

"낮에 사무실 나가니까 됐어"라고 히로키가 말했다.

이 시간에 아침을 먹고, 두 시간 후에 또 점심을 먹을 생각인 듯했다.

아쓰코는 식탁에 앉은 히로키를 별생각 없이 바라보고 있었다. 정말로 '냠냠' 소리가 들릴 것처럼 음식을 맛깔스럽게 먹었다.

"으음, 저기"라며 아쓰코가 말을 건넸다.

히로키는 얼굴도 들지 않고, 손도 멈추지 않았다.

"……요즘 문제되고 있는 야유, 설마 당신은 아니겠지?"

이때 조금이라도 의심하는 마음이 있었냐고 묻는다면, 대답은 완전한 '노'다. 지금 돌이켜 생각해봐도 틀림없는 0퍼센트. 오히려 야유 발언자는 남편이 아니라고 100퍼센트 믿고 한 질문이었다.

실제로 이때 히로키는 "뭐?"라며 진심으로 어이없어했다.

"내가? 범인?"이라고 되묻고, "……허 참!"이라며 마지막에는 화까지 난 것 같았다.

"그럼 누구야?"라고 아쓰코가 물었다.

"몰라, 그런 건."

"하지만 목소리는 당신 당 쪽에서 들렸잖아?"

"그렇다고들 하는데……."

"당신은 못 들었어?"

"어? 뭘?"

"뭐긴 뭐야, 그 야유."

"나? 못 들었지. ……왠지 시끌벅적했어. 뭐 하긴, 의장(議場)
은 늘 그렇긴 해, 꽤 시끄러워."

대화는 그걸로 끝났다.

대화를 시작했을 때는 0퍼센트였던 의혹이 왜 그런지 대화
가 끝났을 때는 5퍼센트 정도로 바뀌어 있었다. 말로 표현하
자면 "당신은 아니야"에서 "당신은 아닐 거라고 생각해" 정도
의 변화다.

변화의 이유는 간단했다. 히로키는 결혼하지 않은 미인은
모두 성격이 나쁘다고 진심으로 믿는 경향이 있었다. 언젠가
시부야에서 우연히 아쓰코의 대학 시절 친구와 마주쳤다. 헤
어진 후에 그녀가 아직 독신이라고 알려주자, 히로키가 진심
으로 "어? 그래? 성격이 나쁜가 봐?"라고 말했던 것이다.

그리고 또 하나.

결혼한 후 1년 만에 아쓰코는 유산을 경험했다. 그때 의사

가 앞으로는 임신 가능성이 낮다고 말했다. 옆에는 히로키가 있었다. 물론 순간적이었고, 어쩌면 아쓰코가 잘못 봤을지도 모르지만, 그때 히로키는 굉장히 무서운 눈빛을 띠었다. 장난감을 빼앗긴 어린애 같은 눈빛이었다.

아쓰코는 염천 아래로 뻗어 있는 길을 걸어갔다. 교통량이 많은 순환도로는 인도가 넓은 대신 그늘이 없다. 패밀리레스토랑과 창고가 띄엄띄엄 늘어선 거리로 대형 트럭이 몇 대나 달려갔다. 처음에는 버스로 가려고 했는데, 시간대가 안 맞아서 버스 정류장에서 15분을 기다리느냐 15분을 걷느냐는 선택지에서 아쓰코는 후자를 선택했다.

땀이 난다기보다 몸의 수분이 증발해가는 느낌이었다. 걸어가는 15분 동안 자동판매기에서 물을 두 병이나 샀다.

아들 다이시가 다니는 수영 학원은 종이 상자 공장 옆에 있었다. 가까스로 도착한 아쓰코는 일단은 화장실로 가서 작은 수건으로 온몸의 땀을 훔쳐냈다. 봉제 인형으로 장식해둔 접수처에는 아무도 없었고, 그 앞으로 보이는 수영장에서는 아이들이 연습을 하고 있었다. 이번 주말부터 여름방학 동안만 다니는 학생들이 늘어나서 평소보다 물보라가 활기찼다.

접수처 옆 계단으로 올라간 아쓰코는 2층 보호자 대기실로 향했다. 꽤 널찍한 실내에는 자동판매기가 늘어서 있고, 유리창으로는 아이들이 헤엄치는 수영장이 내려다보였다.

아쓰코가 "실례합니다"라고 인사를 건네며 얄팍한 문을 열었다. 문을 연 순간, 웬일인지 가까이 있던 엄마들이 몹시 놀란 표정을 지었다. 아쓰코는 억지로 미소를 지었다.

"어머! 다이시 엄마!"

조금 떨어진 곳에서 아야짱 엄마가 달려왔다.

"버스를 놓쳐서 걸어왔더니, 이 땀 좀 봐."

아쓰코가 셔츠 옷깃을 잡아당기며 말했다.

"접수처에서 못 들었어?"

아야짱 엄마는 몹시 동요된 모습이었다. 아쓰코는 다이시한테 무슨 일이 생겼다고 직감했다.

"다이시는 어딨어?"

"지금 의무실에서 쉬고 있어."

아쓰코는 이미 밖으로 튀어 나가려 하고 있었다. 아야짱 엄마가 그 뒤를 쫓아왔다.

"아마 빈혈인지, 수영장 옆에서 줄을 서 있다가 픽 쓰러졌어. 구급차를 부르자는 의견도 나왔지만, 아이가 아직 의식은 있어서 일단은 의무실에서 쉬게 했더니 얼굴색은 살아나더라. 학원에서 연락받았지?"

계단을 내려가며 아야짱 엄마가 상황을 설명해주었다. 휴대전화는 갖고 왔지만, 전화가 온 줄 몰랐다. 염천 아래로 걸어오다 보니 머리가 좀 멍해 있었을지도 모른다.

아쓰코는 노크도 하지 않고 의무실 문을 벌컥 열었다. 안에는 오야 코치와 다른 직원들이 있었다. 다이시가 침대에서 몸을 일으켰다. 멍한 표정으로 "아, 엄마!"라고 소리 높여 불렀다.

"어떻게 된 거니?"라며 아쓰코가 다가갔다.

"아, 다이시 군 어머님."

여전히 수영복 차림에 어깨에 수건만 걸친 오야 코치가 그제야 마음이 놓인다는 듯이 인사를 건넸다.

다이시의 얼굴색은 나쁘지 않았다. 머리는 아직 젖어 있지만, 옷은 갈아입힌 것 같았다.

"머리가 갑자기 핑 돌았어⋯⋯"라며 다이시 자신도 놀라 있었다.

"핑 돌다니⋯⋯. 지금은? 괜찮아?"

"아무렇지도 않아."

"어디 다른 데는 안 아프고?"

"⋯⋯안 아파."

아쓰코가 다이시의 몸을 이곳저곳 어루만졌다. 이마에서 뺨, 목에서 어깨, 마지막으로 배를 쓰다듬어봤지만, 다이시는 그냥 간지러워할 뿐이었다.

"휴대전화로 몇 번이나 전화를 드렸는데."

접수처 여성 직원이 건네는 말에 "죄송해요, 몰랐어요"라며 아쓰코가 사과했다.

"구급차를 부르려고 했지만, 쓰러진 후에 곧바로 이런 상황이라서 일단은 어머님께 연락을 드리고 결정하려고."

오야 코치가 아쓰코의 기분을 살피듯이 보고했다.

"죄송해요. 폐를 끼쳐서. 일단은 집에 데려가서 병원에 갈지 말지는 남편과 상의해보고……."

기분 탓일지 모르지만, 남편이라고 말한 순간, 모두의 표정이 변한 것 같은 느낌이 들었다. '실은 당신 남편이 범인 아냐?'라고 의심하는 듯한 표정이었다.

——우리 남편은 관계없어요.

아쓰코는 평소처럼 마음속으로 중얼거렸다.

"나 오늘 차로 왔으니까 타."

문 옆에 있던 아야짱 엄마가 말을 건넸다.

"정말? 미안해"라며 아쓰코가 그 호의를 기꺼이 받아들였다.

"혹시 걱정되면 곧장 병원으로 데려갈까? 남편한테 전화해서 한번 물어봐."

또다시 '남편'이라는 말이 그 자리에서 붕 떠오르며 겉돌았다.

그 후, 아야짱 엄마는 차를 현관 앞에 대놓겠다며 의무실에서 먼저 나갔고, 오야 코치 일행도 다른 학생들을 배웅하러 갔다.

"누가 너한테 뭐라고 했니?"

다이시와 단둘만 남자, 아쓰코가 득달같이 물어보았다. 다이시는 무슨 뜻인지 모르겠는지 "무슨 말을?"이라며 고개를 갸웃거렸다.

"아니 그러니까 네 친구가 아빠에 관해서 뭐라고 한 거 아니야?"

"안 했는데."

"정말이야? 아빠 일이나 야유에 관해서 무슨 말을 한 거 아니야?"

"안 했어. 지금까지 누구한테도 그런 말 들은 적 없어. 엄마가 너무 까다로울 뿐이야."

"엄마가 까다로운 건 아니지. 다만, 혹시 누가 뭐라고 하거든 다이시 넌 자신감을 갖고 '우리 아빠는 관계없어요. 우리 아빠는 도쿄를 위해 열심히 일하는 사람이에요'라고 말하면 돼."

"아 글쎄, 아무도……."

"그러니까 혹시 누가 말하면 그러란 거야."

다이시가 이제 그 얘기는 질린다는 듯이 침대에서 내려왔다. 열도 없고 걸음도 안정적이었다.

밖으로 나가자, 아야짱 엄마가 차를 바짝 대놓고 기다리고 있었다. 현관 밖으로 발을 내디뎠을 뿐인데도 강렬한 햇볕과 더위로 흠뻑 젖어 들 것 같았다. 다이시와 차 뒷좌석에 올라탄 아쓰코가 "미안해, 아야짱. 아줌마랑 다이시 좀 바래다줄래"라고 말을 건넸다.

몸을 한껏 비튼 아야짱이 걱정스러운 얼굴로 "다이시, 괜찮니?"라고 물었다.

"대답해야지, 다이시. 이젠 괜찮은 거지?"라며 아쓰코가 끼어들었다.

다이시가 "응" 하고 고개를 끄덕였고, 아야도 몸을 앞으로 되돌렸다.

수영 학원 부지를 벗어난 자동차는 대형 트럭들 틈새에 끼어 순환도로를 달려갔다.

"병원 안 가도 되겠어?"

아야짱 엄마가 물어서 "응, 집이면 돼. 미안해, 멀리 돌아가게 해서"라고 아쓰코가 사과했다.

"그건 상관없는데, 남편한테는 연락했어?"

"으음…… 뭐, 다이시 상태가 이러면 괜찮을 것 같은데."

아야짱 엄마가 룸미러로 밖을 내다보고 있는 다이시를 확인하고, "그러네. 남편도 바쁘실 테니까"라고 말했다.

수영 학원의 엄마들 친구 가운데 제일 친한 사람이 바로 아야짱 엄마였다. 처음 만났을 때부터 죽이 맞았다고 할까, 죽이 맞는 척을 안 해도 괜찮았다고 할까, 아무튼 학창 시절 친구와 재회한 것처럼 자연스럽게 친해질 수 있었다. 아마도 각자 다른 장소에서 엇비슷한 학창 시절을 보내고, 엇비슷한 남자 친구와 엇비슷한 곳에서 데이트를 했을 거라는 친근감이 느껴졌다.

그런 그녀에게조차 지금 '남편'이라는 말을 들으니 가슴 한 구석이 섬뜩했다. 예의 그 얘기를 하고 싶은 게 아닐까 하는 생각이 저절로 들었다. "실은 범인 알지?" "사실은 당신 남편이지?"라는 얘기를 하고 싶어 할 거라는 생각이 들고 말았다.

차는 이미 순환도로에서 벗어나 공원 옆의 좁은 샛길로 접어들었다. 아쓰코가 아까 앉아 있었던 공원 안 벤치에는 강한 저녁 햇살이 쏟아지고 매미 소리가 요란했다.

자택 맨션 앞에서 아쓰코는 좀 지나치다 싶을 정도로 감사 인사를 거듭하고 차에서 내렸다. 차가 유턴해서 모습을 감출 때까지 다이시와 아야는 서로 손을 흔들었다.

엘리베이터를 타고 4층으로 올라가서 창을 꼭꼭 닫아둔 집으로 들어갔다. 다이시가 먼저 뛰어 들어가서 당장 냉장고부터 열려고 했다.

"배고프니?"라고 아쓰코가 물었다.

불과 한 시간 전까지 에어컨을 켰던 집인데도 어느새 찜질방처럼 무더웠다. 창문을 차례대로 열었지만, 더 불쾌한 뜨거운 바람만 끈적끈적하게 비집고 들어올 뿐이다.

"다이시, 이젠 정말 괜찮은 거야?"

아쓰코가 에어컨을 켰다.

"괜찮아."

에어컨 아래 서자, 차가운 바람이 불어왔다. 어느새 다이시도 옆에 와서 서 있었다.

"잠깐 낮잠이나 잘까"라고 아쓰코가 말했다.

에어컨으로 시원해진 방바닥 다다미 위에 베개 두 개를 나란히 늘어놓은 모습을 상상해봤다.

결국 아쓰코는 그날 밤 집에 들어온 히로키에게 수영 학원에서 생긴 일을 얘기하지 않았다. 히로키가 후원회 사람들과 회식이 있어서 늦게 들어온 탓도 있지만, 당사자인 다이시가 평상시와 전혀 다를 바가 없었기 때문이다.

히로키는 11시가 넘어서 귀가했다. 꽤 많이 마셨는지 옷을 벗으며 복도 벽에 우당탕탕 부딪쳤는데, 잠옷으로 갈아입고 이를 닦으니 취기가 좀 가셨는지 땀 냄새 나는 몸 그대로 아쓰코의 침대로 파고들었다.

아쓰코는 잠옷 아랫도리를 내리며 "후원회 사람들은 어땠어?"라고 물었다.

"어땠냐니 뭐가?"

술 냄새가 깃든 히로키의 숨결이 와 닿았다.

아쓰코는 차라리 직설적으로 "야유 건으로 무슨 얘기 안 해?"라고 물을까 했지만, 결국은 묻지 못하고 "그냥 어땠냐고⋯⋯"라며 말끝을 흐렸다.

"딱히 달라진 건 없어. 평소랑 똑같지."

술김에 기분이 좋아진 히로키가 아쓰코 위로 덥석 올라탔다. 아쓰코는 몸을 내맡겼다. 그 담백한 몸짓의 근저에는 왠지 '역시 우리 남편은 괜찮아'라는 생각이 깔려 있었다.

다음 날 아침, 아쓰코가 아침 식사를 준비하고 있는데 숙취기미가 남은 히로키가 일어났다. 그런데도 물 한 잔을 다 비우더니 아쓰코가 부엌 식탁 위에 올려둔 신문을 펼쳤다.

"아아ㅡ, 이건 꽤 시끄러워지겠는데."

열기 없는 히로키의 목소리가 들려서 아쓰코가 된장을 풀며 "뭔데?"라고 물었다.

"어? ……아ㅡ, 이거 말이야, 이거."

"이거라고 하면 내가 어떻게 알아."

"흠."

히로키는 설명하기 귀찮은지 신문을 펼친 채로 텔레비전을 켰다. 마침 정보 프로그램에서 히로키가 말했던 '이거'가 흘러나오는지, "저 봐, 저거라고, 저거. ……이제 저거면 도의회 야유 문제 따윈 날아가버리겠군"이라고 말했다.

"어?"

아쓰코는 그 말에 가스 불을 끄고 부엌에서 나갔다.

텔레비전에 나오는 내용은 〈아사히 신문〉이 오늘 아침 지면에서 지금까지의 위안부 '강제 연행'과 관련된 허위 증언을 인정하고 철회한다는 뉴스였다.

아쓰코는 우두커니 선 채로 꽤 오랫동안 텔레비전을 물끄러미 바라봤다. 옆에서는 히로키가 신문기사를 훑어보고 있었다.

"이제 저거면 도의회 야유 문제 따윈 날아가버리겠군"이라고 했던 히로키의 말이 귓가에서 떠나질 않았다.

광고로 바뀌어서 아쓰코가 무심코 "이제 저거면 괜찮겠지?"라고 히로키에게 물었다. 히로키는 의미를 알 수 없었는지, "뭐가?"라며 의아해하는 표정을 지었다.

――다행이야. 저걸로 날아가버릴 거야.

아쓰코는 순순히 그렇게 느꼈다. 실제로도 어제까지 톱뉴스로 다뤄졌던 야유 문제가 오늘 아침에는 다음 라인업에도 포함되지 않았다.

"그럼, 여보, 여름휴가 오키나와 여행 그냥 진행해버린다"라고 아쓰코가 말했다.

신문에서 얼굴을 든 히로키가 "어? 아직 예약 안 했어?"라며 놀라워했다.

"예약은 했는데."

아쓰코 스스로도 자기가 왜 그런 말을 했는지 이해할 수 없었다. 어깨를 짓누르던 돌을 내려놓은 것처럼 마냥 들떴다. 이미 예약은 했지만, 마음 한구석으로는 올해는 어쩌면 못 갈지도 모른다고 포기하고 있었는지도 모른다.

남편을 출근시킨 아쓰코는 그나마 좀 시원할 때 해치우자며 땀범벅이 되어 잇달아 집안일을 해나갔다. 줄곧 신경이 쓰였던 커튼 세탁도 끝내고, 가까스로 아이스티라도 마시며 한숨 돌리려고 의자에 막 앉은 순간, 공원으로 놀러 갔던 다이시가 돌아왔다.

"벌써 점심시간인가?"라며 아쓰코가 당황했다.

벽시계를 쳐다보니 어느새 12시가 지나 있었다.

"배고파!"

물이라도 들쓴 것처럼 땀을 흠뻑 흘린 다이시가 냉장고에 얼굴을 처박았다.

"금방 해줄게"라며 아쓰코가 일어섰다.

다이시가 보리차병을 통째로 끌어안고 자기 방으로 향했다. 방금 걸레질을 해놓은 복도에 다이시의 발자국이 찍혔다.

70제곱미터인 3LDK(방 3개에 거실, 식당, 부엌이 딸린 구조). 세 식구 가족이 살기에 결코 여유 있는 공간이라고 할 수는 없었다. 그런데도 아쓰코가 매일같이 정성을 다해 청소하고 물건은 되도록 보이지 않는 곳에 정리하려고 노력해서, 가끔 엄마 친구들이 놀러 오면, "어떤 마법을 쓰면 사내애를 키우면서 집을 이렇게 말끔하게 정돈할 수 있지?"라며 놀라곤 했다.

아쓰코는 어릴 때부터 비교적 정리 정돈을 좋아하는 아이였다. 결벽증까지는 아니지만, 어차피 뭔가를 둘 바에는 제대로 늘어놓고 싶었다. 물건이나 방이 정리되면, 자연히 자기 마음도 정리된 기분이 들었다. 요즘 유행하는 단샤리(斷捨離, 불필요한 것을 끊고 버려 집착에서 멀어지는 것을 지향하는 정리법, 생활 방법, 처세술)는 아니지만, 비교적 집착 없이 물건을 버릴 수 있었다. 참고로 남편 히로키도 그런 면에서는 집착이 없었다. "빨간 나이키 운동화 어딨어?"라고 물어서 "그건 뒤꿈치가 다 닳아서 버렸어"라고 아쓰코가 말해도 "어, 그래"라면 끝이다.

히로키와 결혼한 것은 아마 그런 면에서 궁합이 맞았기 때문이지 않을까 하고 아쓰코는 생각했다. 그 전까지 사귄 남자들은 굳이 말하자면, "왜 멋대로 버려. 좋아했던 신발인데"라고, 그때까지 있는 것조차 잊어버렸던 주제에 불평을 쏟아놓는 사람이 많았다.

히로키는 의식주를 모두 아쓰코에게 맡겼다. 아내에게 하나부터 열까지 응석을 부린다고 할 수도 있겠지만, 팬티에서 양복까지 아쓰코가 골라준 옷을 순순히 입었고, 만든 음식은 뭐든 맛있게 먹었고, 외출 준비가 늦어져도 조용히 기다렸고, "여보, 낮잠 잘 거면 다다미방이 더 시원해"라고 하면 베개를 들고 그 방으로 갔고, "당신 서재, 다음 주부터 다이시 방으로 바꿀 거야"라고 하면 "엇!"이라며 불만스러워하는 것 같으면서도 그날 밤에는 자기 물건들을 정리하기 시작했다. 그리고 이렇게 주부 냄새가 펄펄 풍기는 아내가 있는 집에서 편안함을 느끼는 것 같았다.

다만, 유일하게 안 맞는 점이 있다면 잠자리인데, 그것을 일상생활 영역에 넣어도 좋을지 어떨지 모르겠지만, 아쓰코가 아무리 지쳐 있어도 끈덕지게 달려들었고, 한 달에 한 번은 기분을 바꾸고 싶다며 다이시가 학원에 간 사이 몰래 러브호텔에 데려가기도 했다.

솔직히 성가신 면도 있지만, 바람을 피우는 것보다는 그나마 낫다고 아쓰코는 생각했다.

아쓰코는 중국 냉면과 만두를 먹는 다이시 옆에서 텔레비전을 보고 있었다. 〈와이드쇼〉는 당장 오늘 아침에 나온 〈아사히 신문〉이 과거 허위 기사를 인정하고 철회했다는 화제로만 떠들썩했고 어느 채널에서나 야유 문제는 다루지 않았다.

이 정도면 안심하고 다이시에게 텔레비전을 보여줄 수 있다.

어느 프로그램의 해설자나 논조는 거의 비슷했다. 과거 기사가 허위였음을 인정하고 철회했으면, 일단은 사장이 사죄 기자회견을 열어야 마땅하다는 것이다. 오늘 아침 시점에서는 의심할 나위 없이 금방이라도 사죄 기자회견이 열릴 거라 믿었던 아쓰코는 솔직히 좀 놀라웠다.

——어머! 그렇게 큰 신문사에서도 사과를 안 하네! 사과를 안 하는 건 우리 남편만은 아니구나…….

그렇게 생각하자, 왠지 매우 기뻤다.

——사과하지 마♪ 사과하지 마♪ 앞으로도 계속 사과하지 마♪

우쭐해진 아쓰코는 마음속으로 노래까지 흥얼거렸다. 이제부터는 틀림없이 세간의 분노가 이쪽으로 향할 것이다. 야유 문제와 위안부 문제를 비교한다면, 아무리 봐도 위안부 문제가 훨씬 중대하다. 그 사람들이 사과하지 않고 끝낸다면, 남편과 당원들도 이제 사과하지 않아도 되는 셈이다.

——사과하지 마♪ 사과하지 마♪ 앞으로도 계속 사과하지 마♪

응원가에서 승전가처럼 변해갔다.

"엄마?"

갑자기 부르는 소리에 아쓰코가 돌아보았다.

"왜?"

"그거 무슨 노래야?"

다이시가 고개를 갸웃거렸다.

"어? 엄마? 노래 안 했는데. 어머나? 노래했니?"

"노래했어."

"소리 났니?"

"소리 났어."

아쓰코가 입을 막았다.

"사과하지 마♪ 사과하지 마♪ 앞으로도 계속 사과하지 마♪ 그게 무슨 노래야?"

다이시가 흉내를 내며 노래를 불렀다.

"아, 아니, 하지 마. 아무 노래도 아니야!"라며 아쓰코가 허둥거렸다.

"왜? 이상하네"라며 또다시 고개를 갸웃거린 다이시가 중국냉면 속 오이를 한쪽으로 밀어냈다.

"오이도 먹어. 시원하고 맛있어."

아쓰코가 화제를 돌리려고 채 썬 오이를 살짝 집어서 자기입에 넣었다.

그때 식탁에서 휴대전화가 울렸다. 다이시의 수영 학원에서 온 전화였다. 서둘러 오이를 삼키고 전화를 받으니 오야 코치의 목소리가 들렸다.

"다이시 군은 어떻습니까?"

그렇게 물은 순간, "어머, 죄송해요"라며 아쓰코가 엉겁결에
자리에서 벌떡 일어서고 말았다.

그렇게 폐를 끼쳐놓고, 그 후에 경과보고도 하지 않았던 것
이다.

"……집에 와서도 별다른 이상이 없는 것 같아서 결국 병원
에도 안 갔어요."

"그랬군요. 아니, 괜찮으면 다행이죠. 으음, 제가 담당자인데
쓰러지기 전에 알아챘으면 좋았을걸."

"별말씀을요. 괜한 걱정을 끼쳐서 정말 죄송했어요."

아쓰코는 의무실에서 봤던 오야 코치의 모습을 떠올렸다.
수영복 차림에 어깨에 수건만 걸쳤을 뿐이었다. 군살이라곤 없
는 대단히 아름다운 몸이었다.

"내일모레 수업은 괜찮을까요?"

귀에 오야 코치의 목소리가 되살아났다.

"아, 네. 아마 갈 수 있을 거예요. 기록 측정하는 날이죠?"

아쓰코가 다이시에게 눈짓으로 신호를 보냈다. 전화 내용을
이해했는지, "갈 거야"라고 입술을 움직였다.

그날 밤, 히로키가 에하라를 집에 데려왔다. 연락도 없이 데
려와서는 "미안해, 저녁 좀 차려줘"라고 쉽게 말했다.

에하라는 히로키의 중학교 시절부터 친구인데, 현재는 렌즈
공장을 경영한 아버지의 뒤를 잇고 있다. 직원이 10여 명인 공

장이지만, 정밀한 렌즈를 만드는지 최근 몇 년간은 해외 수주도 많다고 했다. 중학교 시절, 두 사람은 만담 콤비를 짜서 텔레비전 프로그램의 오디션을 본 적이 있었던 모양이다. 결과는 1차 예선 탈락이었지만, 그때 담당했던 감독이 "너희, 재능 있어"라고 해줬던 말을 두 사람은 아직까지도 기뻐하고 있다.

아쓰코는 우선 시원한 맥주와 함께 미리 만들어둔 감자 샐러드를 내놓았다. 두 사람이 바쁘게 젓가락질을 하는 것 같았다. 양파를 조금 많이 넣고 단맛을 줄여서 역시나 남자들 입맛에는 잘 맞는 모양이다. 그 틈을 이용해 바게트를 구워 리버 파테를 바르거나 햄을 얹어 내며 시간을 벌었다. 메인 요리는 그릴 치킨 토마토소스 조림이었지만, 2인분밖에 없어서 다이시는 오므라이스로 변경할 수밖에 없었다.

부엌에서 이것저것 하느라 바쁘게 움직이는 사이, 히로키와 에하라가 거실 바닥에 렌즈를 늘어놓기 시작했다. 에하라가 가져온 고가 제품인지 하나하나 가죽 케이스에 담겨 있었다.

평소 히로키는 역 앞 선술집에서 에하라와 한잔할 때가 많았다. 오늘 밤에 집에 데려온 것은 선술집에서는 렌즈들을 펼칠 수 없었기 때문인 것 같다.

새 캔 맥주를 들고 거실로 나가자, "이거 한 개에 얼마나 할 것 같아?"라며 히로키가 작은 렌즈를 집어 들었다.

당구공 크기만 한 렌즈지만, 비전문가의 눈에도 비싸 보였다. "그렇게 물어보는 걸 보면 물론 비싸겠지?"라고 아쓰코가 넌 지시 떠보았다.

"한 번에 맞추면 다이아 반지 사 줄게."

히로키가 실없는 농담을 던졌다.

"으음, 5만 엔"이라고 아쓰코가 대답했다.

"안타깝군요. 그보다 열 배래."

"어머나! 50만 엔? 얼른 내려놔."

저글링이라도 할 것처럼 렌즈를 들고 있는 히로키의 자세가 순간적으로 위험해 보였다.

"이게 다 그렇게 비싼 렌즈들뿐이에요?"라고 아쓰코가 물었다.

"으음, 대체로. 아, 그런데 이건 특별히 비싸요. 초소형에 초고성능이라."

에하라가 조금 큰 렌즈를 집어 들고 포환이라도 던질 것처럼 들어 올렸다.

"얼마예요?"라고 아쓰코가 물었다.

"300만 엔이래."

대답한 사람은 히로키였다.

"어머나! 300만 엔! 아니, 잠깐! 다이시가 만지기 전에 얼른 치워."

아쓰코가 히로키의 어깨를 두드렸다. 그때 마침 그릴에서 타이머가 울렸다. "바로 밥 먹을 거야?"라고 아쓰코가 묻자, "좀 있다 먹어도 돼. 일단 소주 먼저 줘"라고 히로키가 말했다.

"에하라 씨도 소주 드실래요? 저 사람은 늘 고구마 소주 온

더록스인데."

"아, 미안해요. 나도 같은 걸로."

부엌으로 돌아가서 일단은 다이시의 오므라이스부터 만들었다. 방에서 숙제를 하고 있던 다이시가 케첩 냄새에 이끌려 밖으로 나와서, "아빠랑 아저씨 옆에 가면 안 돼"라고 주의를 줬다. 그러나 사내아이가 참을 리가 없어서 반숙란 오므라이스가 완성될 쯤에는 히로키와 에하라 사이에 찰싹 끼어서 고가 렌즈들을 들여다보고 있었다.

에하라는 9시가 넘어서 돌아갔다. 짐이 있으니 택시를 부르겠지 했는데, 부인이 차로 데리러 왔다. 아쓰코가 맨션 밖까지 배웅을 나갔지만, 언제나처럼 무뚝뚝한 아내는 차에서 내리지도 차창을 내리지도 않았고, 에하라가 조수석에 타려고 문을 열었을 때 "늦게까지 죄송해요"라고 인사라고도 할 수 없는 말을 건넸을 뿐이다.

야유 문제가 본격적으로 보도되기 시작한 무렵, 딱 한 번 집으로 장난 전화가 걸려 왔다. 평일 오후라 아쓰코가 전화를 받자, "도쿄의 수치! 일본의 수치!"라며 난데없이 여자가 고함을 쳤다.

아쓰코는 너무 놀라서 목소리도 나오지 않았다.

전화는 곧바로 끊겼다. 다음에 또 오면 히로키에게 상의할 생각이었는데, 그 후로는 오지 않았다.

시간이 지나면서 아쓰코는 그때 전화 목소리가 에하라의 아내였던 것 같은 기분이 들었다.

에하라를 배웅하고 거실로 돌아오자, 목욕을 하고 나온 다이시가 잠옷도 안 입고 게임을 하고 있었다.

"9시 반까지 해도 되니까 일단 잠옷부터 입어."

그렇게 말을 건네고, 설거지를 시작했다. 다이시가 움직이는 기색은 없었다.

"다이시!"

"응, 알았어."

여전히 움직이지 않았다.

"다이시 군!"

"아, 네네."

사격 게임 소리가 더욱 과격해졌다.

"다이시 씨! 세 번째야."

그제야 겨우 게임이 일시 정지되고, 다이시가 자기 방으로 뛰어 들어갔다.

잠시 후, 잠옷을 입고 나온 다이시가 "엄마, 에하라 아저씨 렌즈, 미사일에도 쓰인대. 요격미사일"이라고 말했다.

의미를 알 수 없었던 아쓰코는 "어? 뭐?"라고 물었다.

"아이참, 에하라 아저씨가 가져온 렌즈 말이야."

"그게 뭐?"

"그러니까 그게 미사일로도 만들어진대."

"뭔데? 게임이니?"

"아냐."

다이시가 뭔가를 설명하려다 귀찮아졌는지 그냥 텔레비전 앞으로 돌아가버렸다.

"앞으로 15분이야"라고 아쓰코가 말했다.

"네—에, 네"라고 건성건성 대답했다.

역시나 그 아버지에 그 아들이라고 할까, 하루가 다르게 히로키의 경박한 말씨를 닮아갔다.

다이시가 했던 말의 뜻을 아쓰코가 불현듯 이해한 것은 그날 밤 목욕을 마치고 세면대에서 화장품을 바를 때였다.

"엄마, 에하라 아저씨 렌즈, 미사일에도 쓰인대. 요격미사일"이라고 했었다. 보나 마나 게임 얘기겠지 했는데, 그게 아니라 실제로 그 렌즈가 요격미사일 같은 데 탑재될지도 모른다.

어슴푸레한 기억이지만, 그런 무기의 수출을 인정하는 법률이 통과됐다느니 안 됐다느니 하는 뉴스를 올봄 초에 본 것 같기도 하고 안 본 것 같기고 하고, 그런 일이 있었던 것 같은 기억을 아쓰코는 떠올렸다.

아야짱 엄마한테 '오늘은 차 가지고 갈 건데, 자원봉사 사무실까지 같이 타고 갈래?'라는 문자가 왔다. 버스 정류장까지 걸어가기도 겁이 나는 더위라 망설임 없이 그 제의를 받아들였다.

15분 후, 맨션 앞에서 에어컨이 켜진 차로 올라타자, "다이시

군, 큰일은 없어서 다행이다"라고 아야짱 엄마가 말해서 "걱정 끼쳐서 미안해. 연습 전에 탈의실이랑 수영장 밖을 죽어라 뛰어다닌 모양이야"라며 아쓰코가 어이없다는 표정을 지어 보였다. 다이시의 말에 따르면, 실제로 그런 모양이었다. 게다가 배까지 고팠다고 한다.

그때 라디오에서 야유 문제와 관련된 화제가 흘러나왔다. 최근에 텔레비전에 자주 나오는 경제평론가의 프로그램이었다. 화제에 본격적으로 들어가기 직전에 아야짱 엄마가 라디오를 껐다. 어색한 침묵이 남았다.

"으음, 〈아사히 신문〉 사장, 결국 사죄 회견은 안 할 모양이야."

정신을 차려보니 아쓰코는 그런 말을 하고 있었다.

"그러게."

아야짱 엄마도 다행이라는 듯이 얘기를 맞춰주었다.

"한 번쯤 분명하게 사과하면 좋을 텐데. 인간은 누구나 잘못을 저지르잖아. 그걸 알아챘을 때 대응이 중요한 거지."

대화를 나누다 보니 아쓰코는 정말로 화가 났다. 얘기를 받은 아야짱 엄마가 이번에는 자기 지론을 펼쳤다.

"그런데 난 이번 일을 보면서 이쪽이나 저쪽이나 비슷하단 느낌이야. 순순히 사과하지 않는 사람도 이해가 안 가지만, 강제 연행 증언이 거짓임을 알았다고 해서 마치 귀신 목이라도 쳐낸 것처럼 떠들어대는 사람들도 있잖아. 그 사람들을 보고 있으면 솔직히 '머저리인가—?' 싶다니까."

아야짱 엄마의 '머저리인가―?'라는 표현이 재미있어서 아쓰코가 웃었다.

"정말 그래. 양쪽 다 똑같다고 할까……, 왜 전에 우리 둘이 얘기했었지. 일본인 전체가 열등화되고 있다고. 정치인도 언론도 경찰도 교사도 엄마도 아빠도 아내도 남편도 아이도 전체적으로 인간이 모두 열등화되고 있어. 우리가 아는 정치인도 언론도 경찰도 교사도 엄마도 아빠도 아내도 남편도 아이도 이젠 더 이상 이 세상엔 없다고."

"그러게 말이야. 물론 우리도 열등화된 사람들 중에 하나겠지만."

생각해보니 아야짱 엄마와는 얼굴을 마주하면 이런 식으로 최근 뉴스에 관한 대화를 나누곤 했다. 물론 둘 다 신문이나 텔레비전에서 본 이상의 지식은 없지만, 그래도 세간을 떠들썩하게 만든 사건이나 사고에 관해 자기 의견을 풀어놓을 수 있는 유일한 기회가 아야짱 엄마와 나누는 대화였다. 그런데 두 달 동안 예의 그 야유 문제로 중단됐던 것이다.

"아 참, 그러고 보니 방콕에서 갓난아기들이 보호받고 있다는 뉴스 봤어?"

아야짱 엄마도 두 달 전 리듬을 되찾았는지 곧바로 다음 화제로 접어들려 했다.

"갓난아기들?"

아직 모르는 뉴스였다.

"조금 전 뉴스에 나왔는데, 태어난 지 몇 개월밖에 안 된 갓난아기들이 아홉이나 방콕 맨션에서 보호받고 있대. 아무래도 일본인 남성이 그 사건에 관계된 모양이야. 아직 자세한 건 밝혀지지 않은 것 같지만, 보호받는 아기들은 그쪽에서 타이인 여성에게 대리출산으로 낳게 한 애들인 모양이야."

"어머? 그게 무슨 소리야?"

아쓰코의 목소리가 높고 날카로워졌다.

아야짱 엄마의 설명에 부족함은 없었지만, 내용이 너무 그로테스크해서 선뜻 머릿속에 들어오지 않았다. 그렇지만 현시점에서는 아야짱 엄마도 그 이상의 정보는 없는 것 같았다.

"그건…… 마치 애완동물 브리더 같잖아"라며 아쓰코가 분개했다.

"누가 아니래. 뭐, 이번 갓난아기들은 무사히 보호받았으니 다행이지만, 만약에 보호받지 못했으면 어쩌나 생각하면, 핏기가 싹 가신다니까."

실제로 이 뉴스를 접했을 때, 아야짱 엄마의 머릿속에는 인신매매, 소녀매춘, 장기매매 같은 끔찍한 어휘들이 잇달아 떠올랐던 모양이다. 아쓰코는 생각만으로도 끔찍하고 숨이 막혔다고 얘기하는 아야짱 엄마가 어땠을지 쉽게 상상이 갔다. 자기까지 화가 치밀어 올랐다.

"아무튼 하루빨리 범인을 잡아야 할 텐데."

아야짱 엄마의 말에 "그러게 말이야"라고 대답하면서도 아쓰코의 마음 한구석에서는 이런 말도 떠올랐다.

——이걸로 남편 당의 문제는 점점 더 뒷전이 되겠어.

아쓰코는 무심코 번질 뻔했던 미소를 아랫입술을 꽉 깨물며 간신히 참아냈다.

——아니야. 난 이렇게 냉정한 인간이 아니야. 이런 잔혹한 사건이 일어난 걸 기뻐할 만한 인간이 아니야.

아쓰코는 입술을 더욱 강하게 깨물었다. 통증을 넘어서서 감각이 사라져갔다.

자원봉사 사무실에 도착한 아쓰코 일행은 서둘러 다음 강연회에서 배포할 자료 만드는 것을 돕기 시작했다.

아쓰코는 원래 학창 시절부터 자원봉사자로 지역의 독거노인을 방문하는 서비스를 도왔었다. 그런 경험도 있었고, 남편 히로키가 도의회에 입후보하게 되면서 몇몇 자원봉사 단체에 참가하는 것은 자연스러운 흐름이 되었다.

오늘 도와주러 온 곳은 그중 하나인데, '세이브더칠드런'이라는 NGO로 세계 각지에서 다양하게 착취당하고 있는 아이들을 알아내고 그들에 대해 배우고 원조하는 것을 목적으로 한다.

아야짱 엄마에게 같이 가자고 한 것은 지금으로부터 반년 전쯤이었다. 수영 학원에서 아이들 연습을 지켜보며 무슨 얘기를 나누다 그랬는지 아야짱 엄마가 자원봉사에 흥미가 있다는 말을 꺼냈고, 그러면 참가해보지 않겠냐고 아쓰코가 제안했던 것이다.

팸플릿에 끼울 자료가 아직 도착하지 않아서 아쓰코 일행은 잠시 한숨 돌리게 되었다. 주부로만 구성된 대여섯 명. 작업하던 손길을 멈추고 차를 마시기 시작하자, 역시나 화제는 방콕에서 보호받는 갓난아기들 얘기였다.

간식으로 나온 슈크림을 나눠주던 부인이 "뭐라더라, 어느 부잣집 아들이 가문의 사업을 이을 후계자가 필요하다고 그런 짓을 한 모양이에요"라고 알려주었다.

"아랍 석유 왕이 여러 부인들한테 자식을 낳게 하는 그런 느낌인가?"

"그거랑은 좀 다르지."

부인들의 대화를 들으면서 아쓰코는 건네받은 슈크림을 입안 가득 넣었다. 바닐라콩이 들어간 크림이 맛있었다.

그때 복사실에서 자료가 도착했다. 우연히 아쓰코 앞에 놓인 자료에 표가 실려 있었다.

〈현대 노예 문제〉	
	구 노예제 / 현대 노예
소유권	주장(합법) / 은폐(비합법)
노예 단가	고가 / 매우 저가
노예 한 명이 낳는 이익	저이익 / 초고이익
잠재 인원수	부족 / 과잉
노예 기간	장기 / 일회용

아쓰코는 먹다 만 슈크림을 봉지에 집어넣었다. 보지 않으려 했으나 표는 바로 눈앞에 있었다. 현대의 노예 인원수가 과잉이며, 일회용이라는 현실이 좀처럼 머릿속에 들어오지 않았다. 그 대신 마음이 뒤숭숭해졌다. 이런 상황을 맞닥뜨리면 아쓰코는 늘 그렇다. 내가 뭔가 할 수 있는 일이 있지 않을까, 아니, 분명 있다는 생각이 드는 것이다.

아쓰코는 참새 소리에 눈을 떴다. 이미 7시가 지났지만, 바깥 하늘에 구름이 끼어서 방이 어둡다. 밤중에 창문을 열었을 때, 비는 그쳐 있었다. 다행히 아직 기온은 올라가지 않았고, 남쪽 창에서 들어온 바람이 아쓰코의 발밑을 스치고 서쪽 창으로 흘러갔다.

옆 침대에 있는 히로키도 잠이 깬 듯했다.

"다이시, 벌써 일어났어?"라고 아쓰코가 물었다.

"좀 전에 냉장고 열던데."

아직 졸음이 가시지 않은 히로키의 목소리가 들렸다. 부자지간이긴 하지만 너무나 닮아서 늦잠 잘 수 있는 휴일 아침에만 일찍 눈을 떴다.

"밤에 선풍기 켰어?"

아쓰코의 질문에 히로키가 "아니"라고 대답하며 돌아누웠다.

아쓰코는 몸을 일으키려 했지만, 기분 좋은 졸음으로 손발 끝이 여전히 마비되어 있어서 좀처럼 행동으로 옮길 수가 없었다.

"다이시, 요즘에 너무 먹지?"라고 아쓰코가 물었다.

히로키는 대답이 없었다. 그 대신 뿡 하고 방귀를 뀌었다.

"한창 잘 먹을 때라 다이어트 같은 건 시키고 싶지 않지만, 이대로 가면 아동 비만이 될 것 같아."

"운동 시키면 괜찮아."

이번에는 대답을 했다.

"수영 학원 같은 데서 같은 학년 애들이랑 서 있으면, 역시나 다이시만 훨씬 크다니까. 키는 비슷한데 팔이랑 배에 살이 붙어서."

"그런가? ……너무 신경 쓰지 마."

"그렇지만 지난번 건강 진단에서 '운동을 좀 더 합시다'라고 썼던데."

"학교 건강검진?"

"응."

얘기를 하다 보니 차츰 잠이 깼다. 잠이 깨자 바람은 있어도 실내가 덥게 느껴졌다. 아쓰코는 덮고 있던 타월 담요를 걷고 발끝을 내놨다. 습한 바람이 흘러가는 걸 또렷이 느낄 수 있었다.

다이시의 방문이 열렸다. 짧은 복도를 걸어가는 발소리가 찰싹찰싹 들렸다. 다이시의 발바닥은 살이 두툼하고 매끈하다. 어른의 발에서는 그런 소리가 안 난다고 아쓰코는 생각했다.

"또 뭘 먹을걸."

히로키가 재미있어했다.

"재미있어하지 마, 제대로 주의 좀 줘. 식사 시간에 배불리 먹고 간식은 되도록 삼가라고."

"괜찮다니까 그러네. 일단 가로로 크고, 그다음에 세로로 크는 거니까. ……아, 저 봐, 역시 냉장고 열었지."

히로키가 참을 수 없다는 듯이 웃음을 터뜨렸다. 아쓰코는 몸을 일으켰다. 침대에서 내려가면서 "다음 주 오키나와 여행 때, 간식 안 먹는 연습 좀 시켜"라고 부탁했다.

"그건 무리지. 맛있는 것투성이일 텐데."

"그러니까 그걸 참게 하라고."

"나 혼자만 사타안다기(오키나와의 전통 도넛) 같은 걸 먹을 순 없잖아. 다녀와서 해도 돼."

아쓰코는 어이없어하며 침실에서 나왔다. 부엌으로 향하자, 역시나 다이시가 냉장고를 들여다보고 있었다.

"아침 금방 만들어줄게"라고 아쓰코가 말을 건넸다.

"아직 괜찮아. 좀 전에 롤케이크 먹었어."

"아직 괜찮다니……."

냉장고를 보니 세 조각쯤 남아 있던 롤케이크가 없었다.

"전부 먹었니?"라며 아쓰코가 놀라워했다.

다이시는 결국 냉장고에서 아무것도 꺼내지 않고 방으로 돌아갔다.

냉장고에서 좋지 않은 냄새가 났다. 뭐가 썩고 있는지 얼굴을 가까이 대자 냄새가 더욱 지독했다. 뭔지 찾아낼까 하다 일단 물부터 끓인 후에 하려고 문을 닫았다.

아쓰코는 초등학교, 중학교 시절 한동안 살이 쪘던 시기가 있었다. 정확하게 말하면 초등학교 5학년에 살이 찌기 시작해서 중학교에 들어갔을 때는 통통한 정도를 조금 넘어섰다. 그러나 별로 신경 쓰지 않았다. 물론 교실 같은 데서 '뚱뚱하다'나 '돼지' 같은 어휘가 나오면 가슴이 뜨끔했지만, 그냥 얌전히만 있으면 화제는 오래가지 않았고, 어느새 다른 얘기로 바뀐다는 것도 알고 있었다.

그 시간만 잘 참아내면, 무리한 다이어트 따위 안 하고 집에 가는 길에 다코야키(밀가루 반죽에 잘게 썬 문어를 넣고 구운 음식)나 딸기 찹쌀떡을 사 먹을 수 있었다. 살과 관련된 화제가 조금 길어질 때는 양쪽을 저울질해보곤 했다.

그런데 중학교 2학년이 됐을 때 상황이 변했다. 반이 바뀌면서 아쓰코처럼 통통한 정도를 조금 넘어선 미사토라는 아이와 같은 반이 된 것이다. 아쓰코 혼자일 때는 놀리지 않았던 남자애들이 미사토와 둘이 되자 갑자기 놀리기 시작했다. 상대가 한 사람이면 불쌍하지만, 둘이면 괜찮다고 판단한 모양이다.

그때까지 아쓰코는 무슨 일이 생기면, 그 폭풍이 사라질 때까지 조용히 기다리는 타입이었다. 그러나 미사토는 달랐다.

아이들이 놀리면 한데 어우러져서 웃어넘기려 했다. 예를 들면 미사토가 걸어가고 있는데, 남자애들이 폴짝폴짝 뛰어오른다. 그럴 때 미사토는 자기 입으로 "쿵, 쿵"이라고 말하는 것이다. 미사토가 이른바 돼지 캐릭터를 연기하면, 반에서는 까르르르 웃음이 터졌다. 선생님까지 웃을 때도 있었다. 그런 기대가 차츰 아쓰코에게도 향했다. 그러나 아쓰코는 도저히 "쿵, 쿵"이라고 할 수는 없었다. 하루에도 몇 번이나 기회는 있었다. 일단 한 번 "쿵, 쿵"이라며 뚱뚱한 자기를 웃음거리로 만들어버리면 편하다는 건 알지만, 도저히 그럴 수가 없었다. 당연히 분위기는 썰렁해졌다.

결국 아쓰코가 선택한 것은 혹독한 다이어트였다.

고등학교는 집에서 먼 사립학교에 다녔다. 거기서 히로키를 만났다. 히로키는 이른바 꽃미남 남학생 그룹의 일원이었다. 개개인을 보면 딱히 대단할 건 없지만, 그래도 훤칠한 남학생 대여섯 명이 무리 지어 걸어가면 눈길을 끌었다.

아쓰코 주변에도 히로키를 좋아한다고 드러내놓고 말하는 여학생이 몇 명쯤 있었다. 실제로 고백했다가 "지금은 여자 친구가 있어"라는 말로 거절당한 여자애도 있었다.

이렇게 결혼한 지금 와서 돌이켜보면, 아쓰코도 분명 그 당시부터 히로키를 좋아했던 것 같다. 다만, 적극적인 주변 여자애들한테 치여서 "어머? 딱 보기에도 머리 나쁘게 생긴 저런 애가 어디가 좋다는 거야?"라느니 어쩌느니 하며 청춘 게임에 참가하지 못하는 심정을 억지소리로 대신하곤 했다.

인기 많은 남자는 어찌된 영문인지 자기에게 흥미가 없어 보이는 여자에게 다가가는 습성이 있다. 고등학교 3학년 때 같은 반이 되자 히로키가 아쓰코에게 뭐라고 말을 건넸다. 주위에서 보면, 흡사 연인 사이, 아니 의좋은 남매처럼 보였을 것이다.

히로키는 남동생이 누나에게 어리광을 부리듯이 했다. 아쓰코는 누나가 남동생을 나무라듯이 야단쳤다. 도를 넘으면, "여전히 사이가 좋네"라고 모두에게 놀림을 받았다. 그럴 때면 히로키는 예외 없이 "얘는 날 싫어해"라고 말했다. 중학교 때는 "쿵, 쿵"이라고 농담을 던질 수 없었지만, 이때는 히로키를 싫어하는 척할 수 있었다. 너무나 완벽하게 싫어하는 척을 한 탓에 히로키가 가까이 다가오자 정말로 닭살이 돋았던 적도 있었다. 특히 닭살이 돋은 것은 히로키가 당시 사귀고 있던 여자친구 얘기를 할 때였다.

"그 애는 어리광을 너무 부려. 여자 친구라기보다 여동생 같아."

히로키는 아쓰코의 책상에 앉아 그런 말을 했다. 고등학교를 졸업한 후, 각자 대학에 진학했다. 동창회에서 재회할 때까지 연락은 끊겼었다.

점심으로 카레를 먹은 다이시는 여름방학 숙제를 하기 시작했다. 자기 방에서 하면 될 걸 거실 바닥에 엎드려서 했다.

"다이시, 네 책상에서 해."

설거지를 하면서 아쓰코가 말했다.

"에어컨 켜도 돼?"

다이시가 물어서 한순간 망설였다. 그렇다면 거실에서 하는 게 절약된다. 아쓰코는 대답하지 않았다. 허락을 얻었다는 듯이 다이시가 공책을 들고 거실 바닥 위를 데굴데굴 굴러가기 시작했다. 그때 화장실에 갔던 히로키가 나와서 똑같이 데굴데굴 뒹굴며 드러누웠다.

"여보, 할 일 없으면 벽장에서 트렁크들 좀 꺼내줘. 맨 안쪽에 넣어뒀어"라고 아쓰코가 말했다.

귀찮아할 줄 알았는데, "알았어"라며 히로키가 기분 좋게 일어섰다. 곧바로 벽장을 열고 "위? 아래?"라고 물어서 "아래"라고 대답하자, 납작 엎드려서 이불과 작은 선반을 끄집어냈다.

"왜 이렇게 깊숙이 넣었어?"

벽장 안에서 히로키 목소리가 웅웅거렸다.

"1년에 한 번밖에 여행을 안 데려가니까 그렇지."

아쓰코의 핀잔에 다이시가 "아하하" 소리 내어 웃었다.

여행용 트렁크가 나오자, 숙제를 멈춘 다이시가 재미있어하며 안에 넣어둔 물건들을 잇달아 끄집어냈다.

"엄마, 약 같은 것도 있고 엄청 많아."

"정로환이나 두통약이지? 그대로 넣어둬."

"아빠, 이 트렁크 비밀번호, 몇 번이지?"

"네 생일이었잖아."

"그건 저거야."

"그럼, 엄마 생일이겠지."

"먼저 꺼낸 이불 같은 짐은 벽장에 다시 넣어"라며 아쓰코가 끼어들었다.

내친김에 여행 준비도 부탁하고 싶은 심정이지만, 설령 해준다고 해도 결국은 자기가 다시 싸게 된다.

"여보, 나 외출해."

돌아보니 히로키가 어느새 등 뒤에 서 있었다.

"어디?"

"응, 잠깐."

"잠깐이라니?"

"아, 응…… 잠깐 에하라 좀 만나려고."

"어머, 또? 최근에 너무 자주 만나는 거 아냐?"

"좀 복잡하게 얽힌 일 얘기가 있어서."

"일 얘기라니? ……아니 뭐, 딱히 상관은 없어. 저녁 먹을 때는 들어올 거지?"

"들어와."

"에하라 씨, 또 집에 데려와? 아니, 데려와도 되는데 준비는 해둬야 하니까."

"안 와, 안 와. 걱정 마."

바로 나가지도 않는 모양인지 히로키는 다시 거실로 돌아가서 데굴데굴 드러누웠다.

"커피 내릴까?"라고 아쓰코가 물었다.

"아니, 됐어."

텔레비전이 켜지고 큰 소리로 광고가 흘러나왔다.

"다이시, 아빠 텔레비전 보니까 숙제는 역시 네 방에서 하는 게 어떠니?"

아쓰코는 마지막 접시를 씻어서 설거지대에 넣고, 앞치마에 손을 훔쳤다. 거실 바닥에는 히로키와 다이시가 엇갈려서 드러누워 있었다. 아쓰코는 별생각 없이 두 사람을 내려다봤다. 다이시는 엎드려서 일단은 산수 문제를 풀고 있었다. 반대로 히로키는 천장을 보고 누워서 식도락 여행 프로그램을 보며 히죽거리고 있었다.

"어머, 여보……"

아쓰코가 자기도 모르게 소리를 흘렸다.

"왜?"

놀란 히로키가 돌아보았다.

"여보, 여기 흰머리 어떻게 된 거야?"

아쓰코가 웅크려 앉으며 히로키의 머리칼을 어루만졌다. 귀 뒤쪽 머리칼을 좌우로 밀치듯이 펼치자, 굵은 흰머리가 잔뜩 나 있었다.

"이렇게 하얗게 셌나?"

아쓰코가 놀란 만큼 히로키도 조바심을 내며, "어딨어? 흰머리?"라며 보일 리도 없는 귀 뒤쪽을 보려고 했다.

"여기 이 주변, 새하야네. 거울 가져올까?"

아쓰코의 손을 떨쳐낸 히로키가 자기 발로 세면실로 가서 아쓰코도 뒤따라갔다.

"봐, 이 주변."

아쓰코가 거울 앞에 선 히로키의 후두부를 앞으로 돌렸다. 그러나 본인에게는 잘 안 보이는 것 같아서 선반에서 손거울을 꺼내 주었다.

"우아, 진짜네. 이건 엄청난데."

"그치? 언제부터 이랬지?"

"글쎄."

"이렇게 많진 않았잖아?"

"흰머리는 갑자기 늘어난다고는 하지."

"아무리 그래도 이렇게 갑자기? 우라시마 다로(거북을 살려준 덕으로 용궁에 가서 호화롭게 지내다가 돌아와보니 많은 세월이 지나 친척이나 아는 사람은 모두 죽고, 모르는 사람뿐이었다는 전설의 주인공)도 아닌데."

"그렇지만 전에 누가 그러는데, 흰머리는 보고 있는 사이에도 점점 하얗게 센다던데."

"설마."

아쓰코는 시험 삼아 히로키의 귀 뒤쪽을 물끄러미 바라보았다. 당연히 지켜보는 사이에 색깔이 변하는 일은 없었다. 그 대

신 히로키의 잘생긴 작은 귀가 다이시의 귀와 똑같다는 걸 알
아챘다.

남자들의
단호한 표현

이시가키섬의 숙소 뜰에는 히비스커스가 피어 있었다. 붉은 물이 뚝뚝 떨어질 듯이 색 짙은 히비스커스 한 송이가 바람결에 꺾이며 발밑으로 떨어졌는데, 꽃잎 뒤편에 날벌레라도 붙어 있는지 시커먼 개미들이 몰려 있었다.

위를 올려다보면 구름 한 점 없이 새파란 하늘이다. 태양은 쨍쨍 내리쬐지만, 그냥 웃어넘겨버릴 정도로 상쾌하다. 아쓰 코는 온몸에 햇살을 들쓰듯이 서 있는 자리에서 빙그르르 한 바퀴를 돌았다.

3박 4일 일정으로 방문한 곳은 류큐 건축 방식으로 지은 옛 민가를 개조한 민박인데, 안뜰을 에워싸듯이 툇마루가 딸린 객실들이 늘어서 있다.

"아빠는?"

그중 한 툇마루에서 수박을 먹고 있는 다이시에게 아쓰코가 물었다.

"또 바다 갔어."

"또?"

다이시는 기묘한 자세로 수박을 먹고 있었다. 옷을 더럽히지 않으려고 스스로 고안해낸 자세일 텐데, 고마이누(신사나 절 앞에 돌로 사자 비슷하게 조각하여 마주 놓은 한 쌍의 상)처럼 앉아서 툇마루 밖으로 얼굴과 수박을 삐죽 내밀고 있었다. 과연 그런 자세라면 흘러내리는 과즙은 디딤돌 위에 떨어진다.

"아빠, 선크림 발랐니?"

"발랐어."

판자 울타리 너머가 해변이다. 백사장 후미인데 파도가 낮고 교통편이 불편해서 사람들도 거의 오지 않는다.

아쓰코는 옆에 있는 비닐호스로 연결된 수도꼭지를 비틀어서 물을 틀었다. 한동안 미지근한 물이 나오다 갑자기 차가운 물로 변했다. 비치샌들을 신은 채로 그 물을 다리에 뿌렸다. 땀이 밴 무릎 뒤쪽부터 장딴지로 서늘함이 흘러내렸다.

판자 울타리 너머에서 발소리가 들렸다. 숙소로 돌아온 사람들은 안뜰을 사이에 끼고 맞은편 방에 묵고 있는 사내아이들이다. 넷 다 이미 서른 살이 코앞이라고 했으니, 사내아이들이라고 부르면 실례겠지만, 화려한 복장이나 떠들썩한 그 분위기는 아무리 봐도 대학생 단체 여행이었다.

"우리 남편, 바다에 있어요?"라고 아쓰코가 물었다.

햇볕에 제일 많이 탄 청년이 "계세요. 지금 우리 보트를 타고 앞바다 쪽으로 나갔어요"라며 웃었다.

"우아! 다이시, 수박 먹니?"

다른 한 사람이 말을 건네자, 다이시가 "민박 아줌마한테 말하면 잘라 줘요"라고 알려주었다.

사내아이들은 줄줄이 샤워실로 들어갔다. 물이 어지간히 차가운지 안에서 비명 소리가 솟구쳤다.

아쓰코는 툇마루로 돌아갔다. 다이시는 큼지막한 수박 4분의 1을 날름 먹어치웠다. 툇마루에 걸터앉은 순간, 수박씨가 손바닥을 찔렀다. 손바닥을 펼쳐보니 깊이 박혀 있었다. 시커먼 씨였다.

등나무 베개에 머리를 얹고 드러누워 처마 너머로 보이는 파란 하늘에 실눈을 떴다.

"으음, 엄마, 이거 뭐라고 쓴 거야?"

다이시가 공책을 펼치려고 해서 "끈적끈적한 손으로 만지면 안 돼"라고 주의를 주었다.

다이시가 수박 즙으로 더럽혀지지 않은 새끼손가락으로 바닥에 펼친 공책을 들척거렸다.

"그건 엄마 공부 공책이야."

"공부? 무슨 공부?"

"옛날에 훌륭했던 사람들의 말을 공부해서 아빠한테 알려

줄 거야."

"왜?"

"아빠는 일 관계상 많은 사람들 앞에서 얘기하잖아? 그럴 때 이런 훌륭한 옛사람들의 말을 쓰는 거지."

"이건 중국어야? 한자투성이네."

아쓰코가 몸을 뒤척이자, 등나무 베개에서 머리가 툭 떨어졌다. 바로 코앞에서 공책이 뒤척여졌다.

"맞아, 중국어야. 그건 공자라는 아주 훌륭한 사람이 《논어》라는 옛날 중국 책에서 한 말이야."

"얼마나 옛날에?"

"2500년."

"이천…… 오백……."

아무래도 상상이 잘 안 가는 모양이다.

"……으음, 이건 무슨 뜻이야?"

"봐, 여기 일본어 해설이 나와 있잖니"라며 아쓰코가 공책 위로 손가락을 미끄러뜨렸다.

"仁者 己欲立而立人 己欲達而達人'이라는 말은 '어진 사람은 자기가 일어서기 바라면 남을 먼저 일으켜 세우고, 스스로 성공하고자 하면 남이 먼저 성공하도록 돕는다'라는 의미인데, 너한테는 아직 좀 어렵지?"

다이시는 물론 고개를 갸웃거렸다.

"……예를 들면 자기가 수박이 먹고 싶다는 생각이 들면, 일

단은 먼저 옆에 있는 친구에게 '먹을래?'라고 물어봐주자는 뜻
이랄까."

"물어봤는데 그 친구가 만약 '먹을래'라고 하면 어떡해?"

"반씩 나눠 먹으면 되잖아."

"그럼, 나 혼자 다 먹고 싶을 때는?"

"그건……."

"물어보면 안 되잖아?"

"그게 아니야. 으음, 그런 얘기가 아니라고."

"그럼, 무슨 얘긴데? 아빠는 이걸 많은 사람들 앞에서 어떤
식으로 얘기해?"

"으음 그러니까 이 말은 자기한테만 '좋은 생각'을 하면 안 된
다는 얘기야."

"아빠가?"

딱히 깊은 의미는 없는 것 같지만, 있는 그대로 묻는 다이시
에게 "그렇겠지"라고 대답한 아쓰코는 왠지 흥이 깨지고 말았다.

그때 샤워실에서 남자들이 나왔다. 허리에 목욕 수건을 두
르고, 발이 더럽혀질까 봐 까치발을 떼며 자기들 방으로 돌아
갔다. 그 모습을 바라보던 아쓰코는 "아, 그렇구나"라며 알아차
렸다. 의심도 없이 분명 친한 친구 사이일 거라 생각했는데, 어
쩌면 두 커플일지도 모른다고.

히로키가 500그램은 돼 보이는 티본스테이크 고기를 들고

맞은편 그릴로 갔다.

민박 안뜰에 마련된 바비큐 시설 두 군데가 서로 조금 떨어져 있었다. 아쓰코가 있는 철망 위에서는 이미 채소를 굽고 있었고, 어느새 아가씨들이 모여 있었다. 반대로 건너편에서는 스테이크를 잇달아 굽고 있었고, 그쪽은 자연스레 남자들이 에워쌌다.

이미 해는 지고, 안뜰은 배터리 소리를 울리는 강한 조명으로 훤했다. 그 불빛이 햇볕에 그은 투숙객들의 붉은 살갗을 비췄다.

아쓰코는 앞장서서 채소를 구우며 히로키의 상황을 힐끗힐끗 살폈다. 아까부터 잇달아 캔 맥주를 따 마셨고, 지금은 어느 누구보다 목소리가 컸다. 맞은편 방의 남자들 그룹에게 "너희는 오키나와에 왔어도 아무 재미 없지? 내년에는 여자랑 같이 와라"라며 웃어댔다. 다행히 그들도 성가셔하는 것처럼 보이지는 않았지만, 히로키만큼 그 대화를 즐기고 있지 않은 건 분명했다.

아쓰코는 속으로 조마조마했다. 전에 히로키가 웬일로 집에서 술을 많이 마셨을 때, 무슨 얘기를 하던 끝엔가 "호모니 롤리타콤플렉스니 모조리 다 죽어버려야 해"라고 말한 적이 있었기 때문이다. 다른 무엇보다 그 두 가지를 나란히 늘어놓는 무교양에 아쓰코는 일단 어이가 없었다. 그러나 정작 본인은 옳은 말을 한다고 믿는지 너무 놀라서 입을 떡 벌린 아쓰코를 알아채지도 못했다.

"성인끼리 하는 연애는 자유야. 하지만 아이들한테는 아직 판단력이 없으니까 안 되겠지"라고 아쓰코가 타일렀다.

그러자 술이 잔뜩 취해서 눈빛이 변해 있던 히로키가 "아니야. 내가 하고 싶은 말은 기분이 나쁘다는 거라고!"라며 논점에서 벗어난 소리를 했다.

"그렇지만 기분이 나쁘다고 죽으라니, 그건 아니잖아"라며 아쓰코도 이때는 물러서지 않았다.

"왜?"

"왜는……."

아쓰코는 더욱 어이가 없었다.

"다들 평범하니까 너희도 평범하게 살란 소리야!"

바보 취급을 받았다고 느꼈는지, 히로키는 마지막에 그렇게 고함을 질렀다.

또다시 맞은편에서 히로키의 큰 목소리가 들려서 아쓰코가 눈길을 돌렸다. 히로키가 아이스박스에서 캔 맥주를 꺼내려는 참이었다.

"다이시, 아빠한테 가서 '이쪽에도 고기 좀 갖다 달라'고 해"라며 아쓰코가 시켰다.

이미 음식에 싫증이 난 다이시는 툇마루에서 게임을 하고 있었다.

"난 이제 필요 없어."

"너 먹을 게 아니라 우리 먹을 거야."

"엄마가 해."

다이시는 얼굴도 들지 않았다.

"다이시 군"이라고 아쓰코가 목소리를 바꾸며 불렀다.

곧이어 다시 "다이시 군"이라고 부르려는 순간, 옆에 있던 나이가 있는 여성 숙박객이 "제가 가져올게요"라고 말했다.

당황한 아쓰코가 "아뇨, 죄송합니다. 제가 갈게요"라고 사과했다.

다이시를 째려보며 히로키에게 갔다. 완전히 취했는지 집게로 고기를 집는 손길이 어설프고 불안했다.

"잠깐만, 대체 몇 개째야?"라며 아쓰코가 손에서 캔 맥주를 가로챘다.

"남편분, 술이 세시네요."

남자 하나가 감탄했다는 듯이 고개를 흔들었다.

"아뇨, 약해요"라고 아쓰코가 말했다.

"아니에요, 아까부터 맥주에 소주를 타서 마시던데요."

"어머, 그랬어요? 아이참, 또 그렇게 이상하게 마시네!"

아쓰코는 엉겁결에 히로키의 등을 내리쳤다. 햇볕에 탔는지, "아얏!"이라며 비명을 질렀다.

베개를 벤 머리가 아팠다. 아쓰코 일행은 바비큐파티 후에 조명을 낮춘 안뜰에서 별이 뜬 밤하늘을 올려다보고 있었다.

아무리 올려다봐도 싫증이 나지 않았다. 별이 총총한 밤하늘에서 별똥이 몇 개나 떨어져 내렸다. 별똥이 떨어질 때마다 여기저기에서 "앗" 하고 탄성을 질렀다.

아름다운 것을 보고 있으면 아름다워진다는 말은 사실일지도 모른다. 이시가키섬의 하늘은 바다를 보고 있다. 그리고 그 바다는 하늘을 보고 있다.

옆에서 이불을 걷어차며 히로키가 파고들었다. 아쓰코는 이불자락 끝으로 자기 몸을 피했다.

"다이시 있잖아."

바로 옆에서 잠든 다이시의 숨결은 깊었지만, 아쓰코가 일단은 주의를 주었다. 위로 털썩 올라탄 히로키의 몸이 햇볕에 그은 피부와 술 열기로 뜨겁고 무거웠다.

"맞은편 방 녀석들, 내일 다케토미섬에 가나 봐"라고 히로키가 말했다.

"당일치기로?"

"아니, 무슨 새 호텔 생겼잖아? 호시노 어쩌고저쩌고 하는. 그리로 간대."

히로키는 위에 올라탄 채 아무런 행동도 하지 않았다. 아쓰코의 목덜미에 얼굴을 파묻고, 심호흡만 했다.

"저 녀석들 중에 한 명, 키가 훤칠하게 큰 녀석 있지?"

"다이시랑 제일 잘 놀아준 사람?"

"그래, 그래. 그 녀석이 블랙배스 낚시를 해서, 이바라키 이타

호수 정박지에 작은 보트를 갖고 있대."

히로키가 그제야 몸을 일으키고 아쓰코를 물끄러미 내려다보았다. 그 눈이 여전히 취해 있었다.

"……나도 다시 할까."

"뭘?"

"뭐긴, 블랙배스 낚시지. 다음에 초대한다고 오라던데."

"누가?"

"누구긴 누구야, 훤칠하게 큰 그 녀석이지."

"낚시 도구, 이젠 없잖아. 다 버렸다며?"

"있어. 부모님 댁에 옮겨놨을 뿐이야."

히로키가 또다시 털썩 올라탔다. 허벅지에 와 닿는 성기도 그대로였다. 아쓰코는 문득 신경이 쓰여서 "그 남자들, 어쩌면 커플 여행일지도 몰라"라고 말했다. 일부러 가벼운 말투로 얘기했다.

"커플 아니야. 단순한 친구 사이야. ……어? 당신도 알고 있었어?"

예상과 달리 히로키는 별로 동요하지 않았다.

"당신도라니, 그럼 당신도 알아챘어?"라며 오히려 아쓰코가 더 놀랐다.

"그걸 어떻게 알아채. 그 녀석들이 바다에서 알려줬지."

"그랬어? 어머? 그런데도 바비큐 때, 다음에는 여자랑 같이 오라고 한 거야?"

"어, 그러네. 그런 말을 했네."

히로키가 태평하게 웃음을 터뜨리며, "생각해봐, 다음에도 남자랑 같이 오라는 말도 이상하잖아"라며 또다시 유쾌하게 웃어댔다. 전에는 다 죽어버리라고 했던 사람이라고는 도저히 믿기질 않았다.

"난 당신이 그런 면에서 관용이 좀 부족한 사람인 줄 알았어"라고 아쓰코가 말했다.

"딱히 관용이 있는 건 아닌데……."

"아닌데?"

"저 녀석들 왠지 평범하잖아."

맥이 빠진 듯한 히로키의 표현이 우스웠다.

"그래서 다음에는 같이 블랙배스 낚시까지 가시겠다?"라며 아쓰코가 놀렸다.

그러나 놀림을 당한 줄 모르는지, "좌석 두 개짜리 소형 보트인 모양인데, 직선으로는 속도가 150킬로미터 정도 난대"라고 알려주었다.

아쓰코는 자기 손으로 잠옷 단추를 풀었다. 거의 반사적으로 히로키의 손이 가슴팍으로 파고들었다.

아쓰코는 다이시의 잠든 숨결을 확인했다. 깨어날 기미는 없었다.

섹스를 하다 보면, 아쓰코는 생각한다.

──이 사람은 바보로구나, 라고.

그것은 사귀기 시작했을 때부터 변함이 없다. 그리고 그렇게 생각하면 할수록 몸은 더 뜨거워졌다.

아침에 눈을 뜨자마자 곧바로 야후 뉴스를 검색하는 게 완전한 일과가 되어버렸다. 아쓰코는 자기가 마실 커피를 내리고, 다이닝룸에서 컴퓨터를 켰다. 검색하는 것은 '성희롱 야유 문제'지만, 사건이 발생된 지 어느덧 두 달, 톱뉴스로 다뤄지는 경우는 물론 없었고 새로운 소식조차 사라졌다. 옛날에 남의 말도 75일이라는 표현이 있었는데, 요즘 세상에는 더 빨라진 듯하다.

그런 영향도 있어서 최근에 아쓰코에게는 이 시간이 하루 중에서 가장 여유를 만끽하는 시간이 되었다. 키보드로는 '성희롱'이라고 치면서도 조금 사치해서 산 게이샤라는 원두를 갈고, 느긋하게 아침 시간을 보내는 것이다. 결국 그날도 '야유 관련' 새 소식은 없어서 아쓰코는 다른 뉴스들을 훑어보기 시작했다.

맨 먼저 시선이 머문 것은 아이치 현 미술관에 전시되어 있던 사진이 '외설물 진열에 해당한다'고 아이치 현 경찰에서 미술관에 대처를 요청했다는 기사였다.

자세히 읽어보니 문제가 된 것은 남성의 음부 등이 찍힌 열두 작품인데, 익명의 제보를 받은 현 경찰 생활안전부 보안과가 해당 미술관에 '형법에 저촉되니 내려주십시오'라며 대처를 요청했다고 쓰여 있었다.

지적을 받은 후, 미술관과 작가가 협의하여 철거가 아니라 전시 방법을 변경하는 방향으로 대처를 결정해서 열한 점에는 반투명 종이를 씌웠고, 대형 패널은 누드 남성의 가슴 아래를 시트 종이로 가렸다고 한다. 작가는 "사람과 사람이 접촉하는 거리감을 섬세하게 드러낸 것이지 폭력적인 표현은 아니다. 공권력에 의한 개입을 감추지 않고 보이는 형태로 만들고 싶었다"며 변경을 받아들였다고 한다.

기사를 다 읽은 아쓰코는 혼란스러웠다. 읽기 시작했을 때 가장 먼저 떠오른 것은 미술관 같은 곳에 남성 누드가 전시되는 데 대한 혐오감이었다. 아이들도 가는 장소인데 하는 마음에.

그런데 찬찬히 읽어가다 보니 이런 생각도 들었다.

표현의 자유가 보장되는 이 나라에서 공공 미술관이 인정한 예술에 경찰이 개입하다니, 왠지 낌새가 너무 수상하다고. 물론 다양한 의견이 있을 테지만, 최근 들어 신오쿠보 등에서 열리는 헤이트스피치에 대해서조차 표현의 자유를 이유로 신중하게 대처하면서 이쪽에는 과감하게 참견하나 생각하니 더더욱 고개가 갸웃거려졌다.

어느 쪽을 아이에게 더 보여주고 싶지 않으냐고 묻는다면, 분명 헤이트스피치다. 그야말로 남성 누드쯤이야 불과 얼마 전에 이시가키섬에서 아침부터 밤까지 바라봤던 장면이나 다를 바가 없었다. 맞은편 방에 묵었던 남자들의 알몸은 경찰의 개

입을 받고, 전에 그런 남자들 같은 사람은 "다 죽어버려야 한다"고 했던 히로키는 표현의 자유로 보호받다니, 이 얼마나 허술하기 짝이 없는 일인가.

거기까지 생각한 아쓰코는 홧김에 "흥" 하고 강하게 콧방귀를 뀌었다. 코에서 향긋한 커피 향이 새어 나왔다.

"그래서 나도 얼른 서명했어. 생각해봐, 이상하잖아? 그런 표현의 자유가 어딨어."

아야짱 엄마가 운전하는 차의 조수석에 앉은 아쓰코가 오늘 아침에 느꼈던 분노를 풀어놓고 있었다. 차는 초대형 슈퍼마켓으로 향하고 있었다. 평소 집 근처 슈퍼마켓에서는 살 수 없는 물건이나 대량으로 구입할 수 있는 저렴한 상품을 노리고, 이따금 아야짱 엄마의 차를 얻어 타고 가곤 했다.

"……역시나 이상하다고 생각한 사람들이 많았는지, 곧바로 다른 아티스트들이 서명운동을 시작했고, 인터넷으로도 서명할 수 있어서 나도 한 거야."

아쓰코가 흥분을 가라앉히지 못하고 얘기를 계속했다.

"나도 집에 가면 바로 서명할게."

"그럼, 이따 서명 페이지 주소 보내줄게."

"고마워."

얘기는 그쯤에서 끝났다. 얘기를 하다 보면 무심코 내 남편이 차별주의자라고 말해버릴 것 같아서 얼른 입을 다물었다.

──아냐, 아냐. 입으로는 차별적인 말을 하지만, 그런 사람들이랑 다음에 블랙배스 낚시를 가려고 하잖아.

자동차는 초대형 슈퍼마켓의 초대형 주차장으로 들어갔다. '1F 만차' '2F 만차'라는 표시를 보며 나선형 급경사를 빙글빙글 올라갔다.

"이런 데는 왠지 현기증이 나더라"라고 아쓰코가 말했다.

"현기증도 나지만, 이대로 멈추지 못할 것 같아서 무서워"라며 아야짱 엄마가 웃었다.

그 말대로 빙글빙글 빙글빙글 어디까지고 계속 올라갈 것 같은 기분도 들었다. 결국 4F에서 빈자리를 찾았다. 차에서 내려 매장으로 들어선 후, 늘 그렇듯이 커다란 카트를 밀며 그 자리에서 헤어졌다.

"그럼, 한 시간 후에 만나!"

아쓰코는 서둘러 엘리베이터를 타고 1층 식품 매장으로 내려갔다.

드넓은 매장 안을 한 시간 내내 돌아다녔다. 가벼웠던 카트가 이제는 위아래 칸이 모두 꽉꽉 들어찼다. 계산대에서 줄을 서서 기다리고 있는데, 조금 떨어진 계산대에서 계산을 하고 있는 아야짱 엄마의 등이 보였다. 역시나 물건을 대량으로 샀는지 좀처럼 계산이 끝나지 않았다.

자기 순서가 되어서 아쓰코가 계산대 앞에 섰다. 계산 담당인 아가씨가 상품의 바코드를 잇달아 찍어갔다. 오늘 저녁 식사용으로 산 반찬부터 새로 채워 넣을 탈취제, 할인해서 파는 와인까지 왼쪽 바구니에서 오른쪽 바구니로 상품들이 줄줄이 옮겨졌다. 아쓰코가 지갑을 꺼냈다. 이 슈퍼마켓의 회원증도 잊지 않고 같이 꺼냈다. 다음 순간, 게 통조림이 왼쪽에서 오른쪽 바구니로 옮겨지며 계산대에 1810엔이라는 표시가 떴다.

아쓰코가 "어?"라고 소리를 흘렸다.

——안 샀는데.

속으로 중얼거렸지만, 직원의 손동작이 빨라서 바로 다음 상품을 만지고 있었다.

——어? 내가 샀나?

너무나 자연스러운 흐름을 눈앞에 두니 아쓰코는 자기도 모르게 마음이 약해졌다.

——아냐, 안 샀어.

아쓰코의 동요는 아랑곳없이 계산 담당자는 잇달아 상품의 바코드를 찍어나갔다. "조금 전 게 통조림, 제가 사는 거 아니에요"라고 말하고 싶었지만, "그럼, 왜 사지도 않을 게 통조림을 계산대로 갖고 오셨어요?"라고 물으면 대답할 말이 없었다.

아쓰코는 빨리 말해야 한다고 조바심을 내면서도 왜 사지도 않을 게 통조림이 자기 바구니에 들어 있는지 생각해봤다.

카트가 선반에 부딪치면서 상품이 떨어졌다?

아니, 부딪치진 않았어.

부딪치지 않았어도 떨어졌다?

그런 일이 가능한가?

아야짱 엄마가 나중에 정산하려고 이쪽 바구니에 넣었나?

말이 안 된다.

누군가가 실수로 이 바구니에 넣었나?

이것이 가장 그럴 듯했다. 그렇지만 남의 바구니에 실수로 상품을 넣는 게 가능한 일일까?

다음 순간, '장난'이라는 말이 떠올랐다. 장 보는데 따라왔던 아이가 심심해서 한 짓일까? 아쓰코는 주위를 둘러보았다. 그러나 이쪽을 보며 웃고 있는 어린애는 찾아볼 수 없었고, 평일 오후라 아이들은 거의 보이지 않았다.

——그렇지만 틀림없이 애들 장난이야.

그렇게 납득하려는 순간, 갑자기 핏기가 싹 가셨다. 아쓰코는 주위를 둘러보았다. 머뭇머뭇 찾은 것은 장난을 치고 재미있어하는 어린애의 얼굴이 아니라, 도의회에서의 성희롱 야유를 아직도 꽁하게 담아두고 있는 주부의 얼굴이었다.

자기가 도의원의 아내라는 게 들통난 게 틀림없다. '세상은 잊었어도 난 안 잊었어'라는 메시지다.

"저기, 손님?"

갑자기 건네는 말에 아쓰코가 시선을 되돌렸다. 어느새 정산이 끝나 있었다.

아쓰코가 떨리는 손길로 계산대에 표시된 금액을 지갑에서 꺼냈다. 허둥거린 탓에 100엔짜리 동전이 떨어져서 줄지어 선 사람들 발밑으로 굴러갔다.

"죄송합니다."

아쓰코가 기듯이 몸을 숙이고 100엔짜리 동전을 쫓아갔다.

다리가 줄줄이 늘어서 있었지만, 아무도 주워주지 않았다. 아쓰코는 결국 아무 말도 못하고, 담당자가 말한 돈을 지불했다.

다이닝룸 식탁에 게 통조림 하나가 있었다.

아쓰코는 벌써 30분이나 그 게 통조림을 바라보고 있다. 캔 라벨에는 '특선 무당게(플레이크)'라고 쓰여 있고, 통통하게 살이 오른 무당게 찜 사진이 실려 있었다.

"뭐야, 그게?"

소리가 들려서 돌아보니, 목욕을 하고 나온 다이시가 서 있었다. 아쓰코는 왠지 당황스러워서 통조림을 재빨리 식탁 밑으로 감췄다.

"뭔데? 뭘 감춰?"

다이시가 재미있어하며 식탁 밑을 들여다봤다.

"아무것도 아니야."

아쓰코가 일어서서 게 통조림을 앞치마로 감싼 후 현관으로 도망쳤다.

"아이참! 뭔데 감추냐니까!"

다이시가 진심으로 작정하고 쫓아왔다.

"과자 아냐."

"그럼, 보여줘!"

"방금 저녁 먹었잖아!"

"누가 먹는대? 그냥 보여만 달라고."

좁은 현관에서 밀치락달치락 실랑이를 하다 보니 발밑의 신발들이 어질러졌다.

"그만 좀 하라니까!"라며 아쓰코가 엉겁결에 고함을 질렀다.

반장난이었던 다이시의 얼굴에 순간 두려움이 어렸다. 당황한 아쓰코가 "봐, 이거야. 게 통조림"이라며 앞치마에서 게 통조림을 꺼냈다.

때마침 그때 현관에 열쇠가 꽂히며 문이 열렸고, "왜 이렇게 시끄러워. 밖에까지 다 들리잖아"라며 히로키가 들여다봤다.

"미안해. 잠깐……."

아쓰코는 자기도 모르게 게 통조림을 감췄다.

"다녀오셨어요"라고 힘없이 중얼거린 다이시가 자기 방으로 들어갔다.

"에어컨 타이머 설정해"라고 아쓰코가 말을 건넸지만, 대답은 없었다.

"왜 그래?"

히로키가 구두를 벗으며 물었다.

"별일 아냐. 그냥 장난 좀 쳤어."

"엘리베이터 홀까지 다 들리던데."

히로키의 구두를 가지런히 정리하려고 아쓰코가 웅크려 앉았다. 그 바람에 앞치마에서 게 통조림이 떨어졌다. 떨어진 게 통조림이 타일 바닥에서 소리를 내며 굴러갔다.

"뭐야, 그게?"

히로키도 눈으로 쫓아갔다.

"게 통조림인데……"라고 아쓰코가 주워 들며 대답했다.

"……으음, 실은 오늘 아야짱 엄마랑 슈퍼마켓에 갔어. 근데 누가 이 게 통조림을 바구니에 넣어서……."

"무슨 소리야?"

"아니, 그러니까 내가 모르는 새에 누가 이 게 통조림을 내 바구니에……."

거기까지 말했을 때, 히로키의 휴대전화가 울렸다. 왠지 허둥거리며 전화를 받은 히로키가 "지금 어디야? 계속 밑에서 기다렸는데"라고 말했다. 그리고 다시 구두를 신으려 했다. "잠깐만……"이라며 아쓰코가 그 어깨를 두드렸다. 그러나 히로키는 "……알았어. 그럼, 바로 내려갈게"라며 다시 밖으로 나갔다.

"잠깐만"이라며 아쓰코가 붙들었다.

"금방 올게. 밑에 에하라가 와 있어."

결국 구두가 아니라 샌들을 신은 히로키가 복도로 달려갔다. 양복에 샌들이라 찰싹찰싹 울리는 신발 소리까지 우스꽝스럽게 들렸다.

문을 닫고 거실로 돌아오려던 아쓰코가 갑자기 걸음을 멈쳤다. 손에 든 게 통조림을 내려다보았다.

——설마 에하라 씨 부인이 이걸 넣은 건 아니겠지?

설마 그럴 리는 없다고 생각하지만, 에하라의 아내도 차를 운전해서 그 슈퍼마켓에 다닌다. 아쓰코는 갑자기 불안해져서 일단은 게 통조림을 부엌에 내려놓고, 히로키를 따라 1층으로 내려가보기로 했다. 뭐든 이유가 필요할 테니 음식물 쓰레기를 버리러 가는 길에 얼굴을 내민 것처럼 하기로 했다.

그러나 입구 홀에 두 사람의 모습은 보이지 않았다.

설마 양복에 샌들을 신고 어디 가지는 않았겠지 하며 입구 밖으로 나가보니 두 사람은 에하라의 차 안에서 얘기를 나누고 있었다.

다음 순간, 짧은 계단을 내려가려던 아쓰코의 걸음이 멈춰졌다. 차는 가로등 바로 아래 정차되어 있어서 안이 훤히 들여다보였다. 조수석에 앉은 히로키가 에하라에게 무슨 종이봉투 같은 것을 건네받았다. 그 모습을 보며 아쓰코가 계단을 내려가려 했을 때, 히로키가 종이봉투를 열고 내용물을 확인했다.

두 사람은 아쓰코를 알아채지 못했다. 가로등 불빛에 두 사람의 모습이 떠올랐다.

아쓰코는 순간적으로 발걸음을 돌려 입구 안쪽으로 돌아갔다.

히로키가 종이봉투에서 꺼낸 것은 지폐 다발이었다. 게다가 언뜻 봤는데도 두세 다발은 되었다. 건네받은 종이봉투의 크기와 부피로 보아 그 두 배는 들어 있을지도 모른다.

아쓰코는 음식물 쓰레기를 든 채로 엘리베이터를 탔다. 아무 생각도 할 수 없었다. 그저 빨리 집으로 돌아가고 싶었다.

──남편이 왜 저런 거금을 에하라 씨에게 받는 걸까?

일부러 태평한 말투로 중얼거려보았다. 마음이 조금은 편해졌다. 이런 상황에 장난스럽게 말해본들 아무것도 해결되지 않는다는 건 알지만, 지금은 동요를 가라앉힐 다른 방법이 없었다.

아쓰코는 옛날에 유행한 개그 콤비의 유행어 투로 잇달아 "왜일까~? 왜일까? 왜지? 왜일까~?"라며 엘리베이터 안에서 노래를 불러봤다.

오늘 아침에도 재미있는 기사를 발견했다. 아쓰코는 그것을 읽고 웃었다.

"일본올림픽위원회(JOC) 선수 강화 본부장인 하시모토 세이코 참원의원(49)이 2월에 있었던 소치올림픽 폐회식 후에 열린 파티에서 피겨스케이트 남자부 다카하시 다이스케 선수(간사이대학 대학원)에게 키스를 강요했다고 20일 발매된 〈주간문춘〉이 보도했다."

기사에는 증거 사진도 있었다. 다카하시 다이스케 선수는 분명 꺼리는 것처럼 보였다. 아쓰코도 올겨울에 소치올림픽 피겨스케이트에 푹 빠져 지냈던 사람 중 하나다. 절망에서 기적의 부활을 보여준 아사다 마오 선수의 프리 연기에는 눈물을 흘렸고, 러시아의 신성(新星) 리프니츠카야 선수가 연기한 '쉰들러 리스트'에 감명을 받아서 아사다 선수의 라흐마니노프와 함께 아이폰에 음원을 다운받았다.

아쓰코는 다시 한 번 사진을 봤다. 찬찬히 들여다보니 다카하시 다이스케 선수가 입술을 살짝 내민 것처럼 보이기도 했다.

──의외로 싫어하진 않았던 건가?

그런 생각에 다시 웃음이 터질 것 같았던 아쓰코는 얼른 표정을 굳혔다. 만약 그가 오로지 '빨리 이 자리에서 도망치고 싶다'는 심정으로 입술을 내밀었을지도 모른다고 생각하면, 너무나 애처로워 보였기 때문이다.

그 주 주말, 아쓰코는 쇼핑하러 갔던 이세탄 백화점에서 우연히 옛 동료와 마주쳤다.

아쓰코는 히로키와 결혼하기 전에 대기업 상사에서 일했다. 우연히 마주친 사람은 입사 동기였던 여성인데, 현재는 자회사로 발령받아 유럽의 가구나 잡화를 수입한다고 했다. 이미 결혼해서 세 살짜리 딸이 있는 듯했다.

근처에 있는 초콜릿 가게의 차 코너에 빈자리가 있어서 모처럼 만났으니 들어가기로 했다. 서로의 근황을 주고받은 후, 오소네 사토코 얘기가 나왔다. 두 사람에게는 직속 상사였던 엄격한 선배다.

"오소네 씨, 아이는 없는 모양인데, 결혼해서 즐겁게 잘 살고 있대."

옛 동료에게 그 말을 듣자, 아쓰코는 왠지 깊은 한숨이 나올 정도로 마음이 놓였다.

"도쿄에 살아?"라고 아쓰코가 물었다.

"고향으로 돌아갔댔어. 으음 거기가……."

"홋카이도. 삿포로지?"

"맞아, 맞아. 삿포로로 돌아가서 맞선 보고 결혼했대. 다섯 살 연상인 남자라고 했어. 고향에서 장사를 하시는 분이라고 들었어. 얼마 전에 그 남편분의 친척 결혼식이 있어서 오랜만에 도쿄에 다녀갔대."

오소네는 태어난 후로 누구에게도 져본 적이 없는 듯한 분위기가 풍겼다. 물론 업무에서는 누구보다 엄격했지만, 후배인 아쓰코나 누가 실수를 하면 퇴근길에 슬쩍 말을 건네주는 다정함도 있었다.

오소네 같은 사람이야말로 직장에서 활약할 수 있는, 혹은 여전히 남성 사회인 직장에서 활약해야 할 여성이라고 아쓰코는 굳게 믿고 있었다. 그녀는 그만큼 혼신의 노력을 다 쏟았고, 노력한 만큼 눈에 보이는 성과도 거뒀다.

"으음, 그거 기억 나?"

갑자기 옛 동료가 목소리를 낮췄다. 그것만으로도 아쓰코는 무슨 얘기인지 알아버렸다.

"오소네 씨는 귀여운 어린애 옷을 보면 사서 회사로 가져왔잖아?"

고개를 끄덕이는 아쓰코를 보며 옛 동료가 얘기를 이어갔다.

"……애도 없으면서 말이야. 애들 옷은 귀여우니까 무심코 갖고 싶어지는 마음은 이해되긴 해. 으음, 처음에는 같은 부서의 누군가에게 애가 생기거나 생일 같은 때 선물을 사다 주곤 했었지. 게다가 해외 출장 선물 같은 분위기라 아무도 신경 안 썼고. 그런데 차츰 사 오는 횟수가 늘어났고, 퇴근길에 굳이 백화점에까지 들러서 귀여운 아이 옷을 사 들고 갔고……, 기억나지?"

"응, 기억나. ……'조그만 아이용 양말 같은 걸 집어 들면, 나도 모르게 사게 돼'라고 했었어. 그런데 조카도 없고, 자기 집에 놔둬도 아무 소용 없으니 누군가에게 주고 싶어진댔어"라고 아쓰코가 응했다.

오소네의 언동에 조금씩 이상한 점이 보이기 시작한 무렵, 사내의 모든 직원들이 고개를 갸웃거릴 만한 인사이동 발표가 났다. 어떤 점을 비교해보나 오소네보다 뒤떨어지는 남자 직원이 과장으로 발탁된 것이다. 도무지 이해가 안 되는 인사 발표에 이의를 제기하는 기미도 있긴 했지만, 어떤 면에서 보면 인사이동 같은 건 그날의 뉴스 정보일 뿐이라 다음 주가 되면 잊히고 만다.

오소네는 새 과장 밑에서 일했다. 그러는 사이 얼굴색이 나빠지고, 회의나 미팅에 늦게 오게 되고, 조퇴나 휴가가 많아졌다.

한번은 아쓰코가 입원 중인 오소네를 문병하러 간 적이 있었다.

오소네는 병원 창가 침대에서 문고본을 읽고 있었다. 4인실이었는데 우연히 다른 환자가 아무도 없어서 오소네 혼자 사용하고 있었다. 그런 영향도 있었던 탓인지 오소네가 회사에서도 사회에서도, 그리고 병원에서도 방치된 것처럼 보였다.

그때 오소네와 무슨 얘기를 나눴는지 아쓰코는 전혀 기억나지 않는다. "뭘 읽고 계세요?"라고 묻고 그 책의 작가와 제목을 들었을 텐데, 그것조차 이미 기억에 없다. 유일하게 기억나는 게 있다면, 병원에서 나와 역으로 가면서 히로키가 한 프러포즈를 받아들이기로 결정했던 것이다.

저렇게 되고 싶진 않다는 생각이 들었다. 그토록 노력했어도 결국은 4인실 병원에서 외로이 홀로 책을 읽게 되는 것이다.

오소네는 무릎 꿇지 않기를 바랐다. 오소네가 그런 부조리에 무릎을 꿇을 리 없다고 믿었다. 아쓰코는 그렇게 생각했기에 문병을 간 것이다.

"난 네가 그렇게 빨리 회사를 그만둘 줄은 몰랐어."

초콜릿 케이크를 다 먹은 옛 동료가 문득 생각이 난 듯이 말했다. 하얀 접시에 초콜릿 소스가 묻어 있었다. 다이시가 있었으면 보나 마나 손가락에 묻혀서 핥아 먹었을 거라고 아쓰코는 생각했다.

"난 앞으로는 너 같은 여성이 활약해줄 거라고 믿었어"라고 옛 동료가 말을 이었다.

"나 같은?"

"그래. 너 같은 여자. ……뭐라고 표현해야 할까……, 오소네 씨처럼 남자가 되려고 하는 게 아니라 확실한 여자인 채로 활약할 수 있는 사람이 있다면, 분명 너 같은 사람일 거다 했거든."

"어? 나 같은 사람은 무리지."

"하지만 나 혼자만 그렇게 생각한 건 아니야. 동료들끼리 모이면 자주 그런 얘기를 했었어. ……그런데 어느 날 갑자기 결혼하면서 미련 없이 그만둬버리더라."

그런 얘기를 나누면서 둘 다 슬슬 돌아갈 기회를 가늠하고 있을 때였다. 웬일인지 갑자기 오소네를 문병 갔을 때, 그녀와 나눈 대화가 선명하게 떠올랐다.

"난 남자가 무서워."

아무런 전조도 없이 오소네가 불쑥 그런 고백을 했다. 너무나 갑작스러워서 아쓰코는 뭐라 할 말이 없었다.

"거친 말투나 발소리, 문을 난폭하게 여닫는 소리…… 사실은 생리적으로 무서워서 견딜 수가 없어. 그래서 지지 않으려고 이쪽도 큰소리를 내보긴 하는데, 목소리 떨리는 거 알았지? 그도 그럴 게 사실은 정말 무섭거든. 남자를 상대로 언쟁을 벌인 후에는 매번 화장실에 숨어서 벌벌 떨었어. 화가 나서가 아니야. 너무 무서워서 그냥 어린애처럼 몸이 계속 떨리고, 그러다 보면 눈물이 흘러……. 난폭한 남자가 무서운 건 아닐 거야. 결국 남자는 난폭하다는 게 무서운 걸 거야."

아쓰코는 자기가 쓴 찻잔을 개수대에서 씻고 병실을 떠났다.

오소네가 남성에게 느낀다는 공포를 아쓰코도 어렴풋이 느낄 수 있었다. 그것이 남자의 무엇에 대한 공포인지는 설명할 수 없다. 다만, 남편 히로키에게는 있고, 아들 다이시에게는 없는 무언가다.

"어머? 벌써 들어왔어?"

아쓰코가 두부를 썰고 있던 부엌칼을 멈추고, 현관을 향해 말을 건넸다. 어중간한 시점에 칼질을 멈춰서 연두부가 파르르 떨렸다.

"뒤풀이는?"

말을 건넸지만, 대답이 없었다. 풋살(실내에서 하는 5인제 미니 축구) 끝나고, 술자리에도 참석할 거라고 했던 히로키가 너무 일찍 귀가했다.

"여보, 잠깐만!"

현관에서 히로키가 불렀다. 아쓰코가 손을 훔치고 현관으로 향했다. 웅크려 앉아 있는 히로키에게 "뒤풀이는?"이라고 다시 한 번 물었다. 비좁은 현관은 이미 땀 냄새로 자욱했다.

"일단 들어왔어. 다쳐서. 봐, 여기."

웅크려 앉아 있던 히로키가 얼굴을 들며 동시에 왼쪽 다리를 뻗었다. 무릎 위쪽을 묶어둔 하얀 수건이 피로 물들어 있었다.

"어머, 어머머. 어떻게 된 거야?"

아쓰코가 당황했다.

"갑자기 확 벗기면 어떡해. 아프잖아!"

"찢어졌어?"

"까진 거야. 완전히 쫙."

"소독은 했어?"

아쓰코가 방으로 돌아가서 구급상자를 들고 나왔다.

"일단 먼저 목욕탕에서 상처 부위를 씻어내야 할 거야."

히로키를 일으켜서 목욕탕으로 데리고 갔다. 욕조 틀 위에 앉히고 수건을 천천히 벗겨내는데, 상처 부위에 들러붙어서 잘 떨어지지 않았다. 히로키는 괴로운 표정을 지으면서도 통증을 즐기고 있는 것 같았다. 무릎에서 허벅지까지 손바닥만한 크기로 찰과상이 나 있었다. 피부가 홀랑 벗겨져서 하얀 지방층에 피가 배어 있었다.

"봐, 이 주변은 이미 피가 굳기 시작했지"라며 히로키가 손가락으로 눌렀는데, 누르자 다시 금세 피가 번졌다.

아쓰코가 샤워기 물을 살살 뿌렸다. 몹시 아픈지 히로키의 발가락이 바짝 움츠러들었다. 털이 난 엄지발가락이 마치 벌레 같아서 기분이 섬뜩했다. 섬뜩한 벌레 틈새로 핏물이 흘러들었다.

"이런 걸 소독해서 거즈로만 덮어둬도 될까?"

일단 물기를 닦아내고, 소독약을 뿌렸다. 또다시 털이 난 벌레가 몸부림을 쳤다.

"괜찮아, 괜찮아. 그 정도면."

"지금 뒤풀이 갈 거야?"

"가야지. 다들 기다리고 있는데."

"에하라 씨도 왔어?"라고 아쓰코가 물었다.

"어? 왜? 당연히 왔지. 팀에 들었는데. ……왜?"

"아니, 그냥."

아쓰코가 일어섰다.

"으음, 내친김에 그냥 샤워해버리면 어때? 그러면 소독 다시 하고 거즈 감아줄게."

"그럴까."

히로키가 당장 옷을 벗었다. 아쓰코가 벗은 옷을 건네받았다. 땀으로 흠뻑 젖어서 무거웠다. 곧바로 세탁기에 집어넣었지만, 손은 여전히 젖어 있었다.

샤워를 하고 소독을 다시 하고 거즈를 감은 후, 히로키는 또다시 외출했다. 아직 통증이 있는 것 같아서 "너무 마시면, 훨씬 더 아플지도 몰라"라고 아쓰코가 겁을 줬다. 물어보니 시합하는 도중에 다쳤고, 피를 흘리면서도 마지막까지 뛰었다고했다.

히로키를 배웅한 아쓰코는 다시 저녁 준비를 시작했다. 다이시는 맨션 1층에 사는 쇼타라는 반 친구 집에 놀러갔다. 1층인 쇼타 집에는 작은 뜰이 있어서 조금 전까지 물놀이를 하는 두 아이의 목소리가 베란다 쪽 창문으로 또렷하게 들렸다.

아쓰코는 마파두부를 만들던 손길을 멈췄다. 앞치마를 풀고 침실로 들어갔다. 벽장을 열고, 골프백을 끄집어냈다. 바닥에 눕혀서 클럽을 하나하나 빼냈다. 밑바닥을 들어서 기울이자, 안에서 종이봉투가 스르륵 미끄러지며 떨어졌다.

아쓰코는 종이봉투를 열었다. 100만 엔짜리 지폐 다발이 다섯 개 들어 있었다. 확인한 후, 아쓰코는 다시 종이봉투에 담아서 골프백 바닥으로 집어넣었다. 일단 골프백을 세우고, 뽑아둔 클럽들을 다시 하나씩 원래대로 넣었다.

히로키가 에하라에게 받은 이 지폐 다발을 집으로 가져온 지 이미 나흘이 지났다. 아쓰코는 아직 아무 말도 묻지 않았다. 히로키가 먼저 얘기해줄 때까지 기다리는 게 아니라, 얘기하지 말라며 귀를 틀어막고 있었다. 그렇긴 하지만 아내로서 가만 내버려둘 수도 없는 노릇이었다.

아쓰코는 자기 나름대로 이미 조사를 해봤다. 답은 바로 찾아냈다.

아내의 직감으로 입력한 키워드는 다음 세 가지였다. '도쿄도 발주' '입찰' 그리고 에하라의 회사 이름. 컴퓨터에 입력하자, 어이가 없을 정도로 간단하게 답이 나왔다.

"지난번에 에하라 씨가 렌즈를 잔뜩 가져왔었지. 그게 방범 카메라용이랬나?"

그날 밤, 아쓰코가 침실에서 기초 화장품을 바르며 물었다.

침대에 드러누워 유튜브로 재미있는 동물 동영상을 보며 웃고 있던 히로키가 "그건 왜 물어? 갑자기"라며 살짝 경계했지만, "다이시가 알려줬어. 애가 그런 카메라 같은 데 흥미가 많은 것 같아"라며 얘기를 이어가자, 단번에 그 거짓말을 믿었다.

"그 녀석 회사가 얼마 전에 비교적 큰 사업에 입찰을 넣었어. 앞으로 몇 년에 걸쳐서 도쿄 도내에 특별지구를 설정해서 방범 카메라 숫자를 늘려가는데, 그 일에 입찰을 넣었대."

"흐—음."

아쓰코가 로션을 손가락으로 힘껏 펴 발랐다.

──우리 남편이 에하라 씨에게 입찰 금액을 알려줬구나. 그 500만 엔은 그에 대한 감사 인사겠지.

아쓰코가 화장품을 덧발랐다. 거울 속에서 손가락에 짓눌린 얼굴 피부가 오른쪽 왼쪽으로 펴졌다 되돌아왔다.

아쓰코가 '사장실' 문을 열자, 에하라는 창가에 서 있고 부인은 자기 책상에서 전자계산기를 두드리고 있었다.

공장 부지에 세운 조립식 건물 사무실 2층이었다. 현재 3층 짜리 본사 빌딩은 개축 중인 것 같았다. 에하라가 얼굴에 부채질을 하면서 "갑자기 어쩐 일이세요? 마침 커피라도 한잔 할까 하던 참인데, 같이 나가실래요?"라고 청했다.

"죄송합니다, 갑자기"라며 아쓰코가 고개를 숙였다.

계속 전자계산기를 두드리고 있던 부인이 그제야 손길을 멈추고, 아쓰코 쪽을 힐끗 올려다봤다. 일할 때는 화장을 하는 모양인데, 여름 화장이 아니라서 그 모습이 실내를 더욱 숨 막히게 만들었다.

"어때요? 잠깐 근처 찻집에라도"라며 에하라가 다시 한 번 청했다.

"글쎄요. 그런데 귀찮지 않으시겠어요? 바쁘신 와중에 덜컥 찾아왔는데."

에하라가 곤란한 듯이 아내를 쳐다봤다. 그러자 아내가 꽤나 성가시다는 듯이 "내가 나갈 테니 천천히 말씀하세요"라며 일어섰다.

"아니, 그건 너무 죄송한데"라며 아쓰코가 당황스러워했다.

그러나 에하라의 부인은 이미 나갈 준비를 시작했고, 에하라도 딱히 말리려 들지 않았다.

——아무리 부부라고 해도 저런 여자랑 밤에도 같이 있고, 이런 방에서 일하는 시간에도 같이 지낸다니, 에하라 씨도 용케 잘 버티네.

매일매일 뭐가 그리 마음에 안 드는지 모르겠지만, 사회적인 입장도 있을 텐데 방문객에게 "안녕하세요"라는 인사 한마디 건네지 않는 태도는 아무래도 너무 병적이었다.

아쓰코는 결국 나갈 작정인 듯한 에하라의 부인에게 입으로는 "죄송합니다"라고 사과하면서도 내심 자기가 쫓아낸 것 같아 기분이 좋았다.

"어쩐 일이십니까, 갑자기?"

에하라가 부채질을 하며 응접 세트에 앉더니, "앉으시죠"라며 부채로 맞은편 자리를 가리켰다. 아쓰코도 "실례합니다"라고 인사를 하고 자리에 앉았다. 앉는 순간, 염천 아래 공장 부지를 걸어온 탓에 땀이 순식간에 솟구쳤다.

"잠깐 여쭤보고 싶은 게 있어서"라며 아쓰코가 곧바로 말문을 열었다.

문이 열리고, 조금 전에 이곳까지 안내해준 사무직 여성이 시원한 보리차를 가져다주었다. 아쓰코는 보리차 한 모금을 마셨다. 에하라는 단숨에 잔을 비웠다.

여직원이 물러나기를 기다렸다 "물어보고 싶은 말은?"이라며 에하라가 얘기를 이어갔다.

공범자의 아내가 불쑥 찾아왔으니 조금은 동요하겠지 예상했는데, 에하라는 겉보기와는 달리 상당한 능구렁이인지 얼굴색 하나 변하지 않았다.

"우리 사무실까지 찾아올 정도니 히로키 일이겠죠?"

"네에, 그렇죠, 뭐. 으음, 무례한 질문을 드려서 죄송한데, 우리 그 사람한테 무슨 얘기 못 들으셨어요?"

너무 에두른 표현이라는 건 알지만, 이 정도로 해야 본색을 드러낼지 모른다.

"무슨 얘기라뇨?"라며 에하라가 짐짓 시치미를 뗐다.

"최근에 우리 남편이 에하라 씨랑 자주 만나는 것처럼 얘기하더라고요. 그래서 에하라 씨에게 무슨 상담이라도 하지 않았나 싶어서."

"저한테요?"

에하라가 살짝 동요하는 것을 알아챌 수 있었다. 조금 전보다 부채질 속도가 빨라졌다.

"딱히…… 그 녀석이 상담한 건 없는데……."

서툴게 시치미를 떼는 에하라의 모습을 보고 있으니 이 남자가 왜 히로키의 친구인지 이해가 갔다. 조금 전까지는 에하라를 동정했는데, 밤이나 낮이나 같이 일해야 하는 상황에 내심 지겨워하는 사람은 부인 쪽일지도 모른다.

"에하라 씨"라고 아쓰코가 차분한 목소리로 불렀다.

에하라가 방어 자세를 취했다.

"……가족의 이런 수치는 밝히고 싶지 않지만, 우리 남편이 중학생일 무렵에 도둑질을 하다 잡힌 적이 있나 봐요. 친구랑 둘이 반장난 삼아 만화랑 게임을 훔친 모양이지만. 저는 그 얘기를 시어머니에게 들었어요. 가게 직원이 붙잡아서 시어머니 댁으로 연락을 했고, 그래서 어머님이 가게로 찾아갔나 봐요. 그런데 우리 남편은 이미 콧물을 흘리면서 엉엉 울고 있었대요. 같이 훔친 친구는 조용히 있는데, 우리 집 그 사람만 '용서해주세요! 다시는 안 할게요!'라면서 책상에 이마를 찧으며 울고불고 난리가 났었다네요."

"부, 부인, 저어, 대체 무, 무슨 얘긴지?"

아쓰코는 당혹스러워하는 에하라를 무시했다.

"시어머님 말씀이 자기 자식이지만 정말 한심했대요. 하지만 너무 한심해서 이 애는 내가 지켜줄 수밖에 없다고 생각하신 모양이에요."

"저, 저어, 부인?"

"그래서 시어머님은 가게 직원과 청소년 선도요원이 있는 앞에서 같이 도둑질을 했던 그 친구를 추궁했대요. '네가 억지로 우리 히로키에게 훔치라고 했지!'라고. '넌 전부터 그런 애었어'라고. 물론 시어머니가 순간적으로 지어낸 거짓말이었죠."

"저어…… 부인……."

"시어머니 서슬이 너무 퍼레서 그 친구는 완전히 겁을 집어먹은 모양인지, 아무런 반론도 못 했다네요. 그래서 가게 직원과 선도요원도 시어머니 말을 믿었나 봐요."

"저어, 실례지만, 무슨 얘기인지 잘 모르겠는데……."

거기까지 말한 아쓰코는 얘기가 완전히 빗나갔다는 걸 간신히 알아챘다. 흥분해서 얘기는 했지만, 물론 준비했던 말은 아니었다.

아쓰코는 보리차를 한 모금 마셨다. 마음이 조금은 가라앉았다.

"죄송해요. 어쩌다 보니 이상한 소리를 했네요. 저어, 혹시 우리 남편한테 여자가 있는 거 아닌가요?"

이것이 준비했던 말이다. 그리고 준비해온 얘기 속에서 에하라는 당연히 "그런 거 없습니다"라고 대답한다. 물론 아쓰코도 그런 사람이 있다고 생각하지는 않는다.

"네? 그 녀석한테? 여자요?"

에하라의 몸에서 힘이 쭉 빠졌다. 정말로 마음이 놓인 모양이다.

"……그런 사람 없어요. 있을 리가 없잖습니까. 아니 뭐, 제가 아는 한해서는 그렇다는 얘기지만. 하지만 으음, 이건 정말 목숨 걸고 단언할 수 있어요. 그 녀석은 바람 같은 건 절대 안 피워요."

더는 참을 수 없다는 듯이 에하라가 소리 내어 웃었다. 아쓰코는 에하라의 그 말을 믿지 않는 척했다.

"알겠어요. 에하라 씨가 그렇게까지 말씀하시면 믿을게요. 그렇지만 이 말만은 하고 싶어요. 혹시 만에 하나, 그 사람한테 여자가 있어도 저는 남편을 지킬 거예요. 만에 하나 그 사람이 잘못된 길로 접어들려 한대도 난 무슨 수를 써서라도 지킬 거예요. 그러니 그 사람한테 무슨 일이 생기면 저에게 상의해주세요. 에하라 씨가 우리 남편 편이라면, 에하라 씨도 무슨 수를 써서든 지킬 거예요. ……문제없어요. 무슨 일이 있어도 포기하지 않으면 반드시 이겨낼 수 있으니까. 포기하지 않고 자기주장을 펼친 사람이 반드시 이기게 돼 있으니까."

아쓰코의 역설(力說)을 에하라는 어리둥절하다기보다 멍한 표정으로 듣고 있었다.

아쓰코는 에하라에게 어떤 말을 이끌어낼 의도는 없었기에 자기 할 말만 하면 만족이었다.

에하라 입장에서는 짐작과는 다른 얘기였을 테지만, 아내가 일부러 상의까지 하러 왔으니 나중에 히로키에게 그 말을 전할 게 틀림없다. 그때 아쓰코의 말을 어떻게 전하느냐가 문제겠지만, 만약 "네 집사람, 널 정말 소중하게 여기는 것 같더라"라는 식으로 말해준다면 오늘 구태여 에하라한테까지 찾아온 보람은 있다.

스스로는 그렇게 완전히 이치에 맞는 행동이라고 생각했지만, 남편에게 왜 직접 그런 말을 전하지 못하는가 하는 지극히 당연한 의문도 떠올라서 아쓰코는 거의 멍한 상태로 귀갓길에 역 건물 슈퍼마켓에 들러서 장을 보고 있었다.

채소 매장에서 신선 코너로 카트를 밀고 가는데, "부인"이라며 낯선 남성이 말을 건넸다. 반사적으로 무슨 비난을 받을 거라 직감하고, "네?"라며 무심코 험악한 표정을 짓고 말았다.

초로의 남성은 그런 태도에 마뜩잖은 표정을 지었다. "왜 그러시죠?"라고 아쓰코가 다시 묻자, "파가 걸려서 부러졌어요"라고 화난 투로 말했다.

살펴보니 카트에서 길게 삐져나온 파가 선반이나 상품에 부딪쳤는지 가운데가 뚝 부러져 있었다.

"아, 죄송합니다."

그제야 알아차린 아쓰코가 고개를 숙였지만, 남성의 모습은 이미 그곳에 없었다.

얼마나 부딪치고 다녔는지, 파 끄트머리가 꽤 심하게 상해 있었다. 만져보니 파 특유의 냄새가 손가락에 뱄다.

얼른 장을 보고 돌아가야겠다는 생각에 아쓰코는 서둘렀다.

계산대 앞에 서서 지난번에 받은 할인 쿠폰을 준비했다. 시선을 되돌린 순간, 아쓰코는 무심코 신음 소리를 흘렸다. "아"도 "어"도 "아니"도 아닌 어중간한 소리였고, 한순간 계산원의 손길도 멈췄다.

아쓰코는 계산대 여성과 눈을 마주쳤다. 계산대 여성의 손에 백도 통조림이 들려 있었다.

——안 샀어. 게다가 오늘은 통조림 매장 앞도 지나치지 않았어.

같이 물끄러미 보고만 있을 수도 없었는지 계산원의 손이 서서히 움직이기 시작했다. 언제 멈추라고 해도 대응할 수 있는 속도였다. 계산원이 "괜찮아요?"라고 묻는 듯한 표정을 지으며 백도 통조림의 바코드를 찍었다. "삑" 하는 전자음이 울리고 바구니로 옮겨졌다. 통조림을 손에서 놓은 순간, 기분 탓인지 계산원이 안심하는 것처럼 보였다.

아쓰코는 이제 주위를 확인하지 않았다. 분명 누군가가 재미있어하며 자기를 보고 있을 것이다. 그 시선 속에서 허둥대거나 무서워하지 않겠다고 마음먹었다.

아쓰코는 사지도 않은 백도 통조림까지 든 바구니를 옮겼다. 상품들을 일사불란하게 비닐봉지에 담아갔다. 그리고 마지막에 백도 통조림을 넣었다.

절대 자기가 산 물건이 아니었다. 파가 뭉그러져서 주의를 들을 정도로 정신이 팔려 있었지만, 아무리 그래도 자기가 바구니에 넣은 것들은 또렷하게 기억한다. 게다가 최근 몇 년 동안 과일 통조림을 산 적은 한 번도 없었다.

슈퍼마켓에서 나오자 히로키에게 부재 중 전화가 와 있었다. 사무실에 있으니 연락을 해달라는 메시지가 남겨져 있었다.

아쓰코는 버스에서 내린 후, 슈퍼마켓 봉지를 양손에 들고 사무실로 들어갔다.

"어, 왔어?"라며 히로키가 당황했다.

"다도코로 군은?"

평소 늘 있는 스태프 모습이 보이지 않아서 아쓰코가 물었다.

"잠깐 심부름 갔어."

히로키는 에어컨 바로 밑에 서서 얼굴에 부채질을 하고 있었다.

"전화만 해도 되는데."

"역 슈퍼마켓에 갔었거든."

아쓰코가 소파에 짐을 내려놓고 탕비실로 들어가서 냉장고를 열었다. 전에 아쓰코가 가르쳐준 대로 다도코로가 보리차를 끓여서 물병에 넣어두었다.

"보리차 좀 마실게"라고 아쓰코가 말을 건네자, "아, 나도"라는 목소리가 들렸다.

아쓰코는 일단은 잔에 보리차를 따라서 단숨에 비웠다. 슈퍼마켓이나 버스나 냉방이 추울 정도로 강했지만, 갈증이 나서 견딜 수가 없었다. 문득 시선이 느껴져서 돌아보니, 히로키가 들여다보고 있었다.

"전화만 해도 되는데."

"다도코로 군에게 얘기해. 이렇게 큰 물병에 넣을 거면 보리차 팩 하나로는 부족하다고. 이건 너무 연하잖아?"

아쓰코는 잔에 따른 보리차를 건넸지만, 히로키가 다 마실 때까지 기다리지 않고 탕비실에서 나왔다.

"좀 전에 에하라한테 전화 왔어. 당신…… 그런 볼썽사나운 짓 진짜 하지 마라. 에하라가 얼마나 놀랐는지 알아."

"아내가 남편 걱정하는데, 그게 놀릴 일인가?"

농담조로 얘기를 꺼낸 히로키의 말투와 직설적으로 의문을 제기하는 아쓰코의 말투가 전혀 맞물리지 않고 겉돌았다.

"그야 당연히 웃기지. '여자 있는 거 아니냐'라니……. 없어. 그렇게 인기도 없다고, 잘 알잖아."

히로키가 또다시 농담 쪽으로 얘기의 방향을 틀려고 했다.

"에하라 씨가 다른 말은 안 해?"

"딱히, 으―음, 뭐 이런저런 얘기를 하긴 했는데."

"뭐라고?"

"그야 아내한테 걱정 끼치지 말라느니 어쩌느니. ……알겠어? 내가 그런 말을 들었다고, 체면이 말이 아니잖아."

결국 에하라는 '아내가 남편을 걱정하고 있다'는 말은 하지 않았다. 반대로 '남편이면 아내한테 걱정은 끼치지 말라'고 한 모양이다. 요컨대 아쓰코는 '나는 남편을 지킨다'고 했는데, 에하라는 '남편이니 아내를 지켜'라고 말한 것이다.

아쓰코가 슈퍼마켓 봉지에서 백도 통조림을 꺼내서 히로키 앞에 내밀었다.

"뭐야? 복숭아?"

"또 누가 몰래 넣었어."

"뭐?"

"아 글쎄, 누가 또 내 바구니에 멋대로 넣었다고. 지난번에는 게 통조림이었어. 이번이 두 번째야. 누군가가 우리에게 심술을 부리고 있다고!"

엉겁결에 흥분해서 목소리가 커졌다.

"누군가라니 누가?"

"그야 모르지."

"뭐? 혹시 그래서 내가 바람 피웠나 의심한 거야?"

아쓰코가 한숨을 내쉬었다.

"그런 게 아니야. 다만, 우리에게는 적이 많다는 뜻이지."

"적? 왜?"

"왜는······. 그야 우리가 세간에 미움을 사고 있잖아?"

"아 글쎄, 왜?"

"왜라니······."

아쓰코는 힘이 빠져서 소파에 앉았다. 히로키가 가까이 다가와서 "여보, 괜찮아?"라고 말을 건네주었다.

"······당신, 좀 지친 거 아니야?"

"괜찮아."

"누가 심술을 부려서 당신 장바구니에 복숭아 통조림을 넣었다며? 그럼, 경찰에 가야지. 분명 피해 조례인가 뭔가가 있을 테니 경찰에 가서 상의해보자고."

아쓰코는 미소를 머금었다. 미소를 지으며 이런 생각도 했다.

──우리가 경찰에 가서 상의할 순 없잖아, 라고.

불감(不感)의 탕에
몸을 담그다

살기가 깃든 소리에 아쓰코는 잠에서 깼다. 소리는 밖에서 들렸다. 처음에는 사고인가 했다. 누가 차에 치였나? 아쓰코는 잠에 취한 상태에서도 "아아……" 하고 한숨을 내쉬었다.

그제야 가까스로 의식이 또렷해지자, 사고가 아니라 싸움이라는 걸 알았다. 짓눌려 있는지 개 신음 같은 소리가 들리고, 다리가 바닥을 파닥파닥 내리쳤다.

"이 새끼, ……이 새끼."

그렇게 말하는 것 같은데, 목이 막혀서 신음 소리처럼 들릴 뿐이다.

에어컨을 끄고, 창을 활짝 열어둔 상태였다. 바람은 안 들어오는데, 그 대신 마치 밖에서 자고 있는 것처럼 싸움의 기척이 지척에서 전해졌다. 치고받는 싸움이 아니라, 그냥 서로 뒤엉

켜서 넘어져 있는 것 같았다. 손목시계인지 뭔지 딱딱한 물건
이 가드레일에 문질리는 소리가 들렸다.

술주정뱅이끼리 싸우는 것 같았다. 혀가 꼬인 목소리였다.

아쓰코는 싸움이 조금 가라앉으면 창을 닫으려고 몸을 뒤
척이며 돌아누웠다. 돌아누운 순간, 깜짝 놀라 숨을 집어삼켰
다. 옆 침대에 히로키가 없었다. 오늘 밤은 회식이라 늦는다고
해서 먼저 잠자리에 들었던 기억이 떠올랐다.

바로 그 순간, 밖에서 들려오는 개 신음 소리의 주인이 히로
키 같은 기분이 들었다. 아쓰코는 허둥지둥 몸을 일으키려 했
다. 그런데 갑자기 몸에서 힘이 쭉 빠졌다. 히로키가 아니라는
생각 때문이 아니고, 반대로 지금 저기서 싸우고 있는 사람이
히로키라고 생각했기에 힘이 쭉 빠졌다.

이유는 알 수 없었다. 남편을 도와야겠다고 생각하는 반면,
거의 생리적으로 내가 왜 도와야 하나 싶은 생각도 들었던 것
이다.

잠은 완전히 깨어 있었다.

"이 새끼, 이 새끼."

여전히 짓눌린 채 신음하는 남자 목소리는 역시나 히로키
같았다. 아쓰코는 그 소리에 아무런 느낌도 받지 않았다.

"이 새끼, 이 새끼."

괴로워하는 그 목소리에 슬픔이라도 깃들어 있었다면, 아쓰
코는 일어섰을지도 모른다.

230

"이 새끼, 이 새끼."

어린애 같은 그 소리에 결사적인 기미라도 깃들어 있었다면, 아쓰코는 당연히 도왔을 게 틀림없다. 그러나 남편의 비명에는 슬픔도 결사적인 기미도 없었다. 그저 바보 같은 목소리로 "이 새끼, 이 새끼"라고 되풀이할 뿐이었다. 소중한 남편이 누군가에게 짓눌려서 개처럼 신음하고 있는데도 아쓰코는 그냥 누워서 어두운 천장만 바라보았다. 그대로 눈을 감으면, 다시 잠들지도 모른다는 생각이 들 정도로 냉정했다.

그때 택시 한 대가 달려와서 쏜살같이 스쳐 지나갔다. 그 엔진 소리가 스쳐 지나가자, 어찌된 영문인지 남자들 목소리도 사라졌다. 한참 기다렸지만, 소리는 되살아나지 않았다.

아쓰코는 침대에서 나와 창문을 닫았다. 길에는 아무도 없었고, 가로등 불빛이 가드레일을 비추고 있었다.

얼마쯤 지나 현관 자물쇠가 찰칵 하고 열렸다. 이미 2시가 지나 있었다. 아쓰코는 침대에 걸터앉았다. 발가락으로 선풍기를 켜자, 땀이 밴 목덜미에 바람이 와 닿았다.

히로키는 현관에서 신발을 벗고, 소리가 나지 않게 조용히 걸어 들어왔다. 발소리는 부엌으로 향했다. 술에 취해서인지 아니면 싸움 때문인지 숨결이 거칠었다. 냉장고를 열고 물을 마시는지 목젖 울리는 소리가 또렷하게 들렸다.

침실 문이 살짝 열리고, 복도 불빛이 새어 들었다.

"엇."

자고 있는 줄 알았는지 히로키가 놀랐다.

"어서 와."

아쓰코는 등을 돌린 채 앉아 있었다.

"안 잤어?"

"응, 더워서."

"잘 때까지 에어컨 켜자."

히로키가 재빨리 리모컨으로 전원을 켰다. 아쓰코는 또다시 발가락으로 선풍기 스위치를 껐다. 돌아보니 히로키가 옷을 벗고 있었다.

"속옷이랑 양말, 세탁기에 넣어."

역광이라 얼굴은 잘 안 보였지만, 상처 같은 건 없는 것 같았다. 옷은 이미 다 벗었지만, 옷매무새는 흐트러져 있었을지도 모른다. 아쓰코는 침대에 누웠다. 결국 그 자리에서 알몸이 된 히로키가 벗은 옷가지들을 품에 안고 방에서 나갔다.

——저쪽에서 벗으면 좋잖아.

해야 할 얘기가 좀 더 있을 것 같은데, 그 말밖에는 떠오르지 않았다. 누구랑 싸웠냐는 중요한 질문조차 전혀 안중에도 없었다.

"여보, 빨리 해!"

아쓰코가 뜨끈뜨끈한 된장국을 옮기면서 세면실을 향해 소리쳤다. 아까부터 대답은 하는데, 히로키는 좀처럼 나올 줄을 몰랐다. 이미 식탁에 앉은 다이시는 밥을 두 그릇째 먹고 있었다.

"여……."

다시 부르려던 아쓰코가 세면실로 향했다. 문을 열자, 히로키가 거울을 향해 턱을 내밀고 있었다.

"뭐해?"

"이것 좀 봐, 건조한 부분 주변이 가슬가슬해. 아프기도 하고."

"여름인데?"

아쓰코가 히로키의 턱을 어루만졌다. 그 말대로 수염 깎은 자리가 빨갛게 부어올라 있었다.

"그 화장수, 쓰고 있지?"

"이제 없어."

"없다고? 언제부터?"

"꽤 오래전부터."

아쓰코가 선반을 열었다. 히로키 말대로 화장품병은 텅 비어 있었다.

히로키는 원래 땀을 많이 흘리는데도 피부가 건조해서 젊은 시절부터 화장수만은 꼭 발랐다. 화장품에는 전혀 연연하지 않는 것 같아서 아쓰코가 그때그때 자기용으로 샀다 왠지 싫증이 난 화장품을 쓰라고 했다.

"남자랑 여자는 피부가 다르니까 사실은 남성용 화장품을 쓰는 게 좋을지도 모르지. 남자 피부가 역시 두껍다던데."

"그럼, 사다 놔."

"사실은 로션도 필요한 나이가 됐지."

"로션? 됐어, 평소대로 화장수만 바르면 돼."

"전혀 다르거든. 여기 봐, 눈가에 주름이 생겼지. 이런 게 눈에 안 띄게 돼."

"나이를 먹었으니 주름 정도야 생기겠지."

"또 여유 있는 척한다. 선거 포스터 촬영 때는 허둥지둥 마사지까지 받았으면서. 오늘 엄마랑 시장 보러 가니까 사다 놓을게."

결국 아쓰코가 현재 사용하는 화장수를 얼굴에 두드려 바른 히로키가 세면실에서 나왔다.

그날 오후, 아쓰코는 엄마와 함께 니혼바시에 있는 백화점에 갔다. 만나기로 약속한 곳은 오래된 칼 가게였는데, 무슨 볼일이 있나 했더니 가다랑어 포를 깎는 오래된 칼날을 갈기 위해서라고 했다.

약속 시간에 맞춰 가게에 도착하자, 엄마 다카코가 와 있었다. 이미 볼일은 끝났는지 강철 손톱깎이 같은 것을 살펴보고 있었다.

"엄마, 살 더 쪘어?"라고 아쓰코가 그 등에 대고 말을 건넸다.

"그런 말을 큰 소리로 하면 어떡하니."

돌아본 엄마가 진심으로 노려보았다.

"미안, 미안."

"너 혼자 왔니? 다이시는?"

"오늘은 그쪽으로 놀러갔어."

"사돈 어른들은 건강하시고?"

"건강해."

"아 참. 오랜만에 만났으니 네 옷이라도 사주마."

"진짜?"

"너무 비싼 건 안 돼. 뭐, 그래도 살짝 격식 차린 자리에 입고 갈 만한 옷을 사렴."

"혹시 또 주식?"

"나처럼 바보 같은 사람도 돈을 버니, 머리 좋은 사람들은 엄청 많이 벌 거야."

"경기가 좋은 데는 괜찮은 모양이더라. 엄마, 지금 얼마나 갖고 있어?"

"증권회사 사람이 시키는 대로 맡겨뒀는데, 한 700, 800만 쯤 될까?"

"그게 얼마나 돼?"

"내 돈이야 뭐, 어차피 너한테 남겨주고 갈 돈뿐이라 줄어든대도 딱히 상관은 없어서 비교적 리스크가 큰 외국 주식이야. 그래서 한 달에 7, 8만 엔은 들어와."

"그렇게 많이?"

"물론 오랫동안 했으니 손실도 봤지."

"그럼, 오늘은 옷이라도 사달라고 해야겠네."

"미안한 생각 좀 가져봐라."

아쓰코 모녀는 이런저런 얘기를 나누며 오래된 칼 가게에서 나와 같은 층에 있는 교토 채소 절임 가게나 다시마 전문점 등을 둘러보며 다녔다.

"저어, 쇼핑하기 전에 시원한 것 좀 마실까? 엄마가 목이 좀 마르네."

"저쪽 디저트 가게는 어때? 빈자리 있던데."

곧바로 가게로 들어가서 시원한 말차와 안미쓰(삶은 완두콩에 팥죽을 뿌린 단 후식)를 각자 주문했다. 한숨을 돌리고 나자, "내가 잠깐 상의할 게 있는데"라고 엄마가 말문을 열었다.

아쓰코는 느낌이 확 와서 "다나다 씨 얘기지?"라며 선수를 쳤다.

"역시 같이 살까 싶어."

다나다라는 사람은 엄마가 1년 전쯤 중장년층을 위한 중매 파티에서 알게 된 남자다. 예전에 석유회사에 근무했던 남성 으로 아쓰코도 딱 한 번 같이 식사를 한 적이 있었다.

"같이 살기만 하는 거야? 호적은?"이라고 아쓰코가 묻자, "호적은 됐대, 다나다 씨도"라며 살짝 그늘진 표정을 지었다.

"왜? 좀 더 나이가 들면, 그때야말로 호적에 안 올리면 오히려 더 성가셔지는 거 아닌가?"

"요즘 세상엔 그렇지도 않아. 그 뭐냐, 옛날이랑 달라서 사실혼 관계라도 보장은 제대로 받는 모양이던데."

"그야 그럴 테지만."

호적에 올리지 않으려는 이유는 아마도 다나다 씨의 딸들이 반대했기 때문일 것이다. 세 자매인데 이미 각자 시집을 갔지만, 엄마 얘기로는 두 사람의 교제에 참견을 많이 한다고 했다. 그런데 실제로 만나면 셋 다 예의 바르고 태도도 온화해서 시간이 아무리 지나도 깊은 대화는 나눌 수 없다며 한탄했다.

"엄마가 다나다 씨 집으로 가?"

"그게 가장 좋겠지만, 아마 딸들도 반대할 거야. 그쪽 집은 임대로 내놓고, 우리 집으로 가라는 얘기도 나왔나 보더라."

"근데 그 집은 낡았잖아? 세 들어올 사람이 쉽게 나타날까? 엄마는 어느 쪽이 좋아?"

"난 어느 쪽이든 상관없어."

그쯤에서 시원한 말차와 안미쓰가 나왔다. 조금 전과는 다른 남자 직원이 내왔는데, 살짝 땀 냄새가 났다. 냉방으로 조금 쌀쌀한 기운마저 감도는 가게 안에 풍기는 그 땀 냄새는 바깥의 무더위를 떠올리게 만들었다.

밖으로 눈을 돌린 순간, 아쓰코는 숨을 삼켰다. 황급히 시선을 피하고 싶었지만, 상대도 이미 이쪽을 알아챘다. 유리문 너머에서 가게 안으로 들어오려고 하는 손님은 아야짱 엄마였다. 평소와 분위기가 다른 까닭은 외출복 차림인 탓도 있지만, 옆에 젊은 남자가 서 있어서인데, 아쓰코는 당연히 그 남자가 낯이 익었다.

옆에 있는 사람은 다이시가 다니는 수영 학원의 오야 코치 였다.

아쓰코가 놀라서 허둥거리는 사이, 두 사람을 알아챈 점원 이 "어서 오세요"라며 문을 열었다. 오야 코치는 들어오려 했지 만, 아야쨩 엄마의 다리는 움직이지 않았다.

평소 수영장에서 보는 오야 코치에게는 지도자의 위엄이 있 었는데, 평상복을 입은 그는 아직 어린애로 보였다. 아야쨩 엄 마 옆에 서자 그것이 더더욱 두드러졌다.

다음 순간, 아야쨩 엄마가 오야 코치의 손을 잡아당기며 밖 으로 나가려고 했다. 오야 코치도 당황해서 허둥거렸는지 반 쯤 열린 문에 어깨를 부딪쳤다.

아쓰코는 아는 체를 하려 했다. 그러나 두 사람은 이미 도망 치듯 걸음을 내딛기 시작했다. 결국 두 사람의 모습은 사라졌 다. 그 자리에는 고개를 갸웃거리는 점원이 서 있을 뿐이었다.

"왜, 무슨 일이야?"

엄마가 물어서 아쓰코는 "아니, 아무것도 아니야. 잠깐 아는 사람이……"라고 대답했다.

"아는 사람?"

"아니, 닮긴 했는데 아닌 것 같아."

──지금 그건 뭐였지. 아야쨩 엄마랑 오야 코치 맞잖아?

아쓰코는 새삼 자기 자신에게 물었다. 그 정도로 위화감이 있었다.

"그나저나 네 남편은 다행이구나. 이상한 일에 휘말리지 않아서."

태평한 엄마의 목소리가 귓전에 되살아났다.

"어? 뭐라고?"

"아 글쎄, 예의 그 도의회 야유 말이다."

목소리를 낮춘 엄마가 "……난 행여 일이 더 커질까 걱정했거든"이라고 말을 이었다.

"아아"라며 아쓰코가 고개를 끄덕였다.

수영복 차림의 오야 코치가 떠올랐다. 이상한 의미는 아니고, 균형 잡힌 아름다운 몸이라고 생각했었다.

"그렇게 시끄럽더니 눈 깜짝할 새에 잊히더구나. 하긴 뭐든다 그래. 여하튼 꼬리에 꼬리를 물고 온갖 일들이 터지니 뭣 하나도 오래가질 않아. 뭐, 그래서 네 남편 당도 도움이 됐겠지만."

"시간이 남아도는 거야."

아쓰코가 중얼거렸다. 엄마 얘기와는 전혀 맞물리지 않는다는 건 알지만, 무의식적으로 그런 말이 흘러나왔다.

"어? 뭐라고? 무슨 시간이 남아돌아?"라며 엄마가 어리둥절해했다.

"으음, 다나다 씨 딸들 말이야. 시간이 남아도는 거라고. 자기들한테 무슨 새로운 뉴스라도 생기면 엄마랑 아저씨한테는 신경도 안 쓸걸."

"갑자기 무슨 소리니."

당혹스러워하는 엄마 앞에서 아쓰코는 고개를 한 번 끄덕
거렸다.

──그래. 뉴스야, 뉴스. 만에 하나 남편이 행한 부정이 들통
나더라도 새로운 뉴스만 생기면 바로 잊힐 거야. 만에 하나 사
퇴 압박을 받는다 해도 몇 년쯤 지나면 다들 잊어줄 거라고.

"왠지 좀 신기한 탕이네"라며 아쓰코가 자기 주변의 온천물
을 손으로 휘저었다.

한증막에서 막 나온 엄마는 발갛게 달아오른 얼굴에 뜨겁
지도 미지근하지도 않은 물을 끼얹었다.

니혼바시부터 지하철과 사철을 갈아타며 아쓰코 모녀가 동
네로 돌아온 것은 오후 5시를 넘어선 무렵이었다. 엄마가 전철
안에서 친정 근처에 '제비꽃탕'이라는 당일치기 온천 시설이
생겼다고 가르쳐줘서 들러보기로 했다.

오늘 밤은 다이시는 시댁에 있고, 히로키도 회의 때문에 늦
게 들어와서 저녁 준비 걱정은 없었다. 목욕을 하고 나면 부대
시설인 일본식 레스토랑에서 저녁 식사도 끝낼 예정이었다.

"한증막에서 나와서 이 탕에 몸을 담그면 기분이 너무 좋
아. 그렇잖니, 보통 온천탕은 뜨거워서 못 들어가고, 나 같은
노인네는 냉탕에도 못 들어가니까."

엄마가 팔을 펼치자 온천물도 따라 움직였지만, 뜨겁지도 미
지근하지도 않아서 거의 아무 느낌도 없었다.

아쓰코는 벽에 붙여둔 설명을 읽었다.

"'불감의 탕'이란 체온에 가까운 저온탕으로, 체온에 가까운 이 온도대는 뜨겁지도 차갑지도 않아서 아무 느낌 없는 듯한 감각으로 부교감신경을 부드럽게 자극하여 스트레스 없이 심신의 긴장을 풀어주는 효과를 얻을 수 있습니다"라고 쓰여 있었다.

"그나저나 남자 화장품도 가격이 꽤 되더라."

문득 생각이 난 듯이 엄마가 말했다. 조금 전에 백화점에서 남편용으로 산 화장수와 로션을 떠올린 모양이다.

"……그런 걸 굳이 사다주면, 네 남편이 매일 바르긴 하니?"

"놔두면 발라. 귀찮으니까 자기 손으로 사 오진 않지만."

"어머, 그래. 네 아빠는 입술이 찢겨서 피투성이가 돼도 립크림은 물론이고 연고조차 안 발랐는데."

불감의 탕에서 저녁 해를 들쓴 노천탕을 올려다봤다. 노천탕 공간에는 바위탕, 침탕(寝湯, 누워서 하는 온천탕), 항아리탕 등이 있었고, 엄마랑 함께 온 아이들이 신나게 뛰어다녔다.

"아빠, 이제 곧 열일곱 번째 제사네."

"역시 너도 신경이 좀 쓰이니?"

"뭐가?"

"아니, 그러니까 나랑 다나다 씨가 같이 살면."

"글쎄 어떨까……"라며 아쓰코가 고개를 갸웃거렸다.

그러나 분명 진지하게 물었을 테니 진지하게 대답하고 싶었다.

"……다나다 씨와 가족이 될 거란 생각은 안 들어. 하물며 새아빠는 상상조차 안 되지만, 뭐랄까 예를 들어 이곳 목욕탕에서 나가서 저쪽 레스토랑에서 식사할 때, 남탕에서 유카타 차림의 다나다 씨가 나온대도 싫은 건 전혀 아냐. ……미안하지만, 지금은 그 정도밖에 말할 수 없다고 할까."

그 설명으로 납득을 했는지 어땠는지 엄마는 다나다 씨 얘기는 더 이상 하지 않았다.

엄마는 나이 탓인지 몸이 으슬으슬하다며 노천에 있는 천연 온천으로 가버리고, 불감의 탕에는 아쓰코만 남았다. 바닥에서 솟구치는 크고 작은 물방울들이 몸을 간질이지 않는다면, 어딘가에 몸을 담그고 있다는 감각조차 없었을 것이다. 그 정도로 이 불감의 탕 온도는 지금 아쓰코의 체온과 비슷했다.

다음 날, 아쓰코는 기분 나쁜 꿈을 꾸다 잠에서 깼다.

히로키가 또 에어컨을 켰는지 침실은 냉장고처럼 시원했는데, 아쓰코 혼자만 온몸에 식은땀을 흘리고 있었다. 이미 아침 햇살이 들이비치고 있었다. 시계를 보니 5분 후면 자명종이 울리는 시간이었다. 땀범벅인 몸으로 에어컨 바람이 가차 없이 달려들었다.

꿈속의 아쓰코는 수영 학원 2층에서 수영장을 내려다보고 있었다. 수영장에서는 다이시가 특별훈련을 받고 있었다. 이미 거의 익사한 거나 다름없는 다이시의 손을 강제로 잡아끌며 계속 수영을 시키려고 하는 사람은 오야 코치였다.

아쓰코는 2층에서 유리를 두드리며, "이제 그만해요! 다이시는 더 이상 수영할 수 없어요"라고 외쳤지만 그 목소리는 전해지지 않았다.

오야 코치의 몸은 평소보다 더 우락부락해 보였다. 평상시 코치의 몸이 수영 선수의 몸이었다면, 꿈속의 그는 프로레슬러 같았다.

아쓰코는 아야짱 엄마랑 코치가 함께 있는 모습을 자기가 봤기 때문에 다이시가 구박을 받는 거라고 믿고 있었다. 그래서 필사적으로 "절대로 아무한테도 말 안 할 거예요! 비밀을 꼭 지킬게요!"라고 외쳤다.

그러자 이번에는 아야짱 엄마가 수영장 옆에 나타나 옷을 다 벗어 던지더니 화려하게 다이빙을 하며 수영장으로 뛰어들었다. 아야짱 엄마의 몸매는 매우 풍만했다. 아쓰코가 '제비꽃탕' 사우나에서 봤던 젊은 여성과 비슷했다. 수영장으로 뛰어든 아야짱 엄마는 이내 우아하게 헤엄치며 오야 코치 곁으로 다가갔다. 거기에는 조금 전까지 구박받던 다이시의 모습은 보이지 않았다.

"다이시? 다이시!"

아쓰코는 다이시가 수영장 바닥에 가라앉았다고 확신하고, 절망적인 심정으로 부르짖었다. 그런데 등 뒤에서 "왜?"라고 대답하는 다이시의 목소리가 들렸다. 다이시는 어느새 옷을 갈아 입고, 초콜릿 쿠키를 베어 먹고 있었다.

"다이시 거기 있어. 이쪽으로 오면 안 돼."

아쓰코가 다시 수영장으로 눈을 돌렸다. 수영장에서는 아야짱 엄마와 오야 코치가 실오라기 하나 걸치지 않은 알몸으로 끌어안고 있었다. 아야짱 엄마를 끌어안은 오야 코치 팔의 감촉이 어찌된 영문인지 아쓰코한테까지 또렷하게 전해졌다. 아야짱 엄마의 허벅지에 닿은 오야 코치의 단단한 성기 감촉까지 느낄 수 있었다.

두 사람이 떠 있는 수영장의 물이 뜨겁지도 미지근하지도 않다는 것을 아쓰코는 알고 있었다. 두 사람을 바라보고 있는 자기까지 불감의 탕 속에 있는 것 같은 감각이 들었다. 아쓰코는 무엇보다 다이시가 혹시 이쪽으로 올까 봐 걱정스러워서 견딜 수가 없었다. 그러나 그 자리를 떠날 수도 없었다.

평소처럼 남편을 출근시키고 청소와 빨래를 끝낸 후, 늘 그랬듯이 골프백 안을 확인했다. 500만 엔은 아직 그 속에 있었다.

숙제를 하기 시작한 다이시에게 "오늘은 수영 가야 해"라고 말을 건네자, "기록 재는 날이니까 빠질래"라며 입을 삐죽 내밀었다.

"끝까지 못해도 괜찮아. 지금 어느 정도까지 수영할 수 있는지 기록하는 것뿐이야. 킥판 있으면 끝까지 갈 수 있지?"

"기록 잴 때는 킥판 못 쓴단 말이야."

결국은 끌려갈 거라는 걸 아는지 일단 반항은 해보지만, 그 발로 곧장 욕실에 널어둔 수경을 가지러 갔다.

시원한 홍차를 한 모금 마신 아쓰코는 "자, 그럼"이라며 등을 곧게 폈다. 식탁에는 이번 주에 발간된 〈주간문춘〉이 있었다. 일단 뒤표지 안쪽에 있는 발행처의 대표전화 번호로 전화를 걸었다. 곧바로 교환원인 듯한 여성이 전화를 받았다.

"으음, 여보세요? 귀사의 〈주간문춘〉을 정기구독하는 사람인데, 담당자분을 연결해주시겠어요?"라고 아쓰코가 말했다.

잠깐 뜸을 들였지만, "무슨 용건이신가요?"라고 친절하게 물었다.

"이번 주에는 임팩트 있는 기사가 별로 없어서요. 그 건으로 전화했어요"라고 아쓰코가 말했다.

전화기 너머의 여성이 살짝 혼란스러워하는 것 같았다. 들리지는 않았지만, "허?"라고 말한 것 같은 기분이 들었다.

"여보세요?"

아쓰코가 약간 짜증스럽게 말을 건넸다.

"지금 바로 담당 부서로 연결해드릴 테니 잠시만 기다려주세요."

빠르게 말한 후, 전화기 너머에서 음악이 울리기 시작했지만, 담당 부서는 좀처럼 연결되지 않았다.

아쓰코는 자리에서 일어선 후, 부엌 냉장고에서 판 초콜릿을 꺼냈다. 카카오 80퍼센트라 쌉쌀해서 그런지 다이시는 먹지 않았다. 휴대전화를 어깨로 누르고, 한 입 크기를 잘라냈다. 그 정도면 입안에 넣어도 통화를 할 수 있다. 쌉쌀한 초콜릿 맛이 입안으로 어렴풋이 퍼졌을 때, 그제야 상대의 목소리가 들렸다.

"네, 전화 바꿨습니다"라며 이번에는 젊은 남성의 목소리가 들렸다.

"으음, 조금 전에도 말씀드렸는데, 이번 주에는 임팩트 있는 기사가 별로 없어서 그 건으로 연락했어요."

"무슨 말씀이신지?"

그 젊은 남성이 담당자인 모양이다.

"저는 그쪽 잡지를 정기구독하는데."

"고맙습니다."

"아, 네에. 그런데 이번 주 호도 그렇지만, 최근 들어 흥미 깊은 기사는 있지만, 내용적으로 뭔가 좀 임팩트가 부족해서."

"임팩트라고 하시면?"

"아니, 그러니까 이번 주 호로 말하자면, 저어, 지금 옆에 이번 주 호가 있나요?"

"네? 아, 네에."

"목차를 좀 봐주시겠어요?"

"아, 네."

"여기 '아사히 신문 '매국의 DNA" 있죠? 이게 이번 호 톱기사잖아요. 뭐랄까, 솔직히 이런 전술은 이제 진력이 났다고 할까요, 저 혼자만은 아닐 거예요. 아니, 뭐 저도 대단한 학벌은 없는 전업주부일 뿐이지만, 이렇게 매주 비슷한 공격법을 쓰시면 싫증이 나잖아요? 그리고 그다음 큰 기사가 에스미 마키코(일본의 여배우)의 낙서 사건? 뭐, 이건 어떤 의미에서 임팩트는 있어요. 다만, 이 화제도 길어봐야 2주. 그렇게 길게 가진 않아요. 안 그래요? 이건 단순한 유명인들끼리의 싸움이잖아요. 재밌지만 아마 금방 싫증이 날걸요. 그게 아니라, 학교에서 일어나는 보호자끼리의 이런 교제는 이 사람들한테만 한정된 게 아니고 정말 많은 문제들이 있어요(에스미 마키코가 아들 친구의 부모와 친하게 지내다 사이가 멀어진 뒤 상대방의 집에 매니저를 시켜 낙서를 했다는 논란이 있었다). 그렇다면 천하의 〈주간문춘〉인 만큼 좀 더 사람 냄새가 나는 부분을 드러내주셨어야죠. 그래야 일류 잡지 아닌가요?"

여기까지 일방적으로 떠들었는데, 상대는 가끔 "네에"라고 나지막이 답변할 뿐이었다.

"……으음, 당신, 내 얘기를 별로 귀담아 듣지 않는 것 같은데"라며 아쓰코가 얘기를 중단했다.

"아닙니다, 귀중한 의견, 감사히 듣고 있습니다."

"난 이 잡지를 좋아해요. 그래서 정기구독까지 하는 거예요."

"네, 고맙습니다."

철저하게 겸손하고 정중하게 흘려 넘길 생각인 듯했다.

"실례지만, 당신 이 일 한 지 몇 년째죠?"

"4년째입니다."

"그럼, 정말 앞날이 창창한 분 아닌가?"

"아, 네에."

"난 저널리스트를 정말로 존경해요. 왜 그런지 알아요?"

"아뇨……"

"당신들은 엄청난 힘을 갖고 있잖아요. 과장이 아니라, 두 나라에 전쟁을 일으키려고 마음먹으면 그럴 수도 있잖아요."

"네에……?"

"그러니 만큼 그런 기개와 긍지를 갖고 일해줬으면 해요. 그게 바로 우리처럼 새로운 뉴스를 원하는 독자에 대한 의무가 아닐까요."

전화기 너머에서는 마음이 놓인 듯한 기미가 전해졌다. 상대는 이걸로 끝이라고 생각한 모양이다.

그러나 아쓰코는 "그래서 말인데요"라며 얘기를 이어갔다.

"……이번 주 호 와이드 특집 '안 돼요~ 안 돼, 안 돼'에 관한 얘긴데, 네이밍은 시기적으로 잘 맞는다 싶은데, 다루고 있는 유명인은 신선함이 좀 떨어지지 않나요? 기사도 억지스럽고. 어쨌든 뉴스예요, 뉴스. 뉴스라고 부를 정도면, 어쨌거나 잇달아 쏘아 올려야죠. 뉴스라는 게 본래 임팩트가 있어도 사흘, 없으면 한나절이면 잊히게 마련이니까. 다른 무엇보다 스피드와 임팩트. 물론 뭐든 비판적으로 말이죠. 인간이란 누군가를 칭찬하는 것보다 누군가를 험담하는 것을 더 좋아하기 마

런이니까. 그렇지만 강자에 대한 험담은 좀처럼 쓰기 어렵잖아
요, 그러면 약자라도 상관없어요. 약자에 대한 험담을, 반론할
수 없는 사람들 얘기를 재밌고 우습게 바보 취급하면서 써나
가면 소재는 바닥나질 않아요. 게다가 독자는 그거면 만족하
니까."

아쓰코는 물뿌리개를 들고 베란다로 나갔다. 밖은 찌는 듯
이 무더웠지만, 화초 화분에 물을 주다 보니 시원해졌다. 전화
기 너머에서는 이제 "아, 네"라는 작은 답변조차 없었지만, 그
래도 아쓰코는 기분 좋게 얘기를 계속해갔다.

"다이시, 수경 고무 바꿔 끼워. 끊어질 것 같더라."

탈의실로 뛰어 들어가는 다이시에게 아쓰코가 말을 건네
고, 2층에 있는 보호자 대기실로 올라갔다. 벌써 몇몇 엄마들
이 와 있었지만, 아야짱 엄마의 모습은 보이지 않았다. 아쓰코
는 엄마들에게 인사를 하고 수영장을 내려다봤다.

아직 아무도 없는 수영장 한가운데에 오야 코치가 두둥실
떠 있었다. 이따금 팔을 획획 휘저으면 그 몸이 늘어나듯이 이
동했다. 그때 누군가가 어깨를 찔렀다. 돌아보니 아야짱 엄마
가 서 있었다.

"지난번에는 미안했어. 왠지 도망치듯이 가서."

준비해온 말인지 어딘지 모르게 연극 대사처럼 들렸다. 아
쓰코는 그냥 "응"이라며 고개를 끄덕였다.

"이런저런 변명도 고민해봤는데, 역시 무리겠지"라며 아야짱 엄마가 웃었다. 얼굴은 웃지만, 비장감도 감돌았다.

만약 여기서 자기가 아야짱 엄마를 받아들이지 않는다면, 아야짱은 이 수영 학원을 그만둬야 한다. 아쓰코는 아야짱 엄마를 배제시킬 수 있다. 내 편으로 만들 수도 있다. 아쓰코는 또다시 수영장으로 눈을 돌렸다. 조금 전까지 물 위에 떠 있던 오야 코치가 이번에는 전속력으로 헤엄쳐서 그 물보라가 2층까지 튀어 오를 것 같았다.

"내일 자원봉사, 참가할 수 있어?"라고 아쓰코가 물었다. 그 말이 떨어지기가 무섭게 아야짱 엄마의 전신에서 긴장이 풀렸다.

"응, 고마워. 갈 수 있어."

"그 왜, 전에 말했던 세계 아동 노동 팸플릿을 도내 대학에 돌려야 하는데, 혹시 괜찮으면⋯⋯."

"차 말이지? 물론 가능하지."

"진짜? 그럼, 정말 도움되겠네!"

수영장 가장자리로 아이들이 모여들었다. 수영장에서 올라온 오야 코치가 웬일인지 이쪽을 올려다봤다.

전철이 지나가고, 건널목의 차단기가 올라갔다.

"어라, 벌써 방울벌레가 우네."

히로키가 아직 건널목을 건너는 도중에 불쑥 중얼거렸다. 아쓰코도 귀를 기울이자, 분명 벌레 소리가 들렸다. 지난번에 엄마와도 함께 갔던 '제비꽃탕'에서 돌아오는 길이었다. 방울벌레에는 관심조차 없는 다이시가 빨리 건너려고 히로키의 엉덩이를 떠밀었다.

"그러게, 어느새 9월이네"라고 아쓰코가 대답했지만, 히로키는 여전히 풀숲에서 방울벌레를 찾고 있었다. 방울벌레뿐만 아니라, 히로키는 음식도 맏물이면 무조건 좋아한다. 설마하니 맏물을 먹으면 진짜로 수명이 늘어난다고 믿는 건 아니겠지만, "오늘 밥, 맛있지? 햇쌀이야"라고 알려주면 기뻐했고, 올해 들어 처음이면 초여름에 잡히는 맏물 가다랑어, 수박, 감 등등 뭐든 다 좋아했다.

"으음, 당신은 맏물을 좋아하지?"

건널목을 건넌 아쓰코가 물었다. 셋이 나란히 건너자마자 또다시 경보가 울리기 시작했다.

"맏물?"이라고 히로키가 되물었다.

"설마 맏물을 먹으면 진심으로 수명이 늘어난다고 믿는 건 아니겠지?"

이 화제에 흥미가 없는지, 갑자기 등 뒤에서 다이시를 가볍게 안아 올려 목말을 태웠다.

"그거 며칠 늘어나는 거지?"

살짝 비틀거리면서도 걸음을 내디딘 히로키가 웬일인지 화제를 되돌렸다.

"75일이잖아"라고 아쓰코가 대답했다. 대답하면서 그러고 보니 남의 말도 75일이라는 속담이 있다고 떠올렸다.

"아 참, 다이시, 너 배영으로도 25미터 갈 수 있다며?"

역시나 무거웠는지 결국 10미터도 못 가서 목말에서 내려와야 했던 다이시는 조금 불만스러운 듯했다. 그래도 지난번에 기록을 잰 날의 흥분이 되살아났는지, "난 배영이 제일 빨라. 드문 일이래. 자유형보다 배영이 빠른 게. 그치, 엄마? 오야 코치님도 그랬지?"라며 깡충거리듯 보고했다.

방울벌레는 울지만, 여전히 여름밤인 건 변함이 없었다. 걸어가다 보니 모처럼 온천에서 개운해진 몸에서도 차츰 땀이 솟구치기 시작했다. 배영 얘기로 기분이 좋아진 다이시가 선도하듯이 큰 보폭으로 앞서 걸어갔고, 이따금 엄마 아빠가 잘 따라오는지 확인하듯 뒤를 돌아보았다. 대장인 척하는 그 표정이 우스꽝스러웠다.

무심코 미소를 지으려던 순간, 아쓰코는 왠지 무서운 기분이 들었다. 그러나 자기가 무엇에 무서운 기분이 들었는지 알 수가 없었다. 그것이 다시 제2의 파도로 밀려들며 더더욱 무서워졌다.

"있지"라며 아쓰코가 말을 건넸다.

"응?"

대답하는 히로키의 이마에도 이미 땀이 맺혀 있었다.

"있지, 우린 괜찮아."

거의 무의식적으로 그런 말이 입 밖으로 흘러나왔다.

"허? 뭐라고?"

아쓰코의 목소리 톤에 비해 히로키의 목소리 톤은 너무나 가벼웠다.

"아니 그러니까, 우린 괜찮다고. 내일도 모레도 내년에도 내 후년에도 계속 이렇게 살아갈 수 있단 말이야."

"어? 뭐라고?"

"에하라 씨한테 받은 500만 엔. 지금 골프백 안에 들어 있는 거"라고 아쓰코가 말했다.

이미 정신이 살짝 흐트러졌다고 생각했는데, 뜻밖에 목소리는 냉정했다.

"어? 어어?"

정말로 전혀 들통나지 않았다고 믿고 있었는지, 히로키의 얼굴은 지금껏 본 적조차 없을 정도로 당혹스러운 표정이었다.

"무, 무슨 얘기야……."

"아냐, 됐어. 됐어, 그런 건."

"그런 거라니?"

"아 글쎄, 그런 건 됐다니까. 다만, 당신은 괜찮다는 말만 전하고 싶었을 뿐이야. 당신은 내가 지켜. 그러니 당신도 나랑 다이시를 지켜달란 뜻이야."

둘 다 멈춰 서지 않았다. 걸음이 빨라지지도 않았다. 그때까지와 같은 보폭, 같은 속도로 계속 걸어가고 있었다. 또다시 방울벌레 소리가 들렸다. 그러나 히로키는 더 이상 알아채지 못

했다.

"부탁받은 거야, 그 녀석한테. 제발 도와달라고."

히로키가 내뱉듯이 말했다. 실은 모든 걸 눈치 채고 있었던 아내에게가 아니고, 물론 부정을 저지른 자기 자신에게도 아니고, 그저 초등학생인 다이시가 화났을 때처럼 너무나 유치하게 화를 냈다.

"……제발 도와달라고 고개를 숙였어. 그렇지만 변명을 하자면, 원래는 그 녀석 말대로 그 녀석 회사 제품을 선택하지 않는 게 이상한 거야. 하지만 평소대로 하면, 결국은 자금력이 있는 대기업에 다 가로채여. 결국은 그게 도쿄 도를 위한 일이야."

"글쎄, 안다니까."

마치 짜증이 난 것 같은 히로키의 말에 아쓰코가 끼어들었다.

"그러니까 그게 당신의 정의인 거잖아?"

"정의라고 할까……."

"아니, 정의야. 그렇잖아, 당신이 도쿄를 최우선으로 생각하는 건 내가 제일 잘 알아. 당신이 이 나라의 미래를 누구보다 깊이 생각한다는 걸 내가 제일 잘 이해하거든. 그래서 내가 당신을 응원하는 거잖아."

히로키는 어떤 표정을 지어야 좋을지 알 수 없는 듯했다.

"그러니까 당신은 괜찮아. 우리 남편은 괜찮아"라며 아쓰코가 고개를 힘차게 끄덕였다.

"……게다가 혹시 무슨 일이 생기더라도 남의 말은 길어야

75일이잖아. 그럴 때는 만물이라도 먹고, 그만큼 수명을 연장시키면 돼."

단순한 착상이었지만, 히로키에게는 그 참뜻이 전해진 것 같았다. 자기가 무엇을 했고, 무엇을 용서받았느냐 하는 본질적인 면이 아니라, 이 자리에서는 그냥 웃고 넘어가면 된다는 것을.

실제로 히로키는 웃었다. 꽤 앞에서 걸어가고 있던 다이시가 돌아볼 정도였다.

친정집 세면실에 면도기가 있었다. 히로키가 사용하는 전기 면도기가 아니라 일회용 T자 면도기인데, 이미 여러 번 사용했는지 칼날에 녹이 슬어 있었다.

히로키와 결혼하기 전까지 엄마와 함께 살았던 맨션이다. 수많은 추억들이 있는데, 예를 들면 이 세면실 꽃무늬 벽만 해도 옛날에 벽에 도마뱀붙이가 나타나서 엄마와 한바탕 난리법석을 떤 적이 있다는 기억을 금세 떠올리게 했다. 그곳에 녹슨 남자용 면도기가 있는 것이다. 엄마 남자 친구인 다나다 씨가 반쯤 동거하다시피 살고 있으니 당연하다면 당연한 일이겠지만, 조금 실례되는 표현을 쓴다면 주문한 요리에서 머리카락이 나온 것 같은 불쾌감을 느끼고 말았다.

"이 세면실 벽지, 슬슬 다시 도배하는 게 낫지 않을까? 아마이 벽지 안에 곰팡이가 엄청 많이 폈을걸."

세면실에서 나온 아쓰코가 말했다.

개수대와 부엌 식탁 사이에 끼어 있는 것처럼 보이는 엄마가 "어차피 갈 바엔 전부 다시 하고 싶어"라며 얼굴을 찌푸렸다.

"전부라니?"

아쓰코가 맞은편 의자에 앉아서 마시던 냉커피를 한 모금 머금었다.

"화장실 해야지, 목욕탕 해야지. 그리고 침실 북쪽 벽도 벗겨지기 시작했다니까. 다나다 씨가 이사 오기 전에 해버릴까."

"다나다 씨는 뭐래?"

"그 사람은 딱히 신경 안 써, 벽 같은 데는."

"그게 아니라, 이 집으로 들어오기로 결정한 거야?"

"아, 아아. 그거? 글쎄다, 역시 엄마가 그리로 가는 건 그쪽 딸들이 반대한다니까."

현관으로 들어가서 첫 번째 방이 아쓰코의 방이었다. 현재는 물건을 쌓아두는 방으로 쓰고 있다.

"내 짐은 그냥 놔둬도 돼?"라고 아쓰코가 물었다.

"너희 집에 가져가도 놔둘 데가 없잖아."

"그건 그런데."

"저 방 안 비워도 딱히 불편할 건 없어."

"그래?"

아쓰코는 어렴풋하게나마 이 집에서 사는 다나다 씨를 상상해보았다. 아쓰코가 아는 다나다는 말하자면 어디에나 흔히 있는 초로의 남성이라, 예를 들어 전철에 타면 서너 명은 타고 있을 법한 타입이었다.

"아 참, 그러고 보니 시댁 어른들은 건강하시니?"

문득 생각이 났다는 듯이 엄마가 물었다.

"특별한 일은 없을걸. 왜?"

"딱히 이유가 있는 건 아니야. 집에는 여전히 안 오시니?"

"안 와. 그렇지만 다이시를 가끔 데려가고, 히로키도 혼자 얼굴을 비추는 것 같고, 전혀 안 만나는 건 아니야. 만나면 이것저것 친절하게 챙겨주시고."

"그나저나 너도 참 복은 많구나, 시부모한테 신경 안 써도 되는 게 최고지."

"시어머니가 시집살이를 하도 해서 오랫동안 괴로웠나 봐, 그래서 며느리한테는 일절 간섭하지 않기로 결심했대."

"그야 물론 입으로 말하긴 쉽겠지. 하지만 가까이 살면서 막상 실천하려면 힘들어."

"그런 면에서는 철저하셔. 언제였던가, 선물 받은 가라스미(숭어, 방어, 삼치 등의 알을 소금에 절여 말린 식품)를 나눠 주셨는데, 약속하지 않고 왔다고 현관문 손잡이에 그냥 걸어놓고 가셨어."

"가라스미를?"

"응. 내가 집에 있었는데."

"그건 그것대로 좀 그러네."

"세상에는 별별 사람들이 다 있잖아. 그걸 일일이 맞추려 들면 내 몸이 당해낼 재간이 없지."

"그쪽은 그걸 애정이라고 생각하나 보다."

점심시간이라 옆집에서 향긋한 마늘 향기가 풍겨왔다.

"사사키 아줌마 댁은 여전히 맛있는 냄새가 나네"라며 아쓰코가 웃었다.

바로 그때 식탁 위에 올려둔 휴대전화가 울렸다. 집 표시가 떠서 아쓰코는 당황했다. 다이시는 학교에 있을 테니, 히로키가 집에 왔다면 급한 용건일 게 분명했다.

"여보세요?"

들려온 것은 다이시의 목소리였다.

"어머, 학교는 어쩌고?"라며 아쓰코가 일어섰다.

"이미 끝났어."

"뭐야? 이미 끝났다니, 오늘부터 평소 시간표대로잖아?"

"아냐. 내일부터야. 오늘까지는 급식 안 나와."

"어머, 그러니? 미안해. 엄마 지금 할머니 집에 있는데, 금방 갈게."

"으음 엄마, 지금 경찰에서 사람이 왔었어."

아쓰코는 이미 돌아갈 채비를 시작하고 있었다. 엄마가 준 누카즈케(채소 등을 겨된장에 담근 식품)도 가방 속에 챙겨 넣었다.

"어?"

저도 모르게 손길이 멈췄다.

"경찰에서 나온 사람이 엄마 있냐고 물었어. 없다고 하니까

258

그냥 갔어."

"뭐? 경찰에서 사람이 나오다니, 파출소에서 순찰 도는 아저씨?"

"아니. 평범한 양복 입은 아저씨였는데."

"그 아저씨가 경찰이래? 현관까지 들어왔니?"

"응, 내가 학교에서 돌아와서 문을 여니까 바로 뒤에 서 있었어."

금방이라도 패닉에 빠질 것 같았다. 그러나 지금 여기서 무너지면 아무 해결도 나지 않는다는 생각도 확실하게 있었다.

"다른 말은 없었고?"

"안 했다니까. 엄마 있나요? 라고 물어서 없다고 하니까 돌아갔어."

"무서운 사람이었니?"

"안 무서워. ……아이참, 나 배고프다니까."

"어, 미안해. 금방 갈게."

전화를 끊자, 엄마가 걱정스러운 눈길로 바라보고 있었다. "아무것도 아니야"라며 안심시키려 했지만, 그런 거짓말이 통할 것 같지 않았다.

"뭔지 잘 모르겠는데, 다이시가 학교에서 돌아오니까 경찰이 있었던 모양이네……."

"근처에서 무슨 일이 생긴 거 아니니?"

엄마 말에 무심코 "앗" 하는 소리가 새어 나왔다.

――그래. 근처에서 무슨 사건이나 사고가 생긴 거야. 그렇다면 우리 집만이 아니라 1층부터 계속 돌아다녔겠지.

아쓰코는 "또 올게요"라고 인사를 건네고 집에서 나왔다. 공용 복도로 나오자마자 히로키의 휴대전화로 전화를 걸었지만, 자동 응답으로 연결되었다. 바로 끊고 사무실로도 걸어봤지만, 이쪽 역시 자동 응답으로 연결되고 말았다.

――지금은 점심때라 다들 밥 먹으러 나갔을 뿐이야.

스스로에게 그렇게 타이르고 계단을 내려갔다. 평소에는 버스를 타지만, 아쓰코는 때마침 우연히 지나가던 택시를 잡았다. 택시 안에서도 히로키의 휴대전화와 사무실로 다시 전화를 걸었지만, 줄곧 자동 응답이었다.

맨션 앞에 도착해서 택시에서 내려 입구로 뛰어가는데, 뒤쪽에서 "실례합니다"라는 목소리가 들렸다.

순간적으로 돌아보면 안 될 것 같은 생각이 들었다. 아무런 근거도 없지만, 그 목소리를 무시하면 남편의 뇌물 수수는 들통나지 않고, 그 목소리에 돌아봐버리면 모든 게 끝일 듯한 망상이 눈 깜짝할 새에 머릿속을 스쳐 지나갔다.

아쓰코는 멈춰 서 있었다. 그러나 여전히 뒤를 돌아볼 수가 없었다.

"저어, 실례합니다."

또다시 목소리가 들렸다. 남자 목소리였다. 아마도 저쪽에 정차되어 있던 하얀 차에 타고 있었을 것이다. 차에서 내렸는지 문 닫히는 소리가 들렸다.

아쓰코가 돌아보았다. 차 옆에 위엄 있는 표정을 지은 두 남자가 서 있었다.

"아카이와 씨의 부인 되시죠?"

말을 건넨 사람은 요즘 시대에 안 어울리게 머리칼을 각지게 바짝 깎아 올린 젊은 남자 쪽이었다. 자기 집에 경찰이 찾아온다면 히로키의 일 외에는 생각할 수 없었다.

"아, 네에"라며 아쓰코가 고개를 끄덕였다.

이마에서 한 줄기가 아니라, 세 줄기쯤 땀이 흘러내렸다.

"땀을 아주 많이 흘리시네요. 괜찮으십니까?"

남자가 놀라워해서 아쓰코는 허둥지둥 손바닥으로 땀을 훔쳐냈다.

"으음, 저희는 경찰에서 나왔습니다."

아쓰코가 고개를 끄덕였다. 경찰 수첩을 보여주려나 했는데 꺼내지 않았다.

"잠깐 여쭤보고 싶은 게 있어서요."

"……네."

목이 몹시 말랐다. 연배가 있는 형사도 가까이 다가와서 키 큰 두 사람에게 내려다보이는 형국이 되었다. 머리 위에 태양이 세 개 떠 있는 것처럼 더웠다. 조금이라도 긴장을 풀면 그 자리에 바로 쓰러질 것 같았다. 남편이 체포되면 무엇이 변할지 필사적으로 생각해봤다. 그러나 미래의 모습은 전혀 떠오르지 않았다. 다만, 이 형사들의 차로 연행되어 가는 자기 모습만 떠올랐다.

──타고 싶지 않아. 이 차에 타고 싶지 않아!

"이마이즈미 노리코 씨, 아시죠?"

형사는 분명히 그렇게 말했다. 팽팽하게 긴장되어 있던 신경이 툭 끊어졌다.

"……이마이즈미 씨의 따님인 아야짱과 댁의 아드님이 같은 수영 학원에 다니고, 엄마들 사이에서도 두 분이 제일 친하다고 들었습니다만."

아쓰코가 젊은 형사를 올려다보았다. 자기만이 아니라, 그의 이마에서도 땀이 흘러내렸다.

"물론 알죠"라고 아쓰코가 쉰 목소리로 대답했다.

"마지막으로 연락한 게 언제입니까?"

"아야짱 엄마랑요?"

"네."

"지난주에 수영 학원에서 만났고, 다음 날 같이 자원봉사 활동에 갔어요. 그게 마지막인데……, 무슨 일이? 무슨 일이 있었나요?"

자기를 짓눌렀던 뭔가가 감쪽같이 사라지며, 갑자기 몸이 가벼워졌다.

"나흘 전부터 행방을 알 수가 없어서."

"네? 아야짱 엄마가요?"

"물론 사건, 사고 양쪽 모두의 가능성을 배제하지 않고 수사 중입니다만, 아직은 본인 의사라고 볼 여지도 있습니다. 혹시 그런 면에서 알고 계신 게 있나 해서요."

맨 먼저 떠오른 것은 오야 코치의 얼굴이었다. 아쓰코는 순간적으로 "딱히……"라며 고개를 갸웃거렸다.

오야 코치 얘기를 전하는 게 옳을지 입 다물고 있는 게 옳을지 혼란스러웠다.

"그렇군요."

"네, 딱히……, 저는 딱히 아무것도……."

별다른 기대도 없었는지 형사들은 시원스럽게 포기했다. 간단히 감사 인사를 하고, 차에 올라탔다.

아쓰코는 달려가는 차를 배웅했다. 그 모습이 사라지자마자 갑자기 힘이 쭉 빠져서 그 자리에 주저앉고 말았다. 그와 동시에 이런 일에 매번 겁을 집어먹거나 안심하는 게 짜증스러웠다.

아쓰코는 발밑의 잡초를 잡아 뜯었다. 깨진 콘크리트 틈새로 돋아난 잡초 뿌리는 강인해서 좀처럼 끊어지지 않았다. 그런데도 손가락에 힘을 꽉 주고 단번에 잡아 뽑았다. 잡초는 뿌리째 뽑혔다. 흙냄새가 났다.

아쓰코는 일어서서 맨션으로 들어갔다. 집으로 돌아가니 다이시가 거실에서 게임을 하고 있었다.

"밥 금방 해줄게."

아쓰코가 손을 씻고, 앞치마를 둘렀다.

"볶음국수 괜찮니?"

"응, 좋아."

아쓰코는 서둘러 요리를 만들기 시작했다.

"다이시, 오늘 수영 학원에 아야짱은 못 올지도 몰라."

프라이팬에 기름을 두르면서 그렇게 말했다.

"왜?"

"아직 잘은 몰라."

"아야짱, 평영이랑 자유형에서 제일 빠른데?"

"남자애들보다?"

"응."

평소처럼 요리를 하려는데 점점 손이 떨려왔다. 겁이 나서 떨리는 건지 화가 나서 떨리는 건지 스스로도 알 수가 없었다. 도마 위에서 당근을 자르는 부엌칼 소리가 커졌다. 도마를 통째로 집어 들고 발밑으로 내동댕이치고 싶었다.

정신을 차려보니 어깨를 들썩이며 숨을 쉬고 있었다. 방금 수십 분 사이에 남편은 뇌물 수수로 체포되고, 자기도 경찰차로 연행되고, 게다가 아야짱 엄마가 젊은 수영 코치와 눈이 맞아 도망을 친 것이다. 물론 남편은 체포되지 않았고, 자기도 연행되지 않았다. 아야짱 엄마만 해도 실제로는 어떤 사정이 있는지 알 수 없다.

그러나 그럼에도 불구하고 아쓰코는 그 단시간에 그 모든 걸 체험했다. 아니, 체험했다고 생각할 수밖에 없을 정도로 모든 감정이 몸에 남아 있었다.

아쓰코는 손에 들고 있던 부엌칼을 내려놓았다. 더 이상 들고 있다간 어딘가로 내던질 것 같았다. 부엌에서 나와서 젖은 손으로 휴대전화를 들었다. 이미 등록해둔 〈주간문춘〉으로 전화를 걸었다. 전화는 곧바로 대표번호로 이어졌고, 아쓰코는 익숙한 말투로 담당자를 바꿔달라고 말했다.

"여보세요?"

들려온 목소리는 늘 전화를 받는 젊은 남자 담당자였다. 왜 그런지 그의 목소리를 들은 것만으로도 안심이 되었다.

"그쪽 잡지를 정기구독하는 사람인데, 얼마 전에도 전화했었어요."

상대는 아쓰코의 목소리를 기억해서 "아아"인지 "아아, 그"인지, 아무튼 엇비슷한 소리를 흘렸다.

"지난주 호보다 더 허술한 거 아닌가요?"

아쓰코는 일단 단도직입적으로 그렇게 말문을 열었다.

상대도 이미 방어 태세를 취하고 있었는지, 재빨리 "하아"라며 평상시와 다름없이 침착한 태도를 보였다.

"이번 주 호에는 특종이 하나도 없잖아요. 특종 없는 주간지를 주간지라고 할 수 있나요? 우리 독자들은 특종을 기다린다고요. 그래서 매주 이 잡지가 발매되길 기대하며 기다리는 거예요. 이번 주에는 없습니다, 죄송합니다, 그 정도로는 납득할 수 없단 말이죠. 뉴스가 좀 더 필요해요! 좀 더, 좀 더! 과격한 뉴스나 특종이 없으면, 우리는 차분하게 생활할 수가 없다고요! 그러니 뉴스를 좀 더 달란 말이에요! 특종을 좀 더 많이 읽게 해달라고!"

마지막에는 거의 울음 섞인 목소리로 변해 있었다.

게임하던 손길을 멈춘 다이시가 겁을 집어먹은 듯한 눈빛으로 바라보고 있었다.

그날 오후가 되어 기온은 더욱 높아졌다. 바람도 없고, 열기가 길 위에 머물러서 꿈적도 하지 않았다.

맨션 입구를 벗어난 아쓰코는 양산을 쓰고, 아주 조금 드리워진 벽 쪽 그늘로 도둑고양이처럼 걸어갔다. 다이시는 햇볕은 개의치도 않고, 게임을 하며 길 한복판으로 걸어갔다. 버스 정류장도 강렬한 햇볕에 드러나 있었다. 매미가 맴맴맴 숨 막히는 소리로 울어댔다. 아쓰코의 입안에는 조금 전에 먹은 볶음국수 소스 맛이 여전히 남아 있었다.

수영 학원 앞에서 버스를 내렸다. 주차장에 아야짱 엄마의 차는 없었다. 안으로 들어가자, 하루토 엄마가 게시판을 쳐다보고 있었다.

"안녕하세요?"

인사를 건네자, 뒤를 돌아본 하루토 엄마가 "오야 코치님, 오늘 쉰대요"라며 게시판을 가리켰다.

"그래요?"

아쓰코는 놀란 척을 하며 게시판으로 다가갔다. 자기 딴에는 놀란 척을 할 작정이었지만, 실제로 심장 고동이 높아졌다. 게시판에는 다이시 반 코치가 여자 코치로 변경된다고 쓰여 있었다. 둘이 같이 게시판을 보고 있는데, 2층에서 또 다른 엄마가 내려왔다.

하루토 엄마와 친한 엄마로, "얘기 들었어? 오야 코치가 4, 5일 전부터 연락이 안 된대"라며 걱정스러운 표정을 지었다.

"연락이 안 된다니, 그게 무슨 뜻이야?"라고 하루토 엄마가 물었다.

"4, 5일 전부터 무단결근하는 모양이야. 지금까지 이런 일은 한 번도 없었대. 그래서 그 왜, 요코자토 매니저 일행이 걱정돼서 오야 코치 아파트까지 가봤나 본데, 집에도 없고 야마나시 고향 집에도 안 갔대."

"그래?"

아쓰코는 말없이 두 사람의 대화를 듣고 있었다.

"오야 코치 친구들한테도 몇 명 연락해봤는데, 아무도 행방을 모르고 그 사람이 했던 트위터나 페이스북도 그 전날쯤부터 업데이트가 전혀 안 됐대. 무슨 사건이나 사고에 휘말린 건 아닐까 해서 최근 며칠 난리도 아니었다니까."

"경찰에는?"

"일단 아직은 연락을 안 했나 봐. 야마나시의 아버님이 좀 더 기다려보자고 한 모양이야. 하긴, 젊은 남자니까 어딘가로

홀쩍 떠나고 싶을 때도 있을지 모르지. 만약 정말로 사고나 사건이었다면 무슨 연락이 왔을 테니까. 그리고 으음, 자살 같은 건 조금 연결이 안 되잖아? 평소 타입으로 봐서."

어느새 다른 엄마들이 아쓰코 일행을 둘러싸고 있었다. 하나같이 저마다 조금씩은 정보를 갖고 있었다. 예를 들면 오야 코치가 사는 아파트가 어디에 있다거나 대학을 졸업한 후에 2년쯤 증권회사에서 일한 적이 있다는 얘기들이 나와서 그곳에 없는 오야 코치의 모습이 마치 조각처럼 그 자리에 새겨졌다.

그러나 아무도 아야짱 엄마에 관한 말은 하지 않았다.

아쓰코는 그 자리를 떠났다. 평소에는 2층으로 올라가는데, 왠지 모르게 곧장 복도를 지나 다이시와 아이들이 옷을 갈아입는 탈의실로 갔다. 문을 열자, 아이들은 아직도 옷을 갈아입지 않고 게임을 하거나 장난을 치고 있었다. 다이시도 게임을 들여다보는 아이들 틈새에 끼어 있었다.

아쓰코는 그대로 탈의실을 곧장 가로질렀다. 아이들은 아쓰코를 쳐다보지도 않았다. 문을 열자, 수영장 주변의 습한 공기와 함께 강렬한 표백제 냄새가 코를 찔렀다.

2층에서 내려다볼 때와는 다른, 새파란 수영장이 너무나 환상적으로 보였다. 바람도 없고, 아무도 없는 수영장에서 물결이 일며 파문이 아름답게 번져갔다. 귓가에는 탈의실에서 떠드는 아이들의 목소리가 남아 있었다. 그 소리에 이번에는 하루토 엄마 일행이 수다를 떠는 목소리가 섞여 들었다. 소리가

268

웅, 웅 하며 울려 퍼졌다. 실내 수영장이라 그런지 시끄러울 정
도로 귓가에 웅, 웅, 웅 울려 퍼졌다.

아쓰코는 수영장으로 다가갔다.

웅크려 앉아서 수면을 만져보았다. 손끝을 담그자, 생각했던
것보다 차가웠다. 파란 물속에서 손가락을 움직였다. 손목 언
저리에서 파문이 번져갔다.

"불감의 탕, 들어갔어?"라고 아쓰코가 물었다.

지난번에 히로키와 다이시와 셋이 '제비꽃탕'에 다녀오는 길
이었다.

"들어갔지"라고 히로키가 대답했다.

"기분 좋지?"

"좋은가?"

"기분 좋지 않았어?"

"왠지 뜨겁지도 차갑지도 않아서."

"그게 좋은 거 아닌가."

"그래? 그건 그냥 근지러울 뿐인데."

아쓰코는 수영장가에 서서 2층을 올려다보았다. 평소 자기
들이 이쪽을 내려다보는 장소에는 인기척이 없었다. 엄마들은
아직도 게시판 앞에서 오야 코치 얘기를 하고 있을 게 틀림없
었다.

슬리퍼를 벗고 맨발로 수영장가를 걸어보았다. 작은 물결이
밀려올 때마다 발이 젖어 들었다. 또다시 웅웅거리며 아이들과

엄마들 목소리가 들렸다. 매미들도 맴맴맴 숨이 넘어갈 듯이
울어댔다.

"뉴스가 좀 더 필요해요! 좀 더, 좀 더!"

거기에 자기 목소리도 섞여 들었다.

아쓰코는 멈춰 섰다. 수영장을 한동안 바라보다 "에잇" 하고
외치며 발부터 뛰어들었다.

생각했던 것만큼 많이 뛰지는 못했다. 거의 발밑 언저리로
떨어졌다. 그런데도 몸은 순식간에 가라앉았다. 파란 물속에
서 무언가에 끌려가듯 가라앉았다. 물이 차갑게 느껴지지는
않았다. 다만, 젖은 옷이 무거웠다. 무거워서 몸은 어디까지고
계속 가라앉았다.

쿵.

바닥에 엉덩이가 닿았다. 아쓰코는 눈을 떴다. 흐릿한 파란
시야가 펼쳐졌다.

물속에는 소리가 없다. 소리가 전혀 없다. 아쓰코는 눈을 휘
둥그렇게 뜨고 주위를 둘러보았다. 아야짱 엄마와 오야 코치
가 그 주변 어딘가에 숨어 있을 것 같은 기분이 들었다.

——여기 있으면 들켜!

그렇게 소리쳤다. 입에서 나온 거품이 수면으로 올라갔다.

——이렇게 조용한 곳에 있으면 들킨다고! 얼른 도망쳐! 좀
더 시끄러운 곳으로 도망쳐!

그렇게 소리쳤다.

가을

―

겐이치로

쾌재를
부르다

태풍이 다가오는 신주쿠 가부키초의 아침은 너무나 조용해서 바람 소리만 드높았다. 바람에 날린 빈 깡통이 골목길로 굴러갔다.

사토미 겐이치로는 구름 낀 하늘을 향해 기지개를 폈다. 빗물인지 에어컨 실외기 물인지 물방울이 얼굴로 뚝 떨어졌다. 조금 전까지 길가에서 떠들던 호스트들의 모습도 사라지고, 아무도 없는 골목을 길 고양이가 쏜살같이 가로질러 갔다.

"샌드위치, 이것밖에 안 남았던데요."

편의점에서 나온 AD 이구치가 햄치즈 샌드위치를 보여주었다.

"그거면 됐어. 고마워."

봉지에는 샌드위치 말고도 부탁하지 않은 카페오레와 조간신문이 들어 있었다. 겐이치로는 옆에 있는 잡거빌딩 계단에

앉았다. 급히 베어 문 샌드위치를 카페오레로 넘긴 후, 조간신
문을 펼쳤다.

"아."

겐이치로가 무심코 소리를 흘렸다.

"왜요?"

코앞에서 주먹밥을 들고 있던 이구치가 물었다. "이거 봐"라
며 겐이치로가 신문을 보여주었다. 1면에 큼지막하게 '말랄라
씨 노벨평화상'이라고 나와 있었다.

"수상이 결정 났나요?"

"그런가 보네."

"그럼, 그건 안 된 거네요?"

"그거라니?"

"그 왜, 우리, 헌법 9조를 계속 유지하는 일본 국민."

"아아. 그건 무리겠지."

"왜요?"

"그렇잖아, 아베 수상이 수상식에 나갈 리도 없고……."

"뭐, 그렇긴 하죠. 하지만 전 조금 기대했었는데. 저의 노벨평
화상 수상."

어디까지가 진심인지 이구치가 혀를 찼다. 그 혀 차는 소리
를 몰아내듯 또다시 돌풍이 불었다.

"다무라 씨 일행, 2, 3분이면 도착한대요. 지난번 주차장에
차 대고 온다고."

휴대전화를 본 이구치의 보고에 겐이치로가 "알았어"라며 고개를 끄덕였다.

오늘이 3주에 걸쳐서 취재해온 다큐멘터리 프로그램의 마지막 촬영일이다. '가부키초에 사는 아이들'이라는 가제를 붙인 프로그램으로, 세 여자아이의 생활을 담아왔다. 그중에 가논짱이라는 초등학교 3학년짜리 아이가 이 말랄라 씨의 노벨 평화상 수상을 진심으로 바란다고 지난번에 말했었다.

"가논짱, 기뻐하겠네."

기사를 읽으면서 겐이치로가 중얼거렸다. 이구치도 기억하고 있었는지, "그렇겠죠"라며 고개를 끄덕였다.

가논짱은 말랄라 씨를 위한 모금 활동 자원봉사에 참가하고 있었다. 자기들이 모은 성금으로 말랄라 씨 단체에 책을 한 권이라도 더 사주고 싶어 했다.

"안 그래요? 우린 정말 축복받았잖아요? 책을 읽고 싶으면 도서관에 가면 되니까. 도서관에 가면 책은 얼마든지 읽을 수 있잖아요."

우리는 축복받았다고 말하는 가논짱은 현재 가부키초의 세 평쯤 되는 원룸에서 엄마와 둘이 살며 초등학교에 다니고 있다. 세 평짜리 원룸은 엄마와 딸이 살기에는 비좁다. 싱글 침대와 탁자를 들여놓으면 남는 여유 공간이 없고, 벽장도 없기 때문에 가재도구가 수북이 쌓여 있다. 물론 가논짱의 책상도 없다. 매일 둘이 몸을 포개듯이 잠드는 작은 침대에는 봉제인형들이 잔뜩 늘어서 있었다.

　파키스탄 북부 산악 지역의 가정에서 태어난 말랄라 씨는 2년 전 열다섯 살이었을 때, 중학교에서 집으로 돌아오는 스쿨버스 안에서 남자들 여럿에게 습격을 당해 머리와 목에 두 발의 총상을 입었다. 다행히 목숨은 건졌지만, 그 후 범행성명을 낸 탈리반이 그녀를 친구미파로 지명하며 앞으로도 범행을 자행하겠다고 예고했다. 그러나 그녀는 굴복하지 않았다. 그녀는 그보다 3년 전인 아직 열한 살이었던 시절, 블로그에 탈리반의 강권지배와 여성 인권 억압을 고발하는 글을 투고했었다.

　습격을 받은 이듬해에 그녀는 국제연합에서 유명한 연설을 한다.

　"한 명의 아이, 한 명의 선생님, 한 권의 책, 그리고 한 자루의 펜으로도 세계를 바꿀 수 있다"고.

　"아, 왔어요."

　이구치의 목소리에 고개를 들자, 카메라를 짊어진 다무라 일행이 졸린 듯한 눈을 비비며 걸어왔다.

　"안녕하세요!"라며 겐이치로가 일어섰다.

　"그게 아침 식사야?"라며 다무라가 웃었다.

　"조금 전까지 편집실에 틀어박혀 있었어요. 지금까지 찍은 부분을 미리 해두려고."

　"어어, 그랬어. 수고가 많군."

총인원 다섯 명인 취재반이 모여서 가논짱의 집으로 향했다. 마지막 날인 오늘은 그 아이가 등교하는 장면부터 촬영을 시작하고, 이미 허가를 받아둔 수업 풍경, 그리고 오후에 귀가하는 풍경을 찍는다.

맨션 앞에서 스탠바이를 하고 있는데, 낯익은 호스트들이 집으로 돌아왔다. 셋 다 만취 상태였는데, 그중에서도 가장 심하게 취한 사람을 나머지 두 사람이 질질 끌듯이 부축하며 걸어왔다.

"수고하셨습니다"라고 겐이치로가 인사를 건넸다.

정성 들여 손질한 머리도 완전히 망가지고, 재킷도 사흘은 입은 것처럼 흐트러져 있었지만, 그런데도 한 사람이 "안녕하세요"라며 인사를 했다. 아침 햇살 속에서 보는 뱀 무늬 부츠는 새것인데도 왠지 낡아 보였다. 세 사람은 가논짱과 같은 맨션에서 공동생활을 하고 있는 것 같았다. 병사가 야전병원으로 실려 들어가듯 그들이 모습을 감추자, 이번에는 교대하듯 가논짱이 생기발랄하게 뛰어나왔다.

"안녕?"이라며 겐이치로가 웃는 얼굴로 돌아봤다.

우뚝 멈춰 선 가논짱이 "안녕하세요?"라며 인사를 했다.

멈춰 서면 문득문득 어른스러운 표정이 보일 때도 있지만, 가논짱은 아무튼 언제나 이리저리 바쁘게 움직인다. 오늘 아침에도 낮은 담장으로 폴짝 뛰어 올라가더니 그 위를 비틀비틀 걸어갔다.

"말랄라 씨가 노벨상 탄 거 아니?"라고 겐이치로가 물었다.

생긋 웃으며 돌아본 가논짱이 웬일인지 아무 말 없이 '만세, 만세' 하는 몸짓으로 양손을 들어 올렸다.

"왜 말이 없어?"라며 겐이치로가 웃었다.

가논짱의 기쁨은 그 표정에서 배어 나왔다.

"수상 결정 난 거 엄마가 알려줬니?"

"네. 어젯밤에 난 자고 있었는데, 깨워서 알려줬어요."

"기뻤어?"

"기뻤지만…… 졸렸어요."

그 말에 스태프들이 또다시 크게 웃어젖혔다.

"오늘, 엄마는?"이라고 겐이치로가 물었다.

"벌써 나갔어요. 아 참, 취재 팀 여러분에게 '이래저래 신세를 많이 졌다'고 전해달래요. 그리고 미인으로 찍힌 데만 써달랬어요."

가논짱 엄마는 낮에는 작은 통신판매회사에서 전화 접수 일을 하고, 밤에는 이곳 가부키초의 카바쿠라(카바레와 클럽의 합성어로 일본의 유흥업소)에서 일하면서 외동딸 가논짱을 키우고 있었다.

"오늘, 잘 부탁한다. 하루 종일 따라다닐 거야."

겐이치로의 말에 "네―에!"라고 대답한 가논짱이 책가방을 흔들며 전봇대마다 쓰레기봉투가 수북이 쌓인 가부키초의 아침 거리를 달려갔다.

"이쪽, 이쪽!"

가논짱과 친한 친구인 아즈사짱이 손짓을 해서 겐이치로 일행이 길을 건너갔다.

학교에서 돌아오는, 빨간 책가방을 등에 멘 활기찬 여자애들이 달려가자, 지칠 대로 지친 대낮의 가부키초도 조금은 화사해 보였다. 등교와 수업 풍경 촬영을 무사히 마치고, 겐이치로 일행인 취재 스태프들은 드디어 마지막으로 귀가 장면을 찍고 있었다. 가논짱과 친구 말에 따르면, 하굣길에 무슨 일이 있어도 꼭 들르는 장소가 있다고 한다.

"어딘데?"라고 겐이치로가 물어도 "비밀"이라는 대답뿐이었다.

달려가는 두 아이를 쫓아서 스태프들도 같이 뛰었다. 가논짱과 친구는 모퉁이를 돌 때마다 멈춰 서서 웃음을 머금은 장난기 가득한 얼굴로 손짓을 했다. 러브호텔이 늘어선 거리를 빠져나가 두 아이가 멈춰 선 곳은 번창하고 있는 라면 가게 앞이었다. 평소에도 늘 자리 잡는 곳인지 맞은편 전봇대 뒤에 둘이 몸을 숨기더니 혼잡한 가게 안을 엿보았다.

겐이치로는 맥이 풀려서 "여기야?"라고 물었다. 좀 더 비밀기지다운 장소로 데려가 줄 거라고 기대하고 있었다.

두 아이 옆에 서서 똑같이 가게 안을 들여다봤다. 열 개쯤 되는 카운터 의자는 손님으로 가득 찼고, 점원 세 사람이 바쁘게 일하고 있었다. "너희가 꼭 들른다는 곳이 저 라면 가게니?"라고 겐이치로가 카메라맨 뒤에서 다시 한 번 확인했다.

"맞아요. 저 라면 가게."

가논짱이 또다시 장난스러운 미소를 지었다.

"라면 가게의 뭘 보는데?"라고 겐이치로가 물었다.

"봐요, 저기 있는 사람"이라며 가논짱이 손가락으로 가리켰다.

아이가 가리킨 것은 카운터 안에서 설거지를 하는 청년이었다.

"저 젊은 남자?"라고 겐이치로가 물었다.

"응, 맞아요. 잘 생겼죠?"

"허?"

엉겁결에 그런 소리가 새어 나왔다.

얘기를 들어보니 그 청년이 바로 두 소녀의 아이돌인 모양이다. 맨 처음 발견한 후로 이 일대에서 제일 잘생긴 사람이라며 둘은 잔뜩 신이 났고, 학교에서 집으로 돌아오는 길에 이렇게 구경하러 오게 됐다고 한다. 너무 매일같이 가게를 기웃거리자, 하루는 가게 주인이 나와서 사연을 물었다. 가논짱과 친구는 순순히 대답했다. 그러자 가게 주인이 크게 웃어젖히며 당장 그를 데리고 나왔다고 한다.

"그래서 어떡했니? 얘기는 제대로 해봤어?"라고 겐이치로가 물었다.

"얘길 어떻게 해요! 부끄럽잖아요!"

"그래도 일부러 나와줬잖아?"

"하지만 우린 바로 도망쳤지."

그때 일이 떠올랐는지, 두 아이 다 얼굴이 발그레했다.

이렇게 멀리서 바라보는 게 좋은 모양이다. 다행히 가게 주인이 참견하기 좋아하는 성격이라 그 후로도 가게가 한가할 때는 가끔 나와서 두 소녀의 아이돌에 관한 정보를, 예를 들면 M대학 2학년생이고 고향은 히로시마라거나 여자 친구는 아직 없다거나 아이돌 중에서 누구누구를 좋아하는 것 같다거나 하는 얘기들을 반쯤 장난삼아 들려줬다고 한다.

"그럼, 아직 제대로 얘기를 나눈 적도 없니?"

겐이치로의 질문에 "어떻게 얘기를 해요~, 그건 무리예요"라며 진심으로 수줍어했다. 겐이치로는 급기야 귀여운 마음까지 들어서 "좋았어, 그럼 이왕 내친김에 그 사람한테 취재 요청을 해볼까"라고 제안했다.

"안 돼요~ 절대 안 돼요!"

두 아이는 벌써부터 도망칠 준비를 했다. 그때였다. 예의 그 청년이 쓰레기봉투를 들고 가게에서 나왔다. 뒤쪽 출구에 있는 플라스틱 양동이를 열고 그 속에 쓰레기를 집어넣었다. 가논짱과 친구의 소란을 알아챘는지, 그가 이쪽을 바라보며 어리둥절한 표정을 지었다.

"이 아이들의 아이돌 취재를 나왔습니다!"라고 겐이치로가 말했다.

그는 곧바로 상황을 이해했는지 매우 쑥스러워하며 머리를 긁적거렸다.

줄곧 전봇대 뒤에 숨어 있던 두 아이가 머뭇머뭇 얼굴을 드러내며 겐이치로를 째려보았다. 그러나 그 얼굴은 왠지 기뻐 보였다.

그날 밤, 겐이치로는 편집실에서 그때 찍은 영상을 몇 번이나 돌려보았다. 마지막에 째려보는 표정이 특히 인상 깊었다. 가논짱은 아직 초등학교 3학년인데도 엄마에 대한 사랑도 알고 동네 아이돌을 사모하는 마음도 아는구나 생각하면, 자기가 당초 이 다큐멘터리 프로그램을 기획했을 때 갖고 있던 '가부키초에 사는 아이들'에 대한 인상이 완전히 자기중심적이었음을 깨닫게 된다. 아이들은 우리 시청자들을 위해 살아가는 게 아니라, 자신들을 위해 살아가는 거라는 너무나 당연한 이치를 깨닫는다.

멍하니 생각에 잠겨 있는데 휴대전화가 울렸다. 전화를 받으니 대학 동기였던 미즈타니 신지였는데, 잠시 후 만나기로 약속했던 8시보다 조금 늦어진다고 했다.

"알았다"라고 겐이치로가 대답했다.

"9시에는 갈 것 같은데. 미안하다, 갑자기 급한 일을 부탁받아서."

"응, 알았어."

"너 먼저 가서 마시고 있어. '긴지로'는 마음 편한 곳이니까."

"어어."

"최대한 서둘러 갈게. 금방 끝낼 수 있으니까."

"알았어."

겐이치로는 전화를 끊었다. 늘 그렇지만, 이쪽이 한 마디를 하면 미즈타니는 세 마디를 한다.

다시 영상 편집을 계속하려 했지만, 한번 중단된 집중력은 되살아나지 않았다. 다음 장면을 시작하면, 한 시간은 좋이 걸린다. 겐이치로는 시계를 보았다. '긴지로' 카운터에서 느긋하게 혼자 한잔하고 싶어졌다.

미즈타니와는 같은 언론계에 취직했다는 공통점도 있어서 졸업 후에도 가끔 만나곤 했다. 학창 시절에는 거의 매일 밤 미즈타니 집에서 마작을 했었다. 미즈타니의 어머니가 마작을 좋아했다. 혼자 살았던 겐이치로는 미즈타니에게 이따금 자기 방을 빌려주었다. 미즈타니가 그걸로 호텔비를 절약하는 대신 겐이치로는 미즈타니 집에 묵으면서 평소에는 못 먹는 영양 가득한 미즈타니 어머니의 집밥을 얻어먹었다.

그러고 보니 지난번에 미즈타니랑 한잔했을 때, 그가 담당하는 주간지의 정기구독자 중에 좀 이상한 여성이 있는데 매일같이 클레임 전화를 걸어서 곤혹을 치르고 있다고 했다. 그러나 말로는 곤란해 죽을 지경이라고 하면서도 표정은 어딘지 모르게 즐거워 보였고, 그 여성의 흉내를 내기도 했다. 그 여성은 클레임을 한참 하다보면 흥분하는지, 말투가 노래처럼 바뀌는 모양이다.

"이번 주 호, 특종이 하나도 없잖아요♪ 뉴스가 좀 더 필요해요♪ 좀 더 좀 더♪"

미즈타니가 흉내 내는 그 여성의 노래에 겐이치로는 배를 부여잡고 웃었다.

어젯밤에는 과음했다. 가논짱의 다큐멘터리가 일단락되었고, 술 상대가 미즈타니인 데다 장소도 단골 가게인 긴지로였고, 무엇보다 오늘부터 사흘 휴가라 시원한 술이 술술 넘어갔다. 긴지로에서 나와 롯폰기의 카바쿠라로 2차를 갔고, 집에 돌아온 것은 새벽 2시가 넘어서였다. 그때부터 2박 3일 홍콩 여행 짐을 꾸리기 시작해서 침대에 들어간 시간이 3시쯤, 6시에 일어나서 외출 준비도 대충하고 부랴부랴 전철에 올라 이곳 나리타 공항까지 왔다.

굉장히 아슬아슬했지만, 체크인을 하고 출국 심사를 마치고 탑승구에 도착한 겐이치로는 매점에서 1리터짜리 물을 사서 목젖을 울리며 벌컥벌컥 단숨에 비웠다. 전철에서도 마실 수는 있었지만, 시간이 걱정돼서 물을 사 마실 정신이 없었다.

탈수 기미가 살짝 있었는지, 수분을 보급하자 머리가 맑아졌다. 벌써 우선 탑승이 시작되어 있었다. 겐이치로는 서둘러 이메일을 썼다.

'지금 탑승합니다. 호텔에 도착하면 다시 연락드릴 테니 이틀간 잘 부탁드립니다.'

이메일을 받는 사람은 현재 홍콩에서 장기 취재 중인 아사이 다이스케 선배였다. 겐이치로는 휴일에 유급휴가를 보태서 지금부터 열심히 일하는 선배의 노고를 치하해주러 갈 예정이었다.

이메일을 보내고 탑승 행렬에 서자, 바로 뒤에 있는 여성들의 대화가 들렸다.

"괜찮을 거야."

"정말? 난 그런 시위 같은 건 보기만 해도 가슴이 두근거리고 무서워."

"아니 근데, 시위대는 구룡의 몽콕이랑 홍콩섬 일부에만 있고, 나머지 지역은 평소랑 다를 바 없다고 그러던데, 여행사 직원이……."

"물론 그럴지도 모르지만, 행여 무슨 일이 생기면 큰일이잖아."

"그건 그렇지만, 모처럼 가는 여행인데 호텔에서 한 발짝도 안 나오는 건 좀 바보스럽다는 생각도 들지 않니?"

"그건 그런데……."

바로 뒤에서 나누는 대화라 겐이치로의 귀에도 또렷하게 들렸다. "그렇게 걱정 안 해도 될 것 같습니다. 학생 측의 항의 시위는 평화적이고, 경찰이 움직이는 경우에는 사전에 통보하는 모양이니까"라고 이 시위를 장기간 취재하고 있는 아사이의 말을 전해주고 싶은 마음이 간절했다.

실제로 홍콩에서 아사이가 매일 전해오는 정보에 따르면, 시위가 시작된 지 이미 2주가 지났지만, 학생들의 활동은 매우 이성적으로 진행되고 있다고 했다. 요 며칠, 학생들에게 점거된 지역의 상점 주인들이 이대로는 장사를 할 수 없다며 불만의 목소리를 높였다고 전해졌지만, 실제로 현장에서 보는 한해서는 가게는 대체로 통상적인 영업을 하고 있고, 상점 주인들인 시민들 대부분도 학생들에게 호의적인 것 같다.

다만, 날이 갈수록 학생들 중에는 과격한 행동을 취하려는 사람이 나타나기 시작하는 것도 사실이라, 며칠 전에 시위 반대파와 격렬한 충돌이 일어나서 쌍방에 부상자가 발생해 열아홉 명을 체포했다는 경찰의 발표가 있었다.

그러나 체포당한 사람들의 과반수는 학생이 아니고, 여론조작을 위해 고용한 폭력단 관계자들인 것 같다.

노란색 우산을 상징으로 시작된 홍콩의 반정부 운동인 '우산혁명'은 2017년 홍콩 행정장관 선거에서 도입될 예정이었던 보통선거가 일방적으로 파기된 데서 비롯되었다. 누구나 입후보할 수 있었는데, 실질적으로 중국 의향을 따를 사람이 아니면 선거에 나갈 수 없게 된 것이다.

줄이 그제야 움직이기 시작해서 겐이치로가 주머니에서 탑승권을 꺼냈다. 뒤쪽 여성들은 여전히 걱정스러운지 되도록 밖에 나가지 않고 호텔 사우나 등을 이용하며 시간을 보낼까 어쩔까 상의하는 중이었다.

전원을 끄려고 휴대전화를 꺼냈는데, 아사이에게 답장이 와 있었다.

'수고 많아. 그저께 밤에는 드디어 시민 1만 5000명이 정부 청사 앞에 모였어. 박력이 대단하더군. 하루만 빨리 왔으면 너도 볼 수 있었는데 말이야. 아무튼 제 눈으로 봐도 손해는 안 나는 광경일 거야.'

이번에는 아사이가 먼저 '혹시 가능하면 휴가라도 내서 보러 와'라고 청했었다. 가면 무슨 일이든 도울 수 있을지 모른다, 나도 직접 카메라를 돌려야겠다고 다짐한 겐이치로는 곧바로 파격 할인 항공권을 샀다.

탑승 행렬이 앞으로 움직였다. 잠시 후면 탑승을 하는데 등 뒤에서 "저어"라며 말을 건넸다.

"네?"

돌아보니 아까부터 목소리만 들렸던 두 여성이었다. 훨씬 젊을 줄 알았는데 겐이치로보다 연상인 것 같았다.

"저기, 배낭 지퍼가 열렸어요."

한 사람이 겐이치로의 등을 손으로 가리켰다. 겐이치로가 허둥지둥 배낭을 내렸다. 그 말대로 지퍼가 활짝 열려서 안에서 공책이 떨어질 것 같았다.

"아, 실례했습니다."

겐이치로가 공책을 다시 집어넣었다.

"계속 신경 쓰였는데, 말 걸기가 조심스러워서……. 그런데 앞으로 걸어가니까 그 공책이 점점 밖으로 삐져나오는 거예요."

자세가 매우 좋은 여성인데, 웃는 얼굴이 차분해 보였다. 어젯밤 술자리에 함께했던 카바쿠라 아가씨가 그 짙은 화장을 지우면 이런 느낌일지도 모른다.

"고맙습니다."

젠이치로는 다시 한 번 감사 인사를 했다. 다시 앞으로 돌아섰다가 문득 생각이 나서 돌아보았다.

"저어, 홍콩 비교적 괜찮은 것 같던데요. 물론 시위대가 있는 곳은 불시에 무슨 일이 벌어질지도 모르지만, 그 밖의 장소는 평상시 홍콩과 다름없다고 합니다."

너무 갑작스러웠을까, 여성들이 어리둥절한 표정을 지었다.

"아, 지금 지인이 홍콩에 있는데, 그래서…… 걱정하시는 것 같아서……"라고 뒷말을 잇자, "아, 아 네. 고맙습니다. 우리 걱정이 좀 지나쳤죠?"라며 쑥스럽게 웃더니, "……그럴 바엔 왜 가냐고 할 만해요. 으음, 그렇지만 취소 수수료가 아까워서 걱정하면서도 가긴 가는데……. 좀 빈티 나죠?"라며 또다시 웃었다.

"아뇨, 그런 건 아니고……."

금세 대화에서 밀리는 기분이 든 젠이치로는 미소를 지으며 도망치듯 앞으로 돌아섰다. 그래도 그녀들이 불안을 조금은 떨쳐냈을 거라는 마음에 기분은 좋았다.

기묘한 감각이었다.

겐이치로는 평소에 수많은 자동차들이 달리는 간선도로 한복판을 걷고 있었다. 입체적으로 교차되는 도로와 고층 빌딩 광경은 이곳 홍콩도 도쿄와 별반 다르지 않다. 다만, 홍콩 쪽이 그 세계가 확 압축된 것 같은 인상이 있다. 올려다보는 고층 빌딩이 가까운 것이다. 도쿄의 고층 빌딩이 원경이라면, 홍콩의 그것은 왜 그런지 어디에서나 근경이다.

간선도로에는 온갖 색깔의 텐트들이 질서정연하게 늘어서 있었다. 스타벅스 잔을 한 손에 들고, 또는 먹음직스러운 꼬치구이를 먹으며 수많은 젊은이들이 텐트 사이를 오갔다. 텐트만 없다면, 휴일 보행자천국이나 다를 바 없었다.

길가에는 음식을 파는 포장마차도 나와 있었다. 노트북을 열고, 뭔가를 열심히 입력하는 학생이 보였다. 가드레일에 걸터앉아 토론하는 학생들도 있었다. 앞으로 좀 더 가면 야외 페스티벌 무대가 나타나고, 금방이라도 거대한 음량으로 틀어둔 음악이 흘러올 것 같았다. 이번 시위의 상징이 된 노란 우산이 길가에 몇 개나 늘어서 있었다. 드높은 빌딩으로 에워싸인 도로에 해바라기가 피어 있는 것 같았다.

만나기로 약속한 세븐일레븐 앞에 아사이와 취재 팀 일행의 모습이 보였다.

가드레일에 걸터앉아 컵라면을 먹고 있는 젊은 커플을 아사이 일행이 카메라로 촬영하고 있었다. 이번 취재에서는 시위 참가자 중 네 명을 주로 밀착 취재하는데, 그중 두 사람인 듯했다.

겐이치로가 취재 팀에게 달려갔다. 기척을 알아챈 아사이에게 인사를 건네고, 카메라 뒤쪽으로 돌아갔다. 카메라는 젊은 커플이 보고 있는 휴대전화 화면으로 접근했다.

"미셸 엄마가 보낸 문자예요. '둘 다 이렇게 며칠씩 일을 안 해도 괜찮은 거니?'라고 걱정하고 계신 것 같아요."

통역이 작은 목소리로 아사이에게 문자 내용을 전했다.

"대니는 뭐래요?"라고 이번에는 아사이가 작은 목소리로 물었다.

"자기만 여기 남을 테니, 미셸은 일단 집으로 돌아가면 어떠냐고 하네요. 그렇지만 미셸도 이렇게 오래 일을 쉬었으니 해고될 게 틀림없다면서 그냥 있겠대요."

통역의 말을 듣고 겐이치로는 조금 놀랐다. 시위 참가자가 이 정도 되면, 당연히 학생만이 아니라 일반 시민도 있을 거라는 건 짐작이 갔지만, 막상 일반 시민이 이렇게 장기간 시위에 참가하면 일자리를 잃을 위험이 있다는 빤한 사실을 그제야 깨달은 것이다.

대니와 미셸이라고 불린 두 젊은이는 여전히 10대처럼 보이기도 했다. 옷이나 헤어스타일이나 이른바 요즘 세대 젊은이였고, 대니의 귀에는 피어스 구멍이 몇 개나 뚫려 있었다. 그런데 거기에 정작 피어스는 끼지 않아서 귓불이 오그라든 것처럼 보였다.

컵라면을 다 먹은 두 사람이 가드레일에서 가볍게 뛰어 내려오더니 아사이 옆에 서 있는 통역에게 뭐라고 말을 건넸다.

"지금 집에 가서 샤워하고 온대요"라고 통역이 그 말을 해석해주었다.

"몇 시쯤 오지?"라고 아사이가 영어로 묻자, "밤 9시쯤"이라고 대니가 대답했다.

두 사람이 손을 흔들며 멀어져갔다. 혼잡한 인파 속으로 사라져가는 그 등을 카메라가 잡았다.

두 사람이 사라지자, 아사이가 새삼 다시 "대단하지?"라며 간선도로를 가득 메운 텐트를 내려다봤다.

"야하, 정말 대단한데요"라며 겐이치로도 새삼스레 감탄했다.

"그게게 밤에는 엄청났어."

"그런 것 같더군요. 보내주신 영상만 봐도 박력이 느껴지던데요."

"가모짱이 저 빌딩 위에서 찍은 거야"라며 아사이가 유리 벽으로 둘러싸인 빌딩을 가리켰다.

겐이치로는 카메라맨 가모, 그리고 녹음 스태프들에게도 인사했다. 그쯤에서 "좋아, 그럼 대니 커플이 돌아올 때까지 일단 해산하지"라고 아사이가 말을 꺼냈고, 스태프들이 기자재를 짊어지고 삼삼오오 흩어졌다.

"학생을 취재하는 줄 알았어요"라고 겐이치로가 바로 아사히에게 말했다.

"아아, 지금 본 대니랑 미셸 말이지? 그러게 말이야. 다른 두 사람은 학생인데, 그들은 아니야."

근처에 스타벅스가 있으니 가자고 해서 겐이치로는 아사이와 함께 걸음을 내디뎠다. 가는 길에 아사이가 대니 커플에 관한 얘기를 들려주었다.

대니와 미셸은 둘 다 스물네 살, 대니는 커피 체인점에서, 미셸은 패스트푸드점에서 일하는 모양이다. 현재는 홍콩 교외에서 대니 어머니와 셋이 살고 있고, 아사이가 그 자택을 취재하러 갔을 때, 대니 어머니가 "장래를 위해서 아들과 미셸이 너무 튀는 행동을 하지 않았으면 좋겠어요"라고 말했다고 한다. 현재 두 사람의 급료를 합치면 20만여 엔 정도, 그 대부분은 식비와 임대료로 사라진다고 한다.

"홍콩 부동산 가격이 마치 옛날 일본의 거품경제 때처럼 천정부지로 치솟는다니까. 아니, 그보다 더 심할지도 몰라. 그저께 취재했는데, 결국 중국 본토에서 부유층이 와서 투자 목적으로 은밀하게 부동산을 사들인다는 거야. 1, 2억 엔이나 하는 물건을 한 채가 아니라 아예 층을 통째로 사들이는 방식이니 가격이 오를 수밖에."

스타벅스는 매우 북적거렸다. 텐트에서 생활 중인 학생들이 테이블에 진을 치고 앉아 플래카드에 메시지를 쓰거나 시위의 상징인 노란 우산 포스터를 만들고 있었다.

"거리 전체가 축제 같은 느낌이군요"라고 겐이치로가 말했다.

"미묘한 밸런스야"라고 아사이가 대답했다.

"이대로 이 거대한 흐름이 뭔가를 바꿀 것 같은 기분도 드는데, 어때요, 현장에서는?"

"그게 미묘하단 말이지. 학생 측의 분위기가 고조되는 건 확실하게 신뢰할 수 있어. 하지만 홍콩 정부는 홍콩 시민이 아니라 중국의 지도부만 바라보지. 이렇게까지 노골적으로 '너희 의견 따윈 절대 받아들이지 않아'라고 계속 버틴다면, 포기해 버리는 사람도 많아질지 모르지."

"반대 아닌가요?"라며 겐이치로가 의아해했다.

"……보통은 그런 식으로 나오면, 오히려 오기로라도 자기들 의견을 밀어붙이려 드는 게 인간이잖아요?"

"아냐, 꼭 그렇지도 않아. '이 문은 절대 열리지 않는다'고 계속 주장하면, 대부분의 인간은 다른 문을 찾게 돼."

"실제로는 그 문이 열려도 그렇다는 건가요?"

"……내 생각은 그래."

커피를 사서 북적이는 가게에서 나왔다.

텐트가 늘어선 장소로 돌아와서 이렇다 할 대화도 없이 둘이 같이 걷기 시작했다.

"이번에 친중파 거물과 인터뷰를 했어."

아사이가 불쑥 입을 열었다.

"아 네, 부장님한테 얘기 들었습니다"라고 겐이치로가 대답했다.

"그 인터뷰 중에 인상적인 말이 나왔지. '학생들은 민주주의를 지나치게 믿는다'는 거야."

겐이치로는 무심코 걸음을 멈췄다. 지금 내가 무슨 얘기를 들은 걸까. 물론 알지만 그 의미가 머릿속에 잘 들어오지 않았다.

"그치? 놀랍지?"

겐이치로의 동요가 아사이에게도 전해진 듯했다.

"……나도 그 얘기를 들었을 때는 자네랑 똑같은 반응이었어. 예를 들면 이제 와서 새삼 '사실 물은 몸에 나빠요'라는 말을 들은 것처럼."

아사이 말이 맞았다.

겐이치로는 거리를 가득 메운 텐트를 바라보았다. 그들은 모두 이길 거라 여기고 이곳에 모여 있다. 문은 열린다고 믿고 있다. 그래서 이곳에 있는 것이다. 갑자기 눈앞의 경치가 확 바뀌었다. 겐이치로는 저도 모르게 한 발짝 앞으로 내디뎠다. 멀리서 거대한 무언가가 다가온다. 거대한 무언가가 줄지어 늘어선 텐트를 걷어차고 짓밟으며 무시무시한 기세로 육박해온다.

겐이치로는 기도하듯 눈을 감았다. 가까이 다가오는 무언가의 기미를 느꼈다. 이미 흐름을 멈추기는 불가능한 무언가다.

'군중이다'라고 알아챈 겐이치로는 더는 기다리지 못하고 눈을 떴다. 가까이 다가오는 것은 틀림없이 홍콩의 젊은이들이었다. 하나같이 쾌재를 불렀다. 주먹을 치켜들고 기쁨을 폭발시

키며 가슴을 활짝 펴고 당당히 걸어왔다.

　따닥따닥 돌을 부딪치는 것 같은 소리에 겐이치로는 잠에서 깼다. 아아, 그래, 신호야, 라고 잠이 덜 깬 멍한 머리로도 금방 떠올렸다. 가격이 싸고, 시위 현장에서 가깝다는 이유로 예약 해둔 호텔이었다. 3층 창을 열면 2층짜리 홍콩 트램의 전선이 손에 닿을 듯해서 따닥따닥 소리를 내는 횡단보도 신호음이 밤새도록 괴롭혔다.

　밤새 창을 닫아놔도 텔레비전을 그냥 켜놔도 마치 베갯머리 에서 울리는 것처럼 따닥따닥 소리가 들려왔다. 공교롭게도 늘 갖고 다니는 귀마개까지 잊고 와서 결국은 화장실 휴지를 귀 에 틀어막고 가까스로 잠이 들었다.

　침대에서 내려온 겐이치로는 비좁은 세면실 벽에 몸을 부딪 쳐가며 나갈 채비를 하고 곧장 호텔에서 나왔다. 도로 맞은편 에 장사가 잘되는 죽 가게가 있어서 가게 앞에 내놓은 탁자에 서 해산물 죽으로 아침을 먹었다. 먹는 도중에 아사이에게 연 락이 왔는데, 지금 대니의 집으로 취재를 가니 직접 찾아오라 며 주소를 알려주었다. 조사해보니 전철로 40분가량 걸리는 장소였다.

　전 세계가 주목하는 대대적인 규모의 시위가 한창 열리고 있지만, 홍콩의 아침은 전에 왔을 때와 다름없이 활기가 넘쳤 고, 기세 좋은 죽 가게 점원들의 목소리는 그런 홍콩의 아침과 잘 어우러졌다.

그릇 바닥에 남은 죽까지 핥듯이 깨끗이 먹어치운 겐이치로는 거리로 걸음을 내딛기 시작했다. 휴대전화가 울려서 보나 마나 아사이겠지 생각하고 받았는데, 도쿄에 있는 가오루코였다.

"아침 일찍부터 미안해. 내가 깨웠어?"

들려온 가오루코의 목소리에 "아냐, 일어났어. 지금 막 맛있는 해산물 죽 먹었어"라고 겐이치로가 기분 좋게 대답했다.

"와! 맛있겠다."

"맛있었어."

"으음, 홍콩은 시차가 두 시간이지?"

"한 시간이야."

"어, 그런가."

"그보다 웬일이야? 이렇게 일찍."

밤새도록 괴롭혔던 눈앞의 따닥따닥 신호가 파란불로 바뀌어서 겐이치로가 횡단보도를 건넜다.

"어제 '다니엘'의 스즈키 씨한테 연락이 왔는데, 이번 주 중에 한번 와줄 수 있냐고 묻던데. 지난번에 부탁한 변경 사항 예산 건으로 확인만 하는 거라서 나만 가도 괜찮을 것 같긴 한데."

다니엘이란 겐이치로가 다음 달에 결혼 피로연을 열 프렌치 레스토랑이었다.

"급하대?"라고 겐이치로가 물었다.

"확인받고 서둘러서 발주하고 싶대. 난 시간 있으니까 오늘 오후에 가볼까 하는데."

"혼자 괜찮아?"

"난 괜찮아."

"그럼, 부탁해. 혹시 또 뭔가를 선택해야 하면, 가오루코한테 맡길 수 있으니까."

겐이치로가 씁쓸하게 웃었다. 가오루코에게도 그 기미가 전해졌는지 "우린 완전히 선택 공포증이지"라며 웃었다.

"아니, 그렇게까지 '자, 어느 쪽?' '자, 어느 쪽?'이라고 공격해 대면 공포증도 걸릴 만하지."

"겐짱, 잠꼬대로도 '그럼, B로'라고 했잖아."

아무 생각 없이 입을 크게 벌리고 웃어버린 탓에 스쳐 지나가던 젊은 여성이 거슬려하는 표정을 지었다.

"미안, 나 지금 밖이야"라며 겐이치로가 대화를 끊었다.

"그럼, 오늘은 내가 갈게."

"응, 미안. 부탁해. 그리고 혹시 선택할 게 생기면 B로."

"아하하. 알았어."

전화를 끊고 지하철역으로 내려갔다. 출근 시간과 겹쳐서 전철은 매우 혼잡했다. 손잡이를 잡는데, 눈앞에 앉아 있는 남성이 영자 신문을 읽고 있었다. 지면에는 만 명이 넘는 시위대 사진이 실려 있었다. 사흘 전, 분명 바로 이 위에서 열린 집회 사진인데, 현재 그곳에는 텐트는 있어도 사람들은 드문드문하고, 죽 가게의 수증기가 피어오르고 있다.

아사이가 알려준 대니의 집은 고층 맨션이 즐비하게 늘어선 교외 지구에 있었다. 그중 한 건물, 30층은 되어 보이는 고층 맨션 앞에서 아사이에게 전화를 걸어봤지만 연결되지 않았다.

그러던 중에 통역을 맡은 판 씨가 나타나서 "아사이 씨 일행은 좀 늦을 것 같아요"라고 알려주었다. 판 씨가 입고 있는 꽃무늬 셔츠가 예뻐서 겐이치로가 칭찬해주었다.

"나이에 안 맞게 화려하죠?"라며 판 씨가 웃었다.

"아니에요."

"젊은 시절에는 '옷 취향이 어둡다'는 말을 남편한테 자주 들었는데, 아줌마가 되니까 갑자기 이렇게 화려한 옷만 사게 되더라고요. 사람은 참 신기해요."

그런 얘기를 나누고 있는데, 아침 식사인지 대니가 근처 가게에서 고기만두를 몇 개 사 들고 돌아왔다.

어젯밤에 광장에서 얘기를 나눠서 대니도 겐이치로를 기억하고 있었고, "두 분 먼저 집으로 올라가시죠"라고 청해주었다. 그 친절을 받아들여서 겐이치로는 판 씨와 둘이 먼저 집으로 들어갔다.

대니의 집은 25층이었다. 결코 넓은 집이라고 할 수는 없었다. 작은 다이닝룸을 사이에 끼고 대니와 미셸이 쓰는 한 평 반쯤 되는 방과 대니 어머니가 쓰는 두 평쯤 되는 방이 있었다.

대니 어머니와 미셸의 모습은 보이지 않았고, "둘 다 아침 먹으러 나갔어요"라고 대니가 별로 능숙하지는 않다는 영어로 알려주었다.

다이닝룸 창으로 맞은편 맨션이 보였다. 이쪽과 완전히 똑같은 구조라 맞거울을 보는 것 같았다. 각각의 창에 커튼이 드리워져 있고, 그중 몇 개는 바람에 휩쓸려 날아가버릴 것 같았다.

"아침은?"

대니가 고기만두 하나를 건네주었다.

"고마워요. 그런데 방금 죽을 먹었어요"라며 겐이치로가 사양했다.

판 씨도 아침을 먹고 왔는지 똑같이 사양했다. 눈앞에서 고기만두를 베어 문 대니가 다른 한 손으로 우롱차를 끓여주었다.

대니 커플의 침실 문이 열려 있고, 말끔하게 정리된 침대가 보였다. 방 전체가 침대 같았다. 그런데도 베갯머리에는 미셸의 취미인지 크고 작은 곰돌이 푸 인형들이 늘어서 있었다.

"사토미 씨는 독신?"

고기만두를 볼이 미어지게 먹던 대니가 물어서 "다다음 달에 결혼해요"라고 겐이치로가 대답했다.

"오오! 축하합니다."

"고마워요. 조금 전에도 그 결혼 건으로 피앙세랑 전화 통화로 의논했어요."

이쯤부터 판 씨가 중간에 끼어들어서 광둥어로 통역해주었다.

"일본 결혼식은 어떤 느낌이냐고 묻네요, 대니가."

"홍콩이랑 비슷해요. 교회에서 식을 올리고 레스토랑에서 웨딩파티. 아무튼 이것저것 결정할 게 너무 많고."

겐이치로의 말을 판 씨가 그대로 전해주었다.

"결정할 거라뇨?"

대니가 이상하다는 표정을 지었다.

"산더미 같아요. 신부 드레스, 웨딩케이크, 손님에게 대접할 요리 가짓수, 디저트로 쓸 과일, 심지어는 테이블에 장식할 꽃 숫자까지 결정해야 한다니까요"라고 겐이치로가 판 씨에게 설명해주었다.

"우아―, 그럼 힘들겠네요. 대니는 그런 게 정말 버겁대요. 미셸이랑 쇼핑을 가면 매번 두통이 난다고."

대니의 말을 전하면서 판 씨도 웃음을 터뜨렸다. 그러나 그 순간, 왜 그런지 대니의 얼굴이 어두워졌다. 대니가 어두운 얼굴로 뭐라고 말했다. 겐이치로는 판 씨가 통역해줄 때까지 기다렸다.

"……그래도 뭔가를 선택한다는 건 호화로운 거라네요. 결국 자기들은 그 '선택'하는 권리를 가로채여서 이렇게 매일 광장에서 항의하는 거라고."

겐이치로는 설마하니 자기 결혼식과 홍콩의 우산혁명이 연결될 거라고는 상상조차 못 했다.

"……인간이란 정말 호화롭게 만들어졌다 싶대요. 선택해도 된다고 하면 '귀찮다'고 하면서 선택할 수 없게 되면 초조해하

300

고."

대니의 말을 전하는 판 씨의 목소리도 차츰 어두워졌다. 대니가 먹고 있던 고기만두를 물끄러미 바라보았다. 겐이치로는 줄곧 묻고 싶었던 말을 물어볼 기회는 지금이라고 생각했다.

"저어, 대니에게 물어봐주셨으면 해요, 이번 시위로 중국이 방침을 바꿀 거라고 생각하는지."

단도직입적인 질문이었다. 판 씨도 살짝 곤란해하는 것 같았지만, 겐이치로의 말을 그대로 전달해주었다.

"소용없을지도 몰라요."

한동안 뜸을 들인 후, 대니에게서 돌아온 대답은 그랬다.

"……소용없을지도 모른다. 중국이 방침을 바꾸는 일은 없을지도 모른다. 하지만 적어도 이번 일로 자기나 미셸은 변했다고 생각한다고."

대니는 왠지 후련해 보였다. 남은 고기만두를 입안에 그러넣고 빙긋이 웃었다.

겐이치로는 밖으로 시선을 돌렸다. 맞은편 맨션의 커튼이 바람결에 나부끼며 흔들렸다. 조금 전에는 위험하게 보였는데, 왜 그런지 지금은 개선(凱旋)의 깃발이 펄럭이는 것처럼 보였다.

홍콩에서 충격적인 뉴스가 날아온 것은 겐이치로가 홍콩에서 도쿄로 돌아온 지 일주일이 지난 무렵이었다.

바로 그날 겐이치로는 분쿄 구에 있는 라이프사이언스 연구소로 향하는 길이었다. 이 연구소는 겐이치로가 최근 석 달 동안 취재 의뢰를 거듭해왔는데, 좀처럼 긍정적인 대답을 얻지 못한 곳이었다. 그런데 겐이치로가 보낸 세 번째 편지와 열의에 꺾였는지 설명만 듣는 거라면 시간을 내주겠다고 해서 오늘 드디어 방문 허락을 받은 것이다.

홍콩의 아사이에게 온 이메일은 그 연구소로 향하는 전철 안에서 받았다. 홍콩의 최고 권력자인 렁춘잉 행정장관이 외국 언론과 기자회견을 열었다. 그 자리에서 만약 민주파 학생들의 요구에 응해서 주민들이 자유롭게 행정장관에 입후보할 사람을 지명할 수 있게 된다면 빈곤층이나 노동자가 선거를 좌우하게 된다, 요컨대 홍콩 주민의 대부분을 차지하는 월수입 1800달러(약 19만 2600엔) 이하의 주민이 선거 과정을 지배할 우려가 있다는 취지의 발언을 한 모양이다.

게다가 행정장관은 만에 하나 민주파 학생들의 요구가 받아들여진다 해도 그 시스템으로 뽑힌 장관을 중국 정부에서 받아들일 리가 없으며, 재선거를 명령받을 뿐이라 홍콩 기본법상의 위기가 발생한다는 발언까지 했다고 한다.

간단히 말해버리면, 홍콩이라는 지역은 부자와 중국을 위해 있는 장소라고 홍콩의 최고 권력자가 선언한 셈이다.

이 잔혹한 이메일을 다 읽은 겐이치로는 두 가지 생각을 동시에 떠올렸다. 하나는 홍콩에서 아사이가 했던 말이다. "이 문은 절대 열리지 않는다'라고 계속 주장하면, 대부분의 인간은 다른 문을 찾게 된다"는 비유다. 설령 실제로는 그 문이 열린다 해도.

그와 동시에 대니와 미셸이 사는 집이 떠올랐다. 좁은 방에 밀어 넣은 침대. 그 위에 늘어서 있던 '곰돌이 푸' 인형들.

다른 무엇보다 행정장관의 눈에는 대니와 미셸이 공포분자로 보인다는 게 무서웠다. 아니 그게 아니라, 그들에게는 대니와 미셸이 보이지 않는다는 사실이 무서워서 견딜 수가 없었다.

전철에서 내린 겐이치로는 우울한 기분으로 라이프사이언스 연구소로 향했다. 기분을 바꾸려고 도중에 자동판매기에서 물을 사서 단숨에 들이켰다.

연구소는 밖에서 보는 모양새는 고색창연하지만, 드넓은 부지에 당당하게 서 있었다. 돌로 쌓은 외벽에는 담쟁이덩굴이 뒤엉켜 있었다. 에메랄드그린 페인트가 칠해진 문을 열자, 오래된 병원 같은 실내장식이었고, 접수처의 작은 창으로 사무실이 들여다보였다. 겉 포장은 낡았지만, 일본 최첨단 과학의 선두를 달리는 연구소인 만큼 사무실 안은 바우하우스(독일 바이마르에 있던 예술 종합학교)를 본떠 만든 것처럼 세련되었다.

초인종을 누르려는데, 인기척을 알아챈 젊은 여직원이 나와주었다. 겐이치로는 사야마 교지 교수와 면담 약속이 잡혀 있다고 전했다. 여직원이 바로 연락을 해주고, "2층 사무실에서 기다리고 계세요"라며 관내 지도로 그 위치를 알려주었다.

2층으로 올라가는 계단 역시 저도 모르게 걸음을 멈추고 올려다보게 되는 구조였다. 폭은 좁지만 좌우로 나선형 계단이 뻗어 있고, 시원하게 뚫린 높다란 천장에는 고풍스러운 커다란 공 모양 조명이 매달려 있었다. 그러나 계단을 다 올라서면 또다시 그냥 오래됐을 뿐인 실내장식으로 돌아간다. 좁은 복도 양쪽에 날림으로 달아둔 나무 문이 늘어서 있고, 이것도 현관과 마찬가지로 에메랄드그린 페인트로 칠해놓았다.

사야마 교지 교수의 방은 그 복도의 막다른 곳에 있었다. 문 앞에 서서 노크를 몇 번인가 했다. 그런데 반응이 전혀 없었다. 겐이치로가 "실례합니다"라고 말을 건네면서 문을 열었다. 예상과는 달리 살풍경한 방이었다. 실제로 자기가 어떤 방을 상상했는지는 잘 모르겠지만, 눈앞에는 서류에 파묻힐 것 같은 책상이 있는 것도 아니고, 그렇다고 해서 현미경 같은 고가로 보이는 연구 기자재들이 늘어서 있지도 않고 지극히 심플했다. 중소기업의 사장실이라고 표현하면 좋을까, 커다란 책상에 응접세트, 벽 쪽에는 지구본이 놓여 있었다.

지구본 옆에 있는 문이 열린 것은 바로 그때였다.

이쪽은 상상했던 대로라고 할까, 과학자로밖에 안 보이는 중년 남성이 하얀 가운을 벗으면서 들어오는가 싶더니, "네, 네. 내가 사야마 교지"라며 분주히 소파에 앉았다. 겐이치로는 살짝 어이가 없었지만, 똑같이 앞으로 다가가 명함부터 건넸다.

"바쁘실 텐데, 시간을 내주셔서 정말 감사합니다. 몇 번씩 편지를 보내서 죄송합니……"

"아, 네네. 앉아요, 앉아."

젠이치로의 말을 가로막으며 사야마 교수가 벗은 흰 가운을 돌돌 말았다. 젠이치로는 그가 권하는 대로 소파에 앉았다. 새삼 다시 보니 살결이 희고 콧날이 오뚝한 사야마 교수의 얼굴은 명문 가부키 배우 같기도 했다.

"당신, 차 마시겠습니까?"

젠이치로가 소파에 앉자마자, 이번에는 사야마 교수가 일어섰다. 그에 이끌려서 젠이치로도 다시 일어섰다.

"아, 아뇨, 괜찮습니다. 고맙습니다."

"아, 그래요? 흠, 그래도 난 마셔야겠군."

사야마 교수가 문 쪽으로 갔다. 그대로 나가나 했는데, 문 옆 선반에 전기 포트와 식기가 있었다.

"아 참, 그렇지. 맛있는 녹차가 있었는데, 오늘 아침에 다 먹었네."

"아, 아아, 저는 아무거나······."

젠이치로가 허둥지둥 대답하자, "어? 뭐라고?"라며 사야마 교수가 돌아보았다.

젠이치로에게 한 말이 아니라 혼잣말이었던 모양이다.

소파에 다시 자리를 잡고 앉은 젠이치로는 창밖으로 시선을 돌렸다. 커다란 은행나무가 창을 가로막듯이 우거져 있었다.

"당신, ······으음, 사토미 씨?"

"네. 사토미입니다."

"당신 편지는 느낌이 좋더군요."

사야마 교수 옆에서 재가열한 전기 포트가 보글보글 끓어 올랐다.

"……딱히 잘 쓰는 글씨는 아닌데, 뭐랄까, 편지지를 펼친 순간 왠지 기분이 좋아진단 말이지."

"과분한 말씀이십니다. 글씨가 형편없어서 부끄러울 뿐인 데……."

"그래, 글씨는 분명 잘 쓴 건 아닌데, 그 한 글자 한 글자가 줄줄이 늘어서면 그 뭐랄까, 시원시원한 게……."

사야마 교수는 쟁반을 쓰지도 않고 차탁에 올리지도 않고, 양손으로 찻주전자를 들고 왔다.

"……그리고 일부러 여기까지 오라고 해서 대단히 미안한데, 의뢰하신 취재 건, 그건 역시 사양하고 싶은데."

느닷없이 본론으로 들어가서 겐이치로는 당황했다. 마시려던 차를 내뿜을 뻔했다. 사레가 들려 콜록거리는 겐이치로에게 사야마 교수가 휴지 상자를 내밀었다.

"죄, 죄송합니다."

"그 왜, 예의 그 STAP 세포와 관련된 일련의 보도를 보면……."

"아, 네. 시기적으로는 아무래도 비교될 가능성이 있지만, 그 부분은 확실히 다른 접근이라고 할까요, 반드시 다른 관점에서 바라볼 수 있게 노력하겠습니다."

"그렇다고 해도…… 우리 연구는 아직은 한참 시기상조예요."

"물론 현재 연구 단계를 소개하는 것뿐이고……."

"아니 글쎄, 당신 같은 분이 우리 연구에 흥미를 가져주는 건 물론 기뻐요. 아니, 기쁜 정도가 아니죠. 그렇게 세간에 인지되지 못하면, 연구에 필요한 자금이 모이질 않을 테니까. 다만……, 반복되는 얘기겠지만, STAP와 관련된 규탄 같은 걸 보고 있으면, 솔직히 무섭다는 생각이 든단 말이지."

"규탄, 말인가요……."

겐이치로의 목소리도 차츰 활기를 잃어갔다.

"그런 일련의 보도를 보자면, 우리 쪽에서도 일정 정도 성과가 있다 하더라도 세간에 발표하는 건 경계할 수밖에 없어요."

"아니, 절대 흥미 위주로 프로그램을 제작하려는 의도도 없을뿐더러 당연히 사야마 교수님이 염려하시는 시청자의 윤리관을 어느 방향으로 유도하는 식의 제작은 하지 않을 겁니다."

"아, 네. 그건 알아요. 당신이 보낸 편지만 읽어봐도 공부를 상당히 많이 했다는 건 알았어요."

사야마 교수가 그쯤에서 소리를 내며 차를 마셨다. 문 너머가 연구실인지, 젊은 연구원들의 웃음소리가 들려왔다.

겐이치로가 이 사야마 교수의 연구를 알게 된 것은 재작년에 우연히 손에 든 한 권의 학술서 덕분이었다. 그 당시는 교토대학의 야마나카 신야 교수가 노벨 생리학·의학상을 수상한 직후이기도 해서 서점에는 인공다능성줄기세포와 관련된 많은 서적들이 늘어서 있었는데, 겐이치로가 집어 든 책도 그중 한 권이었다.

주요 내용은 이른바 iPS세포를 재생의료에 적용하려는 시도인데, 중간에 사야마 교수의 코멘트를 인용하는 형태로, 혈액에서 정자와 난자를 만들어내는 가능성이 소개되어 있었다.

간단히 말해버리면, 예를 들어 겐이치로 자신의 혈액을 채취해서 그 혈액세포에서 먼저 만능세포인 iPS세포를 만들어낸다. 그리고 그것을 정자와 난자로 분화시키면, 겐이치로 자신이 아버지이자 어머니이기도 한 아이가 만들어진다는 얘기다.

사야마 교수는 책 속에서 '이것은 신의 영역'임을 전제하면서도 미국에서는 예전부터 정자은행 같은 곳에서 일류 육상선수나 고명한 학자의 정자가 매매되어 왔고, 유전자 조작에 따라 부모의 희망에 맞는 특징을 가진 갓난아기를 만들려는 '디자이너베이비'라는 연구도 진행되어 왔다는 예를 들었다.

그런 연구가 존재한다는 것을 알았을 때, 겐이치로가 가장 먼저 떠올린 것은 소위 말하는 복제인간이었다. 핵이식으로 자기 자신과 완전히 똑같은 인간을 만드는 복제인간. 그러나 자세히 조사해보니, 아무래도 이 사야마 교수 일행이 하는 연구의 경우는 흔히 말하는 복제인간과는 다른 것 같았다. 그도 그럴 것이 iPS세포에서 정자와 난자가 만들어질 때는 반드시 재조합 현상이 일어나며, 30억이 있다고 일컬어지는 문자(염기쌍)의 나열 방법이 본인과는 달라져버린다는 것이다. 요컨대 자기의 혈액으로 만든 인간이라도 자기와는 다른 인격의 인간이 탄생한다는 뜻이다.

"으음, 혹시 괜찮으면 연구실이라도 둘러보겠습니까? 살풍경한 곳이라 봐도 재미는 전혀 없겠지만."

갑자기 건네는 말에 겐이치로는 멍하니 바라보고 있던 손 안의 찻잔에서 시선을 들었다.

"……아, 물론 취재를 받아들이겠다는 건 아니고, 힘들게 여기까지 오게 만든 데 대한 사과의 의미랄까……."

"혹시 볼 수만 있다면, 꼭 보고 싶습니다. 고맙습니다."

겐이치로가 재빨리 일어섰다. 디렉터의 직감으로 이대로 계속 앉아 있어도 사야마 교수의 마음이 변하지 않을 거라는 건 짐작할 수 있었다. 그러나 이렇게 취재를 거절함으로써 사야마 교수가 겐이치로와의 관계를 완전히 끊으려는 의도도 없다는 느낌이 어렴풋이 전해졌다.

"무슨 일이나 타이밍이라는 게 있으니까. 타이밍에 따라 전혀 다르게 보일 때도 있지."

사야마 교수가 또다시 혼잣말처럼 중얼거리고, 연구실로 들어가는 문을 열었다. 문 너머에는 예상했던 것보다 넓은 공간이 펼쳐져 있었다. 쇼와시대의 서양식 응접실이 그 문을 경계로 우주선 내부와 연결되는 듯한 느낌이었다.

젊은 연구원들 여럿이 큰 기자재 사이로 보였다 가려졌다 하며 일하고 있었다. 그리고 어딘가에서 음악이 흘러나왔다.

그것이 바그너나 요한 슈트라우스 2세의 왈츠였다면 그 분위기에 딱 들어맞았을 테지만, 어쩐 일인지 흐르는 음악은 차분하기 이를 데 없는 나가우타(에도시대에 유행한 긴 속요로 우아하며 품위가 있음)였다. 한동안 귀를 기울이고 있던 겐이치로가 "저어, 이거 혹시 〈흑발(黑髮)〉인가요?"라고 무심코 물었다.

그러자 사야마 교수가 몹시 놀라며, "호오, 이걸 알아요? 젊은데 희한한 일일세"라며 활짝 웃었다.

"할머니가 좋아하셔서"라고 겐이치로가 대답했다.

흘러나오는 〈흑발〉이라는 나가우타는 옛날에 이토 스케치카의 장녀 다쓰히메가 요리토모를 향한 자기의 연심을 호조 마사코에게 양보하고 두 사람을 2층 침실로 올려 보낸 후, 자기 머리칼을 빗으며 질투심에 사로잡힌다는 내용이었다.

나 홀로 잠드는 밤 서글픈 베개여, 한쪽에만 펼쳐둔 이부자리를 내 남편이려니 하며 스스로를 달래보는 어리석은 여자의 마음도 모른 채……

최첨단 연구실에 샤미센(일본의 세 줄짜리 전통 악기) 소리와 애절한 나가우타가 어울릴 리 없었지만, 겐이치로에게는 왠지 신선한 느낌으로 다가왔다.

자기 자신의 어릴 적 기억과 미래가 눈앞에서 돌연 이어진 듯한 느낌도 들었고, 반대로 머나먼 과거와 머나먼 미래가 사실은 그리 멀지 않은 듯한 느낌도 들었다. 어느 쪽이나 위화감이 너무 커서 위화감이 없었던 것이다.

젠이치로는 그때부터 두 시간 가까이나 사야마 교수의 연구실에 있었다. 그러나 실제로 연구실을 안내받은 시간은 채 30분도 안 됐고, 나머지 한 시간 이상은 사야마 교수가 좋아한다는 나가우타와 샤미센 얘기를 나눴다.

젠이치로는 연구실에서 돌아오는 길에 네즈 역 앞에 있는 카페에 들렀다. 오후에 열리는 정기 기획 회의까지 시간을 보낼 작정이었는데, 자리에 앉자마자 "어이, 사토미!"라며 안쪽 자리에서 이름을 불렀다. 쳐다보니 예전에 같은 와다이코(일본의 전통 북) 동아리에 들었던 미야모토가 반갑게 웃고 있었다. 젠이치로는 뜻밖의 재회에 놀라며 물 잔을 들고 자리를 옮겼다.

"이게 몇 년 만이야?"

놀라는 미야모토에게 "2년 만인가"라고 젠이치로도 대답했다.

"넌 이젠 안 치냐?"

미야모토가 큰북을 두드리는 시늉을 했다. 젠이치로는 한순간 망설였지만, "실은 최근에 다시 들었어. 가와사키 쪽에 있는 그룹인데"라고 말했다.

"어, 그래. 그럼, 잘됐네. 뭐라고 해야 하나, 그대로 큰북까지 그만둬버렸나 해서 살짝 걱정했거든."

"그런데 일도 바쁘고 해서 동아리에 들긴 했는데 연습은 거의 못 나가."

"나도 마찬가지야."

미야모토의 커피 잔은 이미 비어 있었다.

"오늘은? 쉬는 날이야?"라고 겐이치로가 물었다.

"딸이 열이 나서. 지금 막 병원에 데려갔었어."

"그럼, 지금 딸은?"

"아내가 돌아와서 교대하고 난 다시 일하러 갈까 했는데, 여기서 잠깐 휴식하는 거지."

딸의 용태는 걱정이 없는지 미야모토가 태평하게 웃었다.

"내가 동아리 그만두기 직전에 태어난 아이지?"라고 겐이치로가 물었다.

"그게 아니고 작년에 태어난 둘째 아이. 아직 18개월이야."

"아, 그렇군. 축하해."

"엇, 넌 결혼은?"

미야모토가 일부러 그런다 싶을 정도로 밝은 말투로 물었다. 이왕이면 겐이치로도 그 말투에 맞춰서 대답하려 했지만, 하필이면 그때 주인이 커피를 내왔다. 결국 묘한 틈이 생긴 후, 겐이치로가 얘기를 이어갔다.

"다다음 달 12월에 결혼해."

"어, 그래? 축하할 일이네. 상대는 어떤 사람이야? 넌 얼굴만 밝히잖아."

손뼉이라도 칠 것 같은 미야모토에게 "……가오루코야, 상대는"이라고 대답했다. 한순간 미야모토의 낯빛이 변했다.

"진짜? 그래도 뭐…… 으음, 뭐라고 해야 하나, 그런 거지?"

"그런 거라니?"

"아니, 그러니까 그 뭐냐, 네가 유키 씨한테서 가오루코쨩을 낚아챈 거지? 그렇다면 역시 축하할 일이지. 안 그래?"

젠이치로는 입가에 미소를 머금고, 커피에 우유를 넣었다. 짙은 커피에 하얀 소용돌이가 가라앉았다.

"가오루코쨩, 건강해? 그녀도 가와사키 동아리에서 같이 치나?"

왜 그런지 하얀 소용돌이를 같이 바라보던 미야모토가 문득 생각이 난 듯이 물었다.

"아니, 가오루코는 이젠 안 해. 완전히 흥미를 잃었대."

딱히 중의적으로 한 말은 아니었는데, 그렇게 받아들인 듯한 미야모토가 "그, 그렇겠지. 그럴 거야. 이젠 완전히 흥미를 잃었을 거야"라며 침을 튀겼다.

"유키 씨는? 아직 같이 하지?"라고 젠이치로가 물었다. 최대한 가볍게, 말말끝에 툭 던진 것처럼 물을 생각이었지만, 아무래도 그 목소리는 무거웠다.

"아, 응, 하지. 아 참, 그렇지. 유키 씨네도 우리 애 바로 다음에 둘째가 태어났어, 그쪽은 아들. 라이브 공연 때 부인이 데려왔는데, 웃음이 절로 날 정도로 유키 씨를 쏙 빼닮았더군."

그쯤에서 미야모토가 갑자기 얘기를 뚝 끊었다. 유키의 이름을 드러내는 게 어색하게 감추는 것보다 건전하다고 생각했던 모양인데, 결국 이 자리에서는 건전하지 않다는 걸 알아챈 듯했다.

겐이치로가 와다이코에 흥미를 갖게 된 것은 고등학생 때였다. 샤미센을 가르쳤던 할머니의 영향도 있었겠지만, 입학한 고등학교에 우연히 와다이코부가 있어서 매료되었다. 그때부터 고등학교와 대학까지 계속했고, 졸업한 후에 들어간 곳이 미야모토 일행과 같이 했던 사회인 와다이코 동아리였다. 연습은 일주일에 한두 번, 물론 각자 자기 일이 있어서 전원이 다 참석하지는 못했지만, 그래도 반년에 한 번은 라이브 공연을 했고, 팬도 꽤 많은 수준 높은 동아리였다.

그리고 겐이치로는 그 동아리에서 가오루코를 만났다. 그러나 그 당시에 가오루코는 동아리 리더인 유키만 바라보았다. 유키가 연습이나 라이브 공연에 아내를 데려와도.

그날, 8시가 지나서 일을 마쳤다. 약속은 안 했지만, 갑자기 가오루코가 보고 싶어서 연락을 하자, 마침 회사에서 막 나온 참이니 어디서 식사라도 하자고 했다. 겐이치로는 "그럼, 집에서 뭘 좀 만들 테니 집에서 자고 가"라고 청했는데, "내일, 아침 일찍부터 가나자와로 당일치기 출장을 다녀와야 해서 오늘은 일찍 들어가야 해"라고 말했다.

그런데도 식사는 같이 하고 싶다는 가오루코의 마음이 기뻤다.

만난 곳은 도쿄 마루빌딩에 있는 비어하우스였다. 북적이는 가게 안 카운터에서 가오루코는 이미 바이스비어를 마시고 있었다. 여러 단체 손님들 중에 가오루코만 혼자 있어서였을까, 그 옆모습이 몹시 시무룩해 보였다.

"미안, 미안!"이라며 겐이치로가 일부러 큰 소리로 말을 건네며 다가갔다.

가오루코가 갑자기 스위치가 켜진 것처럼 만면에 미소를 띠며 돌아보았다. 그 웃는 얼굴이 밝으면 밝을수록 조금 전까지의 표정이 얼마나 시무룩했는지 실감할 수 있었다.

"금방 온다고 해서 먼저 몇 개 주문해놨어."

"응, 고마워."

"으음, 새우 아히조……."

"어, 아히조가 뭐였지? 그거 내가 좋아하는 거지?"

"좋아한다면서 뭔지 몰라?"

가오루코가 소리 내어 웃었다. 그 웃음소리에 주위에 있던 남자들의 시선이 모아졌다.

가오루코의 웃음소리는 독특해서 설명하기는 힘들지만, 예를 들면 자기가 알고 있는 여자가 웃는 방식과 비슷하다. 그게 누구인지는 알 수 없다. 그러나 틀림없이 아는 여자 같은 기분이 들어서 무심코 돌아보고 마는 것이다.

북에
흐트러지다

와다이코 동아리 '오동나무회'의 연습은 가와사키에 있는 임대 스튜디오에서 할 때가 많다. 임대료가 적정한 것은 물론이고, 대여해주는 북 종류도 다양하고 싸다. 예를 들면 동아리 총인원수인 열다섯 명 몫의 북도 대여할 수 있어서 채랑 북통 줄만 챙겨 가면 연주할 수 있다.

그날 스튜디오에 가장 먼저 도착한 사람은 겐이치로였다. 일을 일찌감치 마무리 지어서이기도 했지만, 그날 참가하는 여섯 명분의 북과 받침을 다 준비했는데도 여전히 아무도 나타나지 않았다.

방음 시설이 갖춰진 열다섯 평쯤 되는 스튜디오인데, 소리를 안 내고 가만있으면 기분이 좀 이상해진다. 겐이치로는 연습복으로 갈아입고 서둘러 혼자 나가도다이코(북의 몸통 중앙부가 약간 둥근 가장 일반적인 북)를 치기 시작했다.

둥, 둥, 둥두둥, 둥둥.

처음에는 스치듯이 조용히 쳤다.

둥, 둥, 둥두둥, 둥둥.

이어서 힘을 살짝 넣었다. 이것은 〈산호(山呼)〉라는 곡인데, 여럿이서 같이 연주하는 경우는 이 리듬을 반복하면서 일단은 한 사람이 먼저 치고, 이어서 세 사람이 치고, 그러다 여섯 사람, 열두 사람으로 연주자가 늘어간다. 연주자가 늘어나면 소리도 높고 거칠어진다. 리듬은 계속 똑같지만 박력이 더해간다. 혼자 걷기 시작했는데, 어느새 군중의 발소리로 바뀌고, 치고 있는 자기들까지도 그 소리에 삼켜져버릴 것 같다.

상상 속에서 마치 100명이서 〈산호〉를 치고 있는 듯한 기분에 젖어 있는데, 스튜디오 문이 열리더니 "엇, 일찍 왔네"라며 미즈타니 신지가 모습을 드러냈다.

홍콩에 가기 전날 선술집 '긴지로'에서 만난 후로는 처음이지만, 라인(LINE)에서는 분명히 오늘 연습은 결석이라는 메시지를 보냈었다.

"너, 쉰다며?"

겐이치로가 채를 내려놓았다.

"그런데 갑자기 회식이 취소됐어. 상대가 독감이래."

미즈타니도 빨리 치고 싶어서 근질거리는지 서둘러 겉옷을 벗기 시작했다.

"네 건 안 꺼내놨으니까 빌려 와."

젠이치로가 그렇게 말하고, 채를 다시 잡았다. 특별 주문한 노송나무 채로, 손잡이에 사토미 젠이치로라고 이름이 새겨져 있었다.

"아 참, 그 클레임 아줌마는 어떻게 됐어?"라고 젠이치로가 문득 생각이 나서 물었다.

"클레임 아줌마?"

"그 왜, 너희 편집부에 걸려 온다는 정기구독자 클레임 전화. 특종기사가 부족하다고 노래하듯이 따진다는."

"아아, 그 사람. 요즘은 통 연락이 없네."

"그게 무슨 노래였지?"

"으음, 뭐였더라……, '이번 주 호, 특종이 하나도 없잖아~요 ♪ 뉴스가 좀 더 필요해요 ♪ 좀 더 좀 더 ♪'"

미즈타니가 옷을 갈아입으며 노래를 불렀다. 젠이치로가 그 노래에 북장단으로 추임새를 넣었다.

옷을 다 갈아입은 미즈타니가 케이스에서 채를 꺼냈다. 젠이치로가 다시 〈산호〉를 조용히 치기 시작하자, 미즈타니도 옆에 있는 북을 조용히 치기 시작했다. 두 사람 다 처음에는 어루만지듯이 쳤다.

"말해야 하나 마나 망설였는데, 말 안 하면 나중에 후회할 것 같으니까 말할게."

〈산호〉의 리듬을 타며 미즈타니가 불쑥 입을 열었다.

"뭔데?"라고 겐이치로가 물었다.

"미리 말해두지만, 우연이었을 거야."

"글쎄, 뭐냐고?"

"아니, 정말 우연이었겠지만…… 좀 전에 시부야에서 탄 전철에 가오루코짱도 탔더라."

"어, 그래? 아는 척했어?"

"아니, 옆 차량이었어. 그리고 이쪽 차량에는 유키 씨가 있었고."

손에서 힘이 쭉 빠졌다. 채가 떨어질 뻔했다.

"……아, 아니, 분명히 우연이었을 거야. 어쩌다 우연히 같은 전철을 탔겠지. 그 뭐냐, 가오루코짱은 '가쿠게이대학' 역이고, 유키 씨는 분명 '무사시코스기' 역이었지? 그러니 귀가 시간에 같은 전철을 탄대도 딱히 이상할 건 없지. 그렇다기보다 같이 탄 것도 아니고, 각자 다른 차량이었으니까."

겐이치로는 북을 다시 치려고 채를 움켜쥐었다. 그러나 손에 힘이 들어가지 않았다.

원래 미즈타니는 대학에서도, 졸업 후에 들어간 와다이코 동아리에서도 함께 활동했다. 그런데 미즈타니는 리더인 유키와 맘이 안 맞아서 반년쯤 후에 그만두고 이 '오동나무회'로 옮겼다. 겐이치로가 예전 동아리를 그만뒀을 때, 화기애애한 '오동나무회'로 오라고 청했던 사람도 미즈타니였다.

겐이치로는 채를 몇 번이나 고쳐 쥐었다. 다시 제대로 쥐고 치려고 했지만, 또다시 힘이 빠져버렸다. 옆에 있는 미즈타니는 아무 일도 없었다는 듯이 〈산호〉를 계속 치고 있었다.

"말 안 하면 왜 후회할 것 같았는데?"라고 겐이치로가 물었다.

"어?"

놀란 미즈타니가 연주를 멈췄다.

"······우연이라고 생각했으면, 굳이 나한테 말할 건 없잖아."

겐이치로의 말투가 너무 강했을까, "미, 미안해"라며 미즈타니가 사과는 했지만, "······그렇지만 나한테 화풀이할 일은 아니잖아"라며 혀도 찼다.

"내가 너한테 무슨 화풀이를 해?"

"바로 그거야. 그 말투가 화풀이란 말이지."

겐이치로는 예전에 가오루코와의 관계를 미즈타니에게 상담한 적이 있었다.

그때 자기가 무슨 얘기를 어떻게 했는지, 너무 흥분했던 상태라 기억이 안 나지만, '만약 가오루코가 유키를 계속 못 잊는대도 난 그녀랑 결혼하고 싶다'는 식으로 얘기했을 터였다. 미즈타니는 "그만둬라"라며 말렸다. "너 혼자 폼 잡아봐야 아무도 행복해지지 않아"라고. "폼 잡는 거 아니야"라고 겐이치로가 받아쳤다. "좋아하는 상대와는 맺어지지 못한 여자가 다른 남자랑 맺어지는 건 흔하디흔한 얘기야"라며 어금니를 깨물었다.

"······그만두라니까. 안 그래? 너처럼 아무 거부감 없이 길 한가운데를 걸을 수 있는 녀석이 달리 있겠냐?"

"무슨 뜻이야?"

겐이치로는 미즈타니의 말뜻을 이해할 수 없었다.

"넌 언제나 '정답'이야."

"글쎄, 그게 무슨 뜻이냐고?"

"보나 마나 어릴 때부터 줄곧 그랬겠지. 예를 들면 네가 즐겁다고 생각하는 건 반 아이들 전체도 즐거워했을 테고, 네가 슬프다고 생각하는 건 반 아이들 모두가 슬퍼했겠지?"

겐이치로는 미즈타니가 무슨 말을 하려는 건지 알 수가 없었다. 아니, 알지만, 그게 뭐가 잘못인지 알 수가 없었다.

"아니, 그러니까…… 널 비난하려는 게 아니라……."

겐이치로가 당혹스러워하는 것을 알아챘는지 미즈타니가 표현을 달리했다.

"……그런 게 아니라, 내가 하고 싶은 말은 넌 옳다는 거야. 올바른 녀석은 설령 자기가 잘못된 일을 해도 그게 옳다고 굳게 믿어버린다고."

겐이치로는 그때 미즈타니가 한 말을 아직까지도 제대로 이해했다고 말할 수 없다. 다만, 업무로 담당한 다큐멘터리 프로그램을 만들 때, 불현듯 그 말을 떠올리곤 한다. 최근에도, 예를 들면 가부키초에 사는 소녀 가논짱의 프로그램을 만들 때도 그랬다.

겐이치로는 프로그램을 제작하면서 가논짱 모녀에게 듬직함과 공허함을 동시에 느꼈다. 두 사람이 사는 비좁은 원룸이 두 사람을 듬직하게 보이게 하는 반면, 두 사람의 노력이 세상에서 바보 취급당하는 것처럼 보이게도 했다. 그리고 그럴 때면 문득 미즈타니의 말을 떠올리는 것이다.

아마 시청자도 자기와 마찬가지로 이 모녀에게서 듬직함과 공허함을 느낄 게 틀림없다고 확신하는 바로 그 순간, 세상에는 그렇게 느끼지 않는 사람이 있다는 걸 불현듯 깨닫는다. 가논짱 모녀의 노력에 마음이 전혀 움직이지 않는 사람이 있고, 더 심하게 말하자면 코웃음을 치는 사람도 이 세상에는 존재하는 것이다.

왜 그런 사악한 감정을 가진 인간이 존재하는지, 겐이치로는 이해할 수 없었다. 아무리 이해하려 노력해봐도 불가능했다. 그런 인간이 있을 리 없다는 생각만 든다. 아니, 만에 하나 그런 생각을 하는 인간이 있더라도 거기에는 어떤 이유가 있어서, 사실은 그렇게 생각하고 싶지 않은데도 그렇게 생각할 수밖에 없는 이유가 있을 거라고 상대를 미루어 헤아리며, 결국 그런 사악한 인간은 역시나 이 세상에 존재하지 않는 걸로 치부해버린다.

그렇기 때문에 그때 미즈타니가 말했던 것이다. "넌 옳아" 그리고 "올바른 녀석은 설령 자기가 잘못된 일을 해도 그게 옳다고 굳게 믿어버린다"라고.

요컨대 미즈타니는 이렇게 말했다고 볼 수도 있었다.

"넌 옳아. 그리고 올바름은 오만이야"라고.

사야마 교지 교수에게서 난데없이 전화가 온 것은 그다음 날인데, 연구실을 방문한 지 아직 나흘밖에 안 지났을 때였다.

"여보세요? 나, 나, 사야마 교지."

휴대전화를 받자마자, 지난번에 만났을 때와 똑같은 조급한 말투로 사야마 교수가 말문을 열었다.

"지난번에는 바쁜 와중에 시간을 내주셔서……."

"아, 그건 됐어요, 됐어. 그보다 당신, 오늘 일 끝나고 시간 없나?"

"시간이라시면?"

"같이 한잔하겠냐는 제안이지."

"오, 오늘 밤에요?"

"역시 선약이 있나요?"

"아, 아뇨, 괜찮습니다. 저어, 그런데 8시가 넘을 것 같은데……."

"아, 그래? 우리 연구소 근처에 맛있는 돈테크(돼지고기 스테이크의 준말) 가게가 있는데. 거기 어때?"

"아, 아아. 네."

사야마 교수는 돈테크 가게가 있는 장소와 이름을 알려주고 일방적으로 전화를 끊었다.

그날 밤, 만나기로 한 돈테크 가게에 겐이치로가 도착한 것은 약속 시간보다 10분쯤 전이었다. 먼저 가서 기다리려고 했는데, 사야마 교수는 이미 시끌벅적한 가게 카운터에서 혼자 마시고 있었고, 게다가 첫 잔도 아닌 것 같았다.

겐이치로가 가게로 들어가자, "오우"라며 기분 좋게 한쪽 손을 치켜들며 손짓을 했다. 좁은 가게 안은 대성황이라 사람들 등을 스치지 않으면 안으로 들어갈 수 없었다. 몸을 미끄러뜨리듯 밀어 넣으며 가까스로 자리에 앉자, "여긴 말이야, 뭐든 다 맛있어. 감자 샐러드, 고기 두부"라며 사야마 교수가 서둘러 알려주었다.

겐이치로는 일단 교수가 권해준 안주 두 개와 함께 생맥주를 주문했다. 옆을 슬쩍 보니, 남에게는 감자 샐러드를 권했으면서 자기는 정작 마카로니 샐러드를 먹고 있었다.

"이 가게에 자주 오세요?"

생맥주가 나와서 겐이치로가 물었다. 건배하려고 맥주잔을 가까이 가져갔지만, 사야마 교수에게는 건배 습관이 없는지 삶은 풋콩만 계속 집어 먹었다.

"연구실 젊은 친구들한테 가끔 오자고 청하긴 하는데, 아무도 어울려주질 않아요."

삶은 풋콩을 입으로 쏙 집어넣은 사야마 교수가 웃었다. 아직 김이 모락모락 나는 풋콩이라 맛있어 보였다.

"당신, 어디 출신이지?"

사야마 교수가 물어서 "도야마입니다"라고 겐이치로가 대답했다.

"도야마 어디?"

"야쓰오라는 곳인데……."

"아아, '오와라카제노본(일본 도야마 현 야쓰오마치에서 열리는 민속 축제)'이 열리는?"

"네, 맞습니다. 아세요?"

"전에 한 번 가본 적이 있지. 대학 후배 중에 고카야마 출신이 있는데, 그 녀석이 같이 가자고 해서. 야아, 그 축제는 좋던데. 정말 풍정이 넘치고, 좋았어."

사야마 교수의 말에 거짓은 없는지, 그 눈빛이 머나먼 기억을 더듬고 있었다.

"……샤미센과 호궁(胡弓) 소리가 고요한 밤에 그윽하게 울려 퍼지고."

"고요한 축제죠."

"정말 그래. 축제가 열리는 밤인데도 어딘지 모르게 적적하단 말이지. 터벅터벅 걸어가다 보면 어디에선가 띠딩띵띠딩 샤미센 소리가 고요히 다가오고, 그 소리에 돌아보면 아가씨와 젊은이들이 춤을 추며 걸어오잖아, 그것도 발소리조차 안 나게."

흥이 올랐는지 사야마 교수가 호궁 소리를 흉내 내며 목젖을 울렸다. 겐이치로도 그에 맞춰서 조심스럽게 샤미센 대신 젓가락을 두드렸다.

"당신, 춤출 수 있어?"

"네?"

느닷없이 사야마 교수가 겐이치로를 일으켜 세우려 했다.

"어릴 때부터 춤췄을 거 아닌가?"

"네? 아 네, 뭐⋯⋯."

"잠깐 춤 좀 춰봐."

"네? 여기에서요? 아뇨, 아뇨."

아무래도 부끄러워진 겐이치로가 몸을 꼬았다. 사야마 교수 같은 단골손님인지, 옆자리에 있던 여성이 "추세요"라며 박수를 치자, 웬일인지 손님들 시선이 모이고 말았다.

"아니, 아니, 제발 봐주십시오. 무리예요, 무리! 게다가 이런 데서 춰서 흥이 날 만한 춤도 아니에요! 어두워요! 아무튼 굉장히 어두운 춤이에요!"

당혹스러워하는 겐이치로의 모습에 손님들이 와르르 들끓자, "춤출 공간이 없죠"라며 가게 주인이 구조선을 띄워주었다.

묘한 분위기가 되고 말았지만, 그 덕분에 겐이치로는 단골들만 있는 듯한 그 가게 손님들에게 받아들여진 기분이었다.

"그 춤에는 남자 춤과 여자 춤이 있지?"

찬술을 핥듯이 홀짝거린 사야마 교수가 얘기를 되돌렸다.

"네, 그렇습니다. 거기에 풍년 춤까지 총 세 종류죠."

"남자 춤과 여자 춤은 역시 구애 춤이겠지?"

"글쎄요, 어떨지. 요즘 젊은이들은 그냥 배운 대로만 추는 것 같지만, 옛날에는 역시 하레노히(축제 등의 연중행사가 있는 특별한 날을 의미)였을 테니까요."

"그래서 그토록 차분하고 은근한 거겠지. 안 그래? 최근에는 아무튼 영화나 드라마나 연애가 요란스러우니까."

"요란스러운가요?"

"그럼, 요란스럽지. 마치 불꽃이라도 쏘아 올리는 것처럼. 퓨웅, 콰광, 타타타다닥."

사야마 교수의 표현이 재미있어서 겐이치로가 소리 내어 웃었다.

"……그래서야 색기도 뭣도 없어. 흐음, 좀 더 차분하고 은근해야지."

겐이치로는 무심코 이미 몇 년이나 참가하지 않은 '오와라카제노본'의 밤 풍경을 회상하고 있었다. 분명 사야마 교수의 말대로 애잔한 듯한 오와라 민요나 샤미센이나 호궁도 색기가 있지만, 그 무엇보다 축제의 밤 자체가 차분하고 은근했던 기억이 떠올랐다.

"남편뿐이면 그나마 참아도 장래에 손자까지 편애할 것 같아서 벌써부터 오싹해"라며 가오루코의 언니 사쿠라코가 식탁 위의 접시를 거칠게 포갰다.

저녁 식사를 끝낸 겐이치로는 가오루코의 아버지인 이사쿠를 따라 테라스에 나가 있던 참이지만, 사쿠라코의 목소리는 명확하게 이사쿠를 향한 것이었다.

"얘, 사쿠라짱."

같이 뒷정리를 시작한 가오루코의 어머니 노리코가 황급히 나무랐다.

"내가 뭐 틀린 말 했어? 우리 아빠는 겐이치로 군이 오면 기쁘게 고급 와인을 따면서 내가 데쓰오 씨를 데려오면 와인은 커녕 맛없다는 듯이 맥주만 마시잖아."

"아까 아빠가 딴 건 그렇게 고급 와인은 아냐."

"고급이야. 아빠가 인터넷으로 일부러 주문한 거잖아."

"아냐. 매달 정기 배달로 오는 레드와인이었어."

물론 두 사람의 목소리는 테라스에 있는 겐이치로와 장인의 귀에도 들렸다.

"아버님, 치즈라도 좀 가져올까요?"라고 겐이치로가 분위기를 바꾸려는 듯이 말을 건넸다.

"아, 그럴까. 분명 냉장고에 블루치즈가 있을 텐데"라며 장인이 조심스럽게 미소를 지었다.

본래 차분한 사람이지만, 장인은 여자들뿐인 이 집에서 말없는 천성보다 말이 더 없어졌을 거라고 겐이치로는 생각했다. 그런데 둘째 딸의 약혼자인 자기하고는 왠지 처음부터 기가 맞아서 놀러 오면 즐겁게 함께 식탁에 앉았고, 식사 후에도 이렇게 남자 둘이 테라스나 다이닝룸에서 한잔 더하자는 말도 건네주었다.

겐이치로가 일어나서 부엌으로 치즈를 가지러 갔다. 테라스에서 다이닝룸으로 들어가자마자, "미안해, 겐이치로 군. 신경 쓸 거 없어. 얘가 오늘 기분이 좀 안 좋은 모양이야"라고 장모가 말을 건넸다.

겐이치로는 그 상황에서는 대화에 안 끼는 게 무난하다고 판단하고, "아닙니다, 아니에요"라고만 대답했다.

"미안해요."

사쿠라코도 그제야 알아챘는지 사과했다.

"……겐이치로 군한테 한 말이 아니에요."

"압니다."

"정말이야. 겐이치로 군은 잘못한 거 하나 없어. 아빠한테 하고 싶은 말이었으니까……. 아무튼 데쓰오 씨보다 겐이치로 군을 좋아하는 건 딱 보면 알아. 그거야 뭐, 상관없어. 그렇지만 내 말은 장래에 우리에게 아이가 생겼는데, 그 손자까지 차별을 한다면 정말 참을 수 없다는 얘기였고……."

겐이치로는 일단 그냥 지나쳐서 부엌으로 들어갔다. 장모가 곧바로 "뭘 찾아?"라며 뒤따라 들어왔다.

"저어, 아버님이 치즈를………."

"아, 치즈? 내가 금방 가져갈게."

"죄송합니다."

다시 다이닝룸으로 돌아오자, 흥분이 가시지 않은 사쿠라코가 기분이 언짢은 듯이 의자에 앉아 있었다.

"어, 가오루코는?"이라며 겐이치로가 별 지장 없는 질문으로 말을 건넸다.

"2층에 있는 거 아닌가? 그건 그렇고, 정말 미안해요. 겐이치로 군이 이러쿵저러쿵하단 얘기는 아니야."

"아니, 저는 딱히……."

"하지만 정말 화난다니까. 난 줄곧 꾹 참았어. 그렇지만 저렇게 즐거워 보이는 아빠 얼굴은 본 적도 없다고. 그렇다고 해서 겐이치로 군이 잘못한 건 아니지만……. 아무튼 저런 표정을 보면, 대체 우리 데쓰오 씨는 뭐가 문제냐고 묻고 싶다니까. 그 사람도 자기 나름대로 아빠한테 신경 쓰고 있는데."

사쿠라코는 눈에 눈물까지 그렁거렸다.

"그거 아닐까요. 전 비교적 어릴 때부터 촐랑거리는 타입이었거든요. 하지만 형님은 으음, 저랑 달라서 진지하시잖아요."

형님이라는 말이 입에서 자연스럽게 흘러나왔다. 분명 처음이었다. 무의식이긴 했지만 이런 상황에 그런 말이 불쑥 튀어나오는 걸 보면, 자기는 정말로 약삭빠르고 경박한 남자라는 생각이 들었다.

"……게다가 그 뭐냐, 아버님도 말씀이 없고, 형님도 말이 없잖습니까. 그런 영향도 있지 않을까요. 그런데 으음, 전 보시다시피 이런 사람이라 말 없는 거랑은 거리가 멀죠. 그리고 남자끼리의 교제는 사실은 말 없는 사람끼리 더 잘 맞는다는 얘기도 있어요. 옆에서 볼 때는 같이 있어서 무슨 재미냐 싶을지 몰라도 당사자들은 그게 제일 마음 편하고, 중요한 얘기는 정작 그 친구끼리만 하는 것 같은 상대, 제 친구들 중에도 꽤 많아요."

이것 역시 입에서 자연스럽게 흘러나온 말이었지만, 그렇다고 입에서 나오는 대로 그냥 지껄인 말은 아니었다. 얘기하면서 또렷하게 떠오르는 친구들 얼굴도 있었다.

사쿠라코에게도 그 뜻이 조금은 전해졌는지, "뭐 하긴, 남자들이랑 여자들은 교제 방식이 다른 건 알지만"이라며 그제야 간신히 불만이 가신 듯했다.

"치즈, 이 정도면 될까?"

겐이치로가 부엌에서 나온 장모에게 치즈 접시를 받아 들었다.

"네. 둘이 안주 삼아 좀 집어 먹는 정도니까."

장모에게 대화를 중단당한 사쿠라코가 "하지만 아무래도 화는 나. 계속 참았으니까"라며 얘기를 되돌리려 했다. 그러나 그 표정은 조금 전과 비교하면 험악한 기운이 상당히 많이 가셔 있었다. 장모도 그걸 알아챘는지, "그래. 너도 모처럼의 기회일 테니, 이왕 말이 나온 김에 하고 싶은 얘기 다 해봐"라며 은근슬쩍 유도했고, 그와 동시에 겐이치로에게는 살짝 응석이 깃든 표정을 지어 보였다.

여기서 도망칠 수도 없는 노릇이라 겐이치로는 일단 자리에 앉았다.

"잘못된 사람은 분명 나야. 그건 알아. 그러니 새삼 정색하고 할 말이 있는 건 아니지만······."

"뭐, 어때니. 얘기해. 여기서 흐지부지 덮어도 그런 얘기는 언젠가 또 나오게 마련이야."

"원인은 알아. 뿌리를 말하자면, 전부 내 질투야. 그건 알아. 하지만 사실이 그렇잖아. 아빠는 옛날부터 계속 그랬잖아. 그야 물론 같은 딸이라도 한쪽이 못생기고 한쪽이 예쁘면, 예쁜 여동생을 귀여워하겠지."

"너도 참, 왜 그런 바보 같은······."

"난 바보야. 하지만 그런 건 아무래도 상관 없어. 나도 가오루코랑 견줘서 이길 거라곤 생각 안 해. 그렇지만 몇 번이나 말했듯이 우리뿐이면 그나마 참을 수 있지만, 결혼하면 이번에는 또 남편이 비교당하고, 역시나 가오루코의 남편만 맘에 들어 하면, 아무리 나라도 한마디쯤 하고 싶어진다고. 그래도 남편뿐이면 그나마 낫지. 하지만 정말 손자까지······."

그쯤에서 테라스에서 움직임이 느껴졌다. 이사쿠가 큰 소리를 내며 의자에서 일어서더니, "그만 좀 해!"라며 무시무시한 소리로 고함을 친 것이다. 사쿠라코도 은근히 들으라고 한 말이긴 했겠지만, 웬일로 거칠게 소리치는 아버지에게 무척 당황한 기색이었고, "봐라, 아빠도 화났잖니"라며 장모까지 허둥거렸다.

두 사람의 분위기를 보아 이렇게 화를 드러내는 것에 익숙지 않다는 걸 알 수 있었다.

장인이 안으로 들어왔다. 겐이치로는 무슨 일이 생기면 안 된다는 생각에 엉거주춤하게 방어 자세를 취했지만, 사쿠라코와 장모는 너무 놀라서 그저 멍할 뿐이었다. 마치 코미디 영화를 보는 중에 갑자기 호러 장면이 튀어나온 것 같은 느낌이었다.

"다들, 그만 좀 해! 쓸데없는 소리나 해대고……."

장인의 목소리는 확연히 떨리고 있었다.

"아, 아버님……."

겐이치로가 일어섰다. 장인이 당장 사쿠라코의 머리채라도 잡고 끌고 다니는 건 아닌가 하는 생각이 들 정도였다. 그러나 자리에서 일어선 겐이치로에게 시선을 돌린 순간, 장인의 표정에서 힘이 쭉 빠졌다. 그리고 갑자기 힘이 다 빠진 듯이 복도로 향하더니 곧바로 안쪽 서재로 들어가버렸다.

"아, 깜짝 놀랐네."

시간이 꽤 흐른 뒤, 사쿠라코가 깊은 숨을 내쉬었다. 그 목소리에 장모도 숨 쉬는 걸 떠올린 것처럼 "아, 깜짝이야"라며 숨을 내쉬었다. 그리고 둘이서 눈을 마주치며 안심이 된 듯이 미소를 주고받았다.

안타깝지만, 여자 둘에게는 장인의 화가 전해지지 않은 것 같았다. 아니, 전해지긴 했겠지만, 바다 정도의 화도 연못 정도의 화로만 전해졌을 뿐이다.

"아, 미안해."

장모가 갑자기 생각이 난 듯이 겐이치로에게 사과했다.

"아뇨, 아뇨. 저는 전혀……"라고 겐이치로가 말을 받았다.

바로 그때 2층에서 가오루코가 뛰어 내려왔다.

"왜? 무슨 일이야?"

집안 분위기를 알아챈 가오루코가 의아해하는 표정을 지었다.

"아무것도 아냐. 사쿠라코가 아빠를 좀 화나게 해서……."

"아빠가 화났어?"

장모의 말에 가오루코가 고개를 갸웃거렸다. 자기 아빠와 화가 좀처럼 연결되지 않는 모양이다.

"그보다 가오루코, 누구랑 전화한 거야?"

사쿠라코가 불쑥 끼어들었다.

"어? 전화?"라며 가오루코가 살짝 당황했다.

젠이치로는 그 표정의 변화를 보고도 모른 척했다.

"어, 아니었어? 좀 전에 전화기 울려서 2층으로 올라간 거 아니니?"

"아니야."

"어, 그래? 난 또 젠이치로 군도 왔는데, 누구랑 그렇게 긴 통화를 하나 했지……."

"난 이제 그만 돌아갈까"라며 젠이치로가 끼어들었다.

벽시계로 눈을 돌린 가오루코가 "지금 시간이면, 아직 버스 있어"라고 알려주었다.

"이거 사토미 씨가 홍콩에서 찍어 온 거죠?"

다음 날 편집실로 들어가자, AD 이구치가 아침 인사도 없이 물었다. 젠이치로는 "안녕?"이라고 먼저 대답하고, 스태프가 쪽잠을 자는 장소로 변한 소파에서 담요를 걷어낸 후, 탁자에 편의점 봉지를 내려놓았다. 소파에 앉자마자 사 들고 온 샌드위치를 베어 물었다.

의자에 앉은 채로 게처럼 다가온 이구치가 "매일 똑같은 샌드위치인데, 용케 질리지도 않으시네요"라며 어이없어했다.

"다음 달 스케줄 나왔나?"라고 겐이치로가 물었다.

"아직 안 나온 것 같아요."

이구치가 또다시 게처럼 원래 자리로 돌아가려다, "아 참, 그렇지"라며 동작을 멈췄다.

"……이거 사토미 씨가 홍콩에서 찍어 온 거죠?"

이구치가 시선을 돌린 모니터에는 홍콩 시위대의 정지 화면이 떠 있었다.

겐이치로는 다시 샌드위치를 베어 물었다. 배면뛰기 같은 자세로 손을 뻗은 이구치가 재생 버튼을 눌렀다. 모니터에 홍콩 구룽의 몽콕 지구 영상이 나왔다.

"맞아. 그건 내가 직접 찍은 거야"라고 겐이치로가 대답했다.

"으음, 중간에 들어 있는 건 뭐예요?"

"중간에 들어 있는 거?"

"시위대 텐트를 한동안 찍은 장면 있잖아요. 그 중간에 무슨 다른 영상이 들어 있던데."

"다른 영상? 어떤 영상?"

"어떤 영상이냐……."

이구치가 영상을 되감았다.

겐이치로는 별생각 없이 바라보며 손가락에 묻은 마요네즈를 핥아 먹었다.

"아, 이거요, 이거."

이구치가 허둥지둥 영상을 멈췄다. 그러나 모니터에는 조금 전과 마찬가지로 몽콕 지구의 학생들만 나왔다.

"여기도 조금 전과 같은 곳이야"라고 겐이치로가 말했다.

"아니, 그게 아니라, 여기 좀 보시라고요."

영상이 흘러가기 시작했다. 겐이치로도 이번에는 뚫어져라 화면을 바라보았다.

"어?"

겐이치로가 소리를 흘렸다. 갑자기 낯선 영상이 나타난 것이다. 그것이 1초쯤 이어지다 또다시 몽콕 지구의 풍경으로 돌아갔다.

"방금 그거 말이에요."

이구치가 돌아다보자 "뭐야, 지금 그건?"이라며 오히려 겐이치로가 물었다.

찍힌 영상은 사막이라고 할까, 황야라고 할까, 아무튼 적막한 풍경이었다. 좀 더 구체적으로 말하면, 달 표면 같은 분위기에 가깝다.

이구치가 또다시 영상을 되감아서 재생했다. 겐이치로가 자리에서 일어섰다. 이번에도 역시나 조금 전과 같은 부분에서 갑자기 불그스름한 갈색 황야 영상이 끼어 있었다. 실제로는

1초도 안 되었다.

"뭐야, 저게……"라고 겐이치로가 말했다.

"이렇게 어중간하게 예전 데이터가 남는 경우는 없을 텐데."

"디지털이야."

이구치가 또다시 영상을 재생했고, 이번에는 바로 그 부분에서 일시 정지를 시켰다. 겐이치로가 모니터로 다가갔다.

"이 주변은 바다 아닌가요?"

어느새 옆에 와서 선 이구치가 영상 한가운데쯤을 손가락으로 가리켰다. 그 말을 듣고 보니 분명 바다로 보였다. 다만, 그렇다면 앞쪽과 안쪽의 고저 차이가 이상했다.

"아, 앞쪽이 황야라고 해야 하나, 무슨 바짝 말라붙은 땅이고, 여기가 낭떠러지야. 그리고 여기에서 획 떨어져서 그 앞쪽이 바다. 그러면 아마 이 부분이 수평선이고, 여기가 하늘인가?"

겐이치로가 손가락으로 덧그리듯 따라갔다.

"아하, 과연. 그러네요……"라며 이구치도 옆에서 고개를 끄덕였다.

보면 볼수록 기묘한 영상이었다. 전체적으로 어스름하지만, 밤이냐고 묻는다면 낮이라고도 할 수 있었다. 정지된 그림 같으면서도 해수면 부분이 미세하게 움직이는 것처럼 보였다.

"이거 실제 경치일까요? CG?"

이구치가 물어서 "으음, CG……. 아니, 그런데 이건 CG는 아닐 텐데……"라며 겐이치로가 고개를 갸웃거렸다. 실제로 양쪽 어느 쪽으로도 볼 수 있었다.

점심을 먹은 겐이치로가 회사로 돌아가자, 때마침 가오루코에게 문자가 왔다.

'미안! 오늘 일이 늦어질 것 같아. 오늘 밤 저녁 약속은 없었던 걸로. 가게는 내가 취소할게. 정말 미안!'

문자 내용에서 허둥거리는 분위기가 전해졌다. 유명 브랜드의 광고 업무를 맡고 있어서 이런 갑작스러운 취소는 드문 일이 아니었다. 어느 매장에서 문제가 생겨서 지금부터 신칸센을 타고 그쪽으로 가야 하는 상황도 충분히 일어날 수 있었다.

겐이치로는 상대에게 괜한 부담을 주지 않기 위해 '알았어. 괜찮아?'라고만 답장을 보냈다. 그러자 휴대전화를 사용하고 있었는지 놀랍도록 빠른 속도로 '괜찮아. 고마워. 정말 미안해'라는 답장이 왔다.

겐이치로는 그 문자에 다시 답장을 하려다가 그만두었다. 단지 무슨 일이 생겼는지 알고 싶을 뿐이지만, 자기가 너무 집요하게 가오루코를 의심하는 것처럼 여겨질 것 같았다.

돌아온 편집실에서는 이구치가 또다시 예의 그 영상을 보고 있었다.

"너, 언제까지 보는 거야"라며 웃음을 건네는 겐이치로에게 "전문적인 업체에 화상 해석을 의뢰하면, 뭔지 상세하게 알 수 있겠죠?"라고 진지한 표정으로 물었다.

"뭣 때문에?"라며 겐이치로가 웃었다.

"뭣 때문이냐고 물으면 좀 그렇지만⋯⋯."

"그보다 너 밥은 먹었어?"

"아뇨, 아직. 지금 먹을 겁니다."

"빨리 가. 2시부터 열리는 회의, 너도 참석해야 해."

"네."

대답은 바로 했지만, 이구치는 자리에서 일어설 기미가 보이지 않았다.

"사토미 씨, 아까 간단하게 소프트웨어로 조사는 해봤는데⋯⋯."

그리고 결국은 다시 얘기를 되돌렸다.

"⋯⋯0.7초쯤 되는 영상이고, 그 앞뒤와 데이터는 변함이 없어요."

"무슨 소리야?"

겐이치로가 포트에서 커피를 따랐다.

"그러니까 분명 홍콩의 몽콕 지구와는 다른 장소, 다른 시간에 찍힌 영상인데, 데이터에는 변화가 없어요. 몽콕 영상과 이 달 표면 같은 영상에."

"한순간이라 그런 거 아닌가?"

겐이치로의 말에 "설마"라며 이구치가 진심으로 어처구니없어했다.

더 이상 얘기해봐야 소용없다고 생각했는지, 그제야 자리에서 일어선 이구치가 "점심 먹고 오겠습니다"라며 편집실에서 나갔다.

겐이치로는 커피를 들고 이구치가 앉아 있던 의자에 풀썩 앉았다. 의자를 빙그르르 돌리자, 눈앞 모니터에 불그스름한 갈색으로 퇴색된 황야가 나왔다. 주머니에서 휴대전화를 꺼냈다. 자기도 모르게 가오루코에게 온 문자를 다시 한 번 읽었다.

'미안! 오늘 일이 늦어질 것 같아. 오늘 밤 저녁 약속은 없었던 걸로. 가게는 내가 취소할게. 정말 미안!'

'괜찮아. 고마워. 정말 미안해.'

미안! 정말 미안! 정말 미안해.

모니터의 불그스름한 황야를 바라보고 있는 탓인지, 아무런 이유도 없는데 왠지 갑자기 불안이 쌓여갔다. 불그스름하게 퇴색된 황야가 자아내는 불안과 적막함이 마치 자기 것처럼 느껴졌다.

시부야 역에서 미야마스자카로 올라가 아오야마 방면으로 한동안 걸어가면, 그 사무실 빌딩이 있다. 작은 빌딩이지만, 외관에 목재가 쓰여서 그런지 세련되어 보인다.

겐이치로의 기억이 맞아서 역시 그 빌딩 옆에 카페가 있었다. 테라스 자리에서는 옆 빌딩 입구가 잘 보였다. 카페에 들어가기 전에 겐이치로는 옆 빌딩의 3층을 올려다보았다. 아직 불이 켜져 있었다. 그 층에 작은 광고대행사가 있고, 유키가 사장으로 일하고 있다.

젠이치로는 조금 전에 공중전화로 그 회사에 전화를 걸었다. 그리고 유키가 아직 사무실에 있는지 없는지 묻고, "잠깐만 기다리세요"라는 말을 듣자마자 전화를 끊었다.

카페에 들어간 젠이치로는 테라스 자리에 앉았다. 카페오레를 시키고, 들고 간 책을 테이블에 내려놓았다. 들고 간 것은 사야마 교지 교수의 책이었다. 책을 펼치려는 순간, 옆 빌딩에서 남자가 나왔다. 유키는 아니었다. 젠이치로는 다시 페이지를 들척였다.

오늘 밤에 가오루코가 유키를 만나기 위해 거짓말을 하고, 자기와의 식사 약속을 거절했다고 생각하는 건 아니었다. 물론 그런 일은 없다. 그렇기에 오늘 밤에 유키는 이곳에 있어야만 한다. 묘한 논리지만, 젠이치로는 그것이 가장 와닿았다.

유키는 자기와 가오루코가 곧 결혼한다는 사실을 모른다. 결혼은커녕 동아리를 그만둔 후 자기와 가오루코가 사귄 것조차 모를 테고, 반대로 혹시 알고 있다면 가오루코와 여전히 만나고 있다는 뜻이다. 아니, 다른 사람에게 전해 들었을 수도 있다. 알고 있다고 해서 여전히 가오루코와 만나고 있다고 단정 지을 수는 없다.

눈으로 문장을 좇아보려 하지만, 도무지 집중이 안 되었다. 젠이치로는 일단 책을 테이블에 내려놓았다. 바로 그때 카페오레가 나왔다.

그로부터 한 시간 남짓, 겐이치로는 그 카페에서 시간을 보냈다. 결국 들고 온 책을 다 읽은 직후, 유키가 젊은 직원들과 함께 빌딩에서 나왔다. 유키는 그 자리에서 직원들과 헤어져서 택시를 잡으려 했다.

겐이치로는 서둘러 계산을 마치고 카페에서 나갔다. 유키가 택시에 올라탔다. 마지막에 만났을 때보다 조금 늙어 보이는 것은 흰머리가 늘었기 때문이겠지. 유키를 태운 택시가 달려가자, 겐이치로도 뒤에 온 택시를 세웠다. "앞차랑 같은 곳에 갑니다"라고 거짓말을 하고, 그 뒤를 따라가달라고 했다. 다행히 아오야마 거리는 많이 막혀서 놓치지는 않았다.

움켜쥐고 있던 휴대전화가 울린 것은 바로 그때였다. 휴대전화 화면에 조금 전까지 읽고 있던 책의 저자인 사야마 교지 교수의 이름이 떴다. 또 한잔하자는 전화일지도 모른다.

"여보세요?"

겐이치로가 바로 전화를 받았다.

"여보세요. 사토미 씨? 나야 나, 사야마, 사야마."

"네. 지난번에는 감사했습니다."

"지금 통화 괜찮나?"

"네에. 그런데 잠깐 이동 중이라."

"아아, 그래. 미안, 미안. 지금 잠깐 얘기해도 될까?"

"네, 물론이죠."

"으음, 그게 말이지, 결국 정식으로 발표하게 될 것 같거든. 아니, 물론 연구 단계라는 발표인데, 상당히 성대한 기자회견을 열게 됐단 말이지."

"상황이 좀 바뀌었나요?"

"아니, 아니, 연구 진척은 변함없어. 새로운 대발견이 있었던 것도 아니야. 다만, 한 번쯤은 일단 정리된 보고를 해야 한다는 의견이 모아져서."

"언제쯤입니까?"

"다다음 달. 12월."

"물론 기자회견은 찾아뵙겠습니다."

"아니, 아니, 그건 그런데. 전화한 용건은 그게 아니야. 실은 말이지, 조금 전에 회의를 했는데, 그 기자회견까지의 과정을 제대로 된 곳에 의뢰해서 다큐멘터리로 남겼으면 좋겠다는 얘기가 나왔거든."

"네?"

저도 모르게 목소리가 커졌다.

"그래, 그래. 그래서 그럴 바엔 당신한테 부탁할까 싶어서."

공교롭게도 하필 그때 택시가 멈췄다.

"손님, 앞차가 멈췄습니다. 아마 길이 막혀서 움직이지 않으니까 포기한 거 아닐까요."

운전기사의 말대로 택시에서 내린 유키가 정체되어 있는 차들 사이를 뚫고 보도 쪽으로 가드레일을 넘어가려 했다.

"그럼, 여기서 내리겠습니다"라고 대답한 겐이치로가 "사야마 교수님, 죄송합니다. 나중에 다시 걸어도 될까요?"라고 물었다.

"아아, 네, 네. 언제든 상관없어요. 딱히 서둘러야 하는 얘기는 아니니까."

"아뇨, 교수님의 연구를 꼭 취재하게 해주십시오. 최선을 다하겠습니다."

겐이치로가 요금을 지불하고 차에서 내렸다. 가드레일을 넘어간 유키는 막혀 있는 아오야마 도로는 거들떠보지도 않고 성큼성큼 걸어갔다.

오모테산도를 지나 한참을 더 걸어간 곳에서 유키가 좁은 골목길로 들어갔다.

겐이치로는 그냥 스쳐 지나는 척하며 상황을 살폈다. 유키가 골목 끝에 있는 작은 비스트로로 들어갔다.

잠깐 뜸을 들인 후, 겐이치로가 그 비스트로 앞으로 걸어가보았다. 다행히 길가 쪽으로 빨간 나무틀 창이 나 있어서 가게 안이 보였다. 처음 한 번에는 찾을 수 없었지만, 조금 앞쪽까지 걸어갔다 되돌아왔을 때, 카운터 자리에서 유키를 발견했다. 아직 자리에 앉지 않고 선 채로 재킷을 벗고 있었다.

그 재킷이 팔랑팔랑 흔들린 후, 옆에 앉아 있는 여성의 얼굴을 본 겐이치로는 걸음을 멈췄다.

거기 있는 사람은 가오루코였다. 유키가 뭐라고 말을 건네며 가오루코 옆자리에 앉았다. 유키의 표정은 부드러웠지만, 가오루코의 얼굴은 그만큼 굳어 보였다.

생각해보면 가오루코는 유키 앞에서 늘 그런 표정을 지었다. 자기가 뭘 어떻게 하고 싶은지, 그것을 전하고 싶은 마음을 필사적으로 참는 듯한 얼굴이었다. 그것을 아는지 모르는지, 유키는 그런 가오루코의 마음을 가지고 노는 것처럼 온화한 표정이 된다.

겐이치로는 나란히 늘어선 두 개의 등을 그저 멍하니 바라볼 뿐이었다. 다음 순간, 퍼뜩 정신이 들어서 그 자리에서 도망치려 했다. 골목을 달려 큰길로 나온 순간, 다리가 뚝 멈췄다.

도망쳐도 소용없다.

그런 자기 목소리가 들렸다.

설령 여기서 도망친다 해도 지금 본 장면이 사라지는 것은 아니다. 아침이 되면, 그것은 사라지기는커녕 점점 더 커질 뿐이다.

겐이치로는 도망쳐 온 골목을 돌아보았다. "난 잘못되지 않았어"라고 중얼거렸다. 소리 내어 말하자, 누군가가 등을 떠밀어주는 기분이 들었다.

"나는 잘못되지 않았어."

다시 한 번 되풀이하며 골목으로 되돌아갔다.

조금 전과 같은 장소에 서자, 유키는 웨이터에게 주문을 하고 있고, 가오루코는 그 모습을 바라보고 있었다.

"난 잘못되지 않았어."

또다시 중얼거린 겐이치로가 문을 열었다. 도어벨이 작은 가게 안에 울려 퍼지고, 손님들의 시선이 모아졌다.

"어서 오세요."

돌아선 웨이터와 함께 두 사람이 동시에 이쪽으로 시선을 돌렸다. 눈 깜짝할 사이였지만, 겐이치로는 두 사람의 표정을 또렷하게 읽어낼 수 있었다. 유키는 그냥 당황했다. 그 눈에는 낭패감 외에는 아무것도 없었다. 예를 들면 주가가 급락했다는 소식을 들은 사람이 보이는 그것과 아무런 차이도 없었다.

그러나 가오루코는 조금 달랐다.

물론 한순간 당황했지만, 곧이어 체념한 것 같았다. 그 체념한 눈빛이 안도의 빛으로도 읽혔다.

"어서 오세……."

인사를 건네는 웨이터를 밀쳐낸 겐이치로가 가오루코 앞에 섰다. 옆에서 입술을 뻐끔거리는 유키 따윈 상대조차 하지 않았다.

"가자"라고 겐이치로가 말했다. 가오루코는 아무런 대답도 하지 않았다. 그저 물끄러미 겐이치로의 눈을 바라보았다. 그 모습은 갑작스러운 침입자를 보고 술렁대는 가게 안의 누구보다도 침착했다.

"가자"라고 겐이치로가 되풀이했다. 그리고 가오루코의 팔을 잡았다.

"아, 아니야……. 저기, 이봐, 사토미…… 아, 아니라고."

옆에서 유키가 끼어들려 했다. 겐이치로는 그 어깨를 힘껏 밀쳐냈다. 높은 스툴 위에서 균형을 잃은 유키를 웨이터가 허겁지겁 부축해주었다.

겐이치로는 그런 유키를 노려보았다. 하고 싶은 말은 아무것도 없었다. 굳이 말로 한다면, "너 따윈 아무 상관 없어"였다.

가오루코가 스툴에서 내려와서 겐이치로의 몸을 밀었다. 움직이지 않고 서 있자, 가오루코가 옆에 놔뒀던 외투와 핸드백을 집어 들었다. 같이 돌아가겠다는 의사 표시인 듯했다.

겐이치로는 가오루코를 따라갔다. 말도 주고받지 않고, 가게에서 나와 한 번도 돌아보지도 않고 둘이 나란히 걸음을 내디뎠다. 골목을 벗어나 큰길을 꽤 오랫동안 걸었다. 겐이치로는 그제야 손이 떨렸다. 깜박거리던 횡단보도 신호가 빨간불로 바뀌어서 두 사람은 가까스로 멈춰 섰다. 너무 빨리 걸어서 두 사람 다 호흡이 거칠어져 있었다.

한동안 숨을 고른 후, "아무 말 안 해도 돼"라고 겐이치로가 말했다. 그러나 가오루코는 대답이 없었다. "사과할 필요 없어"라고 말을 이었다. 그런데도 가오루코는 아무 말도 하지 않았다.

겐이치로가 난폭하게 가오루코의 손을 잡았다. 힘껏 움켜잡았다. 그러나 아무리 힘껏 움켜잡아도 가오루코는 그 손을 잡아주지 않았다.

"이상하잖아……. 그 녀석이랑 함께 있다고 행복해지는 것도 아닌데……."

겐이치로가 빨간 신호를 바라본 채 말했다.

"……난 가오루코를 행복하게 해주고 싶어. 행복하게 해줄 자신이 있어."

"알아."

그제야 가오루코가 입을 열었고, 겐이치로도 손에서 힘을 살짝 뺐다.

"……알아. 난 겐짱이랑 같이 있는 게 행복하다는 거, 그건 나도 알아."

"그럼……."

어느새 뒤에 보행자들이 많이 서 있었다. 신호가 파란색으로 바뀌고, 모두 걸음을 내디뎠다. 그들 중에서 겐이치로 커플만 움직이지 않았다. 방해되는 두 사람을 째려보고 가는 사람이 있었다. 일부러 어깨를 부딪치는 사람도 있었다. 맞은편에서 건너온 사람들이 의아하다는 듯이 두 사람을 쳐다보았다.

그런데도 두 사람은 움직이지 않았다. 신호가 깜박거리기 시작했고, 다시 빨간불로 바뀌었다.

만페이호텔 근처에 하루 700엔에 자전거를 빌려주는 가게가 있다. 겐이치로와 가오루코는 가마노사와 레인이라고 불리는 오솔길을 호텔 쪽으로 걸어가고 있었다. 앞서 걸어가는 가오루코의 어깨에 붉은 단풍나무 잎이 내내 붙어 있었다. 아까부터 이쪽을 돌아볼 때마다 떨어질 듯하면서도 하얀 스웨터

털실에 가까스로 매달려 있었다.

겐이치로는 왠지 그 붉은 잎에서 눈을 뗄 수가 없었다.

오솔길 양옆에는 적갈색 벼룻돌을 쌓아 올린 돌담이 이어져 있었다. 바람이 불 때마다 새빨갛게 물든 단풍나무 잎이 팔랑팔랑 떨어져 내렸다. 겐이치로는 하늘로 쭉쭉 뻗은 낙엽송 나무를 올려다봤다.

겐이치로는 사흘 연휴를 이용해서 가오루코를 이곳 가루이자와에 데려왔다. 유키와 같이 있는 자리에서 억지로 끌고 나온 것이 월요일이었고, 그로부터 아직 일주일도 지나지 않았다.

"자전거 빌리기 전에 호텔에서 애플파이 먹자"라고 겐이치로가 말을 건넸다.

"그렇지만 너무 여유 부리면 금방 어두워져"라며 가오루코가 돌아보았다. 말과는 달리 그 발걸음은 가벼웠다.

"그보다 스웨터만 입으면 춥지 않을까?"

"안에 바람막이 넣어 왔어"라며 가오루코가 작은 배낭을 두드렸다. 그 바람에 어깨에 붙어 있던 붉은 잎이 떨어져서 겐이치로는 엉겁결에 "앗" 하고 소리를 지를 뻔했다.

아직 해는 높았지만, 나무 그늘로 들어서면 기온이 갑자기 확 떨어졌다.

그날, 횡단보도 앞에서 멈춰 선 채로 겐이치로는 아무 말도 묻지 않았고, 가오루코도 아무 말도 하지 않았다. 단지 눈앞의 신호등이 몇 번이나 빨강에서 파랑으로, 파랑에서 빨강으로 바뀌었다. 얼마나 손을 잡고 서 있었을까, 아무런 예고도 없이 가오루코가 불쑥 입을 열었다. "오늘은 이대로 돌려보내줘"라고. 겐이치로는 아무런 대답도 없이 가오루코의 손을 힘껏 잡았다. 그러나 가오루코는 그 손을 맞잡아주지 않았고, 단지 "……부탁이야"라고 애원했다.

물론 겐이치로는 확실하게 대화를 나누고 싶었지만, 그 말에 따를 수밖에 없을 것 같았다. 그대로 대화를 기다린다 해도 가오루코는 사과할 수밖에 없고, 겐이치로는 비난을 참을 수밖에 없다는 걸 알고 있었다.

결국 그대로 지하철역에서 헤어졌다. 그러나 당연히 집에 돌아가도 마음이 가라앉지 않았던 겐이치로는 가오루코에게 몇 번인가 전화를 걸었지만, 연결되지 않았다. 겐이치로는 혼자 있으면 크게 고함을 지를 것 같아서 집에서 뛰쳐나왔다. 그러나 딱히 갈 곳도 없어서 지금까지 들어가본 적이 없는 역 앞의 쇼트바(가볍게 한잔 마실 수 있는 바) 문을 열었다. 다행히 가게 주인은 위아래 운동복 차림으로 불쑥 들어온 손님을 아무말 없이 맞아주었다. 손님은 달리 없었지만, 가게 주인은 말을 걸지도 않았다.

12시가 되어갈 무렵, 가오루코에게 문자가 왔다. '오늘은 미안했어요'라고만 쓰여 있었다. 겐이치로는 답장을 보내지 않았다. '신경 쓸 거 없어'라고 보낼 수도 없고, 그렇다고 해서 문자로 간단히 진심을 정리해서 보낼 수도 없었다.

문자를 받은 후 가게에서 나왔다. 밤길을 걸으면서 이거면 됐다고 생각했다. 나만 흔들리지 않고 확실하면 된다고.

그 후 하루를 더 보낸 후, 문자를 보냈다. 마치 두 사람 사이에 아무 일도 없었던 것처럼 '이번 주말 사흘 연휴, 전에 갔던 가루이자와 별장을 빌려놨으니 둘이 가자'라고.

말이 별장이지 자그마한 단층짜리 산장인데, 시즈오카에서 주물공장을 경영하는 겐이치로의 숙부가 지은 건물이었다. 여름철에는 숙부의 가족이 쓰지만, 그 외에는 언제든 필요할 때 써도 된다고 했다.

바람이 스쳐 지나고, 또다시 붉은 단풍나무 잎이 떨어졌다. 가오루코가 그것을 잡으려고 손을 뻗었다.

"오늘 밤에는 내가 뭘 좀 만들어볼게. 작년에 왔을 때는 밤마다 겐짱이 만들어줬으니까."

겐이치로는 그럼 나중에 슈퍼마켓에 장 보러 가자고 대답하려 했다. 그런데 정작 입에서 나온 말은 "이젠 괜찮지?"였다.

가오루코가 우뚝 멈춰 섰다.

겐이치로도 걸음을 멈췄다. 바로 그때 등 뒤가 떠들썩해졌다. 가족 동반 여행객들의 자전거가 다가와 두 사람 옆을 스쳐 지나갔다. 중국에서 온 관광객인지, 젊은 아빠가 길 한가운데로 달려가는 아이들에게 "한쪽으로 비켜!"라고 주의를 주었다.

3년 전쯤 숙부가 재혼한 사람이 요리를 좋아해서 별장 부엌을 리폼했다. 그래서 제대로 된 오븐레인지도 설치되어 있었다.

"겐짱, 소금이랑 후추 좀 잠깐 봐줘. '그만'이라고 말해."

가오루코가 소금을 뿌렸다. 볼에는 다진 돼지고기와 소고기, 볶은 채소가 어우러져 있었다.

"그만!"

"어? 이렇게 적게 넣어도 되나?"

"꽤 많이 들어갔어. 후추도 비슷한 양이면 돼."

겐이치로는 그렇게 지시를 내린 후, 또다시 파이 반죽을 펼치기 시작했다.

슈퍼마켓에서 고민에 고민을 거듭한 끝에 모처럼의 기회니 미트로프 파이라는 손이 많이 가는 번거로운 요리에 도전해보기로 했다.

"반죽했으면 두 개로 나눠서 랩에 싸."

겐이치로가 시키는 대로 가오루코가 랩을 펼쳤다.

"거기에 메추라기 알이랑 치즈 넣을 거니까 잠깐 기다려."

"아, 맞다, 맞다."

결국 겐이치로가 엉덩이로 가오루코를 밀쳐내고 랩으로 쌌다.

"자, 이제 완성. 이걸 먼저 전자레인지에 돌리고, 그다음에는 파이 피로 싸서 달걀노른자를 입히고……."

"180도로 예열한 오븐에서 20분!…… 그것만은 기억해."

가오루코가 씁쓸하게 웃었다.

"와인 따서 다 구워질 때까지 기다리자."

"찬성! 그럼, 카르파초라도 먼저 꺼내자."

가오루코가 냉장고를 열고, 시원해진 와인과 잔을 식탁으로 옮겼다.

해는 이미 저물어서 창밖은 캄캄했다. 숲속에 있어서인지 아무리 방에서 시끌벅적하게 지내도 어느 순간 문득문득 숲의 정적이 숨어들었다. 마치 다른 누군가가 한 사람 더 이 방에 있는 것 같았다.

땡 하고 전자레인지가 울려서 고기를 꺼내 파이에 쌌다. 달걀노른자를 입혀서 예열한 오븐에 넣었을 때, "와인 준비됐어!"라며 가오루코가 말을 건넸다.

겐이치로는 앞치마를 풀고, "네—에"라며 부엌에서 나갔다.

곧바로 잔을 받아 들고 건배했다.

"아—, 맛있다."

"사 왔어?"

"아빠 컬렉션에서 슬쩍 빼 왔어."

"그럼, 꽤 좋은 와인이겠네."

"아마도."

와인은 자세히 모르지만, 미트로프에도 잘 어울릴 법한 제대로 된 화이트와인이었다.

식사를 마쳤을 즈음, 갑자기 바람이 강해졌다. 창밖으로 바람결에 흔들리는 나무들은 보이지 않지만, 그 소리만은 윙윙 요란하게 울렸다.

"좀 독특한 구석이 있긴 해도 장난기 있는 아저씨야"라고 겐이치로가 설거지를 하면서 사야마 교수 얘기를 계속했다. 불과 이틀 전에 취재 협의차 사야마 교수의 연구소를 다시 방문했을 때 얘기를 식사 중에 꺼냈는데, 가오루코가 상상 이상으로 흥미를 보이는 것 같았다.

"그 장난기 있는 아저씨가 너무나 장난기 없는 연구를 하는 거네."

가오루코가 옆에서 잔을 닦으면서 중얼거렸다.

"으음, 장난기는 없지만, 길게 보면 꽤 도움이 되는 연구야."

"그럴까?"

"왜?"

"생각해봐, 자기 혈액에서 난자와 정자를 만들어서 그걸로 한 인간을 탄생시킬 수 있게 되는 거잖아?"

"그렇지. 물론 아직 먼 얘기지만."

"내 성격 탓일지도 모르지만, 그 얘기를 듣고 떠오르는 미래는 왠지 좀 잔혹한 광경이거든."

"잔혹하다니?"

스펀지로 아무리 문질러도 접시에 들러붙은 치즈가 떨어지지 않았다. 겐이치로는 수세미로 바꿔서 힘껏 문질렀다.

"예로 드는 얘기지만, 만약 내가 병에 걸릴 때를 대비해서 자기 분신 같은 그런 존재를 만들어놓고, 어딘가가 안 좋아지면 마치 차 부속품이라도 갈아 끼우듯이……."

겐이치로는 저도 모르게 손을 멈췄다.

"설마 그럴 리가……."

그렇게 웃어넘기려 했지만, 웃음소리가 잘 나오지 않았다. 가오루코의 얘기를 들으니 더욱 잔혹한 이미지가 떠올라서 몸서리가 쳐질 것 같았다. 그것은 감옥 같은 장소에 감금된 인간들의 모습인데, 그들은 가오루코 말대로 소유자의 스페어 부품 한 벌이 되는 셈이다.

"아니, 물론 그렇게는 안 되게 앞으로 여러 가지 법률들이 만들어지겠지만……."

보나 마나 퍼렇게 질려 있었겠지. 겐이치로의 낌새를 알아챈 가오루코가 허둥지둥 말을 덧붙였다.

"아 글쎄, 복제인간은 아니라니까"라며 겐이치로가 가까스로 반론했다.

"자기랑 완전히 똑같은 인간이 만들어지는 게 아니고…… 좀 더 전문적으로 말하면……."

iPS세포에서 정자와 난자를 만들 때는 반드시 재조합 현상이 일어나며, 30억이나 된다고 일컬어지는 문자(염기쌍)의 배열 방식이 본인과는 달라져버린다. 요컨대 자기 혈액으로 만들어진 인간이라도 자기와는 다른 인격의 인간이 탄생되는 것이다.

그렇게 사야마 교수의 말을 그대로 되뇌며, 가오루코만이 아니라 자기 자신도 진정시키려 했다.

"······응, 그건 알아."

이 설명으로도 가오루코는 여전히 순순히 받아들일 수 없는 모양이었다. 다만, 이 얘기를 더 이상 나눌 의사는 없는지, 다시 열심히 접시와 잔을 닦아서 그릇장에 넣었다.

대화가 끊기자, 바람 소리가 신경 쓰였다. 바람결에 나부낀 나뭇잎이 이따금 소리를 내며 유리창에 들러붙었다.

"자, 이걸로 끝"이라며 겐이치로가 마지막 접시를 가오루코에게 건네고, 음식물 쓰레기를 모았다.

"목욕물 받아놓을까."

수건으로 손을 닦으며 말하자, "와인 조금 남았으니까 마시자"라고 가오루코가 청했다.

겐이치로는 크래커를 접시에 담아서 다이닝룸으로 돌아갔다. 겐이치로가 창을 연 순간, 세찬 바람이 거세게 밀려들었다. 크래커도 날아갈 정도라 허둥지둥 다시 닫았다. 잠시 후 가오루코도 부엌에서 나왔다.

"선반에 셰리와인도 있던데"라고 겐이치로가 말했다.

"남은 와인이면 충분해."

바닥에 몇 센티미터가량 남아 있던 레드와인을 둘이서 나눴다.

"건배"라며 잔을 부딪쳤다. 가오루코의 심각한 얼굴을 보자, 그 말끝이 움츠러들었다.

"어?"

겐이치로는 일부러 시치미를 떼며 모른 척했다. 갑자기 불길한 예감이 들어서 자리에서 일어섰다. 그러나 일어서도 갈 곳이 없어서 그냥 부엌으로 돌아가려 하자, "앉아"라며 가오루코가 붙들어 세웠다. 겐이치로는 "아, 응"이라며 고개를 끄덕였지만, 왠지 다리는 부엌으로 향했다. 볼일도 없이 냉장고를 열고, 찾을 것도 없는데 안을 들여다봤다. 그대로 주저앉자, 마음이 조금은 가라앉았다.

심호흡을 하고 일어섰다. 도망쳐도 소용없다는 건 안다. 겐이치로는 숨을 훅 내쉬고 가오루코 앞으로 돌아갔다.

"할 얘기가 있는 거지?"

되도록 부드러운 말투로 묻고, 자리에 앉았다.

가오루코가 얼굴을 들고 겐이치로를 바라보더니 울 것처럼 목을 움찔거렸다.

"으음, 나, 도망쳐봐야 소용없다는 걸……. 확실하게 얘기해야 한다는 걸……. 다만, 서로 흥분했을 때는 얘기하고 싶지 않아서……."

"응……."

"내가 잘못됐다는 건 알아"라고 가오루코가 시원스럽게 말했다.

준비해 온 말 같았다. 겐이치로는 끼어들려 하다 그만두었다.

"우리에 관해 다시 한 번 깊이 생각해보고 싶어……. 우리의⋯⋯"라며 가오루코가 말을 머뭇거렸다.

"우리의 뭘?"

"우리의 결혼에 관해서⋯⋯."

겐이치로는 온몸에서 힘이 빠졌다.

"내 잘못이야. 내가 잘못된 일을 하려는 거야. 그건 알아. 그렇지만 이대로 겐짱이랑 결혼하면 난 겐짱을 속이게 돼⋯⋯."

"⋯⋯속여."

얘기 도중에 겐이치로가 끼어들었다. 무의식적이었다. 가오루코에 대한 사랑보다 단순한 의문을 느꼈다. 왜 그런 바보 같은 생각을 하는지, 왜 그런 도의에 어긋난 짓을 하려 드는지 이해할 수 없었다.

"잘못됐어. 가오루코는 잘못됐어⋯⋯."

겐이치로가 머리를 흔들었다.

가오루코는 눈물이 그렁거렸다.

"⋯⋯응, 잘못됐어. 분명 겐짱이 옳아⋯⋯."

"그렇다면⋯⋯."

"그러니까!"

흥분한 가오루코의 목소리가 거칠어졌고, 그러나 곧바로 고개를 떨어뜨리며 "⋯⋯그러니까 내가 잘못됐다고. ⋯⋯하지만 나에게는 잘못된 내가 옳아 보이는 거야"라며 흐느껴 울었다.

높은 데서 떠밀려버린 기분이었다. 눈앞에서 울고 있는 여자가 미친 여자로 보였다. 하지만 그런데도 사랑스럽다면, 자기

또한 미쳐 있는 것이다.

왜 그런지 감옥에 갇힌 인간들의 이미지가 되살아났다. 사야마 교수 일행의 연구로 미래에 이 세상에 탄생할 신종 인간들이다. 누군가의 스페어로 살아가는 인간들의 무기력한 표정이 육박해왔다.

귀신이
오다

　맑은 가을날 오후, 겐이치로는 장갑을 끼고 힘차게 잡초를
뽑았다. 차츰 요령이 생겨서 움켜쥐는 방식과 힘 조절만 맞아
떨어지면, 뿌리째 쑥 뽑혔다. 정원에 심은 잔디는 고려잔디라
고 부르는 모양이다. 양잔디와는 달리 추위에 약해서 이 시기
가 되면 생육이 멈추고 낙엽 색깔로 변하는 듯하다. 덕분에 초
록색 잡초가 눈에 잘 띈다.

　"호오, 손이 빠르네."

　어느새 등 뒤에 사야마 교수가 서 있었다.

　"일단 시작하니까 멈출 수가 없네요"라며 겐이치로가 웃었다.

　"이건 새포아풀이라는 잡초인데, 평소에는 잔디랑 구분이 잘
안 돼. 그렇지만 잔디가 마르면, 이렇게 초록색이 두드러져 보
이지."

사야마 교수가 웅크려 앉아서 푸릇푸릇한 풀을 움켜쥐었다.

"네, 좀 전에 사모님이 말씀해주셨어요."

"아무래도 잔디랑 똑같이 색을 바뀔 순 없는 모양이라, 해마다 이 시기가 되면 나한테 발각 나서 뽑히는 신세가 되지."

문득 기척이 느껴져서 집 쪽을 쳐다보니, 사야마 교수 부인이 작은 창으로 얼굴을 내밀고, "어머, 손님한테 그런 일을……"이라며 미안해했다.

"도쿄에 살면 풀 뽑기 같은 건 좀처럼 못 하니까 오히려 즐겁습니다"라고 겐이치로가 대답했다.

"사토미 씨, 나중에 저 돌들을 이쪽으로 옮길 건데, 좀 도와줄 수 있을까?"

사야마 교수의 시선 끝자락에 주먹만 한 크기부터 갓난애 머리만 한 크기까지 다양한 형태와 종류의 돌들이 데굴데굴 뒹굴고 있었다. 세어보면 100개는 넘을 것 같았다.

"또 손님한테 그런 걸……. 사토미 씨, 도와주지 않아도 돼요. 이쪽으로 옮겨봤자 또 한참 지나면 원래대로 돌려놓을 테니까."

부인에게 나무라는 소리를 들은 사야마 교수도 굳이 무리하게 할 마음은 없는 듯했다. 분명 사야마 교수와 둘이 해도 전부 다 옮기려면 상당한 시간이 걸릴 것 같았다.

"저 돌, 어떻게 된 겁니까?"라고 겐이치로가 물었다.

"강가에서 주워 왔지."

"교수님이요?"

"음. 전국의 여러 강가에 갔을 때 형태나 색깔이 좋은 게 있으면……"

"덕분에 여행 가면 돌아올 때 짐이 너무 무거워요"라며 부인이 대화에 끼어들었다.

"당신한테 들라고 한 적 없어."

"잠깐잠깐은 들라고 하잖아요."

"없어, 없어. 절대 없어."

"당신이 역에서 화장실에 간다면서 잠깐 들고 있으라고 하잖아요."

흐뭇한 미소가 절로 번지는 말씨름이었다.

"그런데 강가에서 돌을 갖고 오면, 별로 안 좋다는 말을 들은 적이 있는데"라고 겐이치로가 문득 생각이 나서 말했다.

과학자답게 그런 미신에는 전혀 관심이 없는지, "어? 그게 무슨 소리야?"라며 사야마 교수가 어리둥절한 표정을 지었다.

"저도 이유까지는 잘 모릅니다만……"

"사이노가와라(賽の河原)'를 떠올리는 거겠죠."

결국 정원으로 내려온 부인이 알려주었다.

"사이노가와라?"라며 겐이치로가 고개를 갸웃거렸다.

"그 왜, 부모보다 먼저 죽은 아이가 부모를 공양하기 위해 강가에 돌을 쌓는데, 쌓아 올리면 귀신이 와서 허물어뜨리는 거예요. 그러면 다시 쌓고. 그러는 중에 지장보살이 나타나서 마지막에는 그 아이가 구원받는다는 얘기."

부인의 이야기를 들으며 겐이치로도 어렴풋이 기억이 나서 "그게 삼도천변이었나요?"라고 묻자, "아마 그럴 거예요"라며 부인이 고개를 끄덕였다.

"말도 안 되는 소리. 귀신은 무슨."

가만히 듣고 있던 사야마 교수가 그쯤에서 내뱉듯이 말했다.

"정말이지 이 사람은 이런 미신이나 전설에는 전혀 흥미가 없어서 얘기할 맛이 안 난다니까. 눈앞에 유령이 한스럽게 서 있어도 '나한테 무슨 용건이 있습니까?'라고 물을걸요."

"아 글쎄, 귀신이든 유령이든 정말로 있으면 데려오라니까. 나야 언제든 만나줄 테니까."

"당신처럼 불손한 사람한테는 유령도 귀신도 안 가요."

"호오, 귀신이 불손과 겸손의 차이를 다 아나?"

"그야 당연히 알겠죠."

"알 리가 있나."

"게다가 그런 말만 하면, 유령이나 귀신이 안 오는 대신 지장보살도 당신을 구해주러 오지 않는다고요."

어쨌거나 부인도 진심으로 믿는 것 같지는 않았다. 그러자 이 말씨름도 금슬 좋은 부부의 대화처럼 들렸다.

부인이 집으로 돌아가다 갑자기 걸음을 멈췄다.

"그러고 보니 다음 달에 결혼한다는 텔레비전 방송국 사람이 사토미 씨예요?"

겐이치로가 힐끗 사야마 교수를 쳐다보았다.

만약 자기 얘기라면, 사야마 교수가 부인에게 그 말을 전했다는 뜻이다. 돈테크 가게에서 한잔할 때 얘기했던 기억은 나지만, 그걸 사야마 교수가 기억했다는 것도 의외였고, 그걸 굳이 부인한테까지 전했다는 것이 더더욱 그답지 않게 여겨졌다.

"아, 아 네에"라며 겐이치로가 뜸을 들이다 어중간하게 대답했다.

"어머, 역시 그랬구나."

부인이 왠지 기쁜 듯이 고개를 끄덕이며 집으로 돌아갔다.

겐이치로가 다시 사야마 교수를 쳐다보았다.

"말이 많지?"

"두 분의 대화를 듣고 있으면, 만담 같아요."

"만담이라……."

사야마 교수에게는 그리 기분 나쁜 말은 아닌 듯했다.

"……그나저나 오늘은 갑자기 웬일로?"

그제야 사야마 교수가 물었다.

"네?"라며 겐이치로가 오히려 놀랐다.

점심때가 지나서 겐이치로가 갑자기 이곳을 방문했다. 놀라기는 했지만, 사야마 교수는 딱히 방문 이유를 묻지도 않고 자연스럽게 맞아주었다.

"무슨 할 얘기가 있어서 온 거 아닌가?"

사야마 교수가 더러워진 장갑을 벗고, 맑게 갠 하늘을 올려다봤다.

"아뇨, 딱히 없습니다……. 지난번에 취재를 허가해주셔서, 아마 그게 기뻐서. 지난번에 뵀을 때 비교적 가까우니 언제든 놀러오라고 초대해주셨잖아요. 그 호의에 기대서 왔습니다."

"나야 어차피 시간이 남아도는 사람이니 상관없지. 오늘로 사흘 연휴가 끝날 텐데. 당신, 모처럼 사흘 연휴인데 피앙세랑 어디 놀러도 안 갔나?"

겐이치로도 장갑을 벗었다. 손을 코에 대니 풀 냄새가 났다.

"실은 갔었습니다"라고 겐이치로가 말했다.

"……사흘 연휴를 가루이자와에서 보낼 예정으로. 그런데 하룻밤만 묵고 어제 돌아와버렸어요."

"어어, 그랬나?"

"네."

"가루이자와라. 최근에는 못 가봤군. 전에는 대학 연구소가 거기 있어서 자주 다녔는데."

"어디쯤이죠?"

"글쎄, 어디쯤이었나. 산길을 조금 올라가는데, 도중에 늘어선 별장들의 이끼 정원이 정말 아름다운데……."

"구(舊) 가루이자와 쪽이죠?"

"글쎄……. 다투기라도 했나?"

갑자기 얘기를 되돌려서 겐이치로가 "네?"라며 당황했다.

"도중에 돌아왔다면서?"

"네에."

"싸웠습니까?"

"뭐, 그런 셈이죠."

희미한 소리가 들려서 겐이치로가 하늘을 올려다봤다. 높은 하늘에 여객기가 날아가고 있었다.

"아아, 하네다에서 출발하는 비행기가 최근에 항로를 바꾼 모양이야. 이렇게 바로 위로 날아간다니까"라고 사야마 교수가 알려주었다.

"그럼, 시끄럽겠네요."

"시끄럽진 않아. 몇천 미터 상공이니까."

여객기는 또렷하게 보였다. 햇빛을 받은 기체가 반짝반짝 빛 났다.

"교수님 팀의 연구로 태어난 인간들이 이 세상에서 평범하게 생활하게 되는 건 언제쯤일까요. 10년 후일지, 50년 후일지, 100년 후일지……."

질문이라기보다 혼잣말에 가까웠다. 줄곧 여객기를 올려다 보고 있었다.

"평범하게 생활한다……."

사야마 교수가 말을 되풀이했다.

그때 부인이 부르는 소리가 들렸다. 자색 고구마가 다 구워 진 듯했다.

"아는 사람이 다네가섬의 자색 고구마를 줬어. 아마 그거겠

366

지"라고 사야마 교수가 기쁜 듯이 말했다.

겐이치로는 부인에게 "네—에"라고 대답하고 부엌 쪽으로 돌아갔다. 뒷문이 열려 있었고, 부인이 "정원에서 먹을 거죠?"라며 신문지에 싼 군고구마를 건네주었다. 겐이치로는 감사 인사를 하고 정원으로 돌아갔다. 계속 들고 있으면 뜨거워서 손 위에서 살짝살짝 굴렸다.

비를 맞게 그냥 내버려둔 듯한 의자에 앉아 고구마를 덥석 베어 물었다.

싱싱한 자줏빛이 감돌고, 귤 같은 단맛이 입안으로 번져갔다. 호호 소리를 내며 먹던 사야마 교수가 "어때, 달지?"라고 물어서 "네, 다네요"라며 겐이치로도 고개를 끄덕였다. 뜨거워서 계속 들고 있을 수가 없었다. 오른손 왼손으로 바꿔 들면서도 열심히 베어 먹었다.

이제는 얘기도 하지 않았다. 둘 다 호호 입김을 불며 달콤한 군고구마를 먹기에 바빴다.

"응? 왜 그래?"

놀란 듯한 사야마 교수의 목소리가 들린 것은 바로 그때였다.

겐이치로는 무슨 일인가 하고 얼굴을 들었다. 그 바람에 굵은 눈물방울이 뚝 떨어졌다. 손등에 떨어진 눈물이 손가락을 타고 흘러내려 군고구마를 싼 신문지를 적셔갔다.

"왜, 왜 그래?"

사야마 교수가 입을 뻐끔히 벌리고 있었다. 겐이치로는 그제야 간신히 자기가 울고 있다는 걸 알아채고 허둥지둥 뺨의 눈물을 훔쳐냈다.

결국, 사야마 교수의 집에서 저녁까지 얻어먹은 겐이치로는 밤 9시가 넘어서 집으로 돌아왔다. 군고구마를 먹다가 갑자기 흘린 눈물에 대해서 사야마 교수는 더 이상 거론하지 않았다.

가끔은 물을 받아 목욕을 하자 싶어서 욕실로 갔는데, 청소를 게을리 한 탓에 욕조 바닥이 더러웠다. 지금 청소하기도 귀찮아서 오랜만에 근처 공중목욕탕이라도 가려고 수건을 준비했지만, 그것마저 귀찮아졌다.

겐이치로는 욕실에서 나와 그대로 벌렁 침대에 드러누웠다. 몸을 조그맣게 웅크리자, 왠지 마음이 안정되었다. 몸을 웅크린 채 휴대전화를 열었다. 어느새 AD 이구치에게 전화가 세 통이나 와 있었다. 겐이치로가 전화를 걸었다.

"죄송해요. 휴일 저녁에"라며 이구치가 바로 전화를 받았다.

"무슨 일이야?"

"조금 전에 메시지로도 남겼는데."

"미안, 아직 못 들었어."

"지난번 회의 때, 위에서 내려온 무장단체 IS 건 말인데요, 어제 뉴스 보셨어요?"

"IS?"

"지금 이라크 주변에서 세력을 확대하고 있다는 과격파 조직."

"아, 아아. 지난번 회의에서 그런 얘기가 나왔었지. 그게 왜?"

"좀 전에 부장님한테 전화가 왔는데, 바로 제작 준비에 들어가래요."

"부장님한테?"

"이번 연휴에 사토미 씨한테도 계속 전화했는데, 전혀 연결이 안 됐다던데요."

"아, 아아. 전화 건다고 해놓고 잊어버렸네. 그건 그렇고, 어제 뉴스라는 건 뭐야?"

"그 조직이 이라크 서부 지역에서 지배에 저항하는 주민을 200명 넘게 처형한 모양인데."

처형이라는 말에 갑자기 돌로 머리를 얻어맞은 기분이 들었다. 사야마 교수 집의 정원에 있었던 것 같은 돌이다.

"알았어. 오늘 밤 안으로 자료를 읽어둘게"라고 겐이치로가 말했다.

"내일, 아침 일찍부터 회의를 한다는데, 그때 예산까지 짜고 싶다고 하네요."

전화를 끊은 후, 다시 몸을 웅크렸다. 방 안이 무서울 정도로 고요하게 느껴졌다. 그런데 또다시 휴대전화가 울렸다. 이구치인 줄 알고, 상대도 확인하지 않고 전화를 받았다. 그러자 "겐이치로 군?"이라고 묻는 여성의 목소리가 들렸다.

"아, 네."

겐이치로가 몸을 일으켰다.

"으음, 나 가오루코 엄마예요."

"아, 아 네. 안녕하세요. 죄송합니다, 지금 막 부하 직원이랑 전화를 끊은 참이라."

"미안해요, 늦은 시간에."

"아닙니다."

"가오루코가 아직 안 들어왔어. 혹시 겐이치로 군 집에 있나 싶어서. 아까부터 몇 번이나 전화를 하고 문자를 보냈는데……."

"아, 네. 저희 집에 있습니다"라고 겐이치로가 순간적으로 거짓말을 했다.

"어머, 역시 그랬구나. 벌써 도쿄로 올라왔지?"

"네. 지금 저희 집입니다. 그런데 가오루코는 지금 잠깐 근처에 나가서……."

"아아, 됐어요, 됐어. 가루이자와에서 오늘 돌아온다고 해서 걸어본 거니까."

"죄송합니다."

"아니야, 아니야. 딱히 용건은 없으니까. 혹시 오늘 그쪽에서 자려나?"

"네……, 아마 그럴 생각으로 준비해온 것 같은데요."

겐이치로가 좁은 집 안을 둘러보았다. 짧은 복도에 지난번에 홍콩에 갔을 때 썼던 여행 가방이 그대로 놓여 있었다.

"들어오면 연락하라고 하겠습니다"라고 겐이치로가 말했다.

"응. ······아, 그런데 괜찮아요. 정말로 용건이 있는 건 아니니까. 미안해요, 밤늦게."

"아닙니다."

"주말에 또 놀러 와요."

"네, 찾아뵙겠습니다."

겐이치로는 전화를 끊었다. 뺨 언저리에 남아 있는 미소가 손가락으로 밀어도 풀리지 않을 정도로 딱딱하게 굳어 있었다.

그날 밤, 겐이치로는 땅을 파는 꿈을 꾸었다.

처음에는 구경하고 있었다. 수많은 남자들이 말없이 구멍을 팠다. 그 뒷모습은 근면해 보였다. 겐이치로는 남자들이 작업하는 모습을 싫증도 안 내고 지켜보고 있었다. 울타리가 있는 것도 아니고 밧줄을 쳐놓은 것도 아닌데, 남자들 곁으로 갈 수 없다는 걸 겐이치로는 알고 있었다. 그리고 그것이 꿈속의 룰이라는 것도 깨닫고 있었다.

낮이라고도 밤이라고도 하기 애매한 시간대였다. 장소는 그저 휑하니 넓은 황야로 바람이 강했다. 아무래도 그 영상에서 본 장소 같았다. 어찌된 영문인지 홍콩에서 촬영해온 영상에 0.7초가량 찍힌 황야 같은 장소. 그것이 꿈속에 나온 듯했다. 그렇다면 남자들이 구멍을 파고 있는 장소 앞에는 낭떠러지가 있고 그 앞이 바다일 텐데, 꿈속에서는 거기까지는 보이지 않았다. 남자들은 힘을 모아 깊은 구멍 하나를 파는 게 아니었다. 각자 자기 발밑에 얕은 구멍을 파고 있었다.

그때 툭 하고 등을 떠밀린 겐이치로가 앞으로 고꾸라졌다. 돌아서며 노려보자, 놀랍게도 자기 뒤에 뱀처럼 긴 줄이 늘어서 있었다. 그 위압감에 눌려서 "뭐, 뭡니까?"라고 겐이치로가 정중하게 물었다.

"이제 슬슬 가주세요. 뒤에 많이 서 있으니까"라고 낯선 남자가 말했다.

얼마나 줄을 길게 늘어섰는지 겐이치로는 확인할 수 없었다. 남자들만 줄줄이 늘어서 있었다. 자기가 구멍 파는 모습을 바라본 게 아니라, 순서를 기다리고 있었다는 걸 그때야 비로소 알아차렸다. 그리고 알아챈 순간 식은땀이 솟구쳤다.

남자들이 파고 있는 구멍은 자기를 묻는 구멍이 아닐까 하는 생각이 들었던 것이다. 그와 동시에 이 꿈은 잠들기 전에 이구치와 주고받은 대화의 영향 때문이라는 걸 알았다. IS가 200명이 넘는 주민을 처형했다는 뉴스, 그 처형이라는 말이 풍경이 되어 꿈에 나온 것이다.

알고는 있었지만, 겐이치로는 도움을 요청하듯 뒤에 서 있는 남자에게 시선을 돌렸다. 그러나 남자는 눈을 마주쳐주지 않았다.

겐이치로는 주위를 둘러보았다. 감시하는 사람이 있는 건 아니었다. 그런데도 도망치는 사람이 아무도 없었다. 한순간 도망칠 수 있다고 생각했다. 그러나 행동으로 옮기는 순간 어딘가에서 사격을 당할 것 같은 기분이 들었다.

겐이치로는 다시 주위를 둘러보았다. 끝도 없이 펼쳐지는 황야. 사격수가 감시를 할 만한 장소는 아니었다.

"왜 도망치지 않죠?"라고 겐이치로가 작은 목소리로 뒤에 있는 남자에게 물었다.

남자는 당황한 기색이 역력하게 "허?"라며 뒤집힌 목소리를 냈다.

"왜 도망치지 않죠?"

겐이치로가 질문을 되풀이했다.

"왜라니……."

남자가 눈을 희번덕거렸다.

"도망치지 않는 게 안전한가요?"라고 겐이치로가 질문을 바꿨다.

순간적으로 입 밖으로 흘러나온 생각이었다.

"그, 그렇지! 도망치지 않는 게 안전해!"라고 남자는 자기도 지금 깨달았다는 듯이 고개를 크게 끄덕거렸다.

"여기서 도망치지 않는 게 안전한 거네요?"

거의 부르짖듯이 겐이치로가 물었다.

"어, 어어. 그래! 여기서 도망치지 않는 게 안전해!"라고 남자도 대답했다.

겐이치로는 남자 뒤에 서 있는 다른 남자들의 분위기도 살펴보았다. 겐이치로와 남자의 대화를 듣고 있으면서도 하나같이 시치미를 뗀 표정이었다.

어느새 발밑에 삽이 있었다. 겐이치로는 그것을 집어 들고 줄에서 벗어나 구멍을 파는 남자들 곁으로 다가갔다. 구멍을 팔 장소를 찾아 다른 남자들 사이를 빠져나갔다. 그러던 중에 자기가 땅을 팔 장소를 찾는 게 아니라, 이미 어딘가에 있는 자기 구멍을 찾고 있다는 걸 알아차렸다. 왜냐하면 남자들이 판 구멍 속에는 이미 사체가 들어 있었기 때문이다. 남자들은 구멍을 파는 게 아니라 누군가를 묻고 있었던 것이다.

겐이치로는 자기 구멍을 빨리 찾아야 한다는 마음에 조바심이 났다. 그 구멍에 누워 있는 사람은 분명 가오루코일 터였다.

자기의 신음 소리에 눈이 뜨였다. 튀어 오르듯이 일어난 몸은 땀범벅이라 티셔츠가 가슴에 들러붙어 있었다. 순간 한기가 들었다. 겐이치로는 심호흡을 한 후 옷을 벗었다. 벗은 옷으로 몸의 땀을 닦아냈다. 아직 밖은 캄캄했지만, 베갯머리의 디지털시계는 어느새 5시 반이 지나 있었다.

신요코하마 역을 벗어난 신칸센이 서서히 속도를 올려 사가미강을 건넌 언저리에서 겐이치로가 창에 얼굴을 가까이 댔다. 차창을 스쳐가는 경치에 차츰 초록빛이 늘어났다. 이대로 한참 달려가면 순식간에 경치가 탁 트인다. 여름에는 파릇파릇하고, 가을에는 황금빛으로 반짝이는 전원에 아름다운 논두렁길이 뻗어 있다.

도카이도 신칸센의 하행 열차에서 이 주변 풍경을 바라보는 게 겐이치로의 습관이 되었다. 언제쯤부터 시작됐는지는 기억나지 않지만, 입사한 후로 몇 년 동안 오사카를 빈번하게 오가는 업무를 담당했던 시절에 자연스레 몸에 밴 습관이었다.

이 앞에서 잿빛 방음벽이 한순간 끊긴다. 지금 시기라면, 그곳에 벼 베기를 끝낸 논이 펼쳐지고, 밝은 아침 햇살을 들쓰고 있다. 그리고 그 앞으로는 정원에 멋진 소나무가 심긴 집이 보인다. 논들 사이에 덩그러니 서 있다. 검은 기와지붕을 얹은 훌륭한 집인데, 드넓은 마당에 트랙터와 농기구들이 늘어서 있다.

준비를 조금 서둘렀던 모양이다. 겐이치로는 커피를 한 모금 마셨다.

전에 가오루코와 교토 여행을 갔을 때, 겐이치로가 그 집을 그녀에게도 보여주었다.

"준비됐어? 이제 곧 나와. 눈 깜짝할 새에 지나가니까 잘 봐"라며 흥분하는 겐이치로를 보고, "모르는 사람 집이잖아?"라며 가오루코가 웃었다.

"모르는 사람 집이지만, 계속 보다 보니 아는 사람 집처럼 느껴져. ……아, 이제 곧 나온다. 잘 봐, 이 방향이야. 검은 기와지붕이 있는 큰 집이야. 마당에 소나무가 있어서 금방 알아볼 수 있어."

다음 순간, 방음벽이 뚝 끊기고, 푸르른 논들 사이에서 그 집이 모습을 드러냈다.

"아, 보인다!"

가오루코가 소리를 높였다.

"봤어?"

"응, 봤어. 마당에 아이 옷이 잔뜩 널려 있었어."

"맞아, 맞아, 그 집이야. 아마 올봄에 갓난애가 태어났을 거야. 작년 초쯤 별채를 개축한 후에 아들이 결혼한 것 같더라고. 그 부부에게 올봄 무렵에 아이가 생겼고, 아 참, 아들이야. 잉어 깃발이 걸려 있었거든."

그 집이 차창 밖으로 흘러가는 시간은 불과 1, 2초일 뿐이다. 그러나 눈으로 제대로 좇으면, 여러 가지 것들이 보인다.

커피를 테이블에 내려놓은 겐이치로는 이제 곧 나오겠지 하며 창에 이마를 붙였다. 놓치지 않으려고 눈을 휘둥그렇게 떴다. 방음벽이 끊어졌다 다시 나타나기를 몇 번인가 되풀이한다. 그리고 곧이어 눈에 익은 풍경이 날아든다. 늘 봐온 집이다. 겐이치로는 이마를 더 바짝 붙였다. 그대로 한동안 움직이지 않았다. 눈앞은 이미 잿빛 방음벽으로 바뀌어 있었다. 열차 진동이 이마에 전해졌다.

겐이치로는 자기가 지금 무엇을 봤는지 다시 떠올리려 했다. 분명 그 집은 있었다. 그러나 그 멋진 소나무가 없었던 것이다.

그토록 멋진 소나무를 벨 이유가 과연 있을까. 어떤 사정이 있으면, 그렇게 멋진 소나무가 베일까. 소나무만큼 복을 불러온다고 일컬어지는 나무는 없다. 늘 푸르러서 불로장생과도 이어진다고 일컬어진다. 그리고 다른 무엇보다 소나무는 한번 베면 두 번 다시 자라지 않는다.

주머니에서 휴대전화 진동이 울리고 있었다. 겐이치로는 창에서 떨어졌다. AD 이구치의 전화였다. 한동안 바라보다 전화를 받았다.

"여보세요? 사토미 씨, 지금 어디세요?"

다급한 이구치의 목소리에 겐이치로는 거의 무의식적으로 기침을 하며, "미안, 감기가 걸려서……"라고 말했다.

"감기요? 이제 곧 회의가 시작되는데, 부장님도 지금 오셨고."

"미안해, 열 때문에 일어나질 못해……."

"괜찮으세요?"

"미안해."

"아뇨…… 그럼, 그렇게 전할게요. 회의 끝나면 다시 연락드리겠습니다."

전화가 끊기고, 겐이치로는 온몸에서 힘이 빠졌다. 등받이를 눕히고, 눈을 감았다. 이런 핑계로 언제까지고 숨길 수는 없는 노릇이다. 오늘 아침 꿈과 마찬가지다. "여기서 도망치지 않는 게 안전한 거죠?" "어어, 여기서 도망치지 않는 게 안전해!"라는 말을 안전하지 않다는 걸 알면서도 되풀이했다.

산간 지역의 버스 정류장에 내려선 후에야 겐이치로는 비로소 산들이 단풍으로 아름답게 물들어 있는 걸 알아차렸다. 마침내 나고야 역에서 신칸센에서 내려 거의 무의식중에 태어난 고향으로 향하는 고속버스에 올라탔다.

고속버스 종점 역에서 노선버스로 갈아타고, 이곳 도야마의 고카야마까지 오는 내내 고개를 숙이고 있었나 보다. 그렇지 않다면 이토록 곱고 선명한 단풍을 못 봤을 리가 없다.

산이 붉은 단풍으로 타오르는 것 같았다. 겐이치로는 그 박력에 그냥 우두커니 서 있었다. 그때 앞에서 오토바이가 다가오더니, "어, 겐이치로 군 아냐?"라며 말을 건넸다. 쳐다보니 형 교타로가 일하는 전통 종이 공장의 사장인데, 그 짧은 다리를 쭉 뻗치며 오토바이를 지탱하고 있었다.

"오랜만에 뵙겠습니다"라고 겐이치로가 인사를 건넸다.

"웬일이야? 형님 만나러 왔나? 고향 나들이?"

"네, 뭐 그런 셈이죠."

"도쿄에서 열심히 일한다고 들었어. 지난번에 텔레비전을 보니까 마지막에 자네 이름이 나오던데. 대단해. 이 근방에서는 최고로 출세했어."

"그럴 리가요……."

"형은 지금 공장에 있어. 조금 전까지 밭에서 같이 닥나무를 잘랐지."

"아아, 11월이군요."

사장은 서둘러 가는 길이었는지, "아무튼 편히 쉬어"라며 언덕을 내려갔다.

378

현도(일본의 행정구역인 현에서 만든 도로)에서 산 비탈면으로 뻗은 비포장도로를 한동안 올라가면, 먼저 닥나무를 삶는 커다란 통이 보이고, 비탈길에 달라붙듯이 서 있는 오래된 공방이 모습을 드러낸다. 겨울이 되면 이 일대는 5미터가 넘는 눈으로 덮이고, 그 눈 위에 닥나무를 널어둔다.

공방 문을 열자, 밖이 밝은 탓인지 안은 구멍이 뚫린 것처럼 컴컴했다. 어두운 공방 안에는 종이 뜰채 도구들이 늘어서 있고, 달큼한 닥나무 향이 난다. 그때 안쪽에서 소리가 났다. 겐이치로는 소리가 나는 방향으로 갔다.

볕이 드는 곳에서 형 교타로가 막 잘라 온 닥나무를 쌓고 있었다.

"오호, 웬일이야 갑자기?"

기척을 알아챈 교타로가 요란스럽게 놀랐다.

"잠깐 일 때문에 근처에 올 일이 있어서"라고 겐이치로가 거짓말을 했다.

"집에는 벌써 들렀니?"

교타로가 머리에 두르고 있던 수건을 풀어서 얼굴을 훔쳤다.

"아니, 아직. ⋯⋯시간이 별로 없어."

"시간이 없다니, 여기까지 왔는데."

어이없어하는 형의 웃는 얼굴이 겐이치로에게는 정겹게 느껴졌다.

"이번 달 말이야, 예의 그 발표."

형이 불쑥 말했다.

젠이치로가 고개를 갸웃거리자, "그 왜, 일본 전통 종이가 무형문화재로 등록되느냐 마느냐 하는"이라고 말을 이었다.

"아아, 유네스코?"

젠이치로도 금방 생각이 났다. 안타깝게도 이곳 고카야마의 전통 종이는 등록 대상이 되지는 못했지만, 그래도 전통 종이 직공으로서는 자랑스러운 일이라며 전에 형에게서 전화가 왔었다.

"너, 집에 갈 거면 차로 데려다줄게."

장갑을 벗은 형이 수돗가에서 거칠게 손을 씻었다. 튄 물방울에 햇빛이 부딪치며 반짝반짝 빛났다.

"일은?"이라고 젠이치로가 물었다.

"오늘은 나무 베는 작업뿐이라 벌써 끝났어."

"괜찮아. 천천히 버스로 갈게."

"그럴래? 그럼, 차라도 한잔 줄까?"

"아니, 그만 가볼게."

"그래? 몇 시쯤까지 있니? 저녁은?"

"못 먹어."

"그렇군. 뭐 하긴, 어차피 다음 달이 결혼식이라 도쿄에 갈 테니까. 아버지랑 어머니도 벌써부터 들떠서 안절부절못하더라."

"실은 이쪽에 와서 했으면 좋을 텐데……."

"무슨 소리야. 넌 도쿄에서 활동하는 사람이니 도쿄에서 하는 게 좋지. 지금 너를 응원해주는 사람들을 초대해서 제대로 감사 인사를 드려야지."

젠이치로는 고개를 끄덕였다. 그리고 잠시 뜸을 들인 후, 다시 고개를 끄덕였다.

"그럼, 갈게"라며 젠이치로가 밖으로 나가려는 순간, "야"라며 형이 불러 세웠다.

"……너, 괜찮은 거냐?"

젠이치로는 돌아보지 않았다.

"……야, 곤란한 일 있는 거 아니야?"

형의 질문에 "없어"라고 대답했다. 젠이치로는 걸음을 내디뎠다. 형은 더 이상 말을 건네지 않았다. 그 대신 물소리가 들렸다.

젠이치로가 뒤를 돌아보았다. 형이 세수를 하고 있었다.

"형."

물에 젖은 얼굴을 찡그리며 형이 몸을 일으켰다.

"……미안해."

그렇게 중얼거린 젠이치로의 목소리는 가 닿지 않았다.

"응?"

등 뒤로 형의 목소리가 들렸지만, 젠이치로는 더 이상 돌아볼 수 없었다.

얄팍한 문이 열리고, 신문이 날아들었다. 젠이치로는 담요

위에 떨어진 신문에 눈을 떴다.

"어이, 일어나."

남자 목소리에 "네"라고 대답한 순간, 가래가 걸려서 심하게 콜록거렸다. 겐이치로는 몸을 일으키고 신문을 주워 들었다. 새벽녘부터 내리기 시작한 비에 젖어 있었다.

"……오늘, 일은 쉬겠지, 아마."

남자가 마치 거기에 창이라도 있는 것처럼 겐이치로의 뒤쪽 벽을 바라보았다. 얇은 벽 너머에서 빗소리가 또렷하게 들려왔다.

"일단 일어나서 준비는 해둬."

남자가 거칠게 문을 닫았다. 복도에서 멀어져가는 남자의 발소리가 언제까지고 들려왔다.

겐이치로는 형광등 끈을 잡아당겼다. 한 평 남짓한 비좁은 방이었다. 겐이치로는 흐트러진 이불 위에 책상다리를 하고 앉았다.

이 노무자 합숙소에 들어온 지 어느새 3주가 지났다. 매일 아침마다 지금 다녀간 다바타라는 남자가 깨우러 왔다. 신문은 다바타가 정기구독하는 것인데, 어느 날 식당에 놓여 있는 것을 겐이치로가 읽고 있자, "자네, 신문 읽나?"라며 말을 걸었다. 한순간 시비조로 한 말인가 했는데, "이 합숙소에 신문을 읽는 녀석은 없어. 나 혼자만 읽어서 아까웠는데, 마침 잘됐군"이라며 오히려 기뻐해주었다. 그 후로 아침잠이 없는 다바타는 신문이 오면 자기가 먼저 식당에서 커피를 마시며 한 차례

훑어본 후, 겐이치로를 깨우러 오는 김에 가져다주었다. 일하다 쉬는 시간에 겐이치로를 상대로 기사와 관련된 대화를 나누는 게 즐거운 모양이었다.

겐이치로는 베갯머리에 있던 2리터짜리 병의 물을 마셨다. 매일같이 익숙지 않은 노동에다 딱딱한 잠자리에서 자다 보니 목을 돌리려고 하면 통증이 느껴졌다.

3주 전에 고향의 형 일터를 방문한 후로 줄곧 밑으로 곤두박질치는 기분이었다. 그때 전철을 갈아타며 이곳까지 왔을 테지만, 기억에 남아 있는 것은 아스팔트 도로와 콘크리트 광장, 그리고 그 위를 걸어가는 자기의 더러운 운동화뿐이다.

자기가 어디에서 어디로 가는 전철을 타고, 어디에서 내려서 어디에 묵었는지도 기억나지 않는다. 어느 역에 도착했을 때, "히라다 토목 구인광고를 보고 온 사람인가?"라고 낯선 남자가 물었다. "아뇨, 아닙니다"라고 대답하자, "한 사람이 안 오네. 내 뺐나?"라며 혀를 찼다.

그 자리를 떠나다 문득 생각이 난 겐이치로가 자기를 대신 써줄 수 있겠냐고 물었다. 남자는 한순간 의아한 표정을 지었지만, "일거리를 찾아서 이 주변을 돌아보는 중이었어요"라고 겐이치로가 말하자, 순순히 믿는 것 같았다.

그 남자를 따라온 곳이 가마이시 시 외곽에 있는 이곳 히라다 토목의 임시건물 기숙사였고, 창도 없는 한 평 남짓한 독방이었다.

젠이치로가 이불 위에서 신문을 집어 들었다. 곧이어 1면 기사가 눈에 들어와 무심코 "아" 하는 소리를 흘렸다. 거기에는 커다란 글씨로 "'일본 전통 종이' 유네스코 무형문화재로 등록"이라고 쓰여 있었다.

형의 얼굴이 떠올랐다. 그러나 그것은 기뻐하는 얼굴이 아니라 핏기가 가신 얼굴이었다.

복도를 오가는 발소리가 시끄러워져서 젠이치로가 귀를 기울였다. 노크도 없이 얄팍한 문이 휙 열리더니 옆방 남자가 "오늘, 쉰대"라고 말하고 거칠게 문을 닫았다.

젠이치로가 그 닫힌 문에 대고 "네"라고 대답했다.

이불 위에 신문을 펼치고, 엎드린 자세로 들척였다. 다양한 뉴스 기사 중에 찾고 있던 내용이 바로 눈으로 날아들었다.

젠이치로는 마른침을 삼켰다.

'나가노 현 기타사쿠 군 가루이자와초 별장에서 이달 초순, 도쿄 도 메구로 구에 소재한 의류회사에 근무하는 혼다 가오루코 씨(32)가 누군가에게 교살된 살인 사건으로 나가노 현 경찰 수사1과가 사건 발생으로부터 3주가 지난 오늘, 중요 참고인인 사토미 젠이치로(29)의 공개수사에 착수, 정보 제공을 널리 호소했다.

사건은 이달 2일 새벽에 발생. 수사1과에 따르면, 피해자 혼다 가오루코 씨는 전날 중요 참고인인 사토미 젠이치로와 함께 살해 현장이 된 별장에 숙박. 다음 날 아침, 사토미 젠이치로만 가루이자와 역에서 상행 신칸센에 올라타는 장면이 방범 카메라에 찍혔다.

또한 피해자와 중요 참고인은 다음 달 도쿄 도내에서 결혼식을 올릴 예정이었다.'

기사 옆에 조그맣게 실린 겐이치로의 얼굴 사진은 회사에서 제공했는지 직원 신분증에 썼던 증명사진이었다.

겐이치로는 신문을 접은 후, 다시 물을 마셨다. 병 바닥에 조금밖에 안 남아 있던 물이 없어졌다. 베갯머리에 있던 옷과 과자류를 가방에 집어넣고, 청바지로 갈아입었다.

가방을 들고 복도로 나가자, 다바타가 세면대에서 이를 닦고 있었다.

"어디 가?"

가방을 알아챈 다바타가 물어서 겐이치로는 "잠깐"이라며 말끝을 흐렸다. 그런데 다바타도 "이렇게 아침 댓바람부터 어딜 가려고?"라며 물러서지 않았다. 다른 작업부들의 시선도 모아졌다.

"일 쉰다니까 쇼핑하러"라고 겐이치로가 순간적으로 꾸며댔다.

"아아. 옷 같은 거 사려고?"

"네."

"그럼, 가마이시 역으로 가는 버스를 타고 가다 도중에 내리면 옷 같은 것도 파는 슈퍼마켓이 있으니까, 버스 기사한테 어느 정류장인지 물어봐"라고 가르쳐주었다.

겐이치로는 감사 인사를 하고 현관으로 향했다. 신발장에서 운동화를 꺼내서 신으려고 하는데, 뺨이 꺼지고 다박나룻이 자란 자기 얼굴이 거기 붙어 있는 거울에 비쳤다. 신문에 나온 사진의 얼굴과는 인상이 달랐다.

밖에는 본격적으로 비가 내리고 있었다. 투명한 비닐우산에 떨어지는 빗방울이 무거웠다. 내뿜는 숨결은 하얗고, 눈 깜짝할 사이에 우산을 든 손이 추위에 빨개졌다. 젖은 자갈길을 걸어서 현도까지 나온 겐이치로는 뒤를 돌아보았다. 갓 새로 지은 임시건물 오두막과 작업부들을 태우고 다니는 왜건이 비에 젖어 있었다.

때마침 버스가 현도로 달려왔다. 겐이치로는 서둘러 횡단보도를 건너가 버스 정류장 앞에서 손을 들었다. 그 바람에 우산이 옆으로 기울면서 얼굴이 흠뻑 젖었다.

올라탄 버스에는 승객이 띄엄띄엄 앉아 있었다. 운전기사 뒷자리에 젖은 우비를 입은 노파가 앉아 있었다. 왜 그런지 노파가 겐이치로를 뚫어져라 쳐다보았다.

사건이 발각 난 것은 겐이치로가 형을 방문한 다음 날인 수요일이었다. 화요일 아침에 출근하지 않은 가오루코가 걱정된 상사가 집으로 전화를 건 모양이다. 연락을 받은 가오루코의 어머니는 의심 없이 겐이치로의 집에서 출근했을 거라고 믿고 있었다. 가오루코의 어머니는 딸에게도 겐이치로에게도 몇 번이나 연락을 했다. 그러나 양쪽 다 연결되지 않았다. 하는 수 없이 겐이치로의 직장으로 전화를 해보니, 겐이치로도 감기 때문에 회사를 쉰다고 했다. 가오루코의 어머니는 그 대답을 듣고 마음이 놓였다. 겐이치로가 독감이나 뭔가에 걸려서 딸이 간호를 해주고 있겠거니 하고.

그러나 밤이 되어도 딸에게서 연락이 없었다. 귀가한 남편에게 의논하자, 그건 좀 이상하다고 말했다. 둘이서 겐이치로의 아파트로 찾아왔지만, 집은 비어 있었다.

그래도 다음 날 아침까지는 기다렸다. 그러나 양쪽 다 연락이 없었다. 급기야 불안해져서 경찰에 신고했다. 사건이나 사고에 휘말렸을 가능성도 있을지 모른다고 생각했지만, 그쪽 정보는 없었다. 그때 경찰이 "두 사람이 아직 가루이자와에서 안 돌아온 거 아닐까요?"라고 물었다.

월요일 밤에 겐이치로에게 전화를 걸었던 가오루코의 어머니는 그럴 리 없다고 부정했지만, 그래도 일단은 알아보자며 나가노 현의 경찰에게 연락했다. 현 경찰서의 젊은 경찰이 그 별장으로 갔다. 현관 차임벨에 응답이 없었고, 누가 있는 기척도 없었다. 주변의 단풍나무는 타오를 듯이 붉었다. 경찰은 소리쳐 부르면서 건물 뒤편으로 돌아갔다. 나무 바닥 테라스에서 거실을 들여다보았다.

소파에 여성이 누워 있었다. 그리고 그 얼굴에는 하얀 수건이 덮여 있었다. 당장 겐이치로의 행방을 쫓았다. 일단 가오루코가 살해됐을 거라 추정되는 다음 날 아침, 혼자 상행 신칸센에 올라타는 모습이 역 방범 카메라에서 확인되었다. 그리고 그다음 날, 겐이치로가 전에 취재를 의뢰했던 라이프사이언스 연구소의 사야마 교지 교수의 자택을 방문했다는 사실이 밝혀졌다.

그리고 그다음 날, 자기가 태어난 고향의 형에게 모습을 드러낸 것을 마지막으로 행방불명이 되었다.

겐이치로는 이 일련의 정보를 주간지에서 얻었다. 그중에서도 가장 상세하게 실린 것이 친구인 미즈타니 신지가 일하는 주간지였다.

또다시 발밑만 바라보는 이동이 계속되었다. 비가 억수같이 쏟아지는 아침, 가마이시 노무자 합숙소에서 나와 며칠씩이나 전철을 갈아타며 돌아다녔다. 어쨌든 멀리 가야겠다는 생각뿐이라 목적지도 없이 서둘러 움직였다.

그러다 문득 얼굴을 들었을 때, 규슈의 후쿠오카까지 와 있었다. 정말로 발밑만 쳐다봤다. 오랜만에 얼굴은 든 것은 쓰시마행 페리 선착장이었고, 하늘은 울고 싶을 만큼 푸르렀다.

쓰시마 같은 지역은 가본 적조차 없지만, 겐이치로는 페리에 승선했다. 다른 손님들을 따라 페리 트랩에 발을 디뎠을 때, '아아, 이 앞이 종점이구나'라고 불현듯 느꼈다.

배 안으로 들어가서 창가 자리에 앉았다. 드넓은 선실에는 대형 텔레비전이 있고, 애니메이션 프로그램이 나오고 있었다.

배가 천천히 출발했다. 겐카이나다(규슈 북서부에 펼쳐진 해역)
가 햇살을 받아 눈부시게 빛났다. 그 광경에 무심코 '아름답다'
는 생각이 든 게 당황스러워서 입술을 깨물었다. 과장되게 말
한다면, 자기 인생에서 그날 밤만 결락(缺落)되어 있었다. 그 전
후로는 확실한 감촉이 있는데, 가오루코의 목을 졸라버린 그
날 밤의 감촉만 없었다.

그런 탓인지도 모르겠지만, 이렇게 끝도 없이 도망을 치면서
도 그날 밤 일이나 가오루코를 떠올리는 적은 거의 없었다. 마
치 장기출장이라도 온 것 같아서 도쿄로 돌아가서 연락하면
가오루코는 그곳에 있고, 예정대로 결혼식도 거행될 것 같았다.

"귤 좀 드시겠어요?"

갑자기 말을 건네서 돌아보니, 뒷좌석에서 뻗은 손이 보였
다. 노파와 어린 여자애가 앉아 있었다.

"고맙습니다."

엉겁결에 노파의 손에서 귤을 받아 들었다. 자그마한 손으
로 귤을 먹고 있는 여자애의 입술이 손으로 집으면 뭉개질 것
처럼 부드러워 보였다.

"쓰쓰귤."

노파의 말에 "네?"라고 되물었다.

"쓰시마 귤. 봐요, 저기."

노파가 손가락으로 가리킨 기둥에 '쓰쓰사키(豆酘崎) 등대'
포스터가 있었다. '豆酘'를 '쓰쓰'라고 읽는 모양이다. 시선을 텔

레비전으로 돌렸다. 애니메이션 프로그램은 이미 끝나 있었다. 젠이치로는 다시 한 번 감사하다고 말하고, 앞으로 돌아앉았다. 아주 달콤한 귤이었다. 그 달콤함에 목이 많이 말랐다는 걸 알아챘다.

이즈하라라는 항구에서 페리를 내렸다. 거의 대부분의 손님들은 마중 나온 사람이 있었다. 귤을 건네준 노파와 소녀도 왜건에 올라타버렸다. 정신을 차려보니 찬바람이 부는 터미널에는 젠이치로 한 사람뿐이었다. 터벅터벅 걸어가서 버스 정류장에 섰다. 5분 후면 버스가 오는 듯했다. 그러나 그것이 어디로 가는지 알 수가 없었다.

벤치에 누군가가 잊어버리고 간 듯한 소책자가 있었다. 소책자 표지에 '사키모리노우타(防人の歌, 옛날에 간토 지방에서 파견되어 쓰쿠시, 이키, 쓰시마 등의 요지를 수비하던 병사나 가족의 노래집)'라고 적혀 있었다. 젠이치로는 페이지를 팔랑팔랑 넘겨보았다.

내 아내는 나를 극진히도 사랑하나 보구나. 마시는 물에까지 아내 그림자가 비치니 도무지 잊을 길이 없네.

내 아내를 그림에 담아둘 여유가 있었으면 얼마나 좋을까. 그랬으면 여행길에 바라보며 그리워했으리.

젠이치로는 그제야 이곳 쓰시마가 변방 수비병의 섬이었다는 걸 알아챘다. 관광 안내판이 붙어 있던 터미널로 다시 뛰어들어가니, 바다 카약 체험과 해수욕 등등 여름 관광 명소들과 나란히 변방 수비병들이 돌로 쌓은 보루가 남아 있는 가나타노키 성터 안내도 나와 있었다. 이곳 이즈하라항에서 버스를 갈아타며 현도 등산로 입구까지 가고, 그곳에서 도보로 일단 2킬로미터, 거기서부터 다시 산길을 한 시간 정도 올라가면 산정상에 도착한다고 쓰어 있었다.

겐이치로는 소책자를 주머니에 넣고, 버스 정류장으로 다시 달려갔다. 그리고 때마침 달려오는 버스를 향해 손을 들었다.

버스에서 내린 겐이치로는 일사불란하게 걸음을 내디뎠다. 현도에서 등산로 입구로 들어간 후에도 아스팔트 포장길이 한동안 이어졌지만, 갑자기 바위가 울퉁불퉁한 길로 변했다. 그 앞으로는 본격적인 등산로인 듯했다. 하늘을 향해 곧게 뻗은 삼나무가 머나먼 옛날에 내리 꽂힌 화살처럼 보였다. 이따금 나무들 틈새로 햇살이 비쳐 들지만, 숲속은 어둡고 자기 발소리밖에 안 들렸다. 뒤에 누가 있는 것 같아 몇 번씩 뒤를 돌아보았다. 물론 거기에 있는 건 자기가 걸어온 산길뿐이었다. 삼나무 틈새에서 누군가가 이쪽을 보고 있는 것 같아서 문득문득 걸음이 멈춰졌다. 물론 거기에도 삼나무뿐이었다.

낙엽을 밟으며 걸음을 서둘렀다. 완만한 모퉁이를 오른쪽으로 돌고 왼쪽으로 돌다 문득 얼굴을 들자, 멋진 동백이 이정표처럼 피어 있었다. 색이 없는 숲에서 보는 새빨간 동백은 조금 무서웠다.

얼마쯤 산길을 걸어 올라갔을까, 그쯤에서 처음으로 시야가 탁 트였다. 복잡한 리아스식 해안선으로 도려내진 만(灣)이 내려다보였다. 아름다운 후미들, 햇빛을 들쓴 크고 작은 만, 경치 자체가 반짝반짝 빛을 발하고 있었다. 시심을 가진 거인이 조각했다고 생각할 수밖에 없는 광경이었다.

목적지인 가나타노키 성터의 돌 보루까지는 아직 한참을 더 가야 하는 모양이다. 한 번도 안 쉬고 올라온 탓에 숨이 턱까지 차오르고 무릎이 후들거렸다.

겐이치로는 낭떠러지에 다리를 내놓고 걸터앉았다. 차가운 바람에 땀이 식었다. 발밑에서 솔개가 우아하게 날아다녔다. 솔개는 확실하게 겐이치로를 알아챘다. 천천히 선회하며 고도를 높이더니, 조금만 더 오면 손이 닿을 듯한 거리까지 다가왔다 갑자기 속도를 올리며 상공으로 날아올랐다.

바람이 잦아들자, 세상에서 소리가 완전히 사라졌다. 상공으로 날아오른 솔개의 눈에는 풍경이 얼마나 내려다보일까. 산이 몇 개나 보일까. 후미가 몇 개나 보일까. 분명 그 풍경 속에 있는 인간은 겐이치로 혼자일 게 틀림없다.

여기까지 아무 생각도 하지 않고 걸어오려 했다. 그런데 몸을 쉬어주자, 불현듯 머릿속에서 걸어오는 내내 되풀이했던 말이 부풀어 올랐다.

"난 옳아. 그걸 왜 모르지. 난 옳아. 그걸 왜 모르지."

물론 도망치기 시작했을 때부터 가오루코의 명복을 빌어주려는 보리심(菩提心)은 줄곧 갖고 있었다. "성불하세요. 용서해주세요"라고 되풀이했다. 그런데 그 말이 어느새 "왜 모르지. 난 옳아. 왜 모르지. 난 옳아"라는 말로 변해버렸다.

조금 전 솔개가 다시 눈 아래로 돌아와 있었다. 사냥감을 찾는지 천천히 선회하며 날아다녔다. 옆에서 소리가 나서 힐끗 시선을 돌리자, 신문지가 바람에 날려 사락거리는 소리가 났다. 겐이치로가 손을 뻗었다. 아직 며칠 안 지난 새 신문이었다. 오늘이 며칠인지 정확히 알 수는 없지만, 불과 며칠 전 신문이었다.

지면에는 그날 공시된 듯한 중의원 선거를 알리는 기사가 실려 있었다. 입후보 예정자는 1190명 남짓. 앞으로 12일간의 선거전에서는 아베 수상(자민당 총재)이 추진하는 경제정책인 '아베노믹스'를 비롯해 원자력발전을 포함한 에너지 정책, 집단적 자위권 행사의 한정 용인이 쟁점이 될 거라고 쓰여 있었다.

신문 하단의 주간지 광고에는 벌써부터 큰 글자로 자민당 압승을 내걸고 있었고, 그다음 큰 글자로 '가루이자와 약혼자 살인 도주범의 친형, 단독 수기'라고 쓰여 있었다.

겐이치로는 신문지를 접어서 주머니에 넣고, 또다시 눈 아래 풍경으로 시선을 돌렸다.

"악!"

갑자기 등 뒤에서 비명 소리가 들려서 겐이치로는 온몸이 긴장되었다. 엉겁결에 손을 힘껏 움켜쥐는 바람에 흙과 작은 돌들이 손톱 속으로 파고들었다. 돌아보니 중년 부부가 눈을 휘둥그렇게 뜨고 있었다. 설마하니 이런 곳에 누가 앉아 있을 줄은 꿈에도 몰랐는지, 여전히 소리도 못 내고 우두커니 서 있었다.

"죄, 죄송합니다"라며 겐이치로가 무심코 사과했다.

상대도 그제야 간신히 제정신이 들었는지, "아니, 아뇨, 아뇨"라며 고개를 저었다.

"아, 깜짝 놀랐네."

부인인 듯한 여성도 가슴에 손을 얹고 심호흡을 깊게 했다.

겐이치로가 일어섰다.

"……잠깐 좀 쉬느라고."

"아 네, 네에. 죄송합니다, 저희야말로. 괜히 놀라게 만들었네요."

남편으로 보이는 남성이 굳이 모자까지 벗으며 말했다.

"……가는 길에도 오는 길에도 아무도 못 봐서 틀림없이 우리만 있는 줄 알았거든요."

두 사람은 트래킹 복장을 제대로 갖춰 입었고, 손에는 등산용 스틱까지 쥐고 있었다.

"정상까지 꽤 걸립니까?"라고 겐이치로가 물었다.

동시에 등 뒤의 산을 올려다본 부부가 "네, 아직 멀었어요"

라고 소리를 맞춰 대답했다.

"……혼자세요?"

부인이 물어서 "네"라고 겐이치로가 대답했다.

"천천히 올라가면 정상까지는 아직 40분 정도는 더 걸려요. 정상에서도 돌 보루와 변방 수비병의 주거지 터 쪽을 돌면, 또 그것만으로도 한 시간 이상 걸리죠."

남편이 상세하게 설명해주었다.

"군데군데 길 찾기가 어려워서 이상한 쪽으로 들어가면 조난당할 것 같던데."

부인의 '조난'이라는 말이 과장스럽게 들렸지만, 남편도 부정하지 않았다.

"어떠셨어요?"라고 겐이치로가 물었다.

"네?"라며 두 사람이 동시에 되물었다.

"정상에서 보는 경치."

"아, 아 네. 경치보다 쌓아놓은 돌 보루 같은 게 압권이었어요."

부인이 배낭에서 물을 꺼내 마셨다. 겐이치로는 자기가 아무것도 가져오지 않은 것을 그제야 알아챘다.

"그럼, 조심하세요."

남편이 먼저 걸음을 내디뎠고, 그 뒤에 인사를 건넨 부인이 따라갔다.

"조심하세요."

겐이치로는 두 사람의 뒷모습을 배웅했다. 이따금 조약돌을 미끄러뜨리며 두 사람이 가파른 언덕길을 내려갔다. 발소리가 완전히 사라지자, 바람 소리만 남았다. 주머니에 페리에서 받은 귤 반쪽이 있었다. 바로 입에 넣었다. 또다시 누군가의 시선이 등 뒤에서 느껴졌지만, 물론 산길에 인기척은 없었다.

겐이치로는 다시 올라가기 시작했다. 그러나 그 발걸음은 조금 전까지와 비교하면 확연하게 무거웠다. 올라가고 싶고, 산 정상에서 경치를 바라보고 싶은 마음으로 여기까지 왔다. 그러나 지금은 그렇게 결정했기 때문이라는 생각뿐이었다. 올라가고 싶어서가 아니라 올라가기로 결정했으니까. 마음이 위축되자마자 바람이 차갑게 느껴졌다. 겐이치로는 냉랭해지는 손끝에 입김을 불었다.

그런데도 얼마쯤 더 올라갔을까. 또다시 울창한 나무들의 터널로 들어서기 직전에 겐이치로는 큰맘 먹고 멈춰 섰다.

"역시 이젠 됐어."

그렇게 소리 내어 중얼거려 보았다. 소리를 내자, 올라가지 않는 게 지극히 정당한 행위처럼 여겨졌다. 겐이치로는 몸의 방향을 틀었다. 몸만 돌려버리면 하산은 너무나 간단한 일이었다.

더 이상 올라가지 않기로 결정한 산 정상에서 마주할 예정이었던 경치가 불현듯 떠올랐다. 머릿속에 떠오른 경치는 어찌된 영문인지 그 황야였다. 홍콩에서 촬영해온 영상에 0.7초만 담겨 있었던 그 영상. 붉은 흙이 깔린 황야, 단애절벽, 그리고 저 머나먼 곳에 있는 어두운 수평선.

　등산을 포기하고, 버스를 타고 이즈하라로 돌아온 겐이치로는 그 지역 중심가에 있는 대형 쇼핑센터로 들어갔다. 아침부터 먹은 거라곤 귤뿐이었다.

　쇼핑센터 손님의 대부분은 한국에서 온 관광객이라 가게 간판이나 안내에도 한글이 많았다. 들어가려 했던 모스버거도 우동 가게도 공교롭게 다 만석이었다. 쇼핑몰 안의 광장에 설치해둔 테이블에서 가족 단위 손님이 반찬들을 늘어놓고 푸짐하게 식사를 하고 있었다.

　겐이치로는 쇼핑몰에 딸려 있는 슈퍼마켓에서 치즈 햄버그 도시락과 차를 샀다. 쇼핑몰 안의 광장으로 돌아가 빈 벤치에 앉았다. 고개도 안 들고, 눈 깜짝할 새에 도시락을 비웠다. 나무젓가락까지 베어 먹어버릴 것 같은 기세였다.

　바로 그때 갑자기 북소리가 들려왔고, 겐이치로는 그 소리에 이끌리듯이 벤치에서 일어섰다. 곡을 연주하는 게 아니라 소리를 조율하는 중인지, 둥 두둥 둥둥 불규칙적인 소리가 이어졌다. 그 소리에는 귀에 익숙지 않은, 와타이고와는 다른 음색도 섞여 있었다.

　겐이치로는 쇼핑몰에서 밖으로 나왔다. 드넓은 필로티에 즉석 무대가 설치되어 있고, 핫피(본래는 무가 머슴들이 입던 옷인데, 현재는 주로 축제 참가자나 장인들이 착용하는 전통 의상) 차림의 와

타이고 연주자들과 역시나 전통 의상에 장구라는 악기를 품에 안은 한국 청년들이 리허설 같은 것을 하고 있었다.

무대 옆 깃발에는 '일한 우정회'라고 쓰여 있었다. 전에 겐이치로는 어느 라이브에서 함께했던 한국 그룹과 친해져서 그 장구라는 악기를 쳐볼 수 있었다. 와타이고와 같은 양면 북이지만, 채와 손바닥으로 연주한다.

마음 내키는 대로 북을 치고 있던 젊은이들 사이에서 갑자기 웃음소리가 일었다. 일본어와 한국어라 대화가 통하지는 않지만, 그중 누군가가 다른 누군가의 흉내를 낸 모양이다. 그것을 보고 양쪽 그룹이 다 웃었다. 관광객들도 뭘 시작하려나 궁금한지 하나둘 무대 앞으로 모여들었다.

겐이치로는 무대로 다가갔다. 그중에는 아직 고등학생처럼 보이는 소년도 있었다. 문득 정신을 차려보니 바로 옆에 핫피 차림의 남자가 서 있었다. 다른 구성원들보다 나이가 좀 있으니 대표자 역할을 맡았을지도 모른다. 축제깨나 좋아하게 생긴 풍채 좋은 남성인데, 바짝 깎아 올린 짧은 머리에 하라마키(배가 냉해지는 것을 막기 위해 배에 두르는 것으로 천이나 털실로 뜬다)가 잘 어울렸다.

"북이 좋군요"라고 겐이치로가 남자에게 말을 건넸다.

"네?"

갑자기 건네는 말에 놀라는 남자에게 겐이치로가 무대 중앙에 있는 북을 손으로 가리켰다.

"아아, 네. 북을 치십니까?"

남자가 물어서 겐이치로가 전에 소속되었던 팀 이름을 말했다.

그러자 남자가 "어?"라며 요란스럽게 놀랐다.

"······그건 유키 씨가 리더인 팀이잖아요?"

남자의 입에서 유키라는 이름이 나와서 겐이치로는 표정이 어두워졌다. 그러나 남자는 개의치 않고 얘기를 이어갔다.

"······벌써 몇 번이나 라이브 공연에 갔었어요. 지금도 거기서 치세요?"

"아뇨, 그곳은 진즉에 그만두고, 지금은 좀 더 작은 팀에서."

"그러시군요. 흐음, 난 만약에 규슈 배속이 아니었다면, 꼭 거기 들어가고 싶었는데. 오호, 그러시군요. 오늘은 관광이세요?"

"뭐, 그런 셈입니다."

그때 나이가 지긋한 여성이 무대 위의 젊은이들을 부르러 왔다. 2층 홀로 모여달라고 말했다. 옆에 있던 남자가, "너희, 다 놔두고 가도 돼! 내가 여기 있을 테니까!"라고 갑자기 큰 목소리로 외쳤다. 그 말을 신호로 젊은이들이 무대에서 내려갔다.

"그럼, 그 오리지널 곡도 치셨나요?"

남자가 갑자기 얘기를 되돌렸다.

"오리지널?"

"흠, 뭐였더라, 내가 라이브 공연 때 CD를 샀는데······ 앗

〈귀신이 오다〉였다!"

젠이치로는 "아아"라며 고개를 끄덕였다. 라이브에서도 평판
이 좋았던 곡이다.

"그것 좀 잠깐 쳐주시죠."

남자가 느닷없이 등을 떠밀었다.

"네?"라며 젠이치로가 허둥거렸다.

"나도 연습했으니까 아마 따라할 수 있을 겁니다."

가타부타 말을 못하게 남자가 강제로 팔을 잡아끌었다. 젠
이치로는 저항하지 않고 무대로 올라갔다. 채를 건네 받고 북
앞에 섰다. 일단 둥 하고 쳐보았다. 곧이어 두둥 하고 쳐보았
다. 겨울 하늘에 북소리가 울려 퍼졌다. 몇백 번이나 연습한 곡
이라 치기 시작하자 자연스럽게 팔이 움직였다.

이 곡을 빈번하게 연습했던 시기가 가오루코와 유키의 관계
를 알게 된 시기와 겹친다.

둥, 둥, 두둥!

세상에 불륜은 얼마든지 넘쳐난다는 건 알지만, 눈앞에 있
는 그것은 너무나 추악했다.

둥, 둥, 두둥!

넓은 세계로 눈을 돌리면, 불륜을 법으로 금지하는 나라도
있다. 옳지 않다. 옳지 않은 것이다.

둥, 둥, 두둥! 둥둥, 두둥!

젠이치로는 혼신을 다해 북을 쳤다. 옆에서 남자도 따라와

주었다. 북소리가 겹쳐지고, 그 고양감에 의식이 날아가버릴 것 같았다. 겐이치로는 얼굴을 들었다. 채를 휘두르며 등을 곧게 폈다. 마치 다시 태어나는 것처럼 기분이 좋았다.

시선 저 끝에 경찰관이 서 있었다. 무선으로 누군가와 연락을 취하고 있었다. 그 옆에 아까 슈퍼마켓에서 도시락을 샀을 때 계산했던 담당자가 서 있었다.

둥, 둥, 두둥! 둥두둥!

힘껏 목을 졸랐을 때, 가오루코의 입술이 "왜?"라고 움직였다. 그 눈에는 눈물이 어려 있었다. "옳지 않아"라고 겐이치로는 말했다. 그것 말고는 다른 이유가 없었다.

경찰관이 허리춤에 찬 경찰봉에 손을 얹은 채 다가왔다.

둥, 둥, 두둥!

겐이치로는 채를 휘둘렀다. 이제 머릿속은 온통 소리뿐이었다. 배를 울리는 북소리로 채워져갔다.

그리고,
겨울

히비키(響)

　도무라 히비키의 눈에는 아무것도 보이지 않는 것 같았다. 그런데도 이따금 시선을 움직이는 걸 보면, 무슨 생각을 하고 있는 것 같기도 하다. 예를 들면 무슨 즐거운 착상이라도 떠올린 것처럼. 그렇다 보니 동료인 나가모토 유메는 무심코 "왜?"라며 기대에 가득 찬 목소리로 묻곤 한다. 그러나 히비키의 입으로 즐거운 착상을 얘기한 적은 한 번도 없었다.

　히비키는 모래 먼지에 실눈을 떴다. 옆에 서 있던 나가모토가 방진 마스크를 건네주었다.

　두 사람이 있는 참호에서는 불그스름하게 퇴색된 황야가 바라다보였다. 바람이 솟구쳐 올린 붉은 모래가 불어닥쳤다. 바람이 잦아들자, 또다시 모든 소리가 사라졌다. 그리고 쥐 죽은 듯한 고요만 남았다.

"으음……."

방진 마스크를 쓰면서 히비키가 말문을 열었다.

"……으음, 지난번에 병영에 있던 청소 로봇이 고장 났잖아? 그 녀석 이름이 뭐였지?"

그렇게 물은 히비키가 기침을 서너 번 했다. 코로 모래가 들어와서 목 안이 따끔거렸다.

"루크였잖아."

나가모토가 알려주자, "아아, 맞다, 루크다. 그 녀석이 고장 났을 때, 너 봤나?"라고 물었다.

"아니, 왜?"

"그게 마침 내가 비번일 때였거든"이라며 히비키가 말을 이었다.

"……내가 낮잠을 자고 있는데 방으로 들어오더라고. 처음에는 평소처럼 걸레질을 하고 창도 닦고 했는데, 쓰레기통에 있던 쓰레기를 봉지에 담으려는 순간, 그걸 한숨이라고 해야 하나, 그 녀석이 '하아'라는 소리를 흘리는 거야."

히비키가 진지한 얼굴로 얘기했다. 나가모토가 "설마"라며 웃었다.

"아냐, 진짜야. 그래서 내가 '무슨 안 좋은 일이라도 있었니?' 라고 그 녀석한테 물었어. 그랬더니 그 녀석이 스스로도 깜짝 놀란 듯이 '지금, 저 이상했죠?'라고 하기에 '한숨 쉬었어'라며 웃었지. 그랬더니 '네. 한숨 쉰 거 맞죠?'라며 놀라더라니까."

"진짜 한숨이었어?"

의심하는 나가모토에게 "아 글쎄, '하아'라고 했다니까. '하아~~~'"라며 히비키가 살짝 과장스럽게 흉내를 냈다. 그러나 방진 마스크를 쓰고 있어서 도무지 뜻대로 전할 수는 없었다.

"한숨이 아니라, 무슨 노이즈였던 거 아닌가?"

"아냐, 그건 분명 소리였어. 루크 스스로도 놀랐고."

히비키는 물러서지 않았다.

그날 병영 복도에서 소동이 일어난 것은 청소를 마친 루크가 히비키의 방에서 나간 후였다.

처음에는 무슨 싸움이 벌어졌나 했다. 히비키도 허둥지둥 밖으로 튀어 나갔다. 복도 끝에서 누군가가 뭇매질을 당하고 있었다. 에워싸고 있는 사람은 같은 부대 병사들로 나카지마 고초(구 일본 육군 계급의 하나로 우리나라 하사에 해당함)의 모습도 보였다. 비상용 해머를 휘두르는 사람, 쇠 파이프로 내리치는 사람, 개중에는 방호 방패로 짓누르려는 사람까지 있었다.

상황은 긴박했고, "제압해! 제압해!"라는 고함 소리가 어지럽게 오갔다. 싸움이 아니라, 수상쩍은 자나 뭐일 거라고 생각한 히비키도 도우려고 달려갔다. 그런데 곧바로 "……그만하세요. ……그만하세요"라고 되뇌는 소리가 들렸다.

뭇매질을 당하는 것은 루크였다.

놀란 히비키가 가까이 있던 동료의 어깨를 움켜잡았다. "루크한테 왜 그래?"라고 묻자, "갑자기 난동을 부리잖아"라며 동료가 미간을 찡그렸다.

그 표정은 소동을 일으킨 루크를 동정하는 것처럼도 보이고, 성가셔하는 것처럼도 보였다.

루크가 병사들에게 위해를 가한 건 아닌 듯했다. 루크가 갑자기 괴성을 지르며 벽과 문에 자기 몸을 부딪치기 시작해서 여럿이 제압했다고 한다.

루크는 이미 완전히 속박되어 있었다. 그런데도 나카지마 고초 일행이 해머와 쇠 파이프로 후려치고 있었다. 때리면 루크가 난폭하게 몸부림을 쳤다. 몸부림을 치면 또다시 방호 방패로 짓눌렀다. 그것이 반복되었다.

"이 부분이야, 이 부분! 뭐든 가져다 여길 내려쳐!"라고 나카지마 고초가 루크의 관자놀이를 무릎으로 짓누르며 소리쳤다.

"그만하세요……, 그만하세요……."

짓눌린 루크는 여전히 그 말을 되풀이했다.

"자, 갑니다!"

쇠 파이프 끝을 루크의 목에 찌른 병사가 소리쳤다.

"하나, 둘!"

병사의 신호에 여러 명이 일제히 쇠 파이프를 찔러 넣었다. 히비키는 무심코 시선을 피했다.

또다시 붉은 바람이 참호 속까지 불어닥쳤다. 마스크는 썼지만, 히비키는 반사적으로 얼굴을 돌렸다. 마스크에 모래가 부딪치며 타닥타닥 소리가 났다. 모래 먼지로 뿌예진 마스크를 히비키가 손가락으로 털어냈다. 귀에는 여전히 루크의 목소리가 남아 있었다.

"앞으로 15분만 지나면, 이번 주 근무도 끝이야."

그 소리에 돌아보니, 나가모토가 모래주머니에 웅크려 앉아 있었다. 옆에는 붉은 동백이 피어 있었다. 살풍경한 참호에서 그 붉은 동백은 시선을 끌었다. 물론 누가 심은 나무도 아니고, 누가 열심히 키운 나무도 아니었지만, 그야말로 어느새 싹을 틔우고 어느새 이 시기를 맞아 싱그러운 붉은 꽃을 피웠다고 한다. 이런 장소에 조심스럽지 못하게 흐드러졌다고 타박하는 하사관도 있었던 모양이지만, 그들도 꽃을 진심으로 미워한 건 아니고 주의를 받을 때만 꽃을 뜯어냈다. 그리고 이듬해에는 또다시 똑같이 꽃을 피웠다고 한다.

"연휴에 집에 갈 거지?"

나가모토가 물어서 히비키가 고개를 끄덕였다.

"……그러고 보니 올 설에는 도쿄에도 폭설이 내렸지."

나가모토가 그렇게 말하며 손가락으로 뭔가를 헤아리더니, "설 휴가 끝나고 돌아온 지 아직 열흘밖에 안 지났네"라며 한숨을 내쉬었다.

히비키는 방진 마스크를 벗고, 수통에 든 영양 음료를 마셨다.

"……너, 설에 어디 다녀왔나?"

나가모토가 심심풀이 삼아 붉은 동백을 어루만졌다.

"아니, 아무 데도 안 갔어"라고 히비키가 대답했다.

"아내는?"

"여행 갔었지."

"그럼, 설에 혼자 보냈군. ……뭐 하긴, 나도 비슷한 처지긴 해. 전형적으로 잠만 자는 설 연휴였지."

에어로모빌 소리가 들려서 히비키가 참호에서 얼굴을 내밀고 상공을 올려다봤다. 누르스름하고 탁한 하늘에서 하얀 에어로모빌의 배가 반짝반짝 빛났다.

얼굴을 다시 집어넣자, 나가모토는 벌써부터 임무 교대 준비를 하고 있었다.

"나 말이야, 이번 휴가 때 집에 가볼까 해."

당돌하게 그렇게 말한 히비키에게 "집? 누구 집?"이라며 나가모토가 고개를 갸웃거렸다.

"나나미린"이라고 히비키가 살짝 낮춘 목소리로 말했다.

"나나미린이라면 예의 그 아가씨 말인가?"

"아가씨가 아니야. 엄연히 결혼한 여성이야."

나가모토가 시선을 피하며, "그 사람 집에는 왜?"라고 물었다. 묻는다기보다 땅에 내뱉는 것 같았다.

히비키는 대답하지 않았다.

"……그만둬. 그리고 그런 얘기는 아무한테도 안 하는 게 좋아."

배낭을 멘 나가모토가 그렇게 중얼거리고 참호에서 나갔다. 히비키도 그 뒤를 따랐다.

착륙한 에어로모빌에서 교대할 병사 둘이 내렸다. 모빌에 치솟아 오른 붉은 모래가 히비키 일행의 발치까지 날아들었다. 규정된 절차대로 인수인계를 마친 히비키 일행이 에어로모빌로 달려갔다. 모래를 머금은 세찬 옆바람에 몸이 날아갈 지경이었다. 히비키는 조수석으로 올라탔다. 핸들을 잡은 나가모토가 바로 시동을 걸자, 모빌이 서서히 움직이기 시작했다.

붉은 모래에 파묻힌 아스팔트 도로도 바람결에 흰 선이 드러났다 감춰졌다 했다. 속도가 붙은 에어로모빌이 부상해서 히비키가 안전벨트를 움켜쥐었다. 하늘로 떠오르는 이 순간만큼은 도무지 익숙해지질 않았다.

왼쪽으로 크게 선회한 모빌 창밖으로 참호가 내려다보였다. 곧장 바다로 나간 모빌이 서서히 고도를 낮춰서 바닷물 위에 하얀 차체가 비쳤다.

"아 참, 뉴스사이트에 나온 웜홀(서로 다른 두 시공간을 잇는 구멍이나 통로) 기사 알아?"

자동 조종으로 전환한 나가모토가 불현듯 생각이 떠오른 듯이 말했다.

"……그게 진짜면 대단하잖아"라며 히비키도 고개를 끄덕였다.

"보나 마나 데마(대중을 선동하기 위한 정치적인 허위 선전이나 인신

공격)겠지만, 그래도 혹시 진짜면 대단하지. 그도 그럴 게 70년 전 사람이 타임머신으로 현대로 왔다는 거잖아?"

"역시 데마일까?"

"그야 물론 데마겠지. 안 그래? 혹시 진짜면 그런 수상쩍은 뉴스사이트에서 보도하기 전에 국가에서 먼저 정식으로 발표했겠지."

그 뉴스가 전 세계로 퍼진 것은 새해 연휴가 끝난 직후였다. 우연하게도 뉴스 발신처가 엉터리 정보를 흘리는 통신사라 진위의 신빙성은 판가름할 수 없었지만, 웜홀 연구로 유명한 캘리포니아대학 관계자의 증언에 따르면, 뭔가의 착오로 현대로 이송된 인간이 한 명 있고, 그 사람이 아무래도 일본인 같다는 과장된 뒷말까지 떠도는 바람에 국내에서는 대단한 주목을 끌었다.

물론 캘리포니아대학에서는 곧바로 기자회견을 열어서 기사를 부정했지만, 그 대응이 너무나 신속했던 탓에 오히려 진실이 아니냐는 분위기로 흘러갔다.

"이봐, 70년 전이면 서기 몇 년이지?"

옆에서 계산하려고 하는 나가모토에게 히비키가 "2015년"이라고 알려주었다.

"2015년. 뭐가 있었던 해지?"

"2014년이 '헤이세이 신정부'였으니까 그 이듬해란 얘긴데……."

히비키도 기억을 떠올려보려 했지만, 이렇다 할 획기적인 역사적 사실은 생각나지 않았다.

"뭐, 어차피 '다이카 개신(改新)'이니 '헤이세이 신정(新政)'이니 하는 명칭은 나중에 붙었을 테고, 아무튼 그 무렵 시대에서 이송된 인간이란 말이겠지"라며 나가모토도 포기해버렸다.

"이송됐다는 사람이 남자일까, 여자일까"라고 히비키가 물었다.

"글쎄, 어느 쪽일까. ……아, 그런데 그 사람이 아직 20대라면 현대에도 동세대 사람이 남아 있다는 뜻이겠군. 지금 90대인 경우는. ……아니, 그보다 그런 일은 절대 없겠지. 아니, 없어, 없지, 없어. 그도 그럴 게 웜홀은 시공간이 비틀리면서 엄청난 양의 방사선이 발생한다고 학교에서 배운 기억이 나거든. 인간은 죽지."

나가모토가 웃어넘겼다.

줄곧 해수면에 닿을락말락 나지막하게 달리다 보니, 갑자기 앞에 낭떠러지가 모습을 드러냈을 때는 마치 바닷속에서 솟구쳐 오른 것처럼 보였다. 단애절벽 코앞에서 모빌이 상승하기 시작했다. 히비키는 다시 안전벨트를 움켜쥐었다. 상승하면서 오른쪽으로 크게 선회하는 모빌 창밖으로 아름다운 리아스식 해안선이 내려다보였다. 파도가 절벽에 부딪치며 하얗게 부서졌다. 모빌이 더 높이 상승하자, 복잡하게 파고든 크고 작은 만들이 보였다. 아침 햇살을 들쓴 크고 작은 후미는 그 크기에 따라 다른 빛깔을 띠었다. 옅은 핑크색으로 물든 후미가 있는가 하면, 피처럼 붉은 후미도 있었다.

원래 이곳 쓰시마는 사키모리(防人)의 섬이었다. 663년에 백강전투(백제가 멸망한 후 일본의 구원병과 백제의 부흥군이 합세하여 나당연합군과 벌였던 전투)에서 패한 왜군이 그 후 당나라와 신라 연합군이 쳐들어올지 모른다는 우려에서 설치한 변방 수비지에 전국에서 불러들인 병사를 사키모리라고 불렀다. 당시 건조된 돌 보루와 성문은 현재도 울창한 산속에 남아 있고, 이 유적의 지하에 히비키 일행인 현대 병사들이 사용하는 병영이 만들어져 있다.

모빌은 스모시라타케 원시림의 상공에 다다라 있었다. 예로부터 영봉(靈峰)으로 알려져 있으며, 원시림에 거대한 바위가 꽂혀 있는 듯한 형상이었다.

일단 아소 만 상공으로 나가서 이번에는 왼쪽으로 선회한다. 육박해오는 조야마 산중 곳곳에 돌 보루가 보였다. 모빌은 산맥을 누비듯이 접근해 절벽에서 튀어나온 짧은 활주로로 내려갔다.

착륙 진동에 부적이 흔들렸다. 해마다 부대에서 나눠주는 와타즈미 신사(神社)의 부적이었다.

모빌이 격납고에 들어온 것을 확인한 두 사람은 활주로에 내렸다. 나카지마 고조에게 부름을 받았다는 나가모토와 헤어진 히비키는 병영으로 향했다.

활주로에서 문을 통과하면 자그마한 광장이 나온다. 방한복 차림의 병사들 여러 명이 불을 에워싸고 몸을 녹이고 있었다. 그중 한 사람이 장난스럽게 불이 붙은 몽둥이를 휘둘렀고, 다른 한 사람이 치고받고 싸우는 시늉을 해서 웃음소리가 일었다.

히비키는 고개를 숙인 채, 잰걸음으로 스쳐 지났다. 내일부터는 사흘간 특별휴가라 발걸음이 가벼웠다. 그와 동시에 "그만둬. 그리고 그런 얘기는 아무한테도 안 하는 게 좋아"라고 했던 나가모토의 목소리가 되살아났다.

휴가 수속을 마친 히비키가 병영을 나선 것은 오후 2시였다. 다음 도쿄행 비행기까지는 시간적 여유가 있어서 히비키는 천천히 걸어서 산을 내려갔다. 한동안 걷다 돌아보니 7세기에 만들어진 석조 수문이 마치 숲에 침식된 것처럼 보였다.

좌우로 돌아들며 산에서 내려왔다. 울창한 고갯길을 빠져나오자, 갑자기 시야가 탁 트였고, 눈 아래로는 조금 전에 모빌에서 봤던 크고 작은 만들이 겨울 햇살을 받아 반짝반짝 빛나고 있었다.

히비키는 걸음을 멈췄다. 바람이 산을 타고 올라오는 모습이 보였다. 삼나무 숲을 흔들며 올라왔다. 휩쓸고 지나가는 차디찬 바람에 땀이 식었다.

문득 누가 쳐다보는 기분이 든 히비키는 뒤를 돌아보았다.

그러나 거기에는 고갯길뿐이었다.

그날 도쿄행 비행기 안에서 히비키는 나이가 지긋한 부인과 나란히 앉았다. 이륙하고 얼마동안 이 부인 역시 70년 전에서 이송되어 왔다는 사람과 관련된 소문을 화제로 삼아서 히비키는 자기도 모르게 귀를 기울이고 있었다. 단말기로 무슨 기사를 읽고 있던 백발의 남편이 "흐음" 하고 신음을 흘리자, 옆에 있던 아내가 "왜요?"라며 흥미를 드러냈다.

"70년 전에 어떤 뉴스가 있었나 검색해봤더니 이런 내용이 나오네."

남편이 기사를 아내 앞으로 보여주었다. 히비키도 무심코 눈을 돌렸다.

——길 고양이에게 부적절하게 먹이를 주는 행위를 금지하는 조례가 20일, 교토 시의회 본회의에서 가결, 성립되었다. 주민의 생활환경에 지장을 초래한 경우, 5만 엔 이하의 과태료를 부과한다. 교토 시에는 올해, 울음소리나 악취 등등 고양이와 관련된 불만 신고가 744건이 들어왔다.

"당시에는 아직 길 고양이가 있었구나. ……그보다 불만 신고가 744건밖에 없었네"라며 부인이 놀라워했다.

"이 시대에는 길가에 여전히 개똥이 떨어져 있고, 고양이가 오줌도 쌌어. 전에 소설인가 어디에서 읽은 적이 있지."

"그럼, 냄새가 많이 났겠네."

"그야 물론 났겠지. 보나 마나 여름 같은 때는 나다니기 힘들었을 거야."

히비키는 왠지 마음이 편치 않아서 창밖으로 시선을 돌렸다. 때마침 후지산 상공이라 아름다운 분화구가 내려다보였다.

한 시간 남짓한 비행으로 하네다에 도착한 후, 제2레인보우 브리지행 에어로버스를 타고 집으로 향했다. 몇 분간의 탑승일 뿐이지만, 바람이 강해서 버스가 흔들렸다. 히비키는 기분 전환 삼아 눈 아래 펼쳐진 경치를 넋 놓고 바라보았다.

이 일대는 두 번째 도쿄올림픽을 치르기 위해 정비한 지구라 당시 유행했던 대형 부동산 개발업자 계열의 고층 맨션 단지가 여전히 그 모습을 간직하고 있었다.

버스에서 내리자, 도쿄 만에서 불어오는 한풍이 얼굴을 때렸다. 히비키는 운하 변 산책길을 걸어갔다. 맨션 1층에 자리 잡은 슈퍼마켓 앞에서 자연산 보리새우를 팔고 있었다. 즉석에서 구워주는지 입맛이 당기는 냄새가 떠돌았다. 드문 경우라 히비키도 짧은 줄에 가서 섰다.

손님 주문에 따라 활어조에서 보리새우를 떠내는 사람은 작업복 차림에 머릿수건을 두른 낯익은 점원이었다. "어서 오세요"라고 인사를 건네서, 히비키도 "안녕하세요"라며 인사를 받았다.

"몇 개 하실래요?"

"으음…… 자, 네 개."

"알겠습니다."

점원이 익숙한 손놀림으로 새우를 떠냈다. 활어조 속 새우는 도망치지도 않고 그물망에 순순히 담겼다. 난데없이 비명 소리가 들려서 시선을 돌리자, 꼬치에 꿰이는 도마 위의 새우를 본 어린 여자애가 눈을 가리고 있었다. 중국계 모녀인지 젊은 엄마 역시 얼굴을 찡그리고 있었다.

"應該很痛肥(아프겠다)……."

얼굴을 찡그린 엄마에게 "蝦子是沒有痛覚的(새우는 통증은 안 느끼겠죠)"라고 점원도 유창한 중국어를 하며 미소를 건넸다.

꼬치에 꿴 새우를 안쪽에 있는 숯불로 소금구이를 해주는 것 같았다.

소금구이 보리새우를 싼 종이봉투를 쥔 손바닥이 뜨거웠다. 엘리베이터를 타고 35층까지 올라가는 동안 안에 그 냄새가 깃들었다. 엘리베이터의 유리 벽으로는 도쿄 만이 한눈에 내려다보였다. 고도가 높아질수록 수평선이 둥그스름해 보였다.

보리새우 소금구이를 보면 기뻐할 줄 알았는데, 현관으로 마중 나온 아내 다치바나 고코나는 종이봉투를 보고도 달갑지 않은 표정을 지었다.

"당신도 사 왔어?"

"……왜?"

"아니 그게……."

그때 안에서 "어서 와요"라는 쓰바우치 하루토의 목소리가 들리더니, "……어라, 히비키 군도 사 왔어? 나도 향기에 이끌려서 사 왔는데, 여섯 마리나"라며 웃었다.

복도로 나온 하루토에게 히비키가 "안녕하세요"라며 인사를 건넸다.

"잠깐 실례하는 중입니다."

하루토는 고코나가 최근 반년가량 교제하고 있는 남자다. 조금 전까지 침대에 있었습니다, 하는 차림새로 히비키 앞에 서 있으면서도 그 얼굴에는 물론 아무런 거리낌도 없었다.

"나갈 거야?"라고 히비키가 고코나에게 물었다.

고코나는 연말에 산 가죽 재킷을 걸치고 있었다.

"미안. 모처럼 휴일이라 집에 왔는데. 하루토가 긴자에 새로 생긴 일식당을 예약해뒀거든. 그 집은 특별 허가가 났는지 생선회가 나온대. 미안해."

복도 안쪽에서도 "미안합니다. 히비키 군이 오는 줄 알았으면 세 사람 예약했을 텐데 몰랐어요"라며 하루토가 사과해서 "아뇨, 전 괜찮습니다! ……그보다 식사하러 가신다면서 보리새우 소금구이를 사 오셨네요"라며 히비키가 웃음으로 받아쳤다.

"정말 그러네"라며 고코나도 웃었고, 그럭저럭 그 자리의 어색한 분위기가 무마되었다.

그 후, 히비키가 샤워하는 사이에 두 사람은 외출했다. 히비키는 "다녀올게"라며 욕실 문을 연 고코나를 샴푸 거품에 찡

그런 얼굴로 배웅했다.

개운해진 몸으로 욕실에서 나오자, 집 안이 먼지투성이인 게 눈에 들어왔다. 마룻바닥 같은 데는 모래 먼지로 까슬까슬했다. 늘 부엌에 있는 미미가 보이지 않아서 침실과 벽장 등을 찾아봤지만, 어디에도 없었다. "이상하네"라고 고개를 갸웃거리며 내다본 창밖 베란다 구석에 미미가 서 있었다.

미닫이문을 열자, 거센 바람이 밀어닥쳤다. 35층 베란다에서는 달빛을 들쓴 도쿄 만이 내려다보였다. 그러나 미미는 아름다운 야경이 아니라, 집 안을 바라보며 서 있었다. 오랜 시간 동안 밖에 내놓았는지 얼굴과 머리가 살짝 지저분해진 상태였다.

"고코나가 내놨니?"라고 히비키가 물었다.

"아뇨. 하루토 씨가."

"왜?"

"청소하면 먼지가 일어요. 하루토 씨는 먼지가 일어나면 재채기를 해요."

"미미, 언제부터 여기 있었니?"

"그저께부터요."

히비키는 미미를 안으로 들여놓았다. 들여놓자마자 "청소를 시작할까요?"라며 미미가 당장 움직이려 들었다.

"그럼, 바닥 청소만 간단히 해, 그리고 저녁 부탁해"라고 히비키가 부탁했다.

"뭘 드시겠어요?"

"볶음밥은?"

"할 수 있어요. 식재료 추가 주문은 필요 없어요. 바닥 청소 12분 후 완료. 볶음밥과 미역국, 40분 후 완성 예정."

청소를 시작한 미미를 따라 별생각 없이 침실로 들어갔다. 남녀 냄새가 나서 히비키가 창문을 열었다. 차디찬 바람에 방 공기가 순식간에 바뀌었다. 돌아보니 바닥에 아무렇게나 던져 놓은 콘돔과 휴지를 미미가 줍고 있었다.

흐트러진 담요를 정리하고, 히비키가 침대에 드러누웠다. 드러누운 채로 기지개를 펴자, 손끝에 작은 향수병에 닿았다. 고코나가 늘 뿌리는 에르메스 향수였다.

고코나는 현재 도쿄 도의회 의원을 2기째 맡고 있다. 원래는 '아시아 속 일본신당' 소속이었는데, 지난번 선거 후 당내 파벌 싸움에 휘말려서 결과적으로 뜻 맞는 사람 여럿과 탈당했고, 현재는 무소속이다. 다만, 이른바 보수 진영의 한 사람이라는 점에는 변함이 없어서 탈당 후에도 자신의 인터넷 프로그램에서 역시나 보수 계열 저널리스트인 우메다 아카네와 공개 대담을 계속하고 있다.

매주 열리는 대담 중에 고코나는 남편인 히비키가 군인이라는 점을 특히 강조한다. 이 나라를 지켜주는 남자들의 용기를 칭송하고, 자기처럼 남편의 귀가를 기다리는 아내들의 외로움을 대변한다.

"……거슬러 올라가면 우리 가문에도 특공부대 대원이었던 선조가 있어요. 다행히 출격을 코앞에 둔 시점에 종전을 맞았지만, 동료들과 같이 죽지 못한 자신을 평생 용서하지 못한 채 숨을 거뒀다고 해요. 우리는 우리의 선조들이 목숨을 걸고 지켜온 나라를 사랑하는 마음, 그리고 가족을 사랑하는 마음을 절대 잊어서는 안 됩니다."

이 이야기가 실은 거짓이며, 고코나의 선조에 특공대원 같은 사람은 없다는 걸 알려준 사람은 그녀의 할머니였다. 2년 전에 결혼식에 참석해주셨을 때다.

그날 히비키가 신랑 측 대기실에서 혼자 기다리고 있는데, 그들이 신부 대기실로 인사하러 들어왔다. 얇은 벽 너머가 신랑 측 대기실이라 수많은 하객들의 웃음소리가 시끌벅적하게 들렸다.

그들은 문을 연 순간, 살짝 당황스러워했다. 이쪽도 활기찬 분위기일 거라 예상했던 모양인데, 휑하니 넓은 대기실에는 히비키밖에 없었기 때문이다.

두 사람은 전통 의상 예복 차림이었다.

"이런……. 히비키 군 혼자였나? 조용하고 좋군. 좀 더 일찍 이곳으로 올 걸 그랬어."

고코나의 할아버지 고타로가 그렇게 말을 건네며 웃었다.

"그러게 말이에요. 저쪽은 너무 북적거리더라. ……어머나, 히비키 군, 차도 안 마셨네. 담당자가 없었나?"

할머니 유카가 주위를 둘러봤지만, 웨이터 로봇은 옆방이 바쁘다고 해서 진즉에 그쪽으로 불려간 후였다.

"아, 제가 하겠습니다."

차를 끓이려고 하는 할머니를 히비키가 도왔다.

차가 준비되자, 왜 그런지 셋이 나란히 방 한구석에 있는 의자에 앉아 차를 마셨다.

두 사람과 같이 있으니 히비키는 왠지 긴장이 풀렸다. 결혼 보고를 하기 위해 고코나와 함께 Y역 근처 야타니초에 사는 두 사람을 방문했을 때도 그랬다. 아마도 그 이유는 두 사람이 너무나 자연스럽게 히비키를 맞아준 덕분일 텐데, 예를 들면 이렇게 차를 마시더라도 억지로 히비키를 끼워서 대화를 이어가려 하지 않는다.

"아키라 이모부 결혼식도 이 호텔에서 한 모양이야."

문득 생각이 떠오른 듯이 고코나의 할아버지 고타로가 중얼거렸다.

"개축하기 전이었잖아요? 옛날에 결혼식 비디오를 본 적이 있는데."

"그게 언제였던가……. 아키라 이모부한테 그때 얘기를 들은 적이 있지."

"결혼식 얘기?"

두 사람은 히비키를 놔두고 대화를 이어갔다. 그러나 히비키는 그것이 전혀 불쾌하지 않았고, 오히려 그들이 자기를 진심으로 받아주는 것 같은 안도감이 들었다.

"그래, 결혼식 때 얘기. 아키라 이모부 측 친지는 어머님뿐이었던 모양인데, 북적거리는 대기실 한 귀퉁이에 외따로 홀로 앉아 있던 어머니 모습이 잊히지 않는다고 하더군."

"왜요?"

"그때 어머님이 '아키라에게는 몸이 아니라 머리를 써서 일하는 사람이 돼라, 여름에는 에어컨이 켜진 실내에서, 겨울에는 따뜻한 곳에서 일할 수 있는 인간이 되라고 말하면서 키웠어요'라는 말을 불쑥 꺼내셨나 봐. 이모부는 무척 부끄러웠던 모양이고."

"그런 얘길 용케 지금까지 기억하네?"

"……누가 아니래. 그런데 왠지 인상에 남는단 말이지."

"근데 여름에는 에어컨, 겨울에는 따뜻한 장소라는 건 그 시대에나 할 법한 소리잖아요. 게다가 머리가 아니라 몸을 써서 일하는 사람이 과연……."

거기까지 말하던 고코나의 할머니 유카가 갑자기 "……미, 미안해요"라며 당황했다.

당황하는 그 모습에 히비키까지 당황해서 "아, 아뇨, 전혀"라며 고개를 흔드는 바람에 뜨거운 차가 엎질러졌다.

"앗, 뜨거!"

펄쩍 뛰어오르는 히비키를 보며 고타로 부부가 웃었고, 자칫 무거워질 뻔했던 공기가 자연스레 풀어졌다.

그때 두 사람의 대화에 나왔던 아키라 이모부 부부가 원래

Y역 근처 야타니초의 집에서 살았고, 고타로는 고등학교 시절에 그 야타니초 집에 잠시 맡겨졌던 모양이다. 그리고 그 당시에 사귀었던 유카가 고등학교 3학년 봄에 임신해서 태어난 아기가 고코나의 어머니인 사쿠라다. 그 후 어떤 경위로 고타로 부부가 야타니초 집을 물려받았는지는 잘 모르지만, 히비키는 결혼 인사를 하러 갔을 때, 그 집 잔디 정원이 무척이나 마음에 들었다.

자그마한 정원이었지만, 햇볕이 잘 들어서 기분이 아주 좋았다. 손질을 잘해놓은 잔디는 맨발로 디디면 발바닥이 간질거려서 고코나와의 결혼이 결정된 우울함이 조금이나마 풀렸다.

"언제든 편하게 놀러와요"라고 청해주는 고타로 부부의 말도 진심으로 고마웠다. 자기가 결혼하는 상대는 고코나가 아니라 이 잔디 정원이라는 생각이 들었다.

히비키는 아직도 문득문득 그 정원 얘기를 꺼낸다. 물론 고코나는 그 참뜻을 알아챌 리 없다.

"······그 야타니초 집, 할아버지 할머니가 돌아가시면 어떻게 될까?"

거의 잠꼬대 같은 히비키의 말에 "나밖에 없으니까 내가 상속받겠지"라고 고코나는 아무렇지 않게 태연히 말했다.

"팔 거야?"라고 히비키가 물었다.

"설마. 건물은 허물고, 작은 다세대주택을 지으면 어떨까?"

"우리가 사는 건 어때?"

"새로 지어서?"

"그대로라도 괜찮고."

"너무 낡았어. 조금씩 개축은 했지만, 토대는 이미 지은 지 80년도 넘었을걸. 겉보기는 아직 괜찮아도 배관 같은 내부는 이미 낡아빠졌을 거야."

고코나는 그 집에 아무런 애착도 없었다. 그런데 히비키는 왜 그런지 자꾸만 마음이 갔다. 잔디가 기분 좋았다는 이유뿐만 아니라, 처음 방문했을 때부터 그곳을 알고 있었던 것 같은 느낌이 들었기 때문이다. 알고 있기만 한 게 아니라, 그곳에서 줄곧 살았던 것 같은 강렬한 향수를 느꼈던 것이다.

갑자기 코끝에 입맛을 당기는 냄새가 나서 히비키는 눈을 떴다. 어느새 침대에서 깜박 잠이 들었던 모양이다. 꿈을 꾸었는지 발바닥에 잔디 감촉이 남아 있었다. 졸린 눈을 비비며 침실에서 나가자, 식탁에 볶음밥이 차려져 있었다. 부엌에서 미역국을 뜨고 있는 미미에게 "고마워, 맛있겠는데"라고 히비키가 말을 건넸다.

다음 날, 고코나의 어머니인 사쿠라가 친구 두 명을 데리고 왔다. 그녀들이 같은 스포츠센터 회원이라 히비키는 "오늘은 얼마나 뛰고 오셨어요?"라며 맞아주었다.

"천천히 30분 정도 뛰었나?"라고 사쿠라가 말하자, 다른 두 사람도 고개를 끄덕였다.

얘기를 들어보니, 사쿠라가 제일 연상으로 올해 일흔 살, 다른 두 사람은 그녀보다 두세 살 아래였다.

"고코나는? 외출했어?"

거리낌 없이 침실을 들여다보며 장모 사쿠라가 물었다.

"아 네, 잠깐……"이라며 히비키가 말끝을 흐렸다.

오늘 나간 게 아니라, 어젯밤에 하루토와 나간 후로 아직 돌아오지 않았다.

"여기, 차 좀 내줘."

사쿠라가 명령조로 미미에게 부탁했다. 옛 세대 사람이니 어쩔 수 없겠지만, 히비키는 로봇에게 그런 말투를 쓰는 사쿠라를 볼 때마다 마음 한구석이 씁쓸했다.

"어머, 여기서 스카이타워 남쪽 동이 보이네."

히비키가 그 소리에 돌아보니 친구 둘이 미닫이문에 얼굴을 붙이고 있었다.

"그렇다니까. 완전 정면이야."

사쿠라도 곧바로 합류하며 미닫이문을 열고 베란다로 나갔다.

"여기서 보니까 정말로 휘었지?"

"아래서 올려다보는 것보다 이렇게 정면으로 보니까 더 휘었네."

"그치? 특히 이쪽 측면에서는 눈에 더 잘 띄는 모양이야."

세 사람이 얘기하는 건물은 제2레인보우브리지 너머에 있는 고층 맨션이었다. 지금으로부터 12년 전쯤, 이 빌딩의 기초

부분이 0.5밀리미터 가라앉았다는 보고가 나왔다. 그로 인해 맨 꼭대기 층인 60층은 8밀리미터 동쪽으로 기울었다는 사실이 밝혀졌다. 다만, 그 정도 경사면 안전성에는 문제가 없다는 조사 보고도 나왔고, 히비키의 눈에는 휜 것처럼 보이지 않았다.

그렇긴 해도 당연히 개발회사와 주민들 사이에 분쟁이 일어났다. 결과적으로 개발회사는 일정 정도의 위로금을 지불했지만, 대부분의 주민은 매입가의 3분의 1 이하 가격으로 팔고 이사했고, 또한 그럴 만한 여유가 없는 주민은 스트레스를 안은 채 기울어진 맨션에서 어쩔 수 없이 살아야만 했다.

"……그나저나 동시에 지은 고층 맨션이라도 제대로 관리하지 않으면, 10여 년 만에 이렇게까지 차이가 나네."

대화가 이어져서 히비키는 별생각 없이 세 사람 뒤쪽에 섰다.

"옆에 있는 북쪽 동은 지금도 빈티지맨션이라 비싼 모양이야. 그런데 기울어진 남쪽 동은 겉보기에도 폐허잖아. 운명이긴 하겠지만, 어느 쪽을 샀느냐에 따라 천국과 지옥이라니까."

사쿠라의 말대로 완전히 똑같이 생겼는데도 두 빌딩은 겉보기에 인상이 너무나 달랐다. 북쪽 동의 유리창은 지금도 반짝반짝 햇빛을 받고 있지만, 기울어진 남쪽 동은 마치 슬럼가를 찌부러뜨려서 세로로 펴놓은 것처럼 보였다.

"아무리 안전성에 지장이 없다고 증명해줘도 미묘하게 기운 고층 맨션 같은 데서 어떻게 살겠어."

"그야 당연하지. 하루 종일 불안할 텐데."

그런 얘기를 나누며 사쿠라 일행이 베란다에서 돌아왔다. 때마침 그 타이밍에 미미가 홍차를 내왔다.

같이 마시자는 말도 건네지 않아서 히비키는 혼자 침실로 돌아갔다. 날씨가 좋아서 산책이라도 나갈까 했는데, 손님인 사쿠라 일행을 모른 척 내버려두고 나갈 수도 없는 노릇이었다. 어제 집에 오면 뭔가를 조사해볼 생각이었을 텐데, 뭐였는지 떠오르지 않았다. 포기하고 침대에 드러누운 순간, 그것이 뭔지 떠올랐다.

70년 전에서 왔다는 인간이 살았던 시대를 조사해보려고 했던 것이다.

히비키는 바로 몸을 일으켰다. 2015년이라는 그 해에 자기와 관계되는 뭔가가 있었을 것 같은 기분이 들었다. 학교에서 배웠을까, 아니면 누군가가 가르쳐줬을까. 그러나 히비키는 몸은 일으켰지만, 어찌할 바를 몰랐다. 찾으려 해도 어디서부터 손을 대야 할지 알 수가 없었다.

"히비키 군, 그 그림 어딨지?"

갑자기 문이 벌컥 열리며 사쿠라가 거침없이 들어왔다.

"그 그림이라뇨?"

"그 왜, 애 아빠가 그린 고코나 그림."

"아, 아아. 지난번에 신국립미술관에서 돌려받은 후에 고코나가 분명히……."

"포장된 채로 그대로 있지?"

"네. 그러는 게 보관 상태가 더 좋다고."

"아, 저건가?"

벽장 앞에 기대어 세워놓은 상자를 사쿠라가 손으로 가리켰다.

"아 네, 저겁니다"라며 히비키가 일어섰다.

"지금 잠깐 보고 싶은데."

"꺼내드릴까요?"

"저쪽에서 좀 꺼내줘."

"네."

히비키가 다이닝룸으로 그림을 옮겨 갔다. 그다지 큰 그림은 아니었지만, 정성껏 싼 포장지를 푸는 데 시간이 걸렸다.

이 그림을 그린 사람은 고코나의 친아버지인 아사히나 다쓰지인데, 불과 얼마 전까지 신국립현대미술관에서 열린 아사히나 다쓰지 회고전에 빌려줬었다.

"어머나, 역시 가까이서 보니까 박력이 있네."

히비키가 그림을 꺼낸 순간, 감탄사가 솟구쳤다.

아사히나 다쓰지가 가장 활발하게 활약한 시기는 2020년대인데, 그 무렵에 개최된 두 번째 도쿄올림픽의 메인포스터를 그림으로써 일약 유명 스타가 되었다.

히비키는 전에 아사히나 다쓰지의 생애를 소개하는 다큐멘터리 프로그램을 본 적이 있다. 프로그램에 나온 아사히나는 시종 넉살이 좋고 뻔뻔해서 "예를 들어 내가 이 탁자에 돌을 얹어놓으면 그게 예술이야"라느니 어쩌느니 마치 인터뷰어를 을러대며 위협하듯이 얘기했다.

프로그램은 그가 화가로 성공하는 계기가 되었던 에피소드도 소개했다. 아직 무명이었던 그의 재능을 가장 먼저 발견해준 사람은 그 당시에 저명했던 고마키 에리코라는 큐레이터였다. 프로그램에는 오래된 옛 영상도 삽입되어 있었다.

프랑스대사관에서 열린 공식적인 파티에서 아직 젊은 아사히나 다쓰지가 고마키 에리코의 소개로 일본의 유명인사들과 잇달아 인사를 나누며 돌아다녔다. 화장품회사 여사장, 외식업 체인사업으로 성공한 사람, IT 관련 신흥 부자들은 물론이고 일본을 대표하는 부동산회사의 사장 부인과 각국 대사들까지 온갖 사람들의 얼굴이 찍혀 있었다.

이 아사히나 다쓰지가 고코나의 아버지가 된 경위는 조금 복잡하다. 일단 그 당시 고코나의 먼 친척뻘인 아유미라는 여성이 자그마한 갤러리를 운영하고 있었다. 참고로 그 잔디 정원이 있는 야타니초 집은 이 아유미와 남편 아키라가 매입한 건물인 듯하다.

이 아유미라는 사람은 처음에는 아사히나의 재능을 알아채지 못한 모양이다. 그 때문에 업계에서도 서서히 거리감이 생기고 만다. 갤러리 경영이 막다른 벽에 부딪친 그녀는 아사히나 본인에게 도움을 요청했고, 그의 배려로 갤러리를 간신히 존속시킬 수 있었다.

그 후 세월은 흘러서 아사히나 다쓰지는 톱클래스 일본 화가로 자리 잡아간다. 그 당시에 "아사히나 다쓰지를 인정하는 것은 일본 화단의 종언이자, 일본의 미(美)의 종언이다"라는 식의 큰 비판도 있었던 모양이지만, 그때 수상이 그의 팬이라고 공언한 영향력도 있어서 결과적으로는 최연소로 일본예술원 회원이 되는 화려한 길을 걸었다.

이 무렵이 되자, 아유미라는 사람은 완전히 아사히나 다쓰지의 작품은 물론이고 그의 인간성까지 숭배하게 되었고, 그와 관련된 평론이나 인터뷰집을 자주 출판하게 되었다.

그리고 그 당시 그녀 부부가 살았던 야타니초 집을 나중에 물려받은 사람이 고코나의 부모. 원래는 아버지 고타로가 고등학교 시절에 친척이었던 이 집에 맡겨졌던 계기로 당시 사귀었던 유카와의 사이에서 태어난 딸이 고코나의 어머니 사쿠라다.

사쿠라는 대학을 졸업한 후, 유럽과 미국을 중심으로 유학을 다녔다고 한다. 마침내 일본에서 안정을 찾은 것은 서른 살이 넘은 무렵이었고, 결국 무직인 채 부모 집에서 무위도식하며 지내던 참에 이모할머니인 아유미의 권유로 아사히나 다쓰지 밑에서 같이 일하게 되었다. 그리고 몇 년 후, 아사히나와의 사이에서 태어난 아이가 고코나다.

당시 사쿠라는 서른다섯 살, 아사히나 다쓰지는 60대 중반으로 아내와 자식은 물론이고 이미 손자가 셋씩이나 있었다.

히비키는 산책길을 걸어갔다. 운하 변의 드넓은 공원인데, 관리가 잘 안 돼서 메마른 잔디가 눈에 띄었다. 일요일 오후, 공원 안에는 달리기를 하는 사람들이 많이 보였다. 바로 옆에 제2레인보우브리지가 구름처럼 걸려 있었다.

그 다리를 건널까 말까, 히비키는 거의 30분 넘게 망설였다. 고코나의 어머니와 친구들을 배웅하러 밑에까지 내려왔을 때는 건널 작정이었지만, 막상 건너려고 하니 머뭇거려졌다.

히비키는 그 다리를 건너서 나나미린을 만나러 갈 생각이었다. 그녀가 사는 맨션이 조금 전 장모와 친구들의 대화에 나왔던 스카이타워 남쪽 동, 예의 그 살짝 기울어진 맨션이었다.

웬일로 바람이 없고, 겨울 햇살이 따사로웠다. 히비키는 제2레인보우브리지를 건너는 스카이트램 승차장으로 향했다. 몇 분 후 건너편에 도착하자, 왜 그런지 이쪽은 건물 사이로 부는 바람이 강해서 똑바로 걸을 수 없을 정도였고, 돌풍에 어지러이 흩어진 쓰레기와 먼지들이 솟구쳐 올랐다.

스카이트램에서 내린 장소가 스카이타워 남쪽 동 앞이었다. 히비키는 돌풍을 헤치며 맨션 입구로 뛰어들었다.

입구의 자동 잠금장치가 고장이 나서 뿌연 유리문이 열려 있었다. 그곳으로도 바람이 매섭게 흘러들었다. 히비키는 뭐라고 표현하기 힘든 악취에 무심코 숨을 멈췄다. 입구 홀에는 찢어진 소파가 늘어서 있었다. 주민 아이들이 그 위에서 신발을 신은 채로 뛰어놀았다. 아이들이 땀범벅인 것은 분명 에어컨이 정상적으로 작동되지 않아서 한여름 같은 더위와 습기가 빌딩 안에 가득하기 때문일 것이다.

빌딩 내부는 꼭대기 층까지 시원하게 뚫려 있다. 다만, 공간이 뻥 뚫려 있는 건 아니고, 몇 층마다 녹색 안전망이 쳐져 있었고, 거기에는 쓰레기봉투나 더러운 이불 등이 걸려 있었다. 악취는 거기서 풍기는 것 같았다.

히비키는 엘리베이터를 탔다. 오래된 모델이라 시간이 꽤 걸렸다.

20층에서 내린 후, 난간 너머로 입구를 내려다봤다. 몇 겹이나 쳐진 안전망이 녹색인 탓인지 정글이라도 들여다보는 것 같았다. 회랑식 복도를 오른쪽으로 걸어간 히비키는 나나미린 집의 초인종을 눌렀다. 누른 순간, 등 뒤에서 괴성이 울려 퍼졌다. 어느 층에서 남자가 고함을 지르는 모양인데, 무슨 말인지 알 수가 없었다. 그 소리에 정신이 팔려 있는데, 문이 벌컥 열렸다. 문을 열어준 사람은 나나미린이 아니라 그녀의 남편인 아카이와 군푸였다.

히비키를 보고 "오오"라며 놀라더니, 약속이라도 했었나 생각을 떠올리려 했다.

군푸는 하얀 앞치마를 두르고 있었다. 배 주변이 볼록 튀어나와 있었다. 집 안에서 꿀이 타는 듯한 냄새가 났다.

"죄송합니다, 갑자기"라고 히비키가 사과했다.

"웬일이야, 갑자기?"라고 군푸가 전혀 놀라는 기색도 없이 중얼거렸다.

"연락하고 오려고 했는데……."

"딱히 상관은 없어. 웬일이야?"

"지난번에 스카이트램에서 우연히 마주쳤을 때, 군푸 씨가 얘기했던 '브레인시네마'를 보여주실 수 있나 해서요."

"아아, 물론 보여주지. 들어와."

군푸가 좁은 복도 벽에 부딪치며 안으로 들어갔다. 히비키도 그 뒤를 따라갔다. 거실에도 부엌에도 나나미린의 모습은 보이지 않았다. 침실 문도 열려 있었지만, 역시나 인기척은 없었다.

"린 씨는 외출하셨어요?"라고 히비키가 자연스러운 느낌으로 물었다.

"응, 잠깐 나갔어"라는 군푸의 목소리가 부엌에서 들려왔다.

히비키는 순식간에 힘이 빠졌다. 자기도 모르게 긴장하고 있었는지 소파에 털썩 주저앉을 정도였다.

"컵케이크 구웠는데 먹을래?"

군푸가 물어서 "네, 아 네. 먹겠습니다"라며 히비키가 일어섰다. 뭘 좀 도울까 하고 부엌으로 가자, 군푸가 "그쪽에서 이거라도 마시고 있어"라며 사과 주스 잔을 건네주었다.

"감사합니다."

히비키는 거실로 돌아왔다.

"결국 브레인시네마를 사기로 했나?"

군푸의 질문에 "아뇨, 아직……"이라고 히비키가 대답했다.

"아직은 좀 비싸긴 하지. 우리도 꽤 무리해서 샀어."

"고코나가 별로 흥미 없어 하는 것 같아서"라고 히비키가 거짓말을 했다. 실제로는 고코나에게 얘기하지 않았다.

"그래? 자기 꿈을 영상으로 볼 수 있는 장치인데, 흥미 없어 하는 사람도 있나?"

군푸는 정말로 어이가 없는 듯했다.

히비키가 창가로 다가갔다. 베란다는 도심 방향으로 나 있어서 도쿄타워가 조그맣게 보였다. 등 뒤에서 귀에 거슬리는 소리가 났다. 낡은 맨션이라 배수 상태가 안 좋아서 쿨럭쿨럭 노인 기침 같은 소리가 울려 퍼졌다.

기분 탓인지 자기가 기울어진 빌딩에 서 있다는 의식이 강하게 느껴졌다.

베란다에 더러워진 트레킹화가 놓여 있었다. 히비키가 군푸 부부를 만나게 된 것은 지난여름 끝자락에 고코나와 함께 야쿠시마 여행을 갔을 때다.

그날 시라타니운스이 계곡 워킹코스를 걷고 돌아오는 길에 이끼 낀 숲을 지나 나나혼스기(일곱 개 줄기가 뻗은 삼나무) 언저리까지 돌아왔을 즈음인데, 갑자기 하늘빛이 바뀌며 비가 내리기 시작했다.

숲은 금세 젖어 들었고 산의 경치가 순식간에 확 변했다. 왕복 네 시간 정도 되는 코스였기에 평상복 차림의 등산이었다. 당연히 우비도 없었다. "서두르자"라며 히비키가 고코나의 손을 잡고 산길을 내려왔다. 그러나 비가 본격적으로 쏟아지기 시작해서 숲을 때리는 빗소리와 강렬한 흙냄새, 그리고 무엇보다 주변을 퍼렇게 물들이는 번개에 겁을 먹은 고코나는 급기야 옴짝달싹도 할 수 없게 되고 말았다.

눈 깜짝할 사이에 숲속은 컴컴해지고, 이따금 시퍼렇게 번쩍거렸다. 겁에 질린 고코나를 바위 그늘로 피난시켰을 때, 비옷을 입은 군푸 부부가 산길을 내려온 것이다. 두 사람은 등산용 복장을 갖추고 있었고, 손전등으로 발밑을 비추며 내려왔다.

"저어, 실례합니다!"

억수같이 쏟아지는 빗속에 난데없이 바위 그늘에서 튀어나온 히비키를 본 두 사람은 소리를 지르며 놀랐다.

처음에 히비키는 두 사람을 부녀 지간이라고 생각했다. 그 정도로 나나미린이 어려 보였다. 얼굴과 머리도 차가운 빗물에 젖은 탓인지 어두운 숲 탓인지, 그녀만 왠지 그곳에 하얀 나신으로 세워져 있는 것 같았다.

야쿠시마 산중에서 도움을 청한 히비키 부부에게 군푸는 친절하게 대해주었다. 추위에 떨고 있는 고코나에게 예비 비옷을 빌려주고, "자, 서두릅시다"라며 격려해주었다.

빗줄기는 더욱 강해졌다. 발밑에서는 질척거리는 흙과 이끼

긴 돌들이 발길을 붙들었다. 군푸가 선두에 서고, 그 뒤에서 고코나와 린이 손을 잡고 걸어가고, 히비키가 마지막에 따라갔다. 빗줄기가 고코나와 린의 비옷을 내리쳤다. 뒤에서 보니 손을 잡았다기보다 고코나가 작은 여자애를 지팡이 삼아 쓰는 것처럼 보였다.

다행히 사쓰키 구름다리 언저리까지 왔을 때 비가 그쳤다. 산의 날씨는 변화무쌍했다. 구름 틈새로 내리쬐는 햇빛이 젖은 나무들을 비췄다.

"이제 괜찮겠죠. 아아, 정말 다급했어요."

선두에 섰던 군푸가 돌아보며 갑자기 발걸음을 늦췄다. 금방이라도 범람할 것 같았던 산속 골짜기를 본 뒤로 군푸는 한 번도 뒤를 돌아보지 않고 걸어갔다.

마음이 놓인 듯한 고코나도 꽉 움켜잡고 있던 린의 손을 놓고 선두에 선 군푸와 나란히 걸으면서 산 날씨의 변화에 새삼 놀라워했다. 두 사람이 대화를 나누기 시작한 모습을 본 히비키는 자기도 모르게 린 옆에 나란히 섰다.

"괜찮아요?"라고 히비키가 말을 건네자, "네"라며 바로 시선을 피했다. 고코나가 움켜잡고 있던 왼손이 푸릇푸릇하게 멍이 들어 있었다. "죄송합니다"라며 히비키가 무심코 사과했다. 린은 그 의미를 이해하지 못했는지 "네?"라며 놀랐다.

"그 손……."

"아아, 네."

새삼스레 자기 손을 내려다본 린이 "저도 아마 부인 손을 힘껏 잡았을 거예요"라며 미안해하는 표정을 지었다. 그때 고코나와 군푸가 돌아봐서 대화는 그쯤에서 어중간하게 끝났다.

그 후에도 고코나와 군푸는 어느 호텔에 묵느냐, 며칠 일정으로 왔느냐, 하루를 통째로 들여서 조몬스기(수령이 7200년 된 삼나무)를 보러 가야 하나 어쩌나 얘기를 나누며 걸어갔다. 히비키와 린은 그들의 대화를 들으면서 그 뒤를 너무 가깝지도 멀지도 않게 따라갔다.

시로타에노 폭포까지 돌아오자, 구름이 걷혀 있었다. 용소의 젖은 바위로 여름 햇살이 쏟아져 내렸다. 고코나와 군푸는 대화를 계속 이어가며 완전히 친해졌다. 그도 그럴 것이 양쪽의 자택 맨션이 제2레인보우브리지를 사이에 끼고 마주하고 있다는 사실은 안 것이다.

주차장에서 헤어질 때, 감사 인사로 호텔에서 저녁 식사를 대접하고 싶다는 말을 꺼낸 사람은 고코나였다. 군푸는 기뻐하며, "그럼, 저녁 때 천천히 산책하면서 찾아뵙겠습니다"라고 약속했다. 린은 그 뒤에서 입을 다물고 있었다. 군푸는 그녀에게 의사를 물어보지도 않았다.

군푸 부부의 에어로모빌이 주차장을 서서히 빠져나갔다. 세계유산으로 지정된 야쿠시마의 상공은 아직도 에어로모빌 비행이 금지되어 있다.

두 사람의 에어로모빌이 달려가자, "저 사람들, 스카이타워에 산대"라고 고코나가 줄곧 참았다는 듯이 내뱉었다.

"······북쪽 동, 남쪽 동, 어느 쪽일 거 같아?"

흥미로워하는 고코나에게 "안 물어봤어?"라고 히비키가 물었다.

"그런 걸 어떻게 물어. ······하지만 으음, 차림새도 평범하고, 생활이 곤란한 것 같지도 않고, 그 애, 아니 그 부인도······."

고코나가 그쯤에서 말을 끊고, "아, 미안"이라고 덧붙였다. 사과한다기보다 정말로 덧붙이는 것뿐이었다.

히비키는 지금 막 내려온 산을 올려다보았다. 비에 촉촉이 젖어 아름다웠다.

저녁에 호텔 테라스에서 히비키 혼자 차를 마시고 있는데, 웬일인지 군푸 혼자만 모습을 드러냈다. 저녁 식사 전에 그 앞에 있는 노천탕에 가는 길에 히비키가 보였다고 했다.

"고코나 씨는?"

"너무 걸어서 방에서 쉬고 있습니다"라며 히비키가 의자에서 일어섰다.

"안 갈래요? 온천탕에 같이?"

어딘지 모르게 강요하는 듯한 제안이었다. 히비키는 거절하기 어려워서 "네"라며 고개를 끄덕였다.

호텔에서 5분쯤 걸어가자, 작은 시냇가에 노천 공동탕이 있어서 조그만 다리를 건너 들어갔다. 군푸가 탕에 먼저 들어갔다. 난폭하게 물을 끼얹는 소리가 가라앉을 때쯤 히비키도 따라 들어갔다.

온천탕에서는 작은 시냇물이 바라다보였다. 그 밖에도 백인 손님 몇 명이 몸을 담그고 있었지만, 들리는 것은 시냇물 흘러가는 소리뿐이었다. 히비키는 탕 속에서 군푸 옆으로 이동했다.

"육군에 있다면서요?"

난데없이 물어서 "아, 네"라며 고개를 끄덕였다.

이대로 군대 얘기가 시작되나 했는데, 군푸는 별로 흥미가 없는 듯했다. 다만, 그걸로 생각이 났다는 듯이 자기가 주로 군수산업 관련 주식을 운용해서 생계를 유지한다는 얘기, 몇 년 전에 부동산에 손을 댔다 큰 손실을 입었다는 얘기를 꺼냈다. 그 말투가 어딘지 모르게 설명적이었다.

살짝 건방진 군푸의 태도나 린 같은 아내가 있다는 점에서 그가 노동자 계급은 아니라는 걸 히비키도 알고 있었다. 그런데도 새삼 설명하려 드는 이유는 히비키가 못 알아챘다고 생각하기 때문일지도 모른다.

탕에서 나온 히비키는 탈의실에서 한동안 바람을 쐬고 있었다. 뿌옇고 좋은 온천물에 잠깐 몸을 담갔을 뿐인데도 땀이 멈출 줄을 몰랐다. 뒤늦게 나온 군푸 역시 똑같이 창가 의자에 걸터앉았다. 늘어진 배가 불그스름하게 달아올라 있었다.

"그나저나 그저께였나, 시부야 구에서 냈던 예의 그 조례안에 수상이 답변을 했던데"

군푸가 난데없이 불쑥 꺼낸 얘기는 지난달에 시부야 구의 구장(區長)이 시부야 구에 거주하는 사인에게도 일반 국민과 동등한 권리를 인정하는 조례안을 구의회에 제출하겠다고 발표한 문제였다.

"그런데 수상 답변 내용은 '헌법과의 관계에서 보자면 기본적인 인권을 향유할 수 있는 것은 국민이라고 되어 있다. 따라서 신중하게 논의해야 마땅하다'는 거였나. ……다시 말해 사인은 아직 국민이 아니니 긍정적으로는 고려하고 있지 않다는 뜻일 텐데, 뭐 물론 사인 애호법이 있다곤 하겠지만, 그래도 그건 너무 심해."

입으로는 심하다고 투덜대지만, 그 얼굴은 전혀 그렇게 생각하지 않는 게 전해졌다. 실제적인 문제로 만약 이 조례가 구의회에 제출되더라도 여당이 다수파를 차지하고 있기 때문에 가결될 일은 없을 테고, 만에 하나 가결된다 해도 법적 구속력은 없다.

군푸 자신도 아마 이런 논의를 하고 싶었다기보다는 자기는 일반 국민이지만 너는 다르다고 히비키에게 확인시키고 싶었을 뿐인 것 같았다.

백인 손님들이 온천탕에서 나와서 탈의실이 북적거렸다. 히비키 일행은 바람이 잘 통하는 시원한 자리를 그들에게 양보했다.

그 후 저녁 식사 자리에 린은 오지 않았다.

"아직 젊어서 이런 어른스러운 식사 모임이 익숙질 않아요"
라고 군푸가 설명했지만, 애당초 같이 가자고 청하지도 않았다
는 걸 왠지 모르게 알 수 있었다. 고코나도 혼자 온 군푸를 보
고 처음에는 좀 당황스러워했지만, 활기찬 호텔 레스토랑의 분
위기 속에 재즈 라이브 연주와 와인도 훌륭해서 차츰 대화에
활기를 띠어갔다.

"아까 이 사람한테 들었는데, 군수산업 주식을 운용하신다
면서요?"

고코나가 웨이터에게 와인을 좀 더 시원하게 해달라고 부탁
한 직후에 불현듯 생각이 떠오른 듯이 물었다.

"아, 네. 대대로 이어오고 있다고 해야 할까요, 우리 선조가
그 회사 창업 일족의 한 사람이었어요."

"회사가 어디죠?"

"EHARA라는 곳인데 아십니까?"

"물론이죠. 국내 무기제조업체에서는 가장 유명하잖아요. 미
사일 같은 것도 그렇고."

"네. 뭐, 거기를 중심으로 군수산업 관련 주식을 몇 회사 갖
고 있습니다."

"창업 때부터 갖고 계셨으면, 이제는 완전히 무사태평 아닌
가요?"

"그런데 괜히 쓸데없이 부동산 같은 데 손을 대는 바람에……."

히비키는 두 사람의 대화를 들으며 혼자 호텔 방에 있을 린을 떠올렸다. 남편이 자기 혼자만 두고 나가서 외로워할까. 아니면 혼자만의 시간이 생겨서 오히려 마음이 편할까.

히비키가 생각하기에는 후자였다. 웬일인지 침대 위에서 깡총거리며 노래를 부르는 린의 모습이 떠올라서 무심코 미소를 머금고 말았다. 히비키는 당황했지만, 최근 주가 관련 화제에 푹 빠져 있는 두 사람은 알아채지 못했다.

바로 그때 무대 쪽에서 웃음소리가 들렸다. 조심스러운 웃음소리가 전염되듯 객석 사이로 번져갔다.

무대에서는 여성 로봇 가수가 분위기 있는 재즈 명곡 〈Cry Me a River〉를 부르고 있었다.

그 기척에 히비키가 돌아보니 스태프가 허둥지둥 무대로 올라가서 노래하는 가수 앞에 섰다. 가수는 빨간 오프숄더 드레스를 입고 있었는데, 한창 노래를 부르는 중에 미끄러져 내린 모양이다. 스태프가 미끄러져 내리는 옷을 필사적으로 붙들고 있는데도 가수는 여전히 감정을 담아 노래를 불렀다. 그 모습에 객석에서 웃음소리가 일었다.

금방이라도 같이 웃음을 터뜨릴 뻔했던 히비키는 위 언저리에 통증을 느꼈다. 지금 호텔 침대 위에서 깡총거리며 춤을 추고 있어야 할 린이 실제로는 혼자 소리 내어 울고 있을 것 같은 생각이 들었기 때문이다.

다음 날 아침, 히비키는 다시 노천탕으로 갔다. 어제 내린 비로 작은 시냇물이 불어 있었다. 상쾌한 아침이었지만, 왜 그런지 기분은 무거웠다.

여탕에서 웃음소리가 들렸다.

대화 내용까지는 들리지 않지만, 누군가를 바보 취급하는 것 같은 웃음소리였다. 히비키는 품위 없는 그 웃음소리에서 도망치듯 작은 시냇가 옆 바위에 걸터앉았다. 온천물에 달아오른 몸에 와 닿는 아침 바람이 상쾌했다.

얼마나 그곳에 앉아 있었을까, 여탕 쪽에서 시냇물을 건너오는 다리에서 인기척이 느껴졌다. 히비키는 차가운 바위에 배를 깔고 목을 길게 뺐다. 역시 다리를 건너오는 사람은 린이었다. 하얀 목덜미가 불그스름하게 달아올라 있었다.

"안녕하세요!"

거의 무의식적으로 히비키가 큰 목소리로 인사를 건넸다. 갑자기 자기를 쫓아오는 목소리에 놀란 린이 다른 방향을 쳐다보았다. 히비키가 일어서서 손을 흔들었다.

"아" 하고 알아챈 린이 달려서 시냇물을 건너왔다. 그 발걸음이 어딘지 모르게 기뻐 보였다.

히비키도 손을 더욱 크게 흔들었다. 그런데 곧이어 조금 전 여탕에서 들려온 웃음소리와 린이 연결되었다. 린이 탕에서 나온 뒤에 여자들이 웃은 것 같은 기분이 들었던 것이다.

"안녕하세요."

린이 히비키를 올려다보며 큰 소리로 아침 인사를 했다. 가까이 다가오자 달아오른 목덜미가 더욱 두드러져 보였다. 이마에 맺힌 땀이 린을 평소보다 훨씬 더 어린애처럼 보이게 했다.

"아침 목욕은 기분이 좋죠."

"네."

그쯤에서 대화가 끊긴 것은 린의 시선이 여탕 쪽으로 힐끗 향했기 때문이다. 린은 금세 기분이 상해서 머금고 있던 미소까지 사라졌다. 조금 전에 웃었던 여자들이 여탕에서 엿보고 있는 것 같았다.

"안녕히 계세요."

린이 도망치듯 자리를 떠났다.

히비키는 말을 건네지도 못한 채 그 모습을 배웅했다. 잠시 후 또다시 여탕에서 웃음소리가 들려서 히비키가 벽에 귀를 바짝 댔다.

"역시 나쓰메 클라라랑 똑같이 생겼다니까."

"진짜야. 얼굴, 가슴, 몸매. 손을 엄청 많이 댔더라."

"남편 취향이겠지만, 거기까지 손을 댄 건 아무래도 좀……."

두 사람의 대화에 등장한 나쓰메 클라라라는 여성은 인기 있는 전직 유흥업소 출신의 젊은 탤런트로, '브레인시네마'로 녹화한 자신의 꿈, 그것도 야비하고 외설스러운 꿈만 모아서 시리즈로 발표했는데, 그것이 현재 대단한 히트작이다.

히비키의 동료인 나가모토도 그녀의 팬이라 그 꿈 시리즈가 발표되면 반드시 사들였고, "거대한 푸딩 속에서 섹스하는 듯한, 귀여운 건지 그로테스크한 건지 헷갈리는 작품도 있다니까"라느니 어쩌느니, 참호에서 보내는 무료한 시간에 흥미 삼아 그 내용을 알려주었다.

"으음, 사인이랑 결혼하는 거 어떻게 생각해?"

"어떻게 생각하냐니?"

"아, 그러니까 저항감이 있냐고?"

어느새 여자들 목소리가 되살아났다. 히비키는 벽 쪽 바위에 걸터앉아 차가워진 몸에 물을 끼얹었다.

"딱히 저항감은 없고, 나도 나중에는 성가신 일반 남자보다는 다정하고 배려심이 있어서 내 말이면 뭐든 다 들어주는 사인 남자랑 결혼할 것 같긴 한데, 아무래도 조금 전에 만난 나쓰메 클라라로 개조된 아가씨를 보면 너무 지나치다 싶은 생각도 들어."

"하긴 그래, 요즘 세상에는 일반 남자랑 결혼하는 게 오히려 장벽이 더 높지."

"남자 쪽에서 봐도 그렇겠지? 안 그래? 자기 아내한테 나쓰메 클라라를 요구하잖아. 우리에게는 무리잖아."

"하지만 우리도 자기 남편으로는 다정하고 배려 있는 남자를 원하잖아?"

"그러니까 사인 남자면 그런 희망을 이룰 수 있는 거지."

"그렇지만 그건 좀 쓸쓸하지 않니?"

"자 그럼, 지금 네가 사귀고 있는 고세이랑 결혼할 수 있어?"

"그건 아니지. 잘 알면서 왜 그래, 자기 시간이 우선이라고 주말 데이트 시간을 세 시간으로 정해버리는 남자잖아."

"……결국은 우리도 사인 남자랑 결혼하고 일반 남자랑 놀러 다니는 평범한 결혼 생활이 맞는 거야."

여자들의 웃음소리가 높아졌다. 히비키는 소리가 안 나게 조용히 탕에 몸을 담갔다.

린(凛)

　하필 공교롭게도 탕에서 여탕 손님들과 동시에 나왔다. 히비키는 여자들 목소리가 들리지 않을 때까지 탈의실에서 시간을 보낸 후에 밖으로 나왔다. 작은 물고기들이 헤엄치는 시냇물을 건너 호텔로 향하는 강변길을 한동안 걸어가자, 놀랍게도 나무 그늘 벤치에 앉아 있는 나나미린이 보였다.

　자기를 기다린 건 아니겠지만, 히비키는 은근히 기뻤다. 가까이 다가가자, 린은 〈주간문춘〉의 24시간 특종 채널을 보고 있었는데, 히비키를 알아채자마자 허둥지둥 홀로그래피를 껐다.

　"특종기사라도 있어요?"라고 히비키가 물었다.

　"으음, 아마도…… 국회의원의……."

　집중해서 보고 있었던 건 아닌 모양이다. 히비키도 옆에서 라이브 영상을 봤다. 한동안 보고 있으니 중의원 본회의를 결석하고, 지금 바야흐로 한창 불륜 여행 중인 듯한 남성 의원을 쫓고 있었다.

"이제 호텔에서 나올까요?"라고 히비키가 물었다.

"조금 전에 나왔는데, 바로 다시 안으로 숨었어요"라고 별 흥미도 없다는 듯이 린이 알려주었다.

곧이어 영상이 호텔 내부로 바뀌었다. 아마도 다른 숙박객이 재미있어서 자기 GPPS로 촬영하고 있겠지. 뒷문으로 도망치는 국회의원을 집요하게 쫓아갔다.

그쯤에서 린이 프로그램을 끄고, 머리 위에 떠 있던 자기 GPPS를 회수했다. 두둥실 떠 있던 공 모양의 GPPS가 린의 가방으로 돌아갔다. 요즘 시대의 젊은 아가씨들처럼 24시간 셀카를 찍어서 라이브 방송을 하는 건 아닌 듯했다.

다음 순간, 작은 새들이 일제히 날아올랐다. 무심코 하늘을 올려다보니 배만 파란 작은 새였다. 날아간 방향으로 산길이 뻗어 있었다. 가파른 고갯길이지만, 그곳을 한동안 올라가면 전망대가 나오고, 웅대한 바위산인 못초무다케가 한눈에 내려다보인다.

"이 위에 있는 전망대는 벌써 가봤어요?"라고 히비키가 물었다.

린은 말없이 고개를 가로저었다.

"잠깐 가볼래요? 언덕길이 힘들긴 하겠지만, 15분 정도면 가니까."

린은 몹시 망설였다.

"금방이에요"라며 히비키가 큰맘 먹고 걸음을 내디뎠다.

몇 번인가 돌아보며 앞서 걸어가자, 린이 주저하면서도 일어섰다. 히비키는 거리를 유지한 채 가파른 언덕을 오르기 시작했다. 린은 10미터쯤 뒤에서 따라왔다. 그 간격을 좁히려고도 넓히려고도 하지 않았다. 히비키는 이따금 뒤를 돌아보았다. 그러면 그녀도 걸음을 멈췄다.

"린 씨는 어디 출신이에요?"라고 히비키가 돌아보지 않고 큰소리로 물었다.

잠시 뜸을 들인 후, "나고야예요. ……히비키 씨는?"이라는 목소리가 들려왔다.

"도쿄. 라이프사이언스 연구소라는 곳을 알아요?"

"일본에서 제일 큰 연구소잖아요. 분명 우리 사인이 처음으로 만들어진 연구소……."

"네에. 사야마 교지 교수의 연구소에서 자랐습니다."

히비키는 불현듯 연구소 안에 있었던 직업훈련학교의 광경을 떠올렸다.

학교에 '빨간 할아범'이라고 불린 선생이 있었다. 그 별명대로 불그스레한 얼굴에 술 냄새가 풍겼다. 수업 중에 자기가 졸 때도 있어서 학생들은 그때마다 못된 장난을 치곤 했다.

그날 아침, 히비키와 반 아이들은 아침 조회가 있어서 여느 때처럼 강당에 줄지어 서 있었다. 가까이 있던 사람이 빨간 할아범뿐이라 앞에 있는 녀석에게 프로레슬링 기술을 걸기도 하며 거리낌 없이 장난을 치고 있었다. 빨간 할아범은 그 모습을 왠지 서글픈 눈빛으로 바라보았다. 아니, 평소와 다름없는 숙취였을 뿐인지도 모르지만, 왠지 그날 아침 히비키의 눈에는 그렇게 보였다.

아침 조회가 끝나서 교실로 돌아가려는데, 웬일인지 빨간 할아범이 히비키만 불러 세웠다. 보나 마나 다음 수업은 휴강하니 대신 공부할 인쇄물이라도 가지고 가라고 할 줄 알았는데, 교무실이 아닌 안뜰로 데려갔다. 단풍이 새빨갛게 물들어 있었다.

"졸업하면 넌 어떡할래?"

빨간 할아범이 불쑥 물었다.

"딱히 정한 거 없는데요"라고 히비키가 대답했다.

"사인들만 있는 공동체에서 살아가긴 편해."

아무런 사전 설명도 없이 빨간 할아범이 그런 말을 꺼냈다.

"……사인에게는 엄연한 사인의 세계가 있어."

히비키는 성가신 마음에 "네, 알아요"라며 입을 삐죽 내밀었다.

"알긴 뭘 알아?"

"아, 그러니까 우리가 평범하다고 생각하지 말고, 분수에 맞게 살라는 뜻이잖아요? 그건 태어났을 때부터 학교에서 줄곧 배워왔다고요."

히비키의 대답에 빨간 할아범이 "으음, 그렇지, 그 말이 맞아"라며 고개를 끄덕였다.

"⋯⋯다만, 혹시 이곳을 나갈 수 있는 녀석이 있다면, 용기 내서 나가야지. 분명 바깥세상은 너희에게 냉정해. 죽을 때까지 이 안에 있으면 안전하지. 하지만 누군가가 나가지 않으면, 언제까지고 아무것도 변하질 않아. 이곳에서 나갈 수 있는 녀석은 나가야 해."

평소와 다르게 힘이 넘치는 말이었다. 빨간 할아범의 눈에 어렴풋하게 눈물이 어려 있었다. 히비키는 어리둥절할 뿐이었다. 빨간 할아범이 왜 갑자기 이런 말을 할까. 그리고 왜 나에게 할까.

히비키가 어리둥절해하는 기미가 빨간 할아범에게도 전해졌는지, 시선을 힘없이 발밑으로 떨어뜨렸다.

"내가 하고 싶은 말은 그것뿐이야. 널 선택한 특별한 이유가 있는 것도 아니야. ⋯⋯다만, 해마다 누군가에게는 말하기로 한 것뿐이야."

빨간 할아범은 그 말만 남기고, 안뜰에서 나갔다. 히비키는 이유도 알지 못한 채, 멍하니 그 자리에 우두커니 서 있었다.

차츰 길이 힘들어졌다. 히비키는 손바닥을 무릎에 짚으며 올라갔다. 뒤에서 린의 거친 숨소리가 들려왔다.

길 끝으로 전망대가 보였다.

"저기 봐요, 조금만 더 가면 돼요"라며 히비키가 멈춰 섰다.

역시나 손바닥을 무릎에 짚으며 올라온 린이 이번에는 멈춰 서지 않고 가까이 다가왔다. 히비키와 린은 여전히 거친 숨결로 전망대로 향하는 마지막 계단을 올라갔다. 눈앞에 펼쳐진, 아침 햇살을 들쓴 웅대한 바위산 못초무다케가 아름다웠다.

작은 원형 전망대에 서자, 360도로 대형 파노라마가 펼쳐졌고, 바람이 귓전을 때렸다. 린이 옆에서 "와아—"라며 환호성을 질렀다.

"아름답죠?"라고 히비키가 물었다.

"아름다워요"라며 린도 고개를 끄덕였다.

바로 코앞에서 솔개가 느긋하게 날아갔다.

"린 씨가 태어난 나고야 연구소는 규모가 어느 정도죠?"

하늘을 향해 기지개를 편 린이 "규모요? 별로 크진 않아요. 연간 400명 정도"라고 알려주었다.

"400명? 우리는 그보다 열 배는 되는데."

"우리 같은 사인이 지금 전국적으로 70만 명 정도 있잖아요?"

"아직 70만 명은 안 됐을 텐데."

왠지 그쯤에서 대화가 끊겼다.

"군푸 씨 집에 온 지 얼마나 됐지?"

히비키가 침묵을 메우듯이 물었다. 그러자 린이 갑자기 건강 보조 식품 이름을 대며 히비키로서는 짐작조차 할 수 없는 얘기를 하기 시작했다. 군푸와 결혼한 지 얼마나 됐다는 얘기가 아니라 최근 들어 군푸의 건강이 안 좋다는 내용인데, 그런 얘기를 불쑥 꺼낸 것이다.

린이 말한 약은 히비키도 들은 기억이 있었다. 이른바 남성 갱년기 장애에 효과가 있는 약으로 남성 호르몬의 활동을 정상적으로 만들어준다. 린의 얘기에 따르면, 야쿠시마에 온 후로는 군푸의 건강이 계속 좋아 보이지만, 이번 여행을 오기 전에는 특히 안 좋았다고 한다. 문득 신경이 쓰인 히비키가 "우울해지나?"라고 물었다.

실제로 묻고 싶었던 말은 그게 아니라, 짜증이 난 군푸가 난폭하게 대하는 건 아니냐는 것이었다.

기도하는 심정으로 기다리자, "아뇨, 그런 분위기는 아니에요"라며 린이 부정했다. 그렇다면 나쁜 상상이 맞아떨어졌다는 뜻이다. 히비키는 린과 눈을 마주칠 수 없었다.

"전 이만 슬슬."

린이 올라온 길을 돌아보았다.

"아, 응"이라며 히비키도 고개를 끄덕였다.

마지막으로 둘이 한 번 더 못초무다케를 바라보았다. 에어로모빌이 한 대도 날아다니지 않는 하늘이 너무나 신선했다.

내려가는 길에는 린이 앞장서서 걸었다. 가파른 내리막길을 위태위태하게 내려갔다. 히비키는 몇 번이나 손을 잡아주려 했지만, 린은 그때마다 "괜찮아요"라며 거절했다.

그런데도 올라올 때보다는 두 사람의 거리가 가까웠다. 그렇다 보니 가쁘게 몰아쉬는 린의 숨결도 가까웠다.

도중에 샘물을 마시려고 하는데, 중학생 아이들이 시끌벅적하게 올라왔다. 그들도 샘물이 있는 걸 알아채고, "죄송한데 저희도 마시게 해주세요"라며 히비키 일행 뒤에 줄을 서려고 했다.

"아, 미안해요. 자, 먼저 마셔요"라며 히비키가 자리를 내주었다.

언제 어디서나 사인은 나중이라는 게 몸에 배어 있었다. 물론 린도 그에 따랐다.

곧이어 중학생들이 히비키 일행의 얼굴을 바라보며 고개를 갸웃거리더니 "어? 당신들 혹시 사인이야?"라고 노골적으로 물었다.

히비키는 대답하지 않았다.

"우아—! 깜짝 놀랐네!"

"왠지 분위기 좋아 보이던데, 당신들 혹시……."

"어이, 어이, 설마 사인끼리 어떻게 해보겠다는 건 아니겠지?"

중학생들의 표현은 점점 더 노골적으로 변했다. 표정에도 모멸의 빛이 짙었다.

중학생이라고는 해도 덩치는 크다. 사인의 평균 키는 보통 사람들보다 5, 6센티미터 작다.

중학생들이 재미있어했다. 서서히 히비키 일행을 에워싸려 했다.

히비키는 현재 사단에 배속된 직후, 동아프리카 분쟁 지역으로 파견되었다. 그곳에서 히비키의 부대가 다른 동맹국 병사들과 공동으로 담당한 임무가 포로 감시였다. 수용소 포로들 중에는 물론 사인도 있었다.

동맹국 측 병사들은 심심풀이로 포로를 놀림감으로 삼았다. 그때 맨 먼저 장난감으로 선택되는 대상이 사인이었다. 알몸을 만들고, 가축에게 하듯 물을 뿌렸다. 어금니가 부러질 때까지 때렸고, "용서해주세요"라고 100번 말하면 끝내주겠다고 했다. 그래놓고 100번을 반복한 후에는 "1부는 끝, 이제부터 2부"라며 또다시 시작했다.

물론 히비키한테도 "너도 해"라고 명령했다. 무거운 군화로 겁에 질려 부어오른 상대의 얼굴을 걷어찼다.

"더 세게!"라고 고함을 치면, 심장이 오그라들었다.

마치 자기 자신의 얼굴을 차듯이 히비키는 몇 번이나 걷어찼다. 상대는 부어오른 그 눈으로 그를 물끄러미 쳐다봤다.

그 수용소에서 유행한 100년 전 일본 영화가 있다. 〈전장의 메리크리스마스〉라는 작품인데, 그 당시 인기 있었던 데이비드 보위라는 록 가수가 연기한 영국 병사가 일본 포로수용소에서 고문을 당하고 산 채로 땅속에 파묻힌다.

히죽거리며 차츰 에워싼 중학생 중 하나가 린의 어깨를 만지려 했다. 히비키가 "갑시다"라며 린의 손을 잡아끌었다. 그리고 "그만해!"라고 거친 목소리로 내뱉고, 린의 손을 끌고 산길을 뛰어 내려왔다.

중학생들이 따라오는 발소리가 들렸고, 정신없이 달렸다. 만에 하나 발이라도 삐끗해서 이 산길에서 굴러떨어지는 한이 있더라도 중학생들에게 붙잡히는 것보다는 훨씬 나았다.

린도 말없이 필사적으로 따라왔다. 히비키가 손을 잡아끌었고, 린이 그에 응했다. 그녀 역시 오로지 공포에 지배되어 있었다.

어느새 중학생들은 포기한 것 같았다.

산을 내려와 린이 앉아 있던 벤치까지 오자, 간신히 제정신이 들었다. 그제야 히비키는 자기가 린의 팔을 난폭하게 잡아끌었다는 걸 새삼 깨달았다.

"미안"이라며 히비키가 손을 풀었다.

린도 괴로운 듯이 심호흡을 했다.

히비키는 순간적으로 자기 자신이 부끄러웠다. 중학생들한테서 도망친 자기 모습이 얼마나 겁쟁이처럼 보였을까 생각하면 핏기가 가실 지경이었다.

언뜻 쳐다보니 린의 무릎이 부들부들 떨리고 있었다. 어지간히 무서웠는지 아랫입술을 몇 번이나 깨물어서 마치 핏물이 번진 것처럼 붉었다.

"이젠 괜찮아"라고 히비키가 무심코 말을 건넸다.

"……네."

"미안해, 괜히 전망대에 가자고 해서……."

린이 고개를 옆으로 흔들고 무슨 말을 하려 했지만, 그 말이 나오지 않았다.

"왜?"라고 히비키가 물었다.

"……히비키 씨, ……강해요."

"어?"

"나 혼자였으면 도망 못 쳤어요. 거기서 움직이지도 못했을 거예요……."

"강하다고?"

히비키는 놀라서 린을 바라보았다. 비꼬는 말은 아닌 것 같았다. 린이 생각하기에는 싸우지 않고 도망치는 것만으로도 강한 모양이었다.

"도와줘."

그때 린의 입술이 그렇게 움직인 것처럼 보였다.

"어? 뭐?"라고 히비키가 물었다.

"아뇨, 아무것도 아니에요. ……저, 호텔로 돌아갈래요."

린이 허둥지둥 걸음을 내디뎠다.

히비키가 "저어"라고 말을 건넸지만, 린은 돌아보지도 않고 달려갔다. 히비키는 쫓아가려 했지만, 다리를 움직일 수 없었다.

군푸가 다시 빈 잔에 사과 주스를 따라주었다. 주서기로 갈아서 탁한 과즙 속에 과육이 떠 있었다.

히비키는 벌꿀 컵케이크를 먹으며 20층에서 내려다보이는 경치를 감상하고 있었다. 상공에는 수많은 에어로모빌들이 어지럽게 날아다녔다. 규정 항로로 다니는 자동 조종이니 당연한 일일 테지만, 단 한 대도 부딪치지 않았다. 택배 모빌 여러 대가 꽃 위에 내려앉는 벌처럼 옆 고층 맨션의 베란다에서 짐을 건네주고 있었다.

"다음엔 이거 볼래?"

군푸가 다시 다른 꿈을 브레인시네마로 재생하려 했다.

히비키는 이미 싫증이 난 표정을 들키지 않으려고 소파로 돌아왔다.

"아마 자기 전에 아버지 추억을 떠올려서 그런 것 같은데……."

화면에 나온 영상은 일본의 옛 풍경이었다.

"아버지가 어린 시절이었으니까 2010년대 풍경이지. ……그리고 봐, 지금 나오는 여자분이 우리 할머니의 젊은 시절이야."

영상에서는 여성이 맨션 입구에서 나왔다. 아무래도 자기 시점의 꿈은 아닌 듯했다.

"……그리고 여기 봐, 이 차에 남자 둘이 타고 있지? 한 사람이 우리 할아버지고, 다른 한 사람이 할아버지의 친구인 에하라 씨야."

꿈이니 어쩔 수 없겠지만, 이상한 영상이었다. 맨션에서 나온 군푸의 할머니가 차에 타고 있는 두 사람을 보고, 부랴부랴 풀숲으로 몸을 숨겼다. 그런데 다음 순간, 어찌된 영문인지 그녀는 같은 차의 뒷좌석에 앉아서 지폐 다발을 주고받는 두 사람을 살펴보고 있었다.

속도감이 너무 없는 영상이라 히비키는 금세 싫증이 났지만,

불현듯 뭔가를 알아차렸다.

"방금 에하라라고 하셨죠? 에하라라면 무기제조업체인 EHARA와 관계가 있습니까?"

전에 군푸가 이 제조업체의 주식을 보유하고 있다고 말했었다.

"그렇지, 그렇지. 용케 알아차렸군."

군푸가 기쁜 듯이 입을 열었다.

이 꿈에 나오는 에하라라는 남자의 회사가 고성능 렌즈를 개발했고, 그것이 몇 년 후에 원거리 미사일에 탑재되면서 EHARA는 거대 기업으로 성장했다고 한다.

"……원래는 여기 나온 우리 할아버지가 도쿄 도의원이라 이 에하라라는 사람이 개발한 고성능 렌즈를 도내 방범 카메라에 도입한 게 계기였지. 그러니 이 꿈의 영상은 그때 에하라한테 뇌물을 건네받는 할아버지가 담긴 셈이야. 실제로 우리 할머니가 본 광경인 듯한데, 마치 전설처럼 아버지한테 몇 번이나 들었던 얘기라 내 꿈에까지 나온 거지."

자동차 안이었던 영상은 어느새 수영장으로 바뀌어 있었다. 아무도 없는 수영장으로 군푸의 할머니가 옷을 입은 채 뛰어들었다. 꿈속이었지만, 보는 사람까지 빠져버릴 것처럼 긴박감이 감도는 영상이었다.

"우리 할머니는 젊어서 자살했어."

"그렇군요."

"EHARA는 원래 우리 할아버지랑 이 에하라라는 사람이 공동으로 세운 회사였지. 시기적으로는 2015년인데, 마침 일본이 무기수출 금지원칙 국가에서 수출할 수 있는 나라로 방향전환을 한 무렵이라 회사는 순조롭게 커갔지만……."

군푸가 왠지 한스럽다는 듯이 얘기를 이어갔다.

EHARA는 국내 유수의 무기제조업체로 얼마 전에도 러시아 항공회사를 매수했다는 뉴스가 나왔었다. 다만, 그 창업 일족의 손자인 군푸의 지금 생활은 너무나 쓸쓸했다.

집을 둘러보는 히비키의 의문을 알아챘는지, 이번에는 군푸가 그와 관련된 상황을 설명해주었다.

"……그런 것치고는 지금 생활이 초라하지? 흐음 뭐, 악당도 뛰는 놈 위에 나는 놈이 있게 마련이라 회사가 궤도에 오른 지 10년쯤 지난 무렵, 그 녀석들에게 대부분을 가로채였지."

군푸는 회사를 가로챘다는 그 녀석들에 관해서도 알려주었다.

옛날부터 규슈에 본거지를 둔, 이른바 일본의 기득권층 일족으로 당시는 물론이고 현재도 정재계에 막대한 영향력을 갖고 있으며, 무기 수출 해금의 키를 잡고 조종한 것도 그들이었고, 거기서 성장한 EHARA를 그 자본력과 권력으로 송두리째 가로챈 것도 그들이라는 말이었다.

얘기를 끝낸 군푸가 한숨을 내쉬었다.

브레인시네마의 영상은 여전히 수영장 속 모습이 이어지고 있었다. 이렇다 할 내용이 있는 것도 아니고, 그냥 거품만 떠올랐다 사라져갔다. 다음 순간, 또다시 영상이 확 바뀌었다. 화면에 나온 것은 금방이라도 가라앉을 것 같은 난파선이었다. 크게 기운 배 안에 빽빽하게 들어찬 승객들이 비명을 지르고 있었다.

히비키는 저도 모르게 그 처참한 광경을 넋 놓고 바라보았다.

"그 왜 지난달이었나, 작은 배에 사인들을 수백 명씩이나 꽉꽉 채워서 어느 업자에게 옮기려다 침몰한 적 있지? 아마 그 꿈일 거야."

군푸가 아무렇지 않게 말했다.

히비키는 자기도 모르게 침몰 장면에서 시선을 피했다.

현관에서 소리가 난 것은 바로 그때였다.

"아, 린이 들어왔군"이라고 군푸가 말했다.

히비키는 애써 침착한 목소리를 가장하며 "그런가요"라고 응했다.

히비키는 고개를 숙이고 군푸 부부의 맨션을 떠났다.

집에 돌아온 린은 인사는 건네줬지만, 히비키와는 눈도 마주치려 하지 않았다.

"아 정말, 우리 집사람은 붙임성이 없어서."

짜증스러운 듯한 군푸의 목소리가 히비키의 귓전에 계속 남았다.

"……나고야 연구소에서 바로 우리 집 아내로 들어와서 도무지 상식이란 게 없어. 어디서 한 번쯤 일이라도 해본 뒤에 데려오면 좋았을걸."

군푸의 말에 린은 그냥 기분이 언짢은 듯이 가만히 있었다.

맨션에서 나온 히비키는 운하 변의 길을 따라 걸어갔다. 물론 군푸 앞에서 친한 척을 할 수는 없었지만, 아무리 그렇다 해도 린의 태도가 너무나 차가웠다. 히비키는 그녀가 자기를 어떻게 생각하는지 판단이 서지 않았다. 린에게 다시 한 번 "도와줘"라는 말을 듣는다면, 자기가 어떻게 할까 히비키는 줄곧 생각했었다. 물론 생각한다고 해결책이 떠오르는 건 아니다. 그런데도 몽상 같은 이미지는 떠올랐다. 예를 들어 야쿠시마에서 중학생들을 피해 도망쳤듯이 린의 손을 잡고 도망친다.

어딘가에는 사인끼리 같이 살 수 있는 장소가 있을지도 모른다. 없다 해도 계속 도망치면 된다. 그런 이미지 속의 두 사람이 행복한지 불행한지는 알 수 없다. 그런데도 히비키는 그날 이후로 매일 밤 그런 생각을 했다.

히비키는 입체 주차장 앞에서 멈춰 섰다. 주차 중인 에어로모빌이 몇십 대나 매립지 상공을 뒤덮듯이 허공에 둥실둥실 떠 있었다.

노상에 주차되어 있는 것은 택배 모빌로, 배달 로봇 둘이 말없이 짐칸의 짐을 분류하고 있었다.

히비키는 순간적으로 참호에 있는 자기와 나가모토 유메의 모습과 눈앞의 로봇들을 중첩시켜 보았다.

로봇들은 쓸데없는 말을 하지 않는다. 그러나 자기들은 한다. 그 한 가지 점에서 너희는 로봇과 다르다고 연구소에서 배운 적이 있다. 다만, 사인의 수명은 인간만큼 길지 않다. 최근 20년간 평균수명이 대여섯 살쯤 비약적으로 늘어나긴 했지만, 그래도 대부분의 사인들은 40대에 죽는다. 그리고 다른 무엇보다 성욕도 있고 성행위도 가능하지만, 이른바 생식능력이 없다. 윤리적인 문제 때문에 애초부터 그런 기능이 제외된 형태로 연구가 진행되었다는 얘기도 있지만, 실제로는 유전자를 아무리 조작해봐도 좋은 결과가 나오지 않았던 모양이다.

히비키가 멍하니 바라보고 있던 택배 로봇이 에어로모빌에 올라타 배달을 하러 떠났다.

그날 밤, 고코나가 웬일로 침대에서 요구해왔다. 하루토와 사귀기 시작한 후로는 거의 없었던 일이다. 히비키는 줄곧 린 생각을 하고 있었기 때문에 고코나가 팔을 만졌을 때, 마치 옆에 린이 있는 기분이 들었다.

"늘 하던 대로 해줘."

어리광 섞인 고코나의 목소리에 히비키가 몸을 일으켰다. 먼저 미미에게 부탁해서 목욕물을 받아달라고 했다. 기다리는 동안, 히비키는 고코나를 알몸으로 만들고, 부드러운 담요로 휘감듯이 감싸 안았다.

목욕 준비가 되자, 고코나를 안아서 욕실로 옮겼다. 같이 탕에 들어가 더 힘껏 끌어안았다.

고코나는 잠투정을 하는 어린애처럼 응석을 부렸다.

탕에서 나와 고코나의 몸을 정성스레 닦아주었다. 아직 살짝 젖은 채로 침대로 들어가서 유두를 핥았다. 고코나는 점점 더 어린애처럼 변했다. 히비키는 유방만이 아니라 고코나의 온몸을 핥았다. 귓불에서 발가락까지 고코나의 몸이 다 열려버릴 때까지 계속 핥았다.

"평소처럼 말해줘."

끌어안는 고코나에게 히비키가 "사랑해"라고 귓가에 속삭였다.

"더."

"사랑해. 떨어져 있을 때도 늘 당신을 생각해."

그 순간 갑자기 고코나의 몸이 무거워지더니 잠든 숨결 소리가 들렸다.

히비키는 그녀가 깨지 않게 동작을 멈췄다. 등 뒤에서 팔을 빼내도 고코나는 더 이상 깨지 않았다. "자?"라며 히비키가 그 얼굴을 들여다보았다. 거기에 있는 것은 졸음을 참아내던 아이의 잠든 얼굴이 아니라, 지쳐서 잠든 중년 여성의 얼굴이었다.

히비키는 침대에서 내려와 방 밖으로 나가려다 걸음을 멈췄다. 문득 린은 어떤 행동을 요구당할까 하는 생각이 들었다. 자기가 이렇게 고코나를 안고 있는 날 밤에 린은 군푸 앞에서 어떤 자세를 보이고 있을까.

거실로 나오자, 충전 중이던 미미가 일어났다. 아직 11시 전이었다.

"뭐 좀 드시겠어요?"

미미가 재빨리 물었다.

"아니, 됐어. 고마워."

"잠이 안 오세요?"

"아니, 그런 건 아니야."

"우유 데워드릴까요?"

"아, 부탁해도 될까."

"알겠습니다. 시나몬도 살짝 뿌릴게요."

"응, 고마워."

부엌으로 향하는 미미를 바라보면서 히비키는 소파에 드러누워 홀로그래피로 24시간 특종 채널을 틀었다. 떠오른 입체 영상은 흥분한 기색의 남자 기자인데, "추측이긴 합니다만, 저 에어로모빌에 탈 것으로 보입니다"라고 거친 콧김을 내쉬며 소식을 전했다. 기자는 높은 울타리 앞에 서 있었고, 무슨 시설인지 안쪽으로는 광대한 부지가 보였다.

히비키는 그 긴박한 상황에 무심코 몸을 일으키고, "이 기자가 지금 뭘 쫓고 있지? 채널 268"이라고 부엌에 있는 미미에게 물었다.

한동안 뜸을 들인 후, "현재, 그 기자가 있는 장소는 아직 특정할 수 없어요"라고 알려주었다.

취재 대상에게 알려지지 않으려고, 이런 계통의 프로그램들은 결정적인 순간이 될 때까지 자기들이 어디서 뭘 쫓고 있는지 밝힐 수 없다. 다만, 이제 곧 어떤 특종이 터질 거라는 기대감만 부채질했다.

"뭘 쫓고 있는지, 아직 아무 정보도 안 나왔나?"라고 히비키가 재촉했다.

"미국 대학의 연구자가 극비리에 일본을 방문한 것 같아요······"라고 미미가 가르쳐주었다.

"미국?"

그때 영상에 변화가 있었다. 그늘에 몸을 숨기고 있던 기자가 "나왔습니다. 지금, 에어로모빌에 올라탑니다!"라고 소리를 높이는가 싶더니, 울타리 너머로 강렬한 조명이 일제히 쏟아졌다.

히비키는 저도 모르게 자리에서 일어섰다.

오래된 건물에서 남자 여러 명이 나왔다. 그중 한 사람이 다른 남자들에게 에워싸여서 에어로모빌로 연행되어 갔다. 취재진의 조명을 알아챈 남자들이 당황하는 모습이 생생하게 잡혔다. 다음 순간, 카메라를 정면으로 바라보는 아시아 계통 남자의 얼굴이 클로즈업되었다. 남자의 표정에서는 극도의 위협이 읽혔다. 대상의 얼굴을 잡아낸 순간, 홀로그래피에 엄청난 속도로 정보가 흘러나왔다.

타임트래블러는 정말로 일본인 남성인가?

도내(都内) 모 미군 시설 안에서는 대체 무슨 일이?

캘리포니아대학의 연구원들, 70년 전에서 온 인류와 극비 일본 방문인가?

미군이 숨기기 급급한 비밀은?

70년 전에서 온 남자는 무슨 얘기를 했나?

"아아, 이건 그 뉴스다!"

히비키까지 흥분해서 소리를 높였다.

홀로그래피 안에서는 남자들이 탄 에어로모빌이 이미 날아오르려 하고 있었다. 물론 취재진도 자기들의 에어로모빌로 뒤를 쫓으려 했지만, 이미 미군에게 연락받은 경찰 차량이 상공에 와서 취재진에게 대기 명령을 내리고 있었다.

경찰 차량이 취재진을 에워싸는 즈음에서 영상이 바뀌었다. 조금 전에 한순간만 나왔던 아시아 계통 남자의 얼굴이 보다 선명하게 가공되지 않은 채로 나왔다. 정보가 나온 순간, 시청자는 국내만 해도 막대한 숫자로 상승했고, 영어, 중국어, 스페인어로 잇달아 번역되어 몇 분 후에는 시청자 수가 3억 명에 이르렀다.

미미가 시나몬을 넣은 뜨거운 우유를 갖다줬지만, 히비키는 홀로그래피 앞에서 떠날 줄 몰랐다.

그러는 중에 시청자의 프로그램 참여가 가능해져서 겁에 질린 것처럼 보였던 아시아 계통 남자의 얼굴 분석이 시작되었다.

남자는 정말로 70년 전에서 온 인간인가? 일본인인가? 웜홀

을 넘어올 때 육체적인 손상은 없었던 것 같지만, 정신적으로
는 어떨까?

다양한 논의가 오가는 와중에 어느 참가자가 '영상 남자의
신원 판명!'이라는 코멘트를 올렸다.

당장 남자의 얼굴을 안면 인증 시스템을 이용해 과거 100년
까지 간이 분석한 결과, 일치되는 얼굴이 있었다는 것이다.

히비키는 흥분해서 들고 있던 컵에서 뜨거운 우유를 흘릴
뻔했다.

발표하겠습니다!

남자의 이름은 사토미 겐이치로. 1985년생, 도야마 현 출신.

70년 전인 2015년 당시는 29세. 텔레비전 방송국 근무, 보도
부 디렉터로서 주로 사회 문제와 관련된 다큐멘터리 프로그램
제작.

범죄 경력 있음.

2014년 11월 2일 새벽, 가루이자와에서 약혼자를 교살. 같
은 해 12월, 나가사키 현 쓰시마에서 순찰 중이던 경찰관에게
신병이 확보되어 체포.

다음 날, 도쿄로 호송 중이던 항공기 안에서 홀연히 모습을
감춤.

항공기 안에서 일어난 실종이라 당시 큰 화제로 떠올라 각
분야 전문가들의 다양한 논의가 되풀이되었지만 결론은 나지
않음.

최종적으로 이때 호송을 담당했던 형사 중 한 사람인 이와시마 야스오가 "내가 사토미 겐이치로를 일단 화물칸에 감췄다가 착륙 후에 풀어줬을지도 모른다"는 이해할 수 없는 자백을 한 영향도 있어서 결론은 더더욱 유야무야로 끝났음.

그 직후, 당 형사인 이와시마 야스오는 심신상실로 진단받아 입원, 23년을 병원에서 지내다 세상을 떠남.

그렇다면 이 호송이 한창 이루어지는 와중에 어떤 형태로든 이 남자가 시공간을 초월해서 현대로 왔다고 생각할 수도 있었다.

잇달아 올라오는 정보에 시청자들의 흥분은 높아만 갔다.

물론 히비키도 그중 한 사람이라 70년 전의 그 사건을 직접 알아보았다. 히비키가 가장 마음에 걸렸던 점은 자신의 근무지인 쓰시마에서 남자의 신병이 확보되었다는 것이다. 지금까지 나온 자료를 한번 훑어봤지만, 그 남자와 쓰시마 사이에 깊은 관계는 없는 듯했다. 태어난 고향도 성장한 장소도 아니었고, 친척이나 친구가 있었던 것도 아니다. 군이 말하자면 일본 각지를 도망 다닌 끝에 마지막으로 흘러든 장소가 쓰시마라는 의미인 것 같았다.

그 후에도 히비키는 반복되는 모빌 출발 시점의 녹화 영상을 한동안 살펴봤지만, 결국 새로운 영상은 나오지 않았다.

"정말로 70년 전에서 온 인간인 것 같아?"

히비키가 옆에 있던 미미에게 물었는데, 미미는 물론 아무런 대답도 하지 않았다.

아직 11시를 막 지난 무렵이었다. 히비키는 그대로 잠이 올 것 같지도 않아서 바람을 쐬러 나갔다.

맨션 입구를 나서자, 도쿄 만에서 불어오는 차디찬 바람에 몸이 움츠러들었다. 외투 깃을 세우고, 제2레인보우브리지를 향해 걸음을 내디디면서 새 정보가 언제 나오든 알 수 있도록 특종 채널을 그대로 켜뒀다.

남자를 태운 모빌은 그 후에도 시청자들에게 쫓기고 있었다.

일단 생방송이 끝난 홀로그래피에 지금은 꼬리에 꼬리를 물며 보내오는 시청자들의 영상이 업로드되었다.

모빌은 일단 메구로 구 방면의 어딘가로 착륙을 시도한 것 같지만, 이미 지상에서도 시청자들이 쫓고 있어서 결국 처음 이륙했던 미나토 구의 미군 시설로 돌아갔다고 한다.

어느새 제2레인보우브리지를 건너 맞은편 강가에 와 있었다.

살풍경한 운하 변의 광장을 가로지르자, 방범용 조명이 잇달아 앞길을 밝혀주었다. 그 조명 앞쪽으로 인기척이 느껴졌다. 이런 차디찬 바람 속에서 한 여성이 벤치에 앉아 있었다.

히비키는 그냥 스쳐 지나려다 걸음을 멈췄다. 놀랍게도 한풍 속에서 몸을 웅크리고 있는 사람은 린이었다. 갑자기 멈춰 선 발소리에 린이 머뭇머뭇 얼굴을 들었다.

히비키는 가빠오는 숨결을 애써 억눌렀다. 그러나 "안녕하세요"라는 간단한 인사말이 나오지 않았다. 그 정도로 린의 모습은 초췌했다.

히비키는 린을 바라본 채 움직일 수 없었다.

얼마쯤 지나자, 두 사람을 비추던 방범용 조명이 꺼졌다. 어둠 속에서도 린의 하얀 얼굴은 애처로워 보였다. 히비키를 올려다보는 그 얼굴은 눈물로 흠뻑 젖어 있었다.

린은 아무 말도 하지 않았다.

히비키도 아무 말도 하지 않았다.

그대로 켜뒀던 홀로그래피를 히비키가 껐다. 두 사람 사이를 도쿄 만에서 불어온 차디찬 바람이 휩쓸고 지나갔다. "왜 그래요?"라고 히비키가 물어봐야 했다. 그러면 밤중에 혼자 이런 곳에 있을 수밖에 없는 이유를 린이 대답해줄 것이다.

그러나 그 이유를 듣는다고 해도 자기는 아무것도 해줄 수가 없다. 히비키는 그것을 알고 있었다. 그래서 물을 수가 없었다. "왜 그래요?"라고 말할 수 없었다.

린이 또다시 아랫입술을 깨물었다. 자기 마음을 말로 표현하려고 필사적인 것처럼도 보이고, 반대로 그 마음을 삼키려는 것처럼도 보였다.

입술을 깨물 때마다 아랫입술이 붉어졌다. 금방이라도 찢어져서 피가 뿜어져 나올 것 같았다.

"도망치자……."

그 순간 문득 그런 말이 히비키의 입에서 흘러나왔다.

"……같이 도망치자."

거기에 있는 건 오로지 말뿐이었다. 반대로 표현하면 거기에 분명 말이 있는데, 그 말은 흡사 낯선 누군가가 잃어버리고 간 물건 같았다.

린의 눈은 이미 겁을 먹고 있었다. 히비키는 자기가 내뱉은 말에서 도망치려 했다.

정신을 차려보니 히비키는 린이 자기 제안을 거절해주기를 바라고 있었다. 도망칠 수 있을 리가 없다. 그리고 분명 린도 그건 익히 알고 있다.

히비키가 자리를 뜨려 했다. 도움이 안 되는 등장인물처럼 무대에서 내려오려 했다. 그러나 다음 순간, 린이 벌떡 일어섰다.

"도와줘."

린의 입술이 그렇게 움직였다. 이번에는 또렷하게 알아들을 수 있었다.

무리야, 라고 히비키는 생각했다. 그러나 그렇게 생각하면서도 "가자"라며 린의 손을 잡고 있었다.

린은 말없이 따라왔다. 걸음을 내디딘 두 사람에게 반응하며 방범 조명이 켜졌다. 그냥 손을 맞잡고 걸었다. 물론 행선지 같은 건 없었다.

스카이트램 역이 보여서 자연스레 발길이 그쪽으로 향했다.

이 시간, 역은 한산했다. 긴 에스컬레이터를 타고 올라가자, 환하게 밝은 플랫폼이 마치 밤하늘에 걸린 다리 같았다. 히비키와 린은 벤치에 앉았다. 아무런 말도 주고받지 않았지만, 서로의 손을 꼭 잡고 있었다. 두 사람을 에워싸듯이 은행이나 여행회사의 홀로그래피 광고가 흘러갔다.

새삼 살펴보니 린은 평상복에 두툼한 외투만 걸치고 있었다. 목도리도 두르지 않은 목덜미가 추워 보였다. 히비키는 목에 두르고 있던 목도리를 린의 하얀 목에 감아주었다.

트램 도착을 알리는 신호와 함께 주위에 떠 있던 광고가 사라졌다. 두 사람은 트램에 올라탔다.

그런데 제2레인보우브리지, 제1레인보우브리지를 건너 도심으로 향하고 있던 스카이트램이 갑자기 멈춰 섰다. 역이 아닌 장소였다.

트램은 시바우라 부두의 상공에 있었고, 차륜이 바람에 흔들리는 걸 느낄 수 있었다.

안내방송도 없었다.

히비키는 갑자기 불안해졌다. 린도 같은 심정인지 아플 정도로 히비키의 손을 꽉 움켜잡았다. 마치 둘이서 '도망치자'고 결심했을 뿐인데, 온 세상이 이미 적으로 돌아선 것 같았다. 한참 지나자, 아주 조금 앞으로 나가다 또다시 멈췄다. 마침 고층 맨션으로 둘러싸인 지역이라 줄줄이 늘어선 창의 불빛 속으로 주민들의 일상생활이 훤히 들여다보였다.

히비키가 시선을 돌린 집에 병석에 누워 지내는 듯한 노인의 모습이 보였다. 침대 주위에는 의료기구가 늘어서 있고, 몇 년 전에 저렴한 가격으로 발매된 간호 로봇이 서 있었다. 발매

당시, 환자의 체중을 재는 기능에 이상이 있어서 사고를 몇 건이나 일으켰던 기종이다.

"시바우라 역에서 사고가 생겨서 지금 정차하고 있습니다. 안전이 확인되는 대로 바로 출발하겠으니 잠시만 기다려주십시오."

그제야 안내방송이 흘러나와서 히비키도 나지막이 안도의 숨을 내쉬었다.

히비키 일행 앞에 앉아 있던 노모가 옆에 있는 아들을 흔들어 깨워서 차내 안내방송에서 뭐라고 했냐고 물었다. 아들은 나지막이 코를 골며 노모에게 기대듯이 잠들어 있었다. 성형수술을 어지간히 많이 했는지, 깊이 잠든 그 얼굴을 보고 있으니 금방이라도 어느 부분이 툭 떨어져버릴 것 같았다.

아마 노모는 100살은 넘었을 것이다. 그렇다면 아무리 젊게 꾸몄어도 아들 역시 70대쯤일 게 분명했지만, 그 얼굴만 억지로 30대에 머물러 있었다.

아들이 차내 안내방송을 듣지 않았다는 것을 안 노모가 갑자기 불안해하기 시작했다. 아들의 어깨를 잡고 일어서서 보이지도 않는 창으로 전방을 확인하려 했다. 그런 노모를 나 몰라라 하고 아들은 또다시 잠을 청하려 했다.

정말로 얼굴만 젊었다. 백발은 가늘고, 귀에서 목으로 이어지는 주름도 눈에 띄고, 푹 꺼진 목 같은 데도 옆의 노모와 다를 게 없었다. 바지를 입고 있어도 뼈가 불거진 다리는 고스란히 드러났다.

히비키는 이 남자가 머지않아 죽을 것 같은 기분이 들었다. 그 시체 옆에서 우는 노모의 목소리까지 들려올 것 같아서 저도 모르게 시선을 피했다.

더블 침대 옆으로 간신히 한 사람만 통과할 수 있을 정도로 방이 좁아서 공기 조절기와 가습기가 너무 강하게 느껴졌고 찌는 듯이 무더웠다. 다행히 밀어서 여닫는 작은 창이 열렸다. 창틀 틈새에 통통하게 살이 오른 죽은 파리가 떨어져 있었다.

호텔 객실의 창으로는 에어컨 실외기가 늘어선 옆 빌딩의 옥상이 보였다.

돌아보니 린이 지칠 대로 지친 모습으로 침대에 앉아 있었다. 이제야 자기가 뭘 하고 있는지 깨달은 듯한 표정이기도 했다.

"따뜻한 차라도 끓일게"라고 히비키가 말을 건넸다.

"제가 할게요"라며 린이 일어서려 해서 "괜찮아, 그냥 앉아 있어"라며 그 어깨를 눌렀다.

히비키가 린의 무릎을 넘어가듯이 하며 반대편으로 가려고 했다. 린은 침대로 올라갈 수도 없는 노릇이라 자기 무릎을 감싸 안았다.

창밖에서 술 취한 남자들의 괴성이 들렸다. 이곳 사이라쿠 지구까지 오면, 여전히 술을 내놓는 가게가 있는 모양이다.

스카이트램을 타고 도심으로 나와서 곧장 이곳 사이라쿠

지구까지 왔다. 딱히 목적지가 있어서는 아니다. 일단 하룻밤을 묵을 수 있는 장소를 찾을 생각이었고, 보안이 엄격한 도심의 호텔보다는 교외인 사이라쿠로 향하는 게 마음이 놓일 것 같았다.

언젠가 고코나와 도심 호텔에서 식사를 할 때였다. 입구에서 손님과 매니저 로봇이 실랑이를 벌이고 있었다. 예약했다고 주장하는 손님에게 매니저는 그런 예약은 없다고 대답했다. 흥분한 손님의 목소리가 가게 안까지 또렷하게 들려서 분위기가 험악해졌다. 시간이 꽤 지난 후에야 담당자가 나타났다.

로봇 대신 손님을 응대했다. 손님의 목소리가 작아지기도 해서 그 후의 대화는 알아듣기 힘들었지만, 그래도 상황은 파악할 수 있었다.

요컨대 손님은 사인이었다. 사인들끼리 이 호텔 레스토랑을 예약하고 싶은 경우는 일반 손님과는 다른 예약 절차를 밟아야 한다는 게 담당자의 주장이었다.

"……물론 저희에게 손님을 차별할 의도는 없습니다. 다만, 사인 손님에게도 일반 손님에게도 최대한의 접객을 해드리려는 마음뿐입니다."

흥분한 손님의 목소리가 들리지 않게 되자, 식당 안은 금세 원래 분위기로 돌아갔다. 히비키는 무심코 실내를 둘러보았다. 이곳에 사인이 몇 명 있는지 알 수는 없지만, 지금 기분이 어떨지는 확실히 알 수 있었다.

물이 끓어서 히비키가 얼그레이 차를 준비했다. 좁은 방에 달콤한 향이 피어올랐다. 히비키가 컵을 건네주려 하자, 린이 주머니에서 자그마한 종이 포장을 꺼냈다.

"그건 뭔데?"라고 히비키가 물었다.

린은 아무 대답도 없이 포장을 풀었다. 하얀 포장지 속에서 나온 것은 과자처럼 생긴 멜론 빛깔의 알약이었다.

"약이면 물이 낫겠지."

히비키가 허둥지둥 말하자, 고개를 가로저은 린이 왜 그런지 피식 웃었다.

운하 변 광장에서 만난 이후로 처음 보는 린의 웃는 얼굴이었다.

히비키는 기뻐서 "왜 그래?"라며 미소를 건넸다.

"무슨 약인지 알 수 없는 약."

"무슨 약인지 알 수 없는 약?"이라고 히비키가 그대로 되풀이하며 물었다.

그러자 린이 또다시 피식 웃었다.

"연구소에서 나올 때, 친구가 줬어요. 이건 자유의 약이라면서."

"자유의 약?"

"아마 이건 독약일 거야. 이걸 먹으면 죽을 거예요."

린이 너무나 태연하게 말해서 히비키는 웃는 얼굴 그대로 표정이 굳고 말았다.

"······그렇지만 먹기 위해서 받은 건 아니고······."

히비키를 놀라게 만든 걸 사과하듯이 린이 서둘러 말을 덧붙였다.

"······물론 안 먹어요. 전 먹지 않아요."

히비키는 멜론 빛깔의 알약을 뚫어져라 쳐다봤다.

"······전 연구소 성적도 나빴기 때문에 죽을 때까지 연구소를 못 나올 줄 알았어요. 게다가 바깥세상이 무서워서 그게 낫다고 줄곧 생각했죠. 그런데 군푸 씨와의 결혼이 결정 나버렸고······. 전 거절할 수가 없어서······. 연구소에 그냥 있어도 된다고 말해주는 사람이 아무도 없었죠······. 그래서 매일 울기만 했더니 제일 친했던 친구가 몰래 이 약을 줬어요. 도저히 못 참겠으면 이걸 먹으면 된다고. 언제든 그 고통에서 도망칠 수 있다고 생각하면 무섭지 않을 거라고. 전 이 약을 받았을 때, 왠지 제가 조금 강해진 기분이 들었어요. 이것만 있으면 밖으로 나갈 수 있을지도 모르겠다고······."

히비키는 조용히 린의 얘기를 듣고 있었다.

아직도 연구소에서 일생을 마치는 사인들이 많다. 거기서 태어나서 거기서 죽는다. 어떤 의미에서는 태어나지 않은 거나 다름없다. 그렇기에 사인들은 용기를 내서 밖으로 나오려고 한다. 그에 따른 보호 법률도 있다. 그러나 어느 시대나 인간은 약자를 원한다.

"······히비키 씨, ······우린 붙잡히겠죠?"

갑작스러운 질문에 히비키는 동요했다.

"……제가 히비키 씨까지 끌어들여버린 거죠."

"아냐…… 그건 아니야……."

히비키는 왠지 몹시 초조했다.

"……나는 린 씨 때문에 휘말린 게 아니야. 야쿠시마에서 '도와줘'라는 말을 들은 후로 줄곧 둘이 도망칠 생각을 했어. 그렇게 열심히 자신에 관해 자신의 미래에 관해 상상했던 적은 처음이야. ……행복했지. 그것이 어떤 최후를 맞는 상상이든."

그 말을 마친 히비키는 왠지 마음이 놓였다. 자기 본심을 입 밖에 내는 게 이렇게 기분 좋은 일이라는 걸 처음 알았다.

"저는요, 이 약을 바라보는 시간이 좋아요. 그동안은 내내 내가 자유라는 생각이 드니까."

린이 다시 손바닥의 알약을 뚫어져라 쳐다봤다.

나도 그렇다고 히비키는 생각했다. 린과 둘이 어딘가로 도망친다. 이것도 아니다, 저것도 아니다 상상할 때, 자기는 자유로웠다. 그래서 행복했던 것이다.

히비키는 린과 이렇게 언제까지고 얘기를 나누고 싶었지만, 이미 새벽 3시가 지나 있었다.

"그만 잘까"라고 히비키가 말했다.

한순간 린의 옆얼굴이 긴장되었다.

"푹 자도 돼. 난 바닥에서 잘게"라고 히비키가 말했다.

당황한 린이 "제가 바닥에서 잘게요"라며 끼어들었다.

왠지 둘이 얼굴을 마주 보며 웃었다.

"그럼, 이쪽으로 베개를 베고 자자."

히비키가 베개 두 개를 옮겼다. 원래는 세로로 자게 되어 있는데 가로로 늘어놓고 눕자, 침대가 평소와는 달리 왠지 즐거운 장소처럼 여겨졌다.

다음 날 아침, 나갈 채비를 마친 히비키가 린이 느긋하게 목욕할 수 있게 방에서 먼저 나왔다. 호텔 맞은편에 오래된 카페가 있어서 그곳에서 만나기로 했다.

길을 건너서 카페로 향했다. 이 일대는 아직도 공기 청정이 되지 않아서 잠깐 걸었을 뿐인데도 온갖 냄새가 났다. 땅에 흘리기라도 했는지, 히비키는 오랜만에 독한 술 냄새를 맡았다. 만약 이곳에서 방취 게이트를 통과하지 않고 도심으로 나간다면, 보나 마나 옷에 밴 냄새 때문에 순찰 경찰관이 피해 조례 위반으로 붙잡을 것이다.

카페로 들어서자, 이른 아침인데도 불구하고 가게 안은 혼잡했다. 단골손님이 많은지 안쪽 한구석에 모여 있었다. 남자 노동자 많았다. 홀로그래피로 뭘 보고 있는 것 같았다. 히비키를 알아챈 가게 주인이 "어서 오세요"라며 돌아봤는데 로봇은 아니었다.

히비키는 사람들과 조금 떨어진 카운터 자리에 앉았다.

주문을 받으러 온 수염이 난 주인이 "예의 그 뉴스인데, 어제 도망친 뒤로 아직 잡히질 않았다네요"라고 말을 건넸다.

"예의 그 뉴스요?"라고 히비키가 되물었다.

"어, 몰라요? 그 왜, 70년 전에서 온 남자."

"그건 압니다."

"아 글쎄, 그 남자를 태운 모빌이 어젯밤에 미군 시설로 돌아가는 도중에 추락했다는 뉴스. 몰라요?"

"네?"

엉겁결에 목소리가 뒤집혔다. 어제 24시간 특종 채널을 봤을 때는 취재진과 시청자들에게 쫓긴 모빌이 남자를 태운 채 미군 시설로 되돌아갔다는 부분에서 끝났다.

"그게 도중에 추락했다니까요. 다행히 고도가 낮아서 타고 있던 사람들은 모두 무사했는데, 그 틈에 그 70년 전 남자가 도망을 쳤대요. 오늘은 아침부터 줄곧 그 뉴스로 야단법석이에요."

히비키는 가게 주인 얘기가 끝날 때까지 기다리지 못하고, 남자들 무리로 끼어들었다.

소형 홀로그래피에서는 모빌이 추락했다는 아카사카의 도구고쇼(일본 왕세자 부부의 거처) 부근부터 남자가 현재 어느 방면으로 도주 중일까 예상을 세우면서 지금까지 남자가 찍힌 거리의 방범 카메라 영상들을 잇달아 흘려보냈다.

"이제 곧 이 남자의 친구가 공공방송으로 호소를 할 모양이야. 드디어 미군이 일본 정부에 의뢰했다니까."

"이 남자의 친구면 지금 몇 살인가요?"

"아흔아홉 살이래요. 옛날에 같이 북을 쳤던 친한 친구인가 본데."

히비키 옆에 어느새 린이 와서 서 있었다. 히비키가 상황을 설명해주려 했지만, 린은 이미 알고 있는 것 같았다.

히비키는 "도망쳤대"라고만 말했다.

"……잡힐 텐데."

린은 애처로운 듯이 그렇게 말했다.

카페에서 간단히 아침을 먹었다. 세트 메뉴로 생 햄이 나왔는데, 린은 처음 먹어본다고 했다. 한창 식사를 하는 중에도 70년 전에서 온 남자가 도망쳤다는 뉴스가 계속 흘러나왔다.

모빌 추락 현장에서 도주한 직후에는 꽤 많은 방범 카메라에 모습이 찍힌 듯하지만, 진구가이엔의 올림픽경기장 부근에서 확인된 후로 최근 대여섯 시간 동안은 흔적이 사라졌다고 한다.

히비키가 귓불에서 휴대 단말기를 빼서 테이블에 내려놓자, 린도 똑같이 뺐다. 둘 다 어제 스카이트램에 타기 전에 전원은 이미 꺼두었다.

히비키는 GPPS를 오프시키고, 단말기를 작동시켰다.

"고코나한테 메시지가 와 있네"라고 히비키가 중얼거렸다.

한눈에 보기에도 기분이 언짢은 듯한 고코나의 모습이 테이블에 비쳤다.

"좀 전에 미미한테 전해 들었는데, 나갔다는 게 무슨 말이야? 의미를 모르겠네…… 아무튼 큰일로 번지지 않게 부대에는 내가 연락했어. 몸이 안 좋아서 귀대 시한보다 늦어질 거라고. 최근에 휴가 귀대 규칙이 바뀌어서 마지막 날에는 꼭 돌아가야 하잖아? 단, 여섯 시간밖에 유예가 없으니 오늘 정오까지 부대로 돌아가지 못하면, 처분 대상이 돼서 최소한인 경우도 3개월간 외출 금지. 만에 하나 귀대 의사가 없고 도주 가능성이 있다고 판단되는 경우에는…… 말 안 해도 알고 있겠지? ……아니, 그보다 진심으로 이런 행동을 하는 건가? 바보 아니야?"

영상은 그쯤에서 끊겼다. 너무나 차가운 말투였던 탓인지 눈앞의 린이 더욱 겁에 질렸다.

"결혼이란 게 어디서나 이런 모양이야"라며 히비키가 웃어 보였다. 린의 긴장을 조금이나마 풀어주고 싶었다.

"……상대가 나 같은 사인이 아니라도 오랜 세월 같이 살다 보면, 아내란 존재는 남편이 짜증스러워지는 모양이야. 집에서 재채기만 크게 해도 살기가 느껴진다나. ……결국 결혼 생활이란 어느 쪽인가가 인내해야 비로소 성립하는 것이고, 그렇다면 현대 인간에게는 인내가 가장 서투르니 가능할 리가 없을 테고, 결과적으로 현재 상황에서는 인내할 수 있는 사인이 상대로 선택되지만, 앞으로 로봇의 성능이 좀 더 좋아지면 그 역

할도 로봇이 맡게 될지 모르지."

히비키의 요설에 린은 긴장이 조금 풀린 것 같았다.

손님들이 보는 뉴스 프로그램을 흘끗 쳐다본 린이 "70년 전이면 어땠을까?"라고 중얼거렸다.

"70년 전?"

"지금 도망치고 있는 사람이 살았던 시대. 그 무렵 사람들은 인내했을까요?"

홀로그래피에는 방범 카메라에 찍힌 남자 얼굴이 나왔다. 도주 중인 남자는 겁에 잔뜩 질려 있었고, 그 눈에는 핏발이 서 있었다.

"글쎄, 어땠을까……. 그나마 지금보다는 인내하지 않았을까"라고 히비키가 애매하게 대답했다.

스트레스를 이토록 적대시하게 된 것은 어느 시대부터일까. 적어도 현재 가장 비난받는 대상은 스트레스를 쌓아두는 인간이다. 그런 사람이야말로 전 시대의 알코올중독자나 약물중독자 수준으로 몹시 기피했다.

그렇기 때문에 현대에는 어쨌든 스트레스를 피해 살아가는 게 풍요로운 인생의 가장 큰 의의이며 그러기 위해서라면 돈도 아낌없이 쓴다. 표준적으로 단말기에 계측 장치가 장착되어 있어서 스트레스 수치를 한눈에 알 수 있다. 요컨대 부자는 이 수치가 낮고, 가난한 사람은 높다는 것이다.

"어제, 잘 잤어?"

냅킨으로 입가를 닦는 린에게 히비키가 물었다.

린이 바로 고개를 끄덕였지만, 갑자기 마음을 바꾼 듯이 "별로"라며 고개를 저었다.

"어느 쪽이야?"라며 히비키가 웃었다.

"잠 잘 시간이 별로 없어서……."

"그럼, 처음부터 그렇게 말하면 되지."

히비키의 말에 린이 조용히 웃었다.

"어디 갈까?"라며 히비키가 화제를 바꿨다.

린의 표정에서 갑자기 미소가 사라지더니, "정말 괜찮아요?"라며 이제 와서 새삼 망설였다.

"괜찮냐니?"

"아니 그게……."

"내가 스스로 결정한 거야. 린 씨를 위한 것만은 아니야. 그러니 괜찮아. ……어디 가고 싶어?"

히비키의 강한 결심을 앞에 두고 린이 생각에 잠겼다. 자기가 어디에 가고 싶은지 필사적으로 생각해봐도 구체적으로는 떠오르지 않는 듯했다.

"대신 정해줄 수 있어요?"

포기한 듯이 린이 말했다. 도움을 요청하는 듯한 린 앞에서 히비키는 초조했다. 새삼스레 물어보니 자기도 가고 싶은 곳이 없었다. 그러나 침묵으로 린을 불안하게 만들고 싶지는 않았다.

"우에노 미술관은 어때?"

아무런 생각 없이 그저 침묵을 메우기 위해서 히비키가 말했다. 그것은 린에게도 전해져서 역시나 자기들에게는 갈 곳이 없다는 사실을 확인한 셈이나 다름없었다.

"우에노 미술관, 한 번도 가본 적 없어요."

린이 배려해주는 말을 했다.

"미안, 달리 떠오르는 데가 없네."

"저, 가보고 싶어요."

"전에 고코나랑 가본 적이 있어. 고코나는 그런 데를 아주 싫어해서……"

"미술관을?"

"고코나의 친아버지라는 사람이 유명한 화가였어. 다만, 그 사람한테는 처자식이 있어서 결과적으로 고코나와 엄마는 버림받았던 모양이야. ……아, 그래도 난 그 미술관이 마음 편하고 좋았어. 옛날 그림이나 조각이 전시되어 있는데, 폼 좀 잡고 말한다면 그곳 소파에서 멍하니 앉아 있을 때, 시간의 흐름을 느꼈지. 시간은 보이는 거로구나, 하고."

얘기를 하는 중에 린의 표정이 변해 있었다. 갈 곳이 없어서 그곳에 가는 게 아니라 그곳에 가고 싶다는 생각을 해준 것 같았다.

카페에서 나와 사이라쿠 역으로 향했다. 때마침 출근 시간과 겹쳐서 길게 늘어선 출근 승객들이 무빙워크로 이동하고 있었다. 역 앞에서 큰 소리로 연설하는 무리가 보이고, 광장 사방팔방에 슬로건을 담은 영상이 떠 있었다.

히비키는 린의 손을 끌고 가까스로 보도로 들어섰다. 역이 가까워지자 슬로건도 선명하게 보였다.

왜 우리 가난한 사람만 싸우게 하는가! 왜 우리 가난한 사람만 외국인을 미워하게 만드는가! 싸워야 할 사람은 이쪽이나 저쪽이나 가난한 사람들뿐이지 않은가!

흔히 있는 시민단체의 반전운동인 듯했다. 무빙워크로 이동하는 출근 승객들은 아무도 그들에게 주의를 기울이지 않았다.

보도에서 내려와 플랫폼에 서자, "히비키 씨는 전쟁터에서 사람을 죽인 적 있어요?"라고 린이 불쑥 물었다.

히비키는 당황했다.

그래서 "글쎄"라며 고개를 갸웃거렸다. 그런데 그 말투가 살짝 지나치다 싶을 만큼 냉랭했다.

"미안해요"라며 린도 당황했다.

히비키는 "……그런 전투 지역에 파견된 적도 있지"라고만 했다.

무거운 침묵이 남았다.

에어로버스가 우에노 공원 상공으로 접어들었다. 저공으로 비행하는 버스 창으로 녹음이 우거진 우에노 공원이 내려다보였다. 버스는 천천히 도쿄국립박물관 앞 광장으로 내려갔다.

착륙한 버스에서 내린 승객은 히비키와 린뿐이었다. 히비키는 시간을 확인했다. 이제 곧 정오가 될 무렵이었다. 고코나의 메일 내용대로라면 정오를 지난 시점에서 귀대 의사가 없다고 판단될 가능성도 있었다.

자동 게이트를 통과해 안으로 들어갔다. 린이 곧장 본관으로 가려고 했다. 본관은 150년도 전에 세워진 일본식과 서양식을 절충한 역사적 건물인데, 아직도 그 위엄이 느껴진다. 그러나 히비키는 그곳으로 가려고 하는 린의 손을 잡아끌었다.

"본관은 재미없어. 옛날 작품은 이젠 별로 없어. 지금 상설 전시되는 건 최근 50년 정도의 현대 작품들뿐이라 별로 좋진 않을 거야."

실제로 최근 50년간의 미술 작품은 설교 냄새가 나는 게 많았다. 고코나의 아버지 아사히나 다쓰지의 작품이 바로 그런데, 여하튼 '정의'라는 게 추구되었다. 물론 다수파 인간이 만든 가치관이며, 히비키 같은 사람은 그런 독선성에 숨이 막혔다.

예를 들면 본관 제1전시실에 '정경(正鏡)'이라는 거대한 거울 오브제가 있다. 이것은 2020년대에 만들어진 것으로 거울 앞에 서서 자기와 다른 것이 보이면 손가락질을 하라고 쓰여 있었다.

"저쪽으로 가자"라며 히비키가 린의 손을 끌었다.

"……저쪽에 호류지(法隆寺) 보물관이란 게 있어."

그 보물관 층에는 아스카·나라 시대의 불상들이 죽 늘어서 있고, 환상적인 조명이 켜져 있다.

불상들 앞에 선 린이 숨을 집어삼켰다. 히비키는 린의 반응이 기뻤다.

"대단해……."

그렇게 중얼거린 린이 불상 하나하나를 주의 깊게 살펴보며 걸어갔다.

"얼굴이 다 다르지? 알고 있는 누군가를 닮은 것 같은데도 그 사람이 떠오르질 않아."

히비키도 린 뒤에 바짝 붙어서 걸어갔다.

"……이렇게 죽 늘어서서 합장하고 있는 불상들을 보면, 사야마 교지 교수가 남긴 말이 떠올라'라고 히비키가 작은 목소리로 말했다.

"무슨 말?"

"'그때 바꿨으면 좋았을 거라고 누구나 생각한다. 그런데 지금 바꾸려 하지는 않는다.'"

"무슨 의미일까……."

"나도 잘 모르겠어. 그렇지만 사야마 교수는 '그때 그랬으면' 하고 뭔가를 후회한 채로 죽어갔을 거라고 생각해. 그게 우리 사인인 것 같은 기분이 자꾸 들어."

"우리?"

"응……."

바로 그때 단체 손님이 들어와서 전시장이 소란스러워졌다. 히비키는 시간을 확인했다. 정오를 지나고 있었다.

"……지났다"라고 중얼거린 히비키가 "아마 이미 나왔을 거야"라고 덧붙였다.

"응"이라며 고개를 끄덕인 린이 히비키의 손을 힘껏 잡았다.

"보자."

히비키가 단말기로 사인 전문 공식 사이트를 띄웠다. 행방불명 및 도망 칸에 신규 추가로 '도무라 히비키'라고 나왔다. 그 이름을 클릭하면, 히비키의 정보가 모조리 뜬다. 이미 어느 특종 채널이 광고를 실어서, "오랜만에 사인 사냥이 해금되었습니다! 오늘 정오부터! 포획 영상 등의 정보는 고가로 매입합니다"라고 나와 있었다.

이렇게 될 거라는 건 어젯밤에 린과 트램을 탈 때부터 알고 있었다. 그런데도 실제로 눈앞에 접하니 두려움에 몸이 떨렸다.

히비키는 영상을 껐다. 눈앞에는 불상이 늘어서 있었다.

"아마 나도 곧 리스트에 올라갈 거예요……. 군푸 씨는 '네 얼굴을 보면 짜증 나' '넌 상식이 없어서 얘기하다 보면 나까지 바보가 돼' '이젠 들어오지도 마' '한참 동안 밖에 서 있어'라고 하지만, 그래도 내가 정말로 도망치면 반드시 찾을 거예요. 그리고 절대 용서하지 않을 거예요……."

그렇게 중얼거린 린의 손을 이번에는 히비키가 힘껏 잡았다.

"……저어, 지금까지 완벽하게 도망친 사인이 있을까요?"

492

린이 불쑥 중얼거렸다.

히비키가 고개를 가로저으며, "없어. ……한 사람도 없어"라
고 대답했다.

"한 사람도?"

"으응. 한 사람도 없어. 그러니 만약 우리가 완벽하게 도망칠
수 있다면 우리는 전설이 될 거야."

힘없는 미소였지만, 그래도 마음은 조금 편해졌다.

"우리가 전설이?"

"그래. 서기 2085년이라는 해는 사인이 처음으로 자유를 손
에 넣은 해로 사람들 입에 오르내리겠지."

물론 농담이었다. 그러나 눈앞에 늘어선 불상들만은 진지하
게 들어주는 것 같았다.

문득 시선을 느낀 히비키가 돌아보았다. 경비 로봇 한 대가
이쪽을 쳐다보고 있었다. 히비키 일행의 얼굴을 조회하는 것
같았다. 생각해보면 이곳에 들어올 때 자동 게이트를 통과했
다. 그때 개인 데이터가 남는다. 경비 로봇이 다가왔다.

"가자."

히비키가 고개를 숙인 채, 린의 손을 강하게 끌었다. 상황을
이해한 린도 서서히 발걸음을 서둘렀다.

"손님."

경비 로봇의 목소리가 들린 것과 동시에 히비키와 린이 출
구를 향해 달리기 시작했다. 다른 여러 경비 로봇들이 모여들

었다.

"손님! 기다리세요!"

넓은 로비에 햇살이 비쳐 들었다. 히비키와 린이 밝은 로비를 달려갔다. 발밑으로 두 사람의 짙은 그림자도 따라왔다.

다리

　도심에 드물게 남아 있는 주택가 언덕길을 다 올라간 언저리에서 히비키가 걸음을 멈췄다. 고코나와 결혼 보고를 하러 딱 한 번 왔지만, 헤매지 않고 찾아올 수 있었다.

　콘크리트 벽은 매우 노후화되었고 여기저기에 금도 갔지만, 그 벽 너머가 바로 햇볕을 들쓴 그 잔디 정원이었다.

　히비키가 뒤를 돌아보았다. 린이 불안한 듯이 서 있었다.

　두 사람은 어젯밤에 우에노 공원 안의 풀숲에서 하룻밤을 보냈다. 호류지 보물관의 경비 로봇들에게 쫓겨서 정신없이 도망쳤다. 역 쪽으로 가려 했지만, 공원 밖에는 최신형 헌병 로봇들이 눈에 띄었다. 실제로는 평상시와 다름없는 숫자였을 테지만, 어느 쪽을 봐도 헌병 로봇들이 버티고 있는 것 같았다. 최신형 헌병 로봇에는 고도의 망막 스캔 기능이 있어서 5미터 이내에서 눈이 마주치면, 거의 100퍼센트 확률로 상대를 인증할 수 있다.

결국 히비키와 린은 공원 안으로 되돌아갔다. 조금 시간을 뒀다 나갈 생각이었는데, 아침까지 공중화장실 뒤편의 풀숲에서 나오지 못했고, 당연히 한숨도 못 잤다.

희미하게 날이 밝기 시작했을 때, 히비키는 차갑게 얼어붙은 린의 몸을 어루만지다 웬일인지 문득 고코나의 조부모인 고타로와 유카가 사는 야타니초 집을 떠올렸다. 햇볕을 듬뿍 쬔 잔디 정원. 그 잔디를 밟았던 발바닥 감촉이 되살아났다. "언제든 놀러와도 돼요"라고 했던 고타로 부부의 말이 눈물겨울 만큼 기쁘게 떠올랐다.

"가자"라며 히비키가 일어섰다.

드디어 행선지가 정해졌구나 하며 린도 안심하는 것 같았다.

고코나 곁으로부터 도망을 치는 상황에서까지 가고 싶은 장소가 바로 그 고코나의 조부모 집이라는 게 한심스러웠다. 그러나 그런 장소라도 자기에게 가고 싶은 장소가 남아 있다는 게 구원이기도 했다.

ID가 읽히기 때문에 당연히 에어로버스도 택시도 탈 수 없었다. 히비키와 린은 무조건 고개를 숙이고 야타니초를 향해 묵묵히 걸어갔다. 목적지까지는 6.7킬로미터, 현재 속도라면 한 시간 20분이 걸린다고 나왔다.

아마도 어제의 목격 정보도 사인 전문 사이트에는 이미 나

돌고 있을 테니, 사인 사냥 애호가 무리가 이 부근에도 모여 있을 게 틀림없다.

한동안 걸어가자, 도쿄대학이 나왔다. 내비게이션이 교내를 가로지르면 지름길이라고 알려주었다.

그 지시대로 학교 안으로 들어간 히비키와 린은 무심코 얼굴을 들었다.

이곳 도쿄대학의 새 캠퍼스는 자력 방식 부유(浮游) 도시 구조의 선구 격이라 피라미드형의 학부 건물 몇 개가 덩그러니 공중에 떠 있었다. 미래에는 마을 전체가 이런 부상 방식으로 바뀌어갈 가능성도 있다고 한다.

히비키와 린이 공중에 떠 있는 건물을 올려다보는데, "무슨 곤란한 일이라도 있습니까?"라고 갑자기 말을 걸어왔다.

돌아보니 경비 로봇이 서 있었다.

"아닙니다."

두 사람은 서둘러 걸음을 내디뎠다.

"관계자 외에는 출입이 금지되어 있습니다. 용무가 있으신 분은 먼저 사무국에 들러서 ID 등록을 부탁드립니다."

아무래도 숫자가 적은 젊은이들이 모이는 장소에는 신경병적인 엄중함이 있는지 경비 로봇이 언제까지고 뒤따라왔다. 두 사람은 하는 수 없이 문밖으로 나왔다.

격자문 틈새로 그 잔디 정원이 보였다. 햇볕을 받아 따뜻해

보였다.

　만약 고타로 부부가 자기들이 도망친 걸 알고 신고한다면 그걸로 끝이었다. 다만, 이곳이 아닌 다른 곳으로 향한대도 거기가 끝일 수도 있다.

　히비키가 차임벨을 눌렀다.

　"누구십니까?"

　곧바로 가사 도우미 로봇이 인터폰을 받았다. 히비키가 이름을 밝혔다. 잠시 후 문이 열렸다. 히비키는 린의 손을 잡고 안으로 들어갔다.

　현관문이 열리자, 고코나의 할아버지인 고타로가 서 있었다. 그 표정으로 그가 모든 걸 알고 있다는 걸 느낄 수 있었다.

　"죄송합니다……"라며 히비키가 고개를 숙였다.

　"어떻게 된 거야?"

　고타로의 목소리가 떨렸다. 그러나 그것은 분노가 아닌 다른 무엇에서 비롯된 것 같았다.

　"죄송합니다"라고 히비키가 다시 사과했다.

　고타로의 시선이 등 뒤에 있는 린에게로 향했다.

　"친구인 나나미린 씨입니다."

　"아아……."

　거의 절망한 듯이 고타로가 하늘을 올려다봤다.

　"이곳 정원을…… 마지막으로 이곳 정원을 보고 싶어서……."

　목소리가 떨렸다.

문득 시선을 느끼고 안쪽을 바라보자, 고코나의 할머니인 유카도 이쪽을 내다보고 있었다.

"정말 죄송합니다"라고 히비키가 유카에게도 사과했다.

복도로 나온 유카가 고타로의 어깨에 기대며, "왜……"라고 입을 열다 말문이 막혀버렸다.

"피해는 끼치지 않겠습니다. 둘이 잠깐만 저 정원에 서볼 수 있을까요? 금방 돌아가겠습니다. 절대로 피해는 끼치지 않겠습니다."

린이 심하게 떨고 있었다. 힘껏 움켜쥔 손에서 그 떨림이 전해졌다.

고타로 부부는 정원에 들어가도 된다는 말도, 안 된다는 말도 하지 않았다. 그저 석연치 않은 분위기로 히비키와 린을 바라보았다.

히비키는 결심을 굳히고 움직였다. 린의 손을 끌고 정원으로 향했다. 겁이 났지만, 고타로 부부는 붙들지 않았다. 히비키는 신발을 벗었다. 햇볕을 들쓴 잔디에 발을 디뎠다. 지금까지 줄곧 상상했던 것보다 차가웠다. 그런데도 발바닥을 간질이는 감촉은 상상했던 그대로였다.

돌아보니 린이 가만히 서 있었다. 그 등 뒤에서 고타로 부부도 여전히 물끄러미 이쪽을 바라보고 있었다.

"이리 와"라고 히비키가 말했다.

린이 신발을 벗었다. 히비키가 그 손을 잡았다. 린이 천천히 잔디 위로 걸어갔다.

"어때?"라고 히비키가 물었다.

"응"이라며 린이 고개를 끄덕였다.

"신기해. 이 정원을 아주 오래전부터, 태어나기 전부터 알고 있었던 것 같은 기분이 들거든."

그때 고타로 부부가 정원으로 내려왔다. 쫓아내겠지 생각했다.

"자네한테는 의지할 사람이 우리밖에 없나?"

고타로의 질문에 히비키가 순순히 고개를 끄덕였다.

"죄송합니다. 이젠 돌아가겠습니다. 지금 바로 돌아가겠습니다."

걸음을 내디디려 하는 히비키의 손을 고타로가 움켜잡았다. 그리고 유카와 시선을 마주쳤다.

"히비키 군, 이렇게 하지 않겠나? 나랑 유카는 지금부터 외출할 거야. 가사 로봇 피거는 고장 내놓을 거고. 그럼, 자네들이 우리 ID칩을 갖고 가는 거야. 그러면 경비가 심하게 엄중한 지역이 아니면 체크에 걸리진 않을 걸세."

"어떻게 그런……."

히비키가 허둥지둥 끼어들었다. 그런 걸 바라고 이곳에 온 게 아니었다.

"됐으니까 내 말 들어."

그러나 고타로가 말을 잘랐다.

"우리는…… 우리는 도난 신고를 하지 않을 거야. 자네들이 붙잡힌 걸 알 때까지는."

히비키는 당황했다. 고타로 부부는 자기를 믿어주는 것이다. 붙잡혔을 때, 만약 자기가 사실을 헌병에게 밝히면, 사인의 도주를 도와준 고타로 부부는 중벌을 받게 된다.

"하지만…… 이게 없으면 생활하시는 데 지장이……."

"우린 괜찮아. 이런 거 없어도 어떻게든 살 수 있어."

머뭇거리는 히비키 앞에서 고타로가 먼저 귓불에서 칩을 뺐고, 곧바로 유카도 빼서 린에게 건네주려 했다.

린이 받아도 될지 어떨지 망설이며 히비키에게 도움을 요청했다.

"정말 괜찮습니까?"라고 히비키가 물었다.

"……자, 얼른 가."

고타로 부부가 두 사람의 손에 칩을 쥐여주었다. 히비키와 린은 주저하면서도 그것을 받아 들었다.

두 사람의 배웅을 받으며 밖으로 나왔다. 결혼 보고, 그리고 결혼식, 인생에서 단 두 번밖에 안 만난 사람들이었다. 히비키는 흘러넘칠 것 같은 눈물을 서둘러 훔쳐냈다.

옆에 있는 린은 몇 번이나 뒤를 돌아보았다. 너무 많이 돌아봐서 히비키가 "왜 그래?"라고 물었다.

"조금 전 할머니가 연구소 선생님이랑 꼭 닮아서."

"할머니라니, 유카 씨?"

"가논 선생님. 정말 다정한 선생님이었어요. 내가 몇 번씩 실수해도 가논 선생님은 스스로의 힘으로 해낼 수 있을 때까지 조용히 기다려줬어요. 정말 좋아했는데. 그래서 난 가논 선생님한테는 얘기했어요."

모퉁이를 돌 때 린이 멈춰 섰다. 이미 그들의 집은 보이지 않았다.

"……내 꿈은 말랄라 씨처럼 되는 거라고. 난 가논 선생님에게 그렇게 말했어요."

"말랄라 씨?"라고 히비키가 물었다.

그러나 히비키도 물론 말랄라는 알고 있었다.

파키스탄 북부 산악 지역의 가정에서 태어난 그녀는 열다섯 살 때, 중학교에서 집으로 돌아오는 스쿨버스 안에서 여러 남자들의 습격을 받아 머리와 목에 두 발의 총상을 입었다. 다행히 목숨은 건졌지만, 그 후 탈리반이 범행 성명을 내고 그녀를 친구미파로 지명하며 또 다른 범행을 예고했다. 그러나 그녀는 굽히지 않았다. 그녀는 탈리반의 강권지배와 여성 인권 억압을 고발하는 글을 블로그에 계속 투고했다.

총격을 당한 이듬해, 그녀는 국제연합에서 유명한 연설을 한다.

"한 명의 아이, 한 명의 선생님, 한 권의 책, 그리고 한 자루의 펜으로도 세계를 바꿀 수 있다"고.

린은 그런 용감한 여성을 동경한다고 했다.

히비키는 대꾸할 말이 없었다. 지금 눈앞에 있는 린이 말랄라를 동경했던 소녀의 장래 모습이라면, 그것은 너무나 잔혹했다.

야타니초에서 도쿄올림픽경기장 방면으로 가는 길은 숲속을 걷는 것 같았다. 수십 년 전에는 자동차용 주요 간선도로였던 길인데, 지금은 녹음이 우거진 공원이 되었다. 도심의 이 주변 거리는 도로 폭도 넓고, 도구고쇼, 진구가이엔, 신주쿠교엔을 잇듯이 울창한 숲의 분위기가 조성되어 있었다.

그 덕분에 멸종 위기에 처했던 들새나 곤충을 이 주변에서는 자주 볼 수 있게 되었다는 뉴스가 전에 나왔다. 실제로 산책길을 걷다 보면, 본 적도 없는 천연색 나비가 날아다니고, 거의 들어본 적이 없는 새소리도 들렸다.

산책길 저편에서 억세고 건장해 보이는 경비 로봇들이 걸어왔다. 히비키와 린은 바로 숨으려 했는데, 찬찬히 보니 유치원에서 소풍을 왔는지 경비 로봇들이 유치원 아이들을 에워싸며 걸어왔다. 아이들 숫자보다 로봇이 더 많았다.

유치원 경비 로봇이라고 로봇 몸통에 귀여운 동물 캐릭터를 그려놨지만, 언밸런스한 그 모습이 섬뜩한 느낌을 더욱 부각시켰다.

히비키와 린이 길을 양보해주었다. 로봇들 중에 망막 인식 기능이 있는 로봇이 있을지 몰라서 나무 위의 새를 올려다보는 척했다.

"고코나 씨는 아이를 낳을 생각이 없었나요?"

유치원 아이들을 보낸 린이 불쑥 물었다.

"나중에는 낳고 싶다고 했지만, 아직은 젊으니까"라고 히비키가 대답했다.

"몇 살이죠?"

"고코나? 서른다섯 살."

"그럼, 아직 10년이나 20년 후쯤 얘기겠네요."

"10년이면 아직 젊지 않나? 요즘에는 쉰 살이 안 넘으면 좀처럼 아이 낳을 생각을 안 하니까. 물론 난자동결 같은 준비는 이미 해뒀고."

벤치가 보여서 히비키가 별생각 없이 앉았다. 발밑으로 샛노란 도마뱀이 쏜살같이 가로질러 갔다. 갈 곳도 없이 도망치는 중인데도 숲속에 있어서 그런지 왠지 마음이 온화해졌다.

"군푸 씨는 아이를 원치 않았나?"라며 히비키가 화제를 되돌렸다.

"군푸 씨는 필요 없대요. ……그 사람이 복잡한 가정환경에서 자라서. 그의 할아버지 시대에는 한때 굉장히 유복했던 모양인데."

"할아버지가 도의원이었을 때, 친구랑 지금의 EHARA를 만들었다며."

"그런데 금세 가로채였대요."

"그런 모양이더군."

"그 후로는 정말로 모든 게 나쁜 흐름을 타버렸대요."

어두운 표정을 지은 린이 그 나쁜 흐름에 관해 알려주었다.

순조롭게 풀려가던 EHARA를 가로채인 직후, 군푸의 할아버지는 자기가 운전하던 차로 사고를 일으켜서 세상을 떠났다. 군푸의 아버지, 다이시는 아직 EHARA 주식이 남아 있다는 구실로 극도로 포식을 하는 바람에 200킬로그램까지 살이 쪄서 젊은 나이에 죽었다. 남겨진 아내 역시 '도자기 같은 피부를 갖고 싶다'며 미용성형을 거듭하다 군푸가 열다섯 살 무렵에 정신병원에서 죽어서 군푸 혼자 남겨졌다고 한다.

린의 얘기를 들으면서 히비키는 한 여성을 떠올렸다. 그녀는 군푸의 할머니에 해당하는 사람인데, 지난번에 군푸가 보여줬던 그의 브레인시네마 속에서 자기 남편이 뇌물을 받는 장면을 목격하기도 하고, 그 후 어찌된 영문인지 옷을 입은 채로 수영장으로 뛰어들기도 했다.

"군푸 씨의 할머니에 관해서는 모르나?"라고 히비키가 물었다.

린이 살짝 놀란 듯이 "물론 알죠"라며 고개를 끄덕이더니 "그분도 죽었어요. 맨션 베란다에서 투신자살했어요"라고 알려주었다.

"……도쿄에 폭설이 내린 날이었대요. 자기 남편이 뇌물을 받고 부정한 짓을 저지른 것을 한때는 용서했지만, 역시나 온전히 용서할 순 없었던 거죠."

린이 마치 거기에 그녀가 있는 듯한 눈빛으로 먼 고층 맨션을 올려다봤다.

"……전 군푸 씨의 가족 중에서 그 할머니만은 좋은 사람 같은 느낌이 들어요. 그 할머니가 끝까지 살아주셨으면 좋았을 텐데. 그러면 나뿐만 아니라 어느 누구도 슬퍼지지 않았을 지도 모르는데."

히비키도 먼 고층 맨션을 바라보았다. 물론 거기에 군푸의 할머니는 서 있지 않았다.

어느새 날이 저물고 기온이 내려갔다. 금방이라도 차가운 비가 쏟아질 것 같은 하늘이었다. 고타로 부부의 집을 나선 히 비키와 린은 결국 다시 가이엔 숲속에 몸을 숨기고 있었다.

하늘을 올려다본 히비키가 벤치에서 일어서려고 했을 때, 어쩐 일인지 산책길 앞쪽이 소란스러워졌다. 히비키는 황급히 린의 손을 잡고 풀숲으로 숨었다.

여자 하나가 도망쳐 왔다. 겉보기에는 아직 젊지만, 너무나 인공적인 젊음이었다. 여자가 발이 걸려서 넘어졌다. 거기에 똑 같은 유니폼을 입은 무리가 웃으며 다가왔다. 사인을 사냥해 서 그 상황을 투고하며 재미있어하는 패거리였다.

히비키는 린의 손을 끌고 더 깊은 곳으로 도망쳤다. 풀숲 속 에 아무도 없는 관리 오두막이 있어서 그 울타리와 돌담 사이로 숨었다.

"이대로 촬영할까?"

젊은 남자 목소리에 "일단 속행하기로 하자"라고 다른 누군가가 대답했다. 여자가 강제로 일으켜 세워졌고, 남자들에게 에워싸였다. 새삼 다시 보니 여자의 화장은 망가지고, 그 얼굴은 두려움과 피로로 완전히 변형되어 있었다. 어쩌면 40대 후반일지도 모른다. 그렇다면 사인치고는 상당한 고령이었다.

"커트! 일단 이곳 촬영은 이것으로 종료. 다음은 여자를 아까 장소로 데려가서 숨어 있는 상황을 우리가 발견하는 장면부터 다시 찍을 거야. 아까 거의 못 찍었으니까."

"알았어!"

남자들이 여자를 끌고 갔다. 여자는 이제 걸을 기력조차 없는지, 발끝으로 지면을 끌며 걸었다.

얼마나 꼼짝도 못하고 숨을 죽이고 있었을까, 남자들이 여자를 연행해가고, 주위에 다시 정적이 깃들 때까지 히비키와 린은 관리 오두막의 벽 뒤에서 움직일 수 없었다.

너무나 무서웠다. 너무 무서워서 공포심을 지속할 수도 없었다. 눈앞에서 참극은 이어지고 있다. 그러나 공포가 이어지지 않았다. 무시무시한 공포를 느끼는데도 왜 그런지 금세 잊어버려서 나가보려는 마음이 들었다.

남자들의 목소리가 사라지고, 주변에는 또다시 새 울음소리만 남았다. 얼마나 지났을까, 린이 문득 제정신을 차린 것처럼 일어섰다.

"가요."

지금까지 들어본 적이 없는 야무진 목소리였다.

"응……."

그 목소리에 격려를 받은 듯이 히비키도 일어섰다. 산책길이 아니라 풀숲을 헤치며 반대편으로 향하려던 린이 곧바로 걸음을 멈췄다. 그 작은 등에 히비키가 부딪칠 뻔했다.

"저기……."

린이 손가락으로 가리킨 곳에 사람 다리가 보였다. 짓밟아놓은 풀숲 속에 누군가가 담요 같은 것에 덮여서 누워 있었다. 거기서 삐져나온 더러운 가죽 구두가 보였다.

"죽었나?"

그렇게 말한 히비키의 팔에 겁을 먹은 린이 매달렸다.

그때였다. 다리가 꿈틀 움직였다. 담요 속으로 휙 집어넣는가 싶더니 담요가 불룩하게 부풀어 오르며 몹시 겁에 질린 남자가 얼굴을 내밀었다. 히비키는 그가 예의 그 남자라는 걸 한눈에 알아봤다. 70년 전 시대에서 현대로 잘못 와버린 남자.

남자는 소리가 날 정도로 심하게 떨고 있었다. 물론 추위 때문은 아니었다.

히비키는 자기도 모르게 "괘, 괜찮아요"라고 말을 건넸다. "우리도…… 우리도 도망치고 있어요"라고.

그 순간, 남자의 표정이 누그러졌다. 이미 며칠이나 식사를 못 했는지 마른 볼이 축 쳐져 있었다. 남자가 눈을 휘둥그레 뜨며 "······당신들도? 어? 당신들도?"라며 빠르게 되풀이했다.

히비키는 곧바로 알아차렸다. 남자는 착각을 한 것이다. 히비키 일행도 자기처럼 70년 전에서 온 인간이라고.

"아뇨······"라며 히비키가 정정하려는 순간, 남자가 달려들며 히비키를 끌어안았다.

히비키는 저항도 못 하고, 그냥 그 몸을 지탱해줄 수밖에 없었다.

"아, 아아. 아~, 아~."

남자가 갑자기 울기 시작했다. 자기 마음을 말로 표현할 수 없는 것 같았다.

"진정하세요"라며 히비키가 등을 쓸어주었다.

"당신들은 어느 시대에서 왔지? 당신들은 언제부터 도망쳤어? 지금이 2085년이란 게 사실이야?"

남자가 흐느껴 울며 빗발치듯 질문을 퍼부었다.

"일단 진정하고, 앞으로 어떻게 할지 함께 생각해보죠."

남자의 착각을 정정하는 것보다는 일단 안정시키는 게 우선이었다.

"아, 알았어. 생각해보자고. 같이 돌아가자. 원래 시대로 돌아가자고. 거기로 가면 돌아갈 수 있을 거야. 거기로 가면, 거기. 거기로."

흥분한 남자가 히비키의 어깨를 부여잡고 흔들었다.

"거기?"라고 히비키가 물었다.

"전에 봤어. 여기 오기 전에 원래 시대에 살았을 때. 그건 분명히 힌트였을 거야. 그 경치가 있는 장소로 가면, 다시 원래 시대로 돌아갈 수 있을 거야. 난데없이 이쪽 시대로 잘못 흘러든 후로 줄곧 생각했어. ……그것이 원래 시대로 돌아가는 힌트라고. 영상으로 봤다고."

"자, 잠깐만요. 그 경치가 있는 장소라는 게 어디죠? 영상은 또 뭐고?"

히비키가 남자의 어깨를 달래듯이 두드렸다. 그런데도 남자의 흥분은 가라앉지 않았다.

그 후, 남자가 다시 들려준 얘기에 따르면, 원래 시대인 2014년에 살았을 무렵, 업무로 방문했던 홍콩에서 촬영한 영상 속에 낯선 붉은 황야 풍경이 끼어 있었다고 한다.

얘기를 들으면서도 히비키는 눈앞의 남자를 찬찬히 살펴보았다. 정말로 70년 전에서 온 남자인 것이다. 어떻게 시공을 초월했을까. 초월할 때 과연 뭐가 보일까.

"……붉은 황야가 펼쳐지고, 그 앞으로는 아마 단애절벽이 있는데, 저 멀리로 수평선이 보이지. 바람 말고는 달리 움직이는 게 없어."

남자가 잡혀 있던 연구소에서 만들어줬다는 CG 화상을 보여주었다. 남자의 설명대로 붉은 황야가 펼쳐져 있고, 멀리 단애절벽이 있고, 더 먼 저 너머로 수평선이 보였다.

"저어"라며 히비키가 끼어들었다.

"……정말로 70년 전에서 오셨어요?"

문득 그런 질문이 입 밖으로 나와버렸다.

"어? 당신들은? 당신들은 어느 시대에서 왔지?"

"아, 으음. 저희는……."

히비키가 옆에 서 있는 린에게 시선을 돌렸다.

"……저희는 사인이고, 지금 도망치는 중이에요."

"사인?"

남자가 갑자기 도망칠 자세를 취했다.

"괜찮아요. 우리는 현대 사람이지만, 당신 편이에요"라고 히비키가 서둘러 말했다.

"사인?"

그런데도 남자에게 싹튼 불신감은 사라지지 않았다. 언제든 도망칠 수 있는 자세를 취했다.

"그 CG에 나온 장소 말인데, 아는 곳일지도 몰라요"라고 히비키가 말했다.

그 말이 끝나기가 무섭게 남자가 매달렸다.

"어디야?"

거짓말은 아니었다. 물론 확신할 수는 없지만, 보는 순간부터 알아챘다. 자기가 늘 바라보는 경치라는 걸.

히비키가 단말기로 홀로그래피를 띄웠다. 매일같이 참호에서 바라보는 경치를 남자에게 보여주었다. 갑자기 눈앞에 나타난 홀로그래피에 놀라 한 발짝 물러선 남자가 "아……"라는 소리를 흘리더니, "여기야. 여기라고"라며 홀로그래피를 만지려 했다.

놀란 쪽은 히비키였다. 설마 자기 근무지의 풍경을 남자가 찾고 있을 줄이야.

"이곳은 쓰시마라는 곳으로 저의 근무지입니다. 정말 여기가 맞습니까?"

"쓰시마? 아, 아아…… 그래서 내가 뭔가에 불려가듯 쓰시마로 향했을지도 모르겠군."

남자의 머릿속에서 뭔가가 연결된 듯했다.

"가실래요, 같이? 쓰시마로."

정신을 차려보니 히비키는 그런 말을 하고 있었다. 그리고 그 말을 입에 담은 순간, 자기들에게도 아직 갈 곳이 남아 있는 기분이 들어서 위축됐던 가슴이 조금은 뛰기 시작했다.

"같이?"라고 남자가 물었다.

"네에. 셋이서 가죠."

"그렇지만 쓰시마야. 안 잡히고 갈 수 있을까?"

"여기 있어도 아무 해결책은 없잖아요."

"그야 그렇지만……."

"가시죠."

"당신들은 강하군."

남자의 말에 "그, 그런 건 아닙니다……"라며 히비키가 어쩔 줄 몰라 했다.

또다시 사인 사냥 패거리의 목소리가 다가왔다. 히비키는 두려움에 떠는 린의 손을 끌고, "저쪽으로 나가죠"라며 풀숲 속으로 들어갔다. 남자도 허둥지둥 뒤따라왔다.

"그나저나 당신들은 왜 도망치지?"

남자가 불쑥 그런 말을 꺼냈다.

"······사인이란 건 또 뭐고?"

70년 전 시대에서 왔다는 인간에게 히비키는 무엇부터 어떻게 설명하면 좋을지 암담했다. 자기 입으로 평범한 인간은 아니라고 말하고 싶지는 않았다. 그러나 달리 설명할 방법도 없었다.

"조금 독특한 방법으로 태어난 인간입니다"라고 히비키가 대답했다.

"하긴, 지금 시대에는 자연임신도 자연출산도 이미 거의 없다던데······."

"그것과는 조금 다릅니다. 우리 사인들은 남녀의 생식으로 태어나는 게 아니고, 인간의 혈액세포에서······."

그쯤에서 남자가 "그거 혹시 사야마 교지 교수의 연구?"라며 눈빛을 바꿨다.

사야마 교수의 이름이 나와서 히비키는 자기도 모르게 걸음을 멈췄다.

"사야마 교수를 아세요?"

돌아보는 히비키와 린에게 "아, 알지"라며 남자가 고개를 끄덕였다.

"……어? 어어? 그 연구가 성공했다는 뜻인가? 그래서 당신들이? 자, 잠깐만. 그, 그런데 그런 당신들이 왜 도망치지? 무엇으로부터 도망치는 거지?"

혼란스러워하는 남자에게 히비키는 아무런 설명도 할 수 없었다.

"일단 도쿄 역까지 서둘러 가죠. 우리가 갖고 있는 ID로 열차만 타면, 그 후로는 도착할 때까지 더 이상 체크당하는 일은 없을 겁니다."

공원을 나간 히비키 일행은 되도록 사람들 왕래가 많은 길을 골랐다. 도쿄 역까지 도보로 57분이 걸린다고 나왔다.

도쿄 역의 붉은 벽돌 역사로 들어선 히비키 일행은 잰걸음으로 홀을 가로질러서 그 기세로 곧장 개찰 게이트를 빠져나가려 했다. 히비키, 린, 겐이치로 순서로 셋 다 고개를 푹 숙이고 걸었다. 히비키와 린이 게이트를 빠져나간 순간, 등 뒤에서 짧은 알람이 울렸다.

히비키는 무심코 걸음을 멈추고, 그 자리에서 눈을 감았다. 등 뒤에서 똑같이 멈춰 서 있는 린의 기척을 느꼈다.

"다시 한 번 통과해주십시오."

게이트가 닫힌 것은 역시나 겐이치로 앞이었다. 겐이치로가 다시 통과하려는 기척은 느껴지지만, 히비키는 돌아볼 수가 없었다.

히비키는 고타로의 ID칩을, 그리고 겐이치로가 유카 것을 사용하고 있었다. 그것은 린의 제안이었는데, '사인 전용 사이트에 따르면, 군푸는 아직 자기의 도망 신고서를 내지 않았으니 자기는 자기 ID칩을 사용해보겠다'는 승부수였다.

80대 여성의 ID칩이라는 말을 듣자마자, 겐이치로는 곧바로 그건 위험하다며 거부했다. "아무리 봐도 80대로는 보이지 않을 테고, 게다가 여자로 보일 리가 만무하다"고.

70년 전은 어땠는지 알 수 없지만, 지금 시대는 겉모습만으로는 아무것도 알 수 없으니 상관없다. 남자든 여자든 나이든. 그렇게 대답한 사람은 린이었다.

히비키와 린은 서서히 걸음을 내디뎠다. 계속 멈춰 있으면 눈에 띈다. 등 뒤에서는 겐이치로가 다시 한 번 게이트를 통과하려 했다.

기도하는 마음으로 눈을 감았다. 다음 순간, "삑" 하고 통행이 가능하다고 알리는 소리가 울렸다. 히비키의 이마에 축축히 솟구쳤던 땀이 관자놀이를 타고 주르륵 흘러내렸다.

히비키 일행은 겐이치로의 발소리가 다가오길 기다렸다 긴 에스컬레이터를 탔다. 붉은 벽돌 역사를 에워싸듯 둘러쳐진 통유리 구체 속으로 올라갔다. 중간까지 올라갔을 때쯤 히비키가 뒤를 돌아보았다.

등 뒤로 고쿄(皇居) 숲이 보였다. 린의 목덜미가 땀으로 번들
거렸다. 난간을 잡은 겐이치로의 손이 심하게 떨리고 있었다.

출발을 알리는 벨이 울리고, 리니어(리니어모터카의 준말로 자
기 부상 열차를 말한다)가 천천히 달리기 시작했다. 역만 벗어나
면 하카타까지는 논스톱이었다.

히비키는 창밖으로 흘러가는 역 구내를 바라보았다. 통유리
로 둘러싸인 새 역사는 아름다웠고, 들이비친 햇살에 역 내부
가 프리즘처럼 반짝반짝 빛났다.

문득 앞을 보니 겐이치로가 기도하듯 손을 모으고 있었다.
리니어가 속도를 높여갔다. 시나가와부터 지하 주행이고, 지상
으로 나가는 것은 요코하마를 지난 다음이다. 지하로 들어선
후, "이젠 괜찮아요"라고 히비키가 겐이치로에게 말을 건넸다.

열차가 한가해서 4인용 개별실을 잡을 수 있었다. 이제는 종
점까지 누구와도 얼굴을 마주치지 않아도 된다.

역시나 긴장하고 있었던 듯한 린이 일어서서 비치된 선반에
서 마실 것을 준비해주었다. 겐이치로도 조금은 안정이 됐는
지 개별실 안을 둘러보았다.

"70년 전에는 리니어가 아직 없었나요?"라고 히비키가 물었
다.

"어어, 아직."

"그럼, 하카타까지는 신칸센이었어요?"

"도쿄에서 하카타까지 다섯 시간쯤 걸렸을 거야."

"지금은 한 시간 반이에요."

"그렇게 빠르나……."

린이 준비하는 허브티 향이 피어올랐다. 히비키는 자리에서 일어나 린을 거들었다.

"으음, 대답하고 싶지 않으면 안 해도 상관없는데……."

히비키가 린을 거들며 미리 다짐을 둔 후, "이쪽으로 어떻게 오셨어요?"라고 물었다. 만난 순간부터 지금까지 모든 게 긴박한 상황이라 그런 중요한 얘기도 미처 나누지 못했다.

"아아"라고 소리를 흘린 겐이치로가 "……이쪽에 온 뒤로 내내 그런 질문을 받았는데, 나도 잘 모르겠어"라며 피곤하다는 듯이 고개를 저었다.

히비키가 허브티를 건네주었다.

"……비행기를 탔지. 어떤 사건을 일으켜서 경찰에 연행되는 중이었어."

겐이치로가 띄엄띄엄 말하기 시작했다. 스스로 자기 얘기를 확인하는 것 같은 말투였다.

"……날씨가 나빠서 비행기가 흔들렸고. 그러던 중에 갑자기 의식이 휙 멀어졌어. 나는 꿈을 꾸는 줄 알았지. 흔히 보는 SF 영화에서처럼 빛 속으로 떨어지는 것 같은 느낌이었지. 그런 느낌이 한동안 이어졌고, 의식이 또렷해졌을 때는 캘리포니아대학 연구소의 침대에 누워 있었지. 70년 후라는 2085년에."

얘기를 들으면서, '아아, 그래, 이 남자는 약혼자를 죽였어'라고 히비키는 기억을 떠올렸다. 그러나 눈앞에 있는 지칠 대로 지친 남자에게는 공포를 느끼지 않았다.

"……그 캘리포니아대학 연구소가 과거로 무슨 신호를 보냈고, 그것이 날 잡았다는 식의 설명을 몇 번이나 들었지만, 나로서는 이해가 안 돼. 너무 무서워서 견딜 수가 없을 뿐이야. 원래 시대로 돌아가고 싶어."

그 말투는 너무나 어린애 같았다. 미아가 집에 가고 싶다고 호소하는 거나 다를 게 없었다.

"……과거에서 온 인간은 언젠가는 돌아갈 수 있다고 그자들이 말했지. 그러나 그자들은 날 돌려보낼 생각이 없어. 그걸 알고……."

더 이상 얘기하면 눈물을 흘릴 것 같았다. 히비키가 겐이치로의 무릎에 손을 얹었다.

"저어."

그때 린이 불쑥 입을 열었다.

"……70년 전 시각에서 볼 때 지금 시대는 어때 보여요? 좋은 방향으로 가고 있나요? 아니면 나빠졌나요?……."

분위기에 맞지 않는다고 여겨질 정도로 린의 목소리는 진지했다. 그런 마음이 전해졌는지 겐이치로도 표정을 바꿨다.

"어느 정도는 연구소에서 알려줬어. 70년 전과 비교해서 뭐가 어떤 식으로 변했는지. 물론 모든 건 아니지만……. 내가 받은 인상을 솔직히 말한다면, '어느 쪽도 아니다'겠지."

"어느 쪽도 아니다?"

린과 히비키가 동시에 물었다.

"물론 70년 전의 우리가 마음속으로 그렸던 유토피아는 아니야. 그렇지만 두려워했던 디스토피아도 아닌 것 같은 기분이 들어. ……그게 솔직한 감상이야. 뜨겁지도 미지근하지도 않은, 그런 목욕물에 몸을 담그고 있는 것 같은 미래……."

그렇게 말하고 밖으로 시선을 돌린 겐이치로가 갑자기 "앗" 하고 소리를 높였다.

히비키와 린도 서둘러 창밖을 보았다. 그 주변은 세계유산으로 지정되어 논이 자연 그대로 보존되어 있었다. 그 한가운데 검은 기와지붕을 얹은 멋진 집이 덩그러니 서 있었다.

"저 집, 70년 전에도 있었는데……."

겐이치로가 그렇게 중얼거렸을 때는 이미 집은 사라진 후였다.

리니어는 하카타 역에서 가고시마로 가는 차량과 일한(日韓) 터널을 지나 부산으로 가는 차량으로 나뉘었다. 부산행은 도중에 이키와 쓰시마에 정차한다.

히비키 일행은 리니어가 다시 달릴 때까지 초조하게 애를 태우며 기다렸다. 달릴 때는 마음이 놓였지만, 멈춰 선 순간 금방이라도 누군가가 올라탈 것 같은 생각이 들어 견디기 힘들었다. 출발까지 앞으로 3분이 남았다는 안내방송이 나왔다.

물론 쓰시마에 도착한다고 해서 안전이 확보되는 건 아니다. 그러나 겐이치로가 말했듯이 만약 쓰시마라는 장소가 힌트였다면, 그는 원래 시대로 돌아갈 수 있을지도 모른다. 절망뿐인 도망보다는, 낯선 타인을 위해서라도 아직은 목적이 남아 있는 편이 그나마 나았다.

히비키는 눈을 감았다. 다음 순간, 출발을 알리는 차임벨이 울렸다. 히비키는 나지막이 안도의 숨을 내쉬었다. 리니어는 바로 해저 터널로 들어갔다. 기압 조정은 완벽할 테지만, 귀가 멍멍해졌다. 히비키는 몇 번이나 침을 삼켰다. 문득 시공을 초월하는 순간에는 이런 느낌이 들지 않을까 하는 생각이 들었다.

도착한 쓰시마 역은 해저에 만들어진 역으로 일부 통유리 벽 너머로 햇살이 비쳐드는 바닷속이 보였다. 이따금 헤엄치는 거북도 보여서 몇몇 여행객이 유리 벽 앞에 서 있었다.

히비키 일행 세 사람이 그 옆을 말없이 스쳐 지나갔다. 이미 개찰구는 빠져나왔다. 알람이 울리지도 않았다. 사람들로 가득한 엘리베이터를 타고 지상으로 올라갔다. 엘리베이터는 쇼핑몰과 연결되어 있었다.

쇼핑몰 안에는 병사들의 모습도 보였다. 히비키는 마스크로 얼굴을 가렸다. 쇼핑몰 광장을 가로지르려는데, 겐이치로가 갑자기 걸음을 멈췄다.

"여기……."

낯익은 곳인 듯했다.

"왜 그러세요?"라고 히비키가 물었다.

"이 근처에서 잡혔어. 여기서 북을 치고 있을 때……."

겐이치로의 말에 린이 불쑥 끼어들었다.

"정말로…… 당신이 죽었나요?"라고.

겐이치로가 움찔하며 멈춰 섰다. 순식간에 얼굴이 퍼렇게 질렸다.

"왜……."

린의 질문이 들리는지 안 들리는지, "……난 잘못되지 않았어"라고 중얼거렸다.

광장에 멈춰 선 세 사람에게 손님들의 시선이 집중될 것 같았다. 히비키는 두 사람의 등을 밀었다. 겐이치로를 참호로 데려가는 확실한 방법은 단 한 가지뿐이었다. 물론 산을 넘어서도 갈 수 있지만, 린이나 겐이치로가 밧줄에만 의지해서 절벽을 오를 리가 없다.

히비키는 동료인 나가모토 유메에게 연락했다. 린의 단말기로 했기 때문에 히비키의 목소리를 들은 나가모토는 말문이 막혔다. 놀라는 기색으로 보아 이미 모든 걸 알고 있는 듯했다.

나가모토가 근무 중이 아니라는 건 미리 알아두었다. 말문이 막힌 나가모토에게 히비키가 용건을 전했다. 군용 에어로모빌로 우리 세 사람을 참호까지 데려가 달라. 너는 나한테 협박을 당해서 억지로 할 수밖에 없었다. 그 증거를 확실하게 영상으로도 남길 것이다.

"……부탁이야. 한 시간 후에 모빌 격납고 뒷산에 있을게."

나가모토는 아무 말도 하지 않았다.

히비키는 그 침묵을 믿었다.

"가자."

히비키가 린의 손을 끌고 걸음을 내디뎠다. 겐이치로가 따라왔다.

리니어의 쓰시마 역에서 에어로버스를 타고 병영이 있는 가나타노키 유적터로 가는 등산로 입구에서 내렸다. 버스를 타고 가는 동안, 세 사람은 한 마디도 하지 않았다.

에어로버스가 떠나고 나자, 등산길이 뻗어 있는 삼나무 숲을 올려다본 겐이치로가 "아아"라며 감탄사를 흘렸다.

"……이 길도 기억이 나. 난 그 경치가 있는 장소로 가려고 했지."

아는 장소인 것 같았다.

린의 보폭에 맞춰 등산길을 올라갔다. 울창한 숲을 빠져나가자, 전망이 좋은 절벽이 나왔다. 크고 작은 리아스식 만들이 햇볕을 받아 아름다웠다.

"이런 곳에 정말로 그런 붉은 흙의 황야가 있을까?"

가쁜 숨을 몰아쉬는 겐이치로가 물어서 "그곳은 여기서 모빌을 타고 다시 한참 가야 합니다. 이곳 쓰시마만이 아니에요. 일본 전체, 세계 전체가 곳곳에서 사막화되고 있으니까"라고 알려주었다. 그러나 그것 또한 미래도의 허용 범위였는지, 겐 이치로는 그다지 놀라지 않았다. 그렇다면 왜 70년 전에 손을 쓰지 않았는지 화가 나기도 하지만, 그럼 지금 우리가 뭘 하고 있느냐면 그것도 아니었다.

햇볕 때문에 세 사람 다 땀을 흘렸다. 한겨울이라는 게 믿기지 않았다. 병영으로 향하는 고갯길에서 벗어난 히비키 일행은 바위를 타고 올라갔다. 도중에 거대한 바위의 비좁은 틈새를 빠져나갔다.

"이제 곧 나와"라며 히비키가 린을 격려했다.

속도를 꽤 많이 늦췄지만, 그런데도 린의 체력은 한계에 다다른 것 같았다.

바위 틈새를 빠져나간 곳에서 병영이 자리 잡은 일대가 내려다보였다. 바위산 경사면을 따라 에어로모빌 열 대 정도가 떠 있었다. 히비키는 나가모토의 모습을 찾아보았다. 만약에 없으면 그중 한 대를 훔쳐서 격추당할 각오로 참호까지 날아갈 생각이었다.

그때 등 뒤에서 거친 숨소리가 다가왔다. 나가모토가 왔나 하며 히비키가 돌아보았다. 그러나 다음 순간, 린이 "아아……" 하며 절망적인 신음 소리를 흘렸다.

그곳에 서 있는 사람은 군푸였다. 그 눈에는 핏발이 서 있고, 어깨로 숨을 쉬며 씩씩거리고 있었다.

"넌 정말 멍청한 여자야."

군푸가 어이가 없다는 듯이 내뱉었다.

"……자, 돌아가자. 이리 와."

가까이 다가와서 린의 팔을 낚아챘다. 린은 체념한 듯이 고개를 숙이고 있었다.

"어? 넌 역시 바보라고. 자기 ID를 쓰면 내가 행선지를 알아낼 거란 생각도 못했어? 어이, 평소처럼 네 입으로 직접 말해봐? 나쁜 사람이 누구야? 누구 때문에 내가 세상에서 바보 취급을 받냐고? 야, 얼른 말해!"

군푸의 고함에 린은 완전히 위축되어 있었다. 한 번만 더 소리치면, "나쁜 사람은 접니다"라고 인정해버릴 것처럼 보였다.

혼자 상황을 이해하지 못한 겐이치로가 어쩔 줄 몰라 했다. "린 씨의 남편입니다"라고 히비키가 알려주었다. 그때 병영 뒷문이 열리는 모습이 보였다. 주변을 조심스럽게 살피며 나온 사람은 나가모토였다.

히비키는 초조했다.

군푸가 린의 팔을 강제로 잡아끌었다. 린의 얼굴에서 감정이라곤 전혀 찾아볼 수 없었다.

"데리러 와줬잖아! 표정이 왜 그리 시큰둥해! 야! 뭐라고 말 좀 해봐!"

군푸의 목소리가 커졌다. 그 목소리를 알아챈 나가모토가 바위 위에 서서 이쪽으로 신호를 보냈다.

"……왜, 왜 다들 날 버리고 가냐고. 너한테 자유가 있을 리가 없잖아. 넌 언젠가는 나랑 같이 동반 자살해야 해. 그러기 위해 결혼한 사이이라고."

어느새 군푸의 목소리는 눈물 어린 소리로 변해 있었다. 울면서 린의 가느다란 팔을 잡아끌며 떼를 쓰는 어린애처럼 흔들어댔다.

"넌 내 거야!"

군푸가 울면서 그렇게 소리친 순간이었다. 린의 입술이 미세하게 움직였다. "……아니야"라고 말한 것 같았다.

"……아니야. 난 당신 게 아니야. 나도 뭔가를 바꿀 수 있어. 한 명의 아이, 한 명의 선생님, 한 권의 책, 그리고 한 자루의 펜으로도 세계를 바꿀 수 있어."

지금까지 겁에 질려 있던 건 거짓말 같았다. 의연한 연설이었다. 남몰래 늘 연습했던 게 틀림없다.

건너편 바위 위에서는 나가모토가 조바심을 내고 있었다.

"가자."

히비키가 천천히 중얼거렸다. 군푸 앞에 서서, "그 손을 놔주세요"라고 부탁했다. 그러나 군푸는 놓지 않았다. 놓기는커녕 힘껏 움켜쥐어 린의 팔뚝에 붉은 피멍이 번졌다. 그때였다. 군푸의 힘이 갑자기 쭉 빠졌다. 겐이치로가 그 어깨를 돌로 내려치고 있었다.

"……돌아가야 해! 난 원래 세계로 돌아가야 해!"라고 겐이치로가 소리쳤다.

그 소리에 히비키는 린의 손을 부여잡고 격통에 웅크려 앉은 군푸를 내팽개치고 달리기 시작했다. 바위를 미끄러져 내려가고, 바위 틈새를 빠져나가며 나가모토가 있는 곳까지 달려갔다. 나가모토는 "빨리, 빨리"라며 줄곧 손짓을 하고 있었다.

가쁜 숨을 몰아쉬며 도착하자, 나가모토가 인사도 없이 "서둘러"라고 소리쳤다.

"저 모빌을 쓰면 돼. 참호까지 체크 없이 갈 수 있게 해뒀으니까."

히비키는 일단 린을 조수석에 태우고, 곧이어 뒷문을 열어서 겐이치로도 등을 떠밀어 태웠다. 그리고 돌아보자, "미안해, 난 같이 갈 수 없어"라며 나가모토가 고개를 떨어뜨렸다.

무사히 참호까지 가더라도 그다음은 없다. 그것을 나가모토도 알고 있었다.

"너랑 같이 지낼 수 있어서 즐거웠다"라고 히비키가 말했다.

나가모토가 눈을 내리떴다.

"때린다."

히비키의 말에 나가모토가 어금니를 꽉 깨물었다. 히비키가 움켜쥔 주먹으로 그 뺨을 힘껏 후려쳤다. 나가모토가 바위 위에서 굴러떨어졌다.

히비키는 모빌에 올라타 문을 닫은 후, 자동조종으로 전환했다. 모빌이 서서히 떠올랐다. 눈 아래로 일어서려고 하는 나가모토가 보였다. 더 높이 상승하자, 여전히 웅크리고 있는 군푸도 보였다.

아소 만 위를 선회한 모빌이 평상시 궤도에 올랐다. 안정된 차 안에서 세 사람 다 간신히 숨 쉬는 것을 알아차린 것처럼 깊은 숨을 몰아쉬었다.

곧이어 내비게이션이 목적지에 가까워졌다고 알렸다.

"도착했습니다. 여깁니다!"라며 히비키가 앞을 보았다. 모빌이 바로 급강하하기 시작했다.

"여기, 여기야. 틀림없어! 내가 본 경치는 여기야!"

겐이치로가 목소리를 높였다. 눈 아래로는 붉은 흙의 황야가 펼쳐지고, 멀리 단애절벽 앞으로 바다가 보였다.

"정말로 여깁니까?"라고 히비키가 물었다.

다음 순간, 어찌된 영문인지 하강 중이던 모빌이 덜컥 하며 동작을 멈췄다.

"아……."

신음 소리를 흘린 사람은 린이었다. 린의 시선을 쫓아가자, 주위를 군 모빌이 에워싸고 있었다.

"경보가 발동되었습니다. 운전을 정지합니다."

음성 메시지가 흐르고, 모빌의 동력이 공중에 뜬 채로 약해졌다. 지상까지는 아직 30미터는 남아 있었다.

"왜, 왜 그래?"

당황한 겐이치로도 주위를 에워싼 모빌에 숨을 삼켰다.

"이대로 유도 착륙시킨다. 저항하면 사살한다."

에워싼 군용 모빌에서 안내방송이 흘러나왔다.

히비키가 린의 손을 잡았다. 그리고 "미안해"라고 입을 움직였다. 그 순간이었다. 타고 있던 모빌이 쿵 하고 낙하하며 몸이 떠올랐다. 기분 나쁜 무중력 속에서 린이 짧은 비명을 질렀고, 히비키와 겐이치로도 무심코 "으윽" 하고 신음을 흘렸다.

눈앞의 겐이치로가 사라진 것은 바로 그 순간이었다. 그야말로 쿵 하고 낙하하듯 사라졌다.

히비키가 "앗" 하는 소리를 흘린 순간, 이번에는 린까지 휙 사라졌다. 히비키는 분명히 붙잡고 있던 린의 손을 허둥지둥 움켜쥐려 했다. 그러나 거기에는 아무런 감촉도 없었다.

무시무시한 힘으로 양쪽 다리를 끌어당기는 듯한 감각이 느껴진 것은 바로 그때였다. 히비키는 엉겁결에 핸들을 잡으려 했지만, 분명히 움켜쥐고 있던 핸들이 손안에서 사라졌다. 정신을 잃을 것 같은 낙하 속도였다. 히비키는 구역질이 나서 눈을 감았다. 그런데 다음 순간, 뚝 하고 멈췄다. 멈추더니 이번에는 천천히 떨어져 내렸다.

히비키는 눈을 떴다. 캄캄한데도 눈이 부셨다. 빛의 폭포 속에 있는 것 같았다. 가만히 실눈을 뜨고 있자, 뭔가가 가까이 다가왔다. 겐이치로였다.

겐이치로가 기뻐하는 표정으로 "돌아갈 수 있어! 돌아갈 수 있어!"라고 소리쳤다.

히비키는 그를 붙잡으려고 손을 뻗었다. 그러나 아무리 뻗어도 닿지 않았다.

"……다시 시작할 수 있어! 다시 시작할 수 있어! 부탁이니 그날 밤으로 돌려보내줘! 가오루코를 다시 한 번 만나게 해줘!"

그렇게 외치면서 겐이치로가 또다시 떨어져 내렸다.

이제 손은 닿지 않는다. 그때 등 뒤에서 누군가가 꽉 끌어안았다. 돌아보니 린이었다.

히비키는 왜 그런지 "미안해"라고 다시 사과했다. 그러나 린은 "도와줘서 고마워요"라고 감사 인사를 했다.

히비키도 린을 꼭 끌어안았다.

린은 금방이라도 정신을 잃을 것 같았다. 차츰 눈을 부라리며 흰자위를 드러냈다.

그러다 품속에서 린이 사라졌다.

정신을 차려보니 히비키는 빛 속에서 혼자 떠다니고 있었다. 더 이상 눈이 부시지 않았다.

그때 문득 누군가에게 안긴 것 같은 기분이 들었다. 너무나 강력한 팔이었다.

에필로그

눈은 여전히 감은 상태였지만, 자기가 어딘가에 있다는 감
각은 있었다. 어딘가를 떠다니는 건 아니었다. 물론 호흡을 하
며 의자에 앉아 있었다.

겐이치로는 심호흡을 했다.

물론 조금 전까지의 기억도 났다. 히비키 일행과 그 경치를
보러 갔다. 그리고 하늘을 나는 차 안에서 또다시 그 공동(空
洞)으로 떨어졌다. 그 부유감도 몸에 확실하게 남아 있었다. 왜
그런지 목이 아팠지만, 조금 전까지 소리를 질렀기 때문이란
걸 금방 알아차렸다.

"……다시 시작할 수 있어! 다시 시작할 수 있어! 부탁이니
그날 밤으로 돌려보내줘! 가오루코를 다시 한 번 만나게 해줘!"

소리쳤던 말도 기억이 났다. 자기가 원래 시대로 돌아온 감

각은 분명히 있었다. 그러나 그것이 원래 시대의 몇 월 며칠일까. 그날 밤보다 앞선 시간이어야만 했다. 가오루코를 다시 한 번 만나지 못하면 의미가 없었다.

겐이치로는 지금은 언제일까 생각했다.

가오루코와 걸었던 가루이자와의 오솔길이 떠올랐다. 그날, 자전거를 빌리기 전에 만페이호텔 라운지에서 애플파이를 먹었다.

이어서 오모테산도의 비스트로가 떠올랐다. 유키를 미행해서 찾아간 그 가게에 가오루코가 있었다. 겐이치로는 문 앞에 서 있었다. 이제 가게로 들어가서 가오루코를 데리고 나올 것이다.

그러는 중에 가오루코의 언니 사쿠라코의 목소리가 들렸다.

"남편뿐이면 그나마 참아도 장래에 손자까지 편애할 것 같아서 벌써부터 오싹해."

겐이치로는 테라스 의자에 앉아 있었다. 그래, 지금 눈을 뜨면 옆에는 가오루코의 아버지가 언짢은 기분으로 앉아 있을지도 모른다.

그런데 거기에 북소리가 끼어들었다. 어찌 된 영문인지 나가우타가 겹쳐지며 사야마 교수의 목소리가 들렸다.

앗, 히비키 군과 린 얘기를 해줘야 하는데. 그들의 고통을 교수에게 알려야 하는데.

그렇게 생각한 순간, 또렷한 목소리가 들렸다. 머릿속에서가 아니라 실제로 바로 옆에서 들렸다.

"음료수 더 드릴까요?"

스튜어디스의 목소리였다.

홍콩이다! 라고 겐이치로는 곧바로 생각했다. 그래, 지금은 홍콩의 민주화운동을 취재하러 가는 비행기 안이다, 라고.

겐이치로는 눈을 떴다. 다시 시작할 수 있다고 생각했다. 역시나 젊은 스튜어디스가 통로에 서 있었다. 살짝 굳은 표정으로 갑자기 눈을 뜬 겐이치로를 바라보고 있었다.

"죄송합니다, 물 좀 주시겠습니까"라며 겐이치로가 손을 들었다.

그런데 웬일인지 치켜든 오른손에 왼손이 딸려 올라왔다. 묵직한 소리가 들렸다. 양손이 수갑으로 이어져 있었다. 옆에는 낯익은 형사가 앉아 있었다.

핏기가 가셨다. 지금 되살아났던 여러 가지 기억들, 가루이자와, 오모테산도의 비스트로, 가오루코 집의 테라스가 갑자기 형태를 잃고 뿔뿔이 흩어지며 허물어졌다.

"돌아갈 수 없어……."

무심코 그런 말이 흘러나왔다. 형사가 노려보았다. 온몸에서 힘이 빠졌다. 이 비행기는 홍콩이 아니라 도쿄로 향하고 있었다. 쓰시마에서 체포된 자기는 지금 연행되는 중이었다.

상황을 이해하면 할수록 화가 치밀었다. 무엇에 대한 화인지 알 수 없었다. 다만, 여기서 큰 소리를 지르면 이 비행기를 폭파시킬 수 있을지도 모른다는 생각이 들 정도로 분노가 점점 뱃속에 쌓여갔다.

"……지금부터 70년 후의 세상이 어떻게 될지 압니까?"

젠이치로가 화를 억누르며 조용히 중얼거렸다.

"조용히 해"라며 형사가 바로 그 입을 덮었다.

"이젠 바꿀 수가 없어!"라고 젠이치로가 그 손안에서 소리쳤다.

"이젠 누구도 바꿀 수가 없어!"라고.

○ ○ ○

일요일 오후, 다이시는 수영 학원에 갔다.

미닫이문에 손을 얹고 밖을 내다보고 있던 아쓰코의 손가락은 어느새 냉랭해져 있었다. 등 뒤 거실에는 히로키가 누워 있었다.

"정말로 눈이 쏟아질 것 같군."

히로키가 말을 건네서 아쓰코가 하늘을 올려다봤다. 무거워 보이는 눈구름이 나지막이 깔려 있었다.

"다이시 수영 학원, 몇 시쯤 끝나지? 2시였나? 가끔은 마중하러 가줄까. 그 녀석, 수영 실력은 얼마나 좋아졌어?"

기분이 좋은 듯한 목소리였다. 아쓰코는 대답하지 않았다.

"이봐, 왜 그래?"

갑자기 귓가에서 소리가 들려서 아쓰코는 하마터면 소리를 지를 뻔했다. 어느새 히로키가 옆에 와서 서 있었다.

"어, 뭐가?"라며 아쓰코가 허둥거렸다.

"뭐라니. 요즘 계속 혼이 나간 표정이잖아……. 어디 몸이라도 안 좋은 거야? 웬지 얼굴도 핼쑥하고."

"아니 별로, 괜찮아."

"당신이 정신 똑바로 차려야지."

그렇게 말하며 히로키가 어깨를 툭 두드린 순간, 왜 그런지 가벼운 구토감이 느껴졌다.

"아 참, 그렇지. 회사 인감 만들었어."

히로키가 가방에서 종이 포장을 꺼냈다.

"……전도유망한 회사를 위해 상당히 분발했지."

작은 상자에서 꺼낸 것은 히로키가 에하라와 공동출자로 설립하는 새 회사의 인감이었다.

"……흑단이나 흑수우로 팔까 했는데, 최근에는 티타늄 소재가 인기가 있는 것 같더라고. 그래서 다른 것보다는 비쌌지만 그걸로 했지. 그 왜 우리가 만드는 회사가 장래에는 미사일 같은 걸 만들 테니까. 그렇다면 이 티타늄 소재가 미사일 분위기가 나서 좋겠다 싶었지."

가벼웠다. 히로키의 말투도 말도 웃는 얼굴도 모든 게 다 가벼웠다. 실제로 히로키가 집어 든 티타늄 인감은 조그만 미사일 같았다.

"자, 봐."

인감을 건네주려고 해서 아쓰코는 무심코 "아냐"라며 손을 뒤로 뺐다.

"어? 왜 그래……."

히로키가 어이없어하며 고개를 갸웃거렸다.

"아무래도 요즘에 좀 이상해. 모처럼 모든 일이 잘 풀리기 시작해서 앞으로는 더 즐거워질 텐데, 왜 그렇게 표정이 언짢아?"

눈앞에 있는 남편은 모든 일들이 순조롭기 풀리기 시작해서 앞으로는 더 즐거워질 거라고 말했다. 친구 에하라에게 입찰 금액을 몰래 알려주고, 500만 엔이나 뇌물을 받은 것을 순조롭게 잘 풀리기 시작했다고 얘기하는 걸까. 아니면 자기 아내가 그런 추한 부정을 눈감아주고 남편을 지키겠다고 하는 태도를 두고 앞으로는 더 즐거워질 거라고 말하는 걸까.

어느 쪽이든 가볍다. 너무나 가벼워서 구역질이 났다.

인감을 작은 상자에 집어넣은 히로키가 "다이시, 데려올게"라며 집에서 나가려고 했다. 아쓰코가 그 등에 대고 "저기"라며 불러 세웠다.

"응?"

"……그때 그 야유, 사실은 당신이 한 거지?"

"허?"

히로키의 얼굴에 초조함이 드러났다.

"도의회에서 나왔던 야유 말이야. 단상의 여성 의원에게 '아이를 못 낳냐'라고 말했던 사람. 일본의 모든 사람들이 들었는데, 결국은 그런 발언을 한 사람은 없는 걸로 결론이 난 그 야유 말이야. 분명히 모두가 들었는데, 모두가 못 들은 걸로 해버린 그 야유 말이야!"

정신을 차려보니 아쓰코는 흥분해서 울고 있었다. 이제 와서 새삼스레 성희롱 야유를 추궁하는 건 아니었다. 다만, 거기에 분명히 있었던 말이 없었던 게 된 사실에 말로 표현할 수 없는 공포를 느꼈다.

지금 말하지 않으면 늦는다. 지금 말하지 않으면 돌이킬 수 없게 된다. 그런 조바심에 가슴이 점점 뛰었다.

"왜 이래, 이제 와서 새삼스레……. 그런 지난 일 따윈 아무도 기억 못 해."

너무나 어이가 없다는 듯이 히로키가 방에서 나갔다. 아쓰코는 더 이상 추궁하지 않았다.

남편의 말이 맞을지도 모른다. 오히려 자기가 남편의 부정을 용서한 것 따윈 까맣게 잊고, 금세 "왜 이래, 이제 와서 새삼스레"라고 말하게 되겠지. 그때까지 가만히 기다리면, 남편 말대로 모든 일들이 순조롭게 풀리겠지.

정신을 차려보니 아쓰코는 베란다에 서 있었다.

눈발이 섞인 차디찬 바람이 얼굴을 때렸다. 가랑눈이 도쿄의 하늘을 뒤덮었다.

자기가 이 누열(陋劣)함을 못 견디겠다고 생각하기 시작한 것은 언제쯤이었을까. 아주 최근인 것 같은 기분도 들고, 아야짱 엄마와 오야 코치가 사랑의 도피를 했을 때일지도 모르겠고, 그 500만 엔을 본 순간 이미 견딜 수 없었는데 견딜 수 있다고 스스로를 타일렀는지도 모른다.

사과하지 마♪ 사과하지 마♪ 앞으로 계속 사과하지 마♪

문득 그런 노래가 입에서 흘러나왔다.

아쓰코는 화분들을 늘어놓은 선반 위로 올라섰다. 베란다 난간 높이가 무릎 정도가 되었다. 가랑눈이 팔랑팔랑 떨어져 내렸다. 눈과 같이 떨어지는 자기를 상상했다. 4층이지만 머리부터 떨어지면 죽을 수 있다. 먼 지면으로 끌어당겨지는 것 같았다. 이제는 그쪽밖에 갈 곳이 없다.

아쓰코는 난간에 한쪽 발을 올렸다. 쌓여 있던 눈이 뭉개지며 양말이 젖었다. 그 발에 체중을 실은 순간이었다. 등 뒤에서 쿵 하는 소리가 들렸다.

아쓰코가 반사적으로 돌아보았다. 웬일인지 부엌 선반에서 떨어진 백도 통조림이 데굴데굴 소리를 내며 베란다까지 굴러왔다. 전에 슈퍼마켓에서 누군가가 몰래 바구니에 넣어둔 백도 통조림이었다.

베란다에 멈춘 통조림을 아쓰코는 한동안 바라보았다.

거기에 누군가가 서 있는 것 같았다. 그러나 신기하게 무섭지는 않았다.

"누구?"라고 아쓰코가 소리를 냈다.

그러나 물론 대답은 없었다. 그러나 거기에는 틀림없이 누군가가 서 있었다.

"누구?"라고 아쓰코는 다시 한 번 물었다.

여자아이 같았다. 피부가 하얀 여자아이. 이쪽을 물끄러미 바라보고 있는 그 눈이 티끌 하나 없이 맑았다.

"어? 왜?"라고 아쓰코가 물었다.

여자아이가 뭐라고 말을 했다. 그러나 소리가 작아서 들리지 않았다.

"······의 아이, 한 명의······, ······책, 그리고······ 펜으로도."

"어, 뭐라고?"라며 아쓰코가 다시 물었다.

"······바꿀 수 있다. ······세계를 바꿀 수 있다."

그 부분만 또렷하게 들렸다.

아쓰코는 멍하니 그곳을 바라보았다. 그러나 이제 여자아이의 모습은 보이지 않았다. 왜 그런지 부엌 선반에서 굴러 떨어진 백도 통조림만 그 자리에 있었다.

아쓰코는 난간에서 내려와 통조림을 주워 들었다. 이유는 알 수 없었다. 다만, 자기가 제정신을 차렸다는 건 알 수 있었다. 자살을 포기했다는 의미에서가 아니라, 좀 더 큰 의미에서 제정신을 차렸다는 걸 알았다.

방으로 돌아온 아쓰코는 통조림을 따서 정신없이 백도를 먹었다. 놀라울 정도로 달콤하고 부드러운 맛이었다. 끈적끈적한 손으로 익숙한 번호로 전화를 걸었다.

들려온 것은 귀에 익은 목소리였다.

"네, 〈주간문춘〉 편집부입니다."

"저어, 그쪽 잡지를 정기구독하고 있는 사람인데요."

"아아, 네."

상대는 물론 아쓰코를 기억하고 있었다.

"으음, 도쿄 도에서 발주한 공사와 관련된 부정 입찰에 관해 제보하고 싶은 게 있어요"라고 아쓰코가 말했다.

왜 그런지 마음이 매우 안정되었다. 이러면 된다는 생각이 순순히 들었다.

손에 백도 통조림이 있었다. 이 통조림에게 도움을 받았다는 생각이 들었다. 버려버리려 했던 자기의 양심을 이 통조림이 구해준 거라고.

○ ○ ○

저녁 식사에는 전원이 다 모이기로 되어 있었다.

아키라와 아유미, 싱가포르에서 일시 귀국한 고타로의 부모와 여동생, 그리고 고타로와 배가 불룩한 유카는 물론이고 유카의 엄마도 온다. 식사 모임 장소를 아키라의 집으로 결정한 것은 고타로와 유카의 희망에서였다. 처음에는 호텔 레스토랑이 좋을 것 같아서 예약까지 했는데, 격식을 차리는 딱딱한 분위기가 싫었던 모양이다.

"유카쨩네는 몇 시쯤에 온대?"라고 아키라가 물었다.

"6시쯤 온대요."

고타로가 그렇게 대답하며 안을 들여다봤다.

두 사람은 근처 파출소에 있었다. 나란히 파이프 의자에 앉아 있었다. 대응해준 젊은 경찰관은 안에서 다른 일로 전화를 받고 있었다.

"그나저나 이러쿵저러쿵 했어도 정착할 곳에 정착했으니 다행이야"라고 아키라가 중얼거렸다.

"정착할 곳이라뇨?"라며 고타로가 태평하게 고개를 갸웃거렸다.

"그야 일단은 너랑 유카짱의 부모가 이번 일을 용서해주고, 하나가 돼서 응원하겠다고 말해준 거지."

"그야 당연하죠, 부모인데."

"너, 그렇게 쉽게 말하지 마."

"네, 압니다, 알아요. 여러 가지로 정말 감사하고 있고, 유카랑 둘이서 더욱 노력하기로 했어요. 다만, 뭐랄까, 성격상 심각한 척하는 게 쑥스럽다고 할까."

그때 안쪽 방에서 경찰관의 통화가 끝났다.

"그런데 너도 상당히 신심이 깊구나"라며 아키라가 생각을 떠올리고 웃었다.

"뭐가요?"

"뭐가라니."

아키라가 안쪽 방으로 턱짓을 했다.

"기분적인 거예요. 아무래도 그 술과 쌀이 우리 집 앞에 놓여 있었던 시기랑 유카 배 속에 아기가 생긴 시기가 겹치잖아요. 그래서 어쩌면 누군가가 축하해준 걸지도 모른다는 생각이 들기 시작했고, 그랬더니 공연히 되찾고 싶어졌고."

얘기 도중에 경찰관이 그 쌀과 술을 가지고 나왔다.

"있네요. 이거죠?"

"죄송합니다, 번거롭게 해서."

아키라와 고타로가 자리에서 일어나서 고개를 깊이 숙이며 인사했다.

"이대로 드려도 될까요?"

"네, 이대로 주시면 됩니다."

쌀 위에 술이 얹어 있었다.

"그럼, 이대로."

경찰관의 손에 들린 쌀과 술을 고타로가 건네받았다. 그 모습을 본 아키라가 무심코 "왠지 갓난아기라도 안은 것 같네"라고 말했다.

"연습이에요, 연습."

고타로도 환하게 웃었다.

경찰관에게 다시 인사를 하고 파출소를 나왔다.

집으로 돌아오자, 이미 모두 모여 있었다.

"뭐야, 그게?"

유카가 묻자, "우리의 수호신"이라고 고타로가 대답했다.

"이모부, 여기다 신단 만들어서 이 쌀이랑 술을 올려도 돼요?"

"여기라니?"

아키라가 돌아보았다. 고타로가 거실 동쪽 벽을 올려다보고 있었다. 그곳에서는 잔디 정원이 한눈에 내려다보인다.

전에는 기분 나쁜 물건이었지만, 고타로가 신께서 주신 하사품이라고 하니, 그럴지도 모른다는 낙천적인 생각도 들었다.

"괜찮지"라며 아키라가 고개를 끄덕였다.

그때 미간에 주름을 잡은 아내 아유미가 그 앞을 가로질러 가려 했다. 최근에 아사히나 다쓰지의 재능을 인정할지, 이사회에서 탈퇴할지 문제로 심하게 압력을 받는 듯했다. 이사회에서 탈퇴한다는 것은 이곳 도쿄에서 예술 쪽 일을 할 수 없다는 뜻이다.

어지간히 궁지에 몰렸는지 아유미가 어젯밤에 불쑥 "뭐, 그렇게까지 나쁘진 않을지도 몰라"라고 말했다. 아사히나 다쓰지의 그림 얘기였다.

가로질러 가려 하는 아유미를 험악한 표정으로 불러 세운 사람은 고타로였다.

"저기"라며 말을 건네는 고타로에게 "뭐?"라며 아유미가 짜증부터 냈다.

"이건 내 말이 아니라, 신께서 하신 말씀이라고 생각하고 들어."

"신?"

고개를 갸웃거리는 아유미에게 고타로가 품에 안은 쌀과 술을 들어 보였다.

"자신을 믿지 않으면 안 되느니라. 아무리 자기 마음을 속이려 해도 아닌 것은 아닌 거니까."

고타로의 말을 듣고 있던 아키라는 눈을 휘둥그레 떴다. 고타로가 축 늘어진 젊은 병사를 안고 있었기 때문이다.

물론 환각이 틀림없다. 그러나 두려움은 전혀 없었다. 젊은 병사는 죽은 게 아니라 너무 지쳐서 깊이 잠들었다는 걸 알았기 때문이다.

고타로의 말에서 아유미는 뭔가 느낀 바가 있는 듯했다. 그 어깨에 힘이 빠져 있었다.

"이미 모두가 아사히나 다쓰지에게는 재능이 있다고 말하기 시작했어."

"그래서?"

"나 혼자 싸우라고?"

"혼자가 아니야. 내가 있잖아. 온 세상 사람들이 모두 적이 돼도 내가 아군이 돼줄게."

아키라는 고타로를 바라보았다. 아니, 고타로가 아니라 고타로가 품에 안고 있는 젊은 병사를 바라보았다.

"……너, 강해졌구나."

아키라는 무심코 그렇게 중얼거렸다.

고타로의 품속에서 젊은 병사가 눈을 뜨려 했다.

옮긴이의 말

　우리는 일상에서 수많은 상황을 맞닥뜨린다. 그중에 어떤
것이 자기 장래에 중요한 의미를 가지게 될지 현재로서는 알
길이 없다. 다시 말해 '지금 이 순간'이 어떠한 미래로 이어질
지 모르는 상태로 그때그때 선택하고 행동하는 것이다.《다리
를 건너다》는 그런 불확실한 삶의 양상을 강하게 일깨워주는
작품으로 아마도 그런 불확실성이 이 이야기를 만들어내는 원
동력이 된 것 같다.

　이 작품에 등장하는 인물은 대체로 선량하고 평범한 사람
들이다. 맥주회사에서 순조롭게 출세가도를 걷고 있는 영업과
장 아키라, 도의회 의원의 아내로 부족함 없이 평탄하게 살아
가는 아쓰코, 정의감 넘치는 보도 프로그램을 제작하는 텔레
비전 방송국의 감독 겐이치로. 그런 그들이 일상을 위협하는

각각의 사건을 계기로 자기 가치관의 '정당성'에 집착하게 된다. 그리고 그 과정은 도의회 성희롱 야유 소동이나 홍콩의 우산혁명, 아이치 현 미술관의 '외설물' 전시 논란 등등 2014년에 실제로 일어난 사건들과 얽혀 들며 묘사된다. 이는 마침 그 시기에 〈주간문춘〉에 연재한 소설이라는 점을 십분 활용해 시사 뉴스들을 많이 인용한 결과다.

그러나 이 작품의 가장 큰 특징은 전체의 핵심이 되는 명확한 사건이 없다는 점이다. 따라서 독자는 세세하게 묘사된 잔잔하고 평범한 일상 풍경 하나하나가 어떻게 무엇으로 연결되는지 모른 채 책을 읽어나가게 된다. 이는 미래로부터 역산해서 행동할 수 없는 실제 인생과 같아서 스토리와는 다른 차원에서 현실감을 부여한다. 우리는 '현재'에서 단 한 발짝도 벗어날 수가 없다. 그러나 때때로 별다를 것 없는 일상의 장면이나 순간적인 감정의 편린들에서 미래의 전조를 엿볼 수는 있다. 따라서 이 작품은 스토리의 중심을 공백으로 비워둠으로써 독자에게 '상상'의 나래를 펼치게 유도하려는 것 같다. 좀 더 표현하자면, 얼마만큼 멀리 넓게 상상할 수 있느냐고 도발하는 것처럼 느껴지기도 한다.

그렇다면 작중 인물들은 과연 어떤가. 그들에게는 현재 처한 상황의 감정이 전부인 것처럼 보인다. 요컨대 그들의 '자기 정당성'은 그런 시간 감각 속에서 비롯된 것이다. 그런 사람들이 만드는 미래는 과연 어떤 모습일까. 그에 대한 저자의 대답은 SF적 발상으로 도약한 마지막 장에서 그려진다. 그 섬뜩한 미래상에서 저자의 초조함과 조바심을 실감하는 독자도 적지 않을 것 같다. 작품 대부분이 복선으로 구성됐다고 볼 수도 있는 이 소설을 즐기는 방법은 물론 다양하겠지만, 작가는 "눈앞의 이해관계나 자기합리화에 집착하기보다는 보다 넓은 안목으로 미래에 대한 상상력을 발휘하라"고 호소하는 것 같다.

총 4장과 에필로그로 구성된 이 소설은 공간적 배경도 화자도 각 장마다 다르다. 3장까지는 어디에나 있을 법한 흔한 부부나 가족, 커플이 등장한다. 그들의 일상은 실제로 일어난 각종 뉴스들과 맞물리며 흘러간다. 그리고 3장에서 지금까지 거론된 뉴스들처럼 한 생체관련 연구가 소개된다. iPS세포에서 정자와 난자를 만들어내는 연구인데, 생성 때마다 반드시 재조합 현상이 일어나므로 복제인간과는 차별화된 인격체가 탄생된다는 원리다. 그런데 소설 속에 완전히 매몰된 독자는 이것 또한, 우산혁명이나 말랄라 씨의 노벨상 수상과 마찬가지로, 현실에서 실제로 일어나는 일이라 굳게 믿은 상태로 자연스레 4장으로 흘러든다. 70년 후인 2085년, 그 세계에는 인간과 로봇, 그리고 또 다른 생명체가 존재한다. 그들이 바로 iPS세포에서 만들어진 '사인'이라 불리는 존재다. 그리고 그 미래는 매우 건조한 인상을 풍기는 세계다. 정당하게 질서 잡혀 있지만, 차별 역시 그 질서에 준해서 엄격하게 적용된다. 그 세계에 던져진 독자는 그 질서의 존재 양식과 삼엄함에 망연자실

해질 수밖에 없을지도 모른다. 그리고 그곳에서 살아가는 사람들의 평탄하지만, 불행하지도 행복하지도 않은 불감(不感)의 삶에 당혹감을 느낄지도 모른다. 그때까지 아무런 접점이 없을 것 같았던 인물들이 4장에서 드디어 연결 고리를 확연하게 드러내며, 과거의 사소한 사건들이 복잡하게 결합되어 만들어진 미래를 보여준다. 따라서 우리에게 다가올 미래 역시 내가 살고 있는 오늘과 곧바로 이어져 있음을 뼈저리게 실감하게 된다. 즉,《다리를 건너다》는 무수한 보통사람들의 작은 결단들이 엮어서 만들어지는 세상에 관한 이야기다.

따라서 "그때 바꿨으면 좋았을 거라고 누구나 생각한다. 그런데 지금 바꾸려 하지는 않는다"는 작중 인물의 말은 지금 당장 실행하지 않고 후회만 남는 삶을 산다면, 우리의 미래는 결코 밝지 않다는 저자의 메시지인 셈이다.

이영미

* 이 도서의 국립중앙도서관 출판시도서목록(CIP)은 e-CIP홈페이지(http://www.nl.go.kr/ecip)와 국가자료공동목록시스템(http://www.nl.go.kr/kolisnet)에서 이용하실 수 있습니다. (CIP제어번호: CIP2017015863)
* 한국출판문화산업진흥원의 출판콘텐츠 창작자금을 지원받아 제작되었습니다.

다리를 건너다

1판 1쇄 인쇄 2017년 7월 7일
1판 1쇄 발행 2017년 7월 17일

지은이 · 요시다 슈이치
옮긴이 · 이영미
펴낸이 · 주연선

총괄이사 · 이진희
책임편집 · 이경란
편집 · 심하은 백다흠 강건모 최민유 윤이든 양석한
디자인 · 김서영 이지선 권예진
마케팅 · 장병수 김한밀 최수현 김다은
관리 · 김두만 유효정 신민영

(주)은행나무
121-839 서울특별시 마포구 양화로11길 54
전화 · 02)3143-0651~3 ㅣ 팩스 · 02)3143-0654
신고번호 · 제 1997-000168호(1997. 12. 12)
www.ehbook.co.kr
ehbook@ehbook.co.kr

ISBN 978-89-5660-367-4 03830